O PREFEITO DE CASTERBRIDGE

Thomas Hardy

Título Original: *The Mayor of Casterbridge*
Copyright © Editora Lafonte Ltda. 2023

Todos os direitos reservados.
Nenhuma parte deste livro pode ser reproduzida por quaisquer meios existentes sem autorização por escrito dos editores e detentores dos direitos.

Direção Editorial	**Ethel Santaella**
Tradução	**Débora Ginza**
Revisão	**Rita Del Monaco**
Diagramação e capa	**Marcos Sousa**

Dados Internacionais de Catalogação na Publicação (CIP)
(Câmara Brasileira do Livro, SP, Brasil)

```
Hardy, Thomas, 1840-1928
   O prefeito de Casterbridge : vida e morte de
um homem de caráter / Thomas Hardy ; tradução
Débora Ginza. -- São Paulo, SP : Lafonte, 2023.

   Título original: The mayor of Casterbridge.
   ISBN 978-65-5870-481-2

   1. Ficção inglesa I. Título.

23-164891                                    CDD-823
```

Índices para catálogo sistemático:

1. Ficção : Literatura inglesa   823

Tábata Alves da Silva - Bibliotecária - CRB-8/9253

Editora Lafonte

Av. Profª Ida Kolb, 551, Casa Verde, CEP 02518-000, São Paulo-SP, Brasil – Tel.: (+55) 11 3855-2100
Atendimento ao leitor (+55) 11 3855-2216 / 11 3855-2213 – atendimento@editoralafonte.com.br
Venda de livros avulsos (+55) 11 3855-2216 – vendas@editoralafonte.com.br
Venda de livros no atacado (+55) 11 3855-2275 – atacado@escala.com.br

O PREFEITO DE CASTERBRIDGE

Vida e morte de um homem de caráter

Thomas Hardy

Tradução
DÉBORA GINZA

Brasil, 2023

Lafonte

Capítulo 1

Uma noite de fim de verão, no início do século XIX, um jovem e uma mulher, que carregava uma criança, aproximavam-se, a pé, do grande vilarejo de Weydon-Priors, em Upper Wessex. Trajavam roupas simples, mas não estavam mal vestidos, embora a grossa camada de poeira que se acumulara em seus sapatos e roupas, de uma viagem obviamente longa, proporcionasse uma aparência de miséria.

O homem tinha uma bela figura, moreno e de aspecto austero; de perfil seu ângulo facial era ligeiramente inclinado, quase perpendicular. Vestia uma jaqueta curta de veludo cotelê marrom, mais nova do que o resto do terno, que era um colete de fustão com botões de chifre brancos, calças do mesmo pano, perneiras escuras e um chapéu de palha forrado de lona preta brilhante. Nas costas, ele carregava uma cesta de junco com uma alça retorcida, da qual se projetava, em uma das extremidades, o cabo de uma faca para feno, sendo que na abertura também era possível ver um gancho para laços de feno. Seu andar, medido e rígido, era o de um camponês habilidoso, distinto da confusão inconstante do trabalhador em geral; porém, na curva e na planta de cada pé havia uma indiferença obstinada e cínica pessoal, mostrando sua presença até mesmo nas dobras das calças de fustão que se alternavam regularmente, ora na perna esquerda, ora na direita, enquanto ele andava de um lado para o outro.

O que era realmente peculiar, no entanto, no relacionamento desse casal, e teria atraído a atenção de qualquer observador casual disposto a ignorá-los, era o silêncio perfeito que eles preservavam. Caminhavam lado a lado como se estivessem conversando baixinho e fazendo confidências, como fazem as pessoas cheias de reciprocidade; mas, olhando mais de perto, era possível perceber que o homem estava lendo, ou fingindo ler, um folhetim qualquer que mantinha diante dos olhos, com alguma dificuldade na mão que passava pela alça da cesta. Se essa era a causa aparente ou real, ou se ele estava usando a leitura para escapar de uma relação que julgava cansativa, ninguém além dele poderia dizer com precisão; mas sua prostração era ininterrupta, e a mulher não desfrutava de nenhuma companhia em sua presença. Ela praticamente caminhava sozinha pela estrada, exceto pela criança que carregava. Às vezes, o cotovelo dobrado do homem quase tocava seu ombro, pois ela ficava o mais perto possível do lado dele, sem contato real, mas parecia não ter a menor intenção de segurar no braço dele, nem ele de oferecê-lo; e longe de exibir surpresa pelo silêncio indiferente que ele demonstrava, ela parecia recebê-lo como uma coisa natural. Se alguma palavra era proferida pelo pequeno grupo, era um sussurro ocasional da mulher para a criança – uma menininha de roupas curtas e botinhas tricotadas em lã azul – e o murmúrio da criança em resposta.

Digamos que a principal, quase única, atração do rosto da jovem era sua mobilidade. Quando ela olhava de soslaio para a garota, ela ficava bonita, e até mesmo linda, especialmente porque, na ação, suas feições captavam obliquamente os raios do sol fortemente colorido, o que deixava suas pálpebras e narinas cheias de luz e seus lábios bem vermelhos. Quando ela se arrastava para a sombra, pensando silenciosamente, tinha a expressão dura e meio apática de quem acha que tudo é possível nas mãos do tempo e do acaso, exceto, talvez, a justiça. A primeira fase era obra da natureza, a segunda provavelmente da civilização.

Que o homem e a mulher eram marido e mulher, e os pais da menina de colo, havia pouca dúvida. Nada além de tal relacionamento teria explicado a atmosfera de familiaridade obsoleta que o trio demonstrava como um nimbo enquanto se moviam pela estrada. A esposa quase sempre mantinha os olhos fixos à frente, embora demonstrasse pouco interesse. A cena, aliás, poderia ser igual em quase todas as partes da Inglaterra daquela época; uma estrada nem reta nem sinuosa, nem plana nem montanhosa, cercada por sebes, árvores e outra vegetação, que estava entrando na temporada da cor verde-escuro, quando as folhas condenadas estão ficando escuras, amarelas e avermelhadas. A margem da estrada era toda gramada, e os galhos mais próximos da sebe estavam cheios de poeira que era levantada pelos veículos que passavam apressados, a mesma poeira que amortecia suas pisadas como um tapete; e isso, com a ausência total de diálogo, como mencionado acima, permitia que todos os sons estranhos fossem ouvidos.

Por muito tempo não houve nenhum som a não ser o de um pássaro cantando baixinho uma velha canção de fim de tarde que, sem dúvida, poderia ter sido ouvida na colina na mesma hora, e com os mesmos acordes e notas, a qualquer hora, durante o pôr do sol daquela estação por incontáveis séculos. Mas, quando eles se aproximaram do vilarejo, escutaram uma balbúrdia distante, que vinha de algum ponto mais alto naquela direção, escondido da vista pela folhagem. Ao se aproximar das casas na periferia de Weydon-Priors, a família foi recebida por um trabalhador humilde, com sua enxada no ombro e uma sacola que levava seu almoço pendurada no cabo da enxada. O leitor imediatamente ergueu os olhos.

– Vocês têm algum comércio por aqui? – ele perguntou com tranquilidade, apontando o vilarejo com um aceno do jornal que tinha em sua mão. E, achando que o trabalhador não havia entendido, ele acrescentou: – Algum tipo de negócio na linha de fardos de feno?

O trabalhador já havia começado a balançar a cabeça pensando: – Ora, esse homem é maluco de vir a Weydon procurar esse tipo de trabalho nesta época do ano.

– Então, você sabe se há alguma casa para alugar... uma casinha nova, recém-construída, ou algo assim? – perguntou o outro.

O pessimista continuou no lado negativo e disse: – Aqui, em Weydon, o negócio é mais demolição do que construção. Cinco casas foram derrubadas no ano passado, e três neste ano; o povo não tem para onde ir... não tem outro lugar, nem mesmo uma cabana de palha; as coisas são assim aqui, em Weydon-Priors.

O carregador de fardos de feno, o que ele obviamente era, assentiu com certa arrogância. Olhando para o vilarejo, ele continuou: – Mas alguma coisa está acontecendo ali, não é?

– Sim. É o dia da feira. Embora o que você ouve agora seja pouco mais do que barulho e correria para tirar o dinheiro de crianças e tolos, as negociações de verdade foram feitas antes disso. Trabalhei o dia todo ouvindo esse barulho, mas não vim até o vilarejo... não eu. Não trabalho com essas coisas.

O carregador de feno e sua família seguiram seu caminho e logo entraram na área da feira, que tinha locais de descanso e currais onde muitas centenas de cavalos e ovelhas haviam sido exibidos e vendidos pela manhã, mas agora a maioria tinha sido levada embora. Naquele momento, como observara o informante, restavam poucas negociações, sendo que a principal era o leilão de alguns animais inferiores, que não foram vendidos de outra forma e haviam sido absolutamente recusados pela melhor classe de comerciantes, que vieram logo cedo e saíram rapidamente. No entanto, a multidão era mais densa agora do que durante as horas da manhã, o frívolo contingente de visitantes, incluindo viajantes em férias, um ou dois soldados que estavam de folga, lojistas do vilarejo e outros comerciantes, todos reunidos ali depois da feira; pessoas cujas atividades encontraram um campo adequado entre exibicionistas, barracas de brinquedos, bonecos de cera, monstros inspirados, médicos desinteressados que viajavam para ajudar as pessoas, charlatões fazendo o jogo dos copos, vendedores de bugigangas e cartomantes.

Nenhum de nossos pedestres gostava muito dessas coisas, e eles estavam procurando uma barraca de lanches entre as muitas que ficavam na ladeira. Duas delas, que ficavam mais próximas deles na névoa amarelada da luz do sol, pareciam quase igualmente convidativas. Uma era feita de lona nova, cor de leite, e trazia bandeiras vermelhas no topo; anunciava "Excelentes Cervejas e Vinhos Caseiros". A outro tinha aparência de mais velha; havia um pequeno cano de ferro saindo da parte de trás, e na parte da frente exibia o cartaz: "Temos um delicioso mingau de aveia". O homem analisou as duas ofertas e foi em direção à primeira.

– Não... não... o outro – disse a mulher. – Sempre gostei de mingau de aveia, e Elizabeth-Jane também; e você também vai gostar. É muito nutritivo depois de um dia longo e difícil.

– Nunca provei – disse o homem. No entanto, ele cedeu à dramatização dela, e eles entraram na barraca que estava vendendo o mingau de aveia imediatamente.

Um grupo bastante numeroso de pessoas estava lá dentro, sentadas em mesas compridas e estreitas, que estavam dispostas de cada lado da barraca. Na extremidade superior havia um fogão a carvão e, em cima dela, estava um enorme caldeirão com três pés, suficientemente polido em toda sua borda para mostrar que era feito de metal. Uma criatura temerosa de aproximadamente 50 anos comandava o fogão, com um avental branco que, além de dar um ar de respeitabilidade à mulher, era bem largo para abraçar toda a cintura dela. Ela lentamente mexia o conteúdo do caldeirão. O raspar surdo de sua colher grande era audível por toda a barraca, enquanto ela evitava queimar a mistura de milho acrescentada aos grãos, passas, groselhas, além da farinha, do leite e tudo mais que fazia parte daquela antiga receita na qual ela trabalhava. Recipientes contendo os ingredientes separados ficavam sobre uma mesa ao lado, feita de tábuas e cavaletes, coberta com uma toalha branca.

O rapaz e a moça pediram um prato cada um da mistura fumegante e sentaram-se para consumi-la à vontade. Isso foi muito bom até agora, pois o mingau, como a mulher havia dito, era nutritivo e o melhor alimento que poderia ser obtido nos quatro mares; embora, para aqueles que não estão acostumados, os grãos de trigo inchados do tamanho de caroços de limão, que flutuavam na superfície, possam ter um efeito desencorajador a princípio.

Mas havia naquela barraca mais do que olhares superficiais, e o homem, com o instinto de caráter perverso, suspeitou rapidamente. Depois de um ataque voraz a seu prato, ele começou a observar o comportamento da bruxa com o canto do olho e entendeu o jogo que ela fazia. Ele piscou para ela e passou o prato em resposta ao aceno dela. Em seguida, ela pegou uma garrafa debaixo da mesa, mediu furtivamente uma quantidade de seu conteúdo e despejou o mesmo no mingau do homem. O licor servido era rum. O homem dissimuladamente enviou o dinheiro para pagar a dose.

Ele ficou muito mais satisfeito com essa mistura que tinha um sabor bem mais forte do que com aquela em seu estado natural. Sua esposa observou o procedimento com muita inquietação, mas ele a convenceu a colocar a bebida no dela também, e ela concordou, com uma quantidade menor, depois de muita apreensão.

O homem terminou seu prato e pediu outro, com sinais para que ela colocasse porções ainda maiores de rum. O efeito disso logo ficou aparente em suas maneiras, e sua esposa, com muita tristeza, percebeu que, ao desviar-se vigorosamente das barracas de bebidas licenciadas, ela apenas estava entrando em um abismo cheio de turbilhões nesse lugar de contrabandistas.

A criança começou a resmungar impacientemente, e a esposa mais de uma vez disse ao marido: – Michael, não vamos procurar uma hospedagem? Você sabe que podemos ter problemas para encontrar uma se não formos logo.

Mas ele se fez de surdo para aquelas reclamações que pareciam o pio de um passarinho e ordenou que ela ficasse calada. Os olhos negros e redondos da criança se fixaram nas velas acesas e foram ficando lentos, fechando e abrindo várias vezes, até que se fecharam mais uma vez e ela dormiu.

Ao terminar o primeiro prato, o homem estava no auge de sua serenidade, ao término do segundo ele estava jovial; ao terminar o terceiro, argumentativo, no quarto, as qualidades representadas pelo formato de seu rosto, o aperto ocasional na sua boca e o brilho ardente de seus olhos escuros começaram a se manifestar em sua conduta, ele estava autoritário... até mesmo notavelmente briguento.

A conversa adquiriu um tom de voz elevado, como costuma acontecer nessas ocasiões. O tema era a ruína de homens bons por causa de suas más esposas e, mais particularmente, a frustração dos grandes objetivos e esperanças de muitos jovens promissores e o esgotamento de suas energias em razão de um casamento precoce e imprudente.

– Eu mesmo fiz isso, a responsabilidade é toda minha – disse o homem bêbado, com uma amargura praticamente ressentida. – Casei-me aos 18 anos, como tolo que era, e aí está a consequência – Ele apontou para si mesmo e para a família com um aceno de mão que tinha a intenção de trazer à tona a miséria daquela cena.

A jovem, sua esposa, que parecia acostumada a tais comentários, agiu como se não os ouvisse, e continuou dizendo suas intermitentes palavras cheias de carinho para a criança que dormia e acordava, grande o suficiente para ser colocada por um momento no banco ao lado quando a mãe precisava aliviar os braços. O homem continuou...

— Não tenho mais do que quinze xelins no mundo e, no entanto, sou um homem experiente na minha área. Poderia desafiar qualquer um na Inglaterra a me vencer no negócio de forragem; e se eu fosse um homem livre novamente, valeria mil libras antes de terminar. Mas um sujeito nunca sabe dessas pequenas coisas até que tenha perdido todas as chances na vida.

Enquanto isso era possível ouvir o leiloeiro que vendia cavalos velhos no campo do lado de fora dizendo: – Este é o último lote... agora, quem vai levar o último lote por uma bagatela? Vamos dizer 40 xelins? É uma excelente égua reprodutora, com pouco mais de 5 anos de idade, e não há nada de errado com ela, exceto um pequeno machucado nas costas e seu olho esquerdo nocauteado pelo chute de outra, a própria irmã, quando vinham pela estrada.

— Na minha opinião, não vejo por que os homens que têm esposas e não as querem, não poderiam se livrar delas como esses ciganos fazem com seus velhos cavalos – disse o homem na barraca. – Por que eles não podem colocá-las em leilão para que sejam vendidas para homens que precisam de tais artigos? Não é verdade? Meu Deus, eu venderia a minha neste minuto se alguém a comprasse!

— É verdade – disse um cavalheiro fumante, cujo paletó tinha aquele brilho fino no colarinho, nos cotovelos, nas costuras e nas omoplatas que o atrito prolongado com superfícies sujas produz, e que geralmente é mais desejado em móveis do que em roupas. Por sua aparência, ele possivelmente havia sido cavalariço ou cocheiro de alguma família do vilarejo vizinho. – Posso dizer que fui muito bem criado, como qualquer homem – acrescentou ele; – sei reconhecer uma beleza verdadeira como ninguém e posso afirmar que ela é bonita, quero dizer... tanto quanto qualquer outra mulher na sua idade... embora precise de um pouco de atenção – Então, cruzando as pernas, ele começou a fumar seu cachimbo novamente, olhando fixamente para um ponto no ar.

O jovem esposo ficou atônito por alguns segundos com esse elogio inesperado feito à sua esposa, meio em dúvida sobre a sabedoria da própria atitude para com a dona de tais qualidades. Mas ele voltou rapidamente para sua convicção e disse asperamente:

– Bem, então agora é sua chance. Estou aberto a uma oferta para esta joia da criação.

Ela se virou para o marido e murmurou: – Michael, você já falou essas bobagens em lugares públicos antes, mas uma piada é uma piada, você não precisa fazê-la muitas vezes, pare por favor

– Eu sei que já disse isso antes, mas quero dizer novamente. Tudo o que eu quero é um comprador!

Nesse momento, uma andorinha, uma das últimas da estação, que por acaso passara por uma abertura na parte superior da barraca, voou de um lado para o outro em curvas rápidas acima de suas cabeças, fazendo com que todos os olhos a seguissem distraídos. Ao observar o pássaro até que ele saísse dali, o grupo reunido negligenciou a resposta à oferta do trabalhador e o assunto foi esquecido.

Porém, quinze minutos mais tarde, o homem, que continuava bebendo o rum cada vez em maior quantidade em seu mingau, embora estivesse tão acostumado a beber que ainda parecia estar bastante sóbrio, voltou ao assunto esquecido, como um instrumento musical busca o tema original. – Ainda estou aqui esperando uma resposta para minha oferta. Essa mulher não é boa para mim. Quem vai ficar com ela?

A essa altura, o grupo já estava totalmente dividido, e a pergunta foi recebida com gargalhadas. A mulher sussurrava implorando e ansiosa: – Venha, vamos embora, está escurecendo, e essa bobagem não serve para nada. Se você não vier, irei sem você. Vamos!

Ela esperou e esperou, mas ele nem se mexia. Depois de dez minutos, o homem interrompeu a conversa inconstante dos bêbados que estavam ali e disse: – Ninguém respondeu minha pergunta ainda. Algum de vocês vai comprar minha mercadoria?

A atitude da mulher mudou, e seu rosto assumiu a forma e a cor sombrias que já foi mencionada anteriormente.

– Mike, Mike – disse ela – isso está ficando sério demais. Meu Deus!... Está passando dos limites!

– Alguém vai comprar essa mulher? – perguntou o homem.

– Gostaria que alguém o fizesse – disse ela com firmeza. – Seu atual dono não lhe agrada em nada!

– Nem você a mim – retrucou ele. – Então estamos de acordo sobre isso. Estão ouvindo, cavalheiros? Estamos de acordo em nos separar. Ela pode levar a menina se quiser, e seguir seu caminho. Vou pegar minhas ferramentas e seguir o meu caminho. Tão simples quanto as histórias da Bíblia. Agora então, levante-se, Susan, e mostre-se.

– Não faça isso, minha jovem – sussurrou uma comerciante rechonchuda que vendia espartilhos e estava sentada perto dela – seu marido não sabe o que está dizendo.

A mulher, porém, levantou-se.

– Agora, quem é o leiloeiro? – exclamou o comerciante de feno.

– Serei eu – respondeu prontamente um homem baixinho, com um nariz que parecia uma maçaneta de cobre, uma voz abafada e olhos bem miúdos como casas de botão. – Quem fará uma oferta por esta senhora?

A mulher olhava para o chão, como se mantivesse sua posição com extremo esforço de sua vontade.

– Cinco xelins – disse alguém, provocando riso em todos.

– Sem insultos – disse o marido. – Quem oferece mais?

Ninguém respondeu, e a comerciante de espartilhos interrompeu.

— Meu bom homem, comporte-se dignamente, pelo amor de Deus! Que crueldade fazer isso com sua esposa! Você não vai gastar tanto assim dando a ela um lugar para dormir e comer!

— Diga um preço mais alto, leiloeiro — disse o comerciante de feno.

— Dois guinéus! — disse o leiloeiro; e ninguém respondeu.

— Se não a comprarem por esse preço, em dez segundos terão de oferecer mais — disse o marido. — Muito bem. Agora leiloeiro, peça mais.

— Três guinéus... valendo 3 guinéus! — disse o homem baixinho de olhos miúdos.

— Nenhuma oferta? — disse o marido. — Meu Deus, ela me custa muito mais que isso. Continue.

— Quatro guinéus! — exclamou o leiloeiro.

— Vou lhe dizer uma coisa... não vou vendê-la por menos de 5 — disse o marido, batendo com o punho fechado na mesa. — Vendo-a por 5 guinéus a qualquer homem que me pague o dinheiro e a trate bem; e ele a terá para sempre, e nunca mais ouvirá falar de mim. Mas ela não aceitará menos. Agora então... cinco guinéus... e ela será sua. Susan, você concorda?

Ela baixou a cabeça com absoluta indiferença.

— Cinco guinéus — disse o leiloeiro — ou vamos encerrar. Alguém dá? A última vez. Sim ou não?

— Sim — disse uma voz alta da porta.

Todos olharam para a entrada. Parado na abertura triangular que servia de porta para a barraca estava um marinheiro que, sem ser notado pelos demais, havia chegado ali nos últimos dois ou três minutos. Um silêncio mortal seguiu sua afirmação.

— Você disse que sim? — perguntou o marido, olhando para ele.

— Eu digo que sim — respondeu o marinheiro.

— Dizer é uma coisa, pagar é outra. Onde está o dinheiro?

O marinheiro hesitou um momento, olhou de novo para a mulher, entrou, desdobrou cinco pedaços de papel e jogou-os sobre a toalha da mesa. Eram notas do Banco da Inglaterra de 5 libras. Depois disso, ele baixou os guinéus várias vezes... um, dois, três, quatro, cinco.

A visão de dinheiro real em valor total, em resposta a um desafio até então considerado ligeiramente hipotético, teve um grande efeito sobre os espectadores. Seus olhos se fixaram nos rostos dos atores principais e depois nas notas de guinéus que estavam sobre a mesa.

Até aquele momento, não era possível afirmar com certeza que o homem, apesar de sua declaração tentadora, estava realmente falando sério. Os espectadores realmente interpretaram o acontecido como uma peça teatral irônica e alegre levada ao extremo; e presumiram que, estando desempregado, ele estava, como consequência, irritado com o mundo, a sociedade e seus parentes mais próximos. Mas com a demanda e a resposta do dinheiro real, a jovial frivolidade da cena se foi. Uma cor lúgubre parecia encher a barraca e mudar o aspecto de tudo ali. As rugas de alegria deixaram os rostos dos ouvintes, e eles aguardaram com os lábios entreabertos.

– Muito bem – disse a mulher, quebrando o silêncio, de modo que sua voz baixa e seca soou bem alta – antes de prosseguir, Michael, ouça-me. Se você tocar nesse dinheiro, eu e a menina vamos com o homem. Veja bem, isso não é mais uma piada.

– Uma piada? Claro que não é uma piada! – gritou o marido, seu ressentimento aumentando com sua sugestão. – Eu pego o dinheiro, e o marinheiro leva você. Isso é bastante claro. Já foi feito em outro lugar e por que não pode ser feito aqui?

– Somente se a jovem estiver disposta a fazer isso – disse o marinheiro calmamente. – Eu nunca machucaria seus sentimentos por nada neste mundo.

— Com certeza, nem eu – disse o marido. – Mas ela está disposta, desde que possa levar a filha. Ela disse isso outro dia quando conversamos sobre isso!

— Você realmente disse isso? – o marinheiro perguntou a ela.

— Sim – ela respondeu depois de olhar para o rosto do marido e não ver nenhum arrependimento ali.

— Muito bem, ela pode levar a filha, e o negócio está fechado – disse o comerciante de feno. Ele pegou as notas do marinheiro e as dobrou deliberadamente, colocando-as no bolso com um ar de quem tinha resolvido todos os problemas.

O marinheiro olhou para a mulher e sorriu: – Venha comigo! – ele disse gentilmente. – A pequena também... quanto mais, melhor! – Ela parou por um instante, olhando atentamente para ele. Então baixando os olhos de novo e sem dizer uma palavra, pegou a criança e o seguiu enquanto ele se dirigia para a porta. Ao chegar na porta, ela se virou e, tirando a aliança, atirou-a na cara do comerciante de feno.

— Mike – ela disse – vivi com você por alguns anos e nunca tive nada além de paciência! Agora não estou mais com você e vou tentar a sorte em outro lugar. Será melhor para mim e para Elizabeth-Jane. Então adeus!

Segurando o braço do marinheiro com a mão direita e a menina em seu colo apoiada com a mão esquerda, ela saiu da barraca soluçando amargamente.

Um olhar impassível de preocupação preencheu o rosto do marido, como se, afinal, ele não tivesse antecipado esse fim; e algumas das pessoas que ali estavam começaram a rir.

— Ela se foi? – ele disse.

— Com certeza, já se foi! – disseram alguns moradores que estavam perto da porta.

Michael levantou-se e caminhou até a entrada com passos cuidadosos de alguém consciente de sua carga alcoólica. Algumas outras pessoas o seguiram e ficaram olhando o pôr do sol. Nesse lugar era evidente a diferença entre a tranquilidade da natureza inferior e as hostilidades intencionais do ser humano. Em contraste com a brutalidade do ato que acabara de acontecer dentro da barraca, estava a visão de vários cavalos enroscando seus pescoços e se esfregando amorosamente enquanto esperavam com paciência para serem montados para a jornada de volta para casa. Fora da feira, nos vales e bosques, tudo estava silencioso. O sol tinha acabado de se pôr, e o céu do Oeste estava coberto de nuvens rosadas, que pareciam estáveis, mas se moviam lentamente. Ver tudo aquilo era como assistir a uma grande peça teatral em um auditório escuro. Ao presenciar um cenário após o outro, era um instinto natural condenar o homem como responsável por manchar um universo tão gentil, até se lembrar que todas as condições terrestres eram intermitentes e que o ser humano poderia dormir inocentemente durante a noite enquanto esses objetos silenciosos rugiam violentamente.

– Onde mora o marinheiro? – perguntou um dos espectadores, enquanto eles olhavam ao redor despretensiosamente.

– Só Deus sabe – respondeu o homem que tinha sido muito bem criado. – Ele é, sem dúvida, um estranho aqui.

– Ele entrou cerca de cinco minutos atrás – disse a mulher que servia a comida, colocando as mãos nos quadris. – Então deu um passo para trás e depois olhou para dentro novamente. Ele não é melhor do que ninguém aqui.

– Será um bom marido – disse a vendedora de espartilhos. – Uma mulher de corpo bonito e respeitável como ela – o que um homem pode querer mais? Fiquei muito feliz por ela. Teria feito a mesma coisa... com certeza teria feito isso se meu marido tivesse se comportado dessa forma! Eu poderia morrer de fome e frio, mas nunca voltaria... nem que fosse o fim dos tempos!

— Bem, a mulher vai ficar melhor — disse outro homem de perfil mais deliberado. — Pois as pessoas que amam o mar cuidam muito bem de cordeiros tosquiados, e o homem parece ter muito dinheiro, que é o que ela não está acostumada ultimamente, diante de tudo que vimos.

— Pode acreditar no que digo, eu não vou atrás dela! — disse o marido, voltando obstinadamente ao seu lugar. — Tomara que tenha ido embora mesmo! Se ela gosta desses caprichos, deve sofrer por eles. Ela não deveria ter levado a menina... é a minha menina; ela nunca deveria ter sido mãe!

Talvez por perceberem que era um processo indefensável ou porque fosse muito tarde, os clientes começaram a sair da barraca logo após o episódio. O homem esticou os cotovelos sobre a mesa, apoiou o rosto nos braços e logo começou a roncar. A mulher que vendia a comida decidiu encerrar a noite, e depois de ver as garrafas de cachaça, leite, milho, passas etc., ela sacudiu o homem, mas não conseguiu acordá-lo. Como a barraca não seria desmontada naquela noite porque a feira duraria mais dois ou três dias, ela decidiu deixar o dorminhoco ali, pois obviamente não era um vagabundo, ficaria onde estava com a cesta junto dele. Depois de apagar a última vela e baixar a aba da barraca, ela saiu e foi embora.

Capítulo 2

O sol da manhã entrava pelas fendas da lona quando o homem acordou. Um brilho quente permeava toda a atmosfera da marquise, e uma única grande mosca azul zumbia musicalmente em volta dela. Além do zumbido da mosca, não havia nenhum outro som. Ele olhou em volta... para os bancos... para a mesa sustentada por cavaletes... para sua cesta de ferramentas... para o fogão onde o mingau havia sido fervido... para as bacias vazias... para alguns grãos de trigo... e para as rolhas que pontilhavam o chão de grama. Entre as bugigangas, ele discerniu um pequeno objeto brilhante e o pegou. Era o anel de sua esposa.

Uma imagem confusa dos acontecimentos da noite anterior pareceu voltar à sua mente, e ele enfiou a mão no bolso do peito. Um farfalhar revelou as notas de banco do marinheiro enfiadas descuidadamente.

Essa segunda verificação de suas vagas memórias foi suficiente; ele sabia agora que não tinha sido um sonho. Ele permaneceu sentado, olhando para o chão por algum tempo. – Preciso sair disso o mais rápido possível – disse ele, deliberadamente, por fim, com o ar de quem não conseguia captar seus pensamentos sem pronunciá-los. – Ela se foi, com certeza se foi, com aquele marinheiro que a comprou com a pequena Elizabeth-Jane. Nós viemos caminhando até aqui, e eu comi o mingau e tomei todo o rum que havia nele... e a vendi. Sim, foi isso que aconteceu, e aqui estou eu. Agora, o que vou fazer. Será que estou sóbrio o suficiente para andar? – Ele se levantou, descobriu que estava em boas condições para continuar, desimpedido e sozinho. Em seguida, ele colocou sua cesta de ferramentas no ombro e percebeu que poderia carregá-la. Em seguida, levantando a porta da barraca, emergiu ao ar livre.

O homem olhou em volta com certa desconfiança. O frescor da manhã de setembro o inspirou e o fortaleceu enquanto se levantava. Ele e sua família estavam cansados quando chegaram na noite anterior e não tinham observado quase nada do lugar, de modo que ele agora o via como uma coisa nova. Ele estava no topo de uma colina verde, cercada de um lado por uma plantação e acessada por uma estrada sinuosa. Ao fundo, ficava o vilarejo que dava nome à serra e à feira anual que ali se realizava. O local se estendia para baixo em vales e para outras terras altas, pontilhado de túmulos e trincheiras com os restos de fortalezas pré-históricas. Os raios de um sol recém-nascido envolviam toda a cena e ainda não haviam secado uma única folha da grama cheia de orvalho, sobre a qual se projetavam ao longe as sombras das carroças amarelas e vermelhas formadas pelos cubos das rodas e que pareciam alongadas como um cometa. Todos os ciganos e artistas que haviam pousado ali estavam aconchegados em suas carroças e tendas ou envoltos nas mantas dos cavalos. Todos em silêncio e imóveis como a morte, com exceção de um ronco ocasional que revelava a presença de um deles. Mas os Sete Adormecidos tinham um cão que se parecia com esses cães de raças misteriosas que os vagabundos possuem, que se parecem tanto gatos quanto cães ou raposas, e gatos e ficam deitados por aí. Um cachorrinho saiu de debaixo de uma das carroças, latiu por uma questão de hábito e rapidamente se deitou de novo. Ele foi o único espectador positivo da saída do vendedor de feno da feira de Weydon.

Essa situação parecia perfeita para o homem. Ele continuou pensando em silêncio, ignorando os canarinhos amarelos que voavam pelas sebes com palha em seus bicos, os chapéus dos cogumelos e o tilintar dos sinos das ovelhas locais que tiveram a sorte de não terem sido incluídas na feira. Quando chegou a uma viela, meio quilômetro de distância da cena da noite anterior, o homem jogou sua cesta e se apoiou em um portão. Um ou dois problemas difíceis tomaram conta de sua mente.

– Será que eu disse meu nome para alguém ontem à noite, ou não disse meu nome? – ele perguntou a si próprio; e finalmente concluiu que não. Sua atitude no geral era suficiente para mostrar como estava surpreso e irritado por sua esposa tê-lo levado tão a sério. Isso podia ser visto em seu rosto e na maneira como ele mordiscava uma palha que puxou da sebe. Ele sabia que ela devia estar um tanto feliz em ter feito aquilo; além disso, ela deve ter acreditado que havia algum tipo de caráter vinculativo na transação. Sobre esse último ponto ele tinha quase certeza, conhecendo sua isenção de superficialidade de caráter e a extrema simplicidade de intelecto que ela tinha. Também pode ter havido imprudência e ressentimento suficientes sob sua serenidade comum para fazê-la abafar quaisquer dúvidas momentâneas. Em uma ocasião anterior, quando ele declarou durante uma confusão que se livraria dela como havia feito, ela respondeu que não o ouviria dizer isso muitas vezes antes de acontecer, no tom resignado de uma fatalista. – No entanto, ela sabe que não estou no meu estado normal quando faço essas coisas! – ele exclamou. – Bem, vou andar por aí até encontrá-la... Agarre-a, porque, afinal de conta, ela não sabia que não deveria me causar todo esse problema! – ele gritou. – Ela não teria agido assim se eu não tivesse bebido tanto. É típico de Susan mostrar uma simplicidade tão idiota. Mansidão, a mansidão dela me faz mais mal do que se ela tivesse o mais cruel dos temperamentos!

Quando se acalmou, voltou à sua convicção original de que, de algum modo, deveria encontrá-la juntamente com sua pequena Elizabeth-Jane, e suportar a vergonha o melhor que pudesse. Ele era o autor daquela situação vergonhosa e deveria suportá-la. Mas primeiro resolveu fazer um juramento, um juramento maior do que jamais havia feito antes; para fazê-lo adequadamente, ele necessitava de um local e imagens apropriados, pois havia algo de fetichista nas crenças desse homem.

Ele colocou sua cesta no ombro e seguiu em frente, lançando seus olhos inquisitivos sobre a paisagem enquanto caminhava, e à distância de cinco a seis quilômetros percebeu os telhados de um vilarejo e a torre de uma igreja. Instantaneamente, ele foi em direção ao último local. O vilarejo estava completamente silencioso, considerando que naquela hora não havia movimento algum de vida cotidiana rústica que preenche o intervalo entre a saída dos trabalhadores do campo para o trabalho e o levantar de suas esposas e filhas para preparar o café da manhã para seu retorno. Assim, ele chegou à igreja sem ser observado e, estando a porta apenas trancada, ele entrou. O vendedor depositou sua cesta perto da pia batismal, subiu a nave até alcançar os degraus do altar e, abrindo a porta, entrou no sacrário, onde pareceu sentir a estranheza por um momento; em seguida, ele se ajoelhou e, deixando cair a cabeça sobre o livro que estava colocado na mesa da Comunhão, ele disse em voz alta:

– Eu, Michael Henchard, nesta manhã de 16 de setembro, faço um juramento diante de Deus, aqui, neste lugar solene, de que evitarei todas as bebidas fortes pelo período de vinte e um anos, sendo um ano para cada ano que eu já vivi. Faço este juramento perante o livro diante de mim e que eu fique totalmente mudo, cego e desamparado, se quebrar este meu juramento!

Depois de dizer essas palavras e beijar o grande livro, o vendedor de feno levantou-se e pareceu aliviado por ter começado em uma nova direção. Enquanto estava parado na varanda por um momento, ele viu um jato espesso de fumaça de madeira de repente começar a sair da chaminé vermelha de uma cabana próxima e soube que a ocupante acabara de acender o fogo. Ele foi até a porta, e a dona de casa concordou em preparar-lhe um café da manhã por um pagamento insignificante, e assim o fez. Então ele começou a procurar sua esposa e filha.

A natureza desconcertante do ocorrido tornou-se logo aparente. Embora ele examinasse, investigasse e andasse de um lado para o outro dia após dia, nenhum personagem como os que ele descrevia havia sido visto em qualquer lugar desde a noite da feira.

Para aumentar a dificuldade, ele não conseguia ouvir o nome do marinheiro. Como ele tinha pouco dinheiro, decidiu, depois de certa hesitação, gastar o dinheiro do marinheiro para continuar sua busca; porém, foi igualmente em vão. A verdade é que uma certa timidez em revelar sua conduta impediu Michael Henchard de prosseguir com a investigação diante da chuva de críticas que tal busca exigia para torná-la eficaz; e foi provavelmente por esse motivo que ele não obteve nenhuma pista, embora tudo tenha sido feito por ele que não envolvesse uma explicação das circunstâncias em que a havia perdido.

As semanas viraram meses, e ele ainda as procurava, mantendo-se com pequenos trabalhos nos intervalos. A essa altura, ele havia chegado a um porto marítimo e de lá obteve informações de que pessoas que correspondiam à sua descrição haviam emigrado pouco tempo antes. Então ele decidiu não procurar mais e se estabelecer na cidade que tinha em mente há algum tempo.

No dia seguinte ele partiu, viajando para o sudoeste, e não parou, exceto para pernoitar, até chegar à cidade de Casterbridge, em uma parte distante de Wessex.

Capítulo 3

A estrada para o vilarejo de Weydon-Priors estava novamente coberta de poeira. As árvores tinham adquirido, como antes, seu aspecto de verde sombrio, e onde a família Henchard de três pessoas caminhara outrora, duas pessoas ligadas à família caminhavam agora.

A cena em seu aspecto amplo tinha tanto de seu caráter anterior, até mesmo pelas vozes e barulho do vilarejo vizinho, que poderia ter sido a tarde seguinte ao episódio mencionado anteriormente. A mudança poderia ser observada apenas em detalhes, mas aqui era óbvio que uma longa procissão de anos havia se passado. Uma das duas que andavam pela estrada era aquela que tinha sido a jovem esposa de Henchard na ocasião anterior; agora seu rosto havia perdido muito de sua forma arredondada, sua pele havia sofrido uma mudança de textura e, embora seu cabelo não tivesse perdido a cor, era consideravelmente mais ralo do que antes. Ela estava vestida com roupas de luto de uma viúva. Sua companheira, também de preto, era uma jovem bem formada de aproximadamente 18 anos, totalmente dotada daquela efêmera e preciosa essência da juventude, que é a própria beleza, independentemente de tez ou do contorno.

Um único olhar era suficiente para identificar que essa era a filha adulta de Susan Henchard. Embora o verão da vida tivesse deixado sua marca de endurecimento no rosto da mãe, suas antigas características primaveris foram transferidas tão habilmente pelo tempo para a segunda figura, sua filha, que a ausência de certos fatos no conhecimento de sua mãe sobre a mente da menina teria parecia no momento, para alguém que estivesse refletindo sobre esses fatos, uma curiosa imperfeição nos poderes de continuidade da natureza.

Elas caminhavam de mãos dadas, e percebia-se que se tratava de um simples ato de afeto. A filha carregava na mão externa uma cesta de vime de fabricação antiga; a mãe um embrulho azul, que contrastava estranhamente com seu vestido preto.

Alcançando os arredores do vilarejo, elas seguiram a mesma trilha de antes e subiram para a feira. Aqui também era evidente que os anos haviam passado. Era possível observar certas melhorias mecânicas nas esquinas e em seus empreendedores, nas máquinas para medir resistência e peso brutos, e também nas novidades das construções. Mas o negócio real da feira havia diminuído consideravelmente. Os novos grandes mercados periódicos das cidades vizinhas começavam a interferir seriamente no comércio que aqui se fazia há séculos. Os currais para as ovelhas e as cordas de amarrar os cavalos tinham cerca de metade do comprimento anterior. As barracas de alfaiates, negociantes de peças tricotadas, fabricantes de tonéis e barris, vendedores de linho e outros ofícios semelhantes haviam quase desaparecido, e os veículos eram muito menos numerosos. A mãe e a filha caminharam no meio da multidão por um trecho e então pararam.

– Por que perdemos nosso tempo vindo aqui? Achei que você queria seguir em frente? – disse a jovem.

– Sim, minha querida Elizabeth-Jane – explicou a mãe. – Mas eu queria vir até aqui e dar uma olhada.

– Por quê?

– Foi aqui que encontrei Newson pela primeira vez... em um dia como este.

– O primeiro encontro com o pai foi aqui? Sim, você já me disse isso antes. E agora ele se afogou e não está mais conosco! – Enquanto falava, a jovem tirou um cartão do bolso e olhou para ele com um suspiro. Tinha bordas pretas e inscritas em um desenho semelhante a um mural com as palavras: "Em memória afetuosa de Richard Newson, marinheiro, que infelizmente se perdeu no mar, no mês de novembro de 184–, com a idade de 41 anos."

– E foi aqui – continuou a mãe, com mais hesitação – que vi pela última vez o parente que vamos procurar ... o sr. Michael Henchard.

– Qual é o parentesco exato dele conosco, mãe? A senhora nunca me disse isso claramente.

– Ele é, ou era, porque pode estar morto, uma conexão por meio de um casamento – disse sua mãe deliberadamente.

– Isso é exatamente o que você disse várias vezes antes! – respondeu a jovem, olhando em volta com desatenção. – Ele não é um parente próximo, suponho?

– De jeito nenhum.

– Ele era um vendedor de feno, não era, quando você ouviu falar dele pela última vez?

– Era sim.

– Acho que ele nunca me conheceu? – a jovem continuou inocentemente.

A sra. Henchard parou por um momento e respondeu, inquieta: – Claro que não, Elizabeth-Jane. Mas venha por aqui – Então ela saiu andando para a outra parte da feira.

– Não adianta ficar perguntando por aqui, eu acho – observou a filha, enquanto olhava ao redor. – As pessoas nas feiras mudam como as folhas das árvores; e tenho quase certeza de que a senhora é a única aqui hoje que esteve aqui todos esses anos atrás.

– Não tenho tanta certeza disso – disse a sra. Newson, como ela agora chamava a si mesma, olhando atentamente para algo sob uma margem verde um pouco distante. – Olhe ali.

A filha olhou na direção indicada. O objeto apontado era um tripé de gravetos cravados na terra, do qual pendia um pote de três pernas, mantido aquecido por um fogo de lenha fumegante embaixo. Sobre a panela estava inclinada uma velha abatida, enrugada e quase em farrapos. Ela mexia o conteúdo da panela com uma colher grande e, ocasionalmente, resmungava com a voz entrecortada: – Vendo cozido delicioso aqui!

Na verdade, era a ex-dona da barraca que vendia cozidos... outrora próspera, asseada, de avental branco e com os bolsos cheios de dinheiro... agora sem barraca, suja, sem mesas nem assentos e com poucos clientes, exceto dois meninos de cabelos castanhos esbranquiçados, que se aproximaram e pediram "uma porção de meio centavo, por favor, caprichada", que ela serviu em duas bacias amarelas lascadas feitas de barro comum.

— Ela estava aqui naquela época — disse a sra. Newson, dando um passo como se fosse se aproximar.

— A senhora não vai falar com ela... não é respeitável! — alertou a filha.

— Vou apenas dizer uma palavra; você, Elizabeth-Jane, pode ficar aqui.

A menina não se incomodou e virou-se para algumas barracas de estampas coloridas enquanto sua mãe continuou caminhando. A velha serviu rapidamente o último menino assim que a viu e respondeu ao pedido da sra. Henchard-Newson, servindo uma porção de 1 centavo com mais entusiasmo do que ela havia demonstrado vendendo porções de 6 centavos em seus dias de juventude. Quando a viúva "de dois maridos" pegou o prato com aquela quantia rala e pobre de cozido que representava a rica mistura dos tempos antigos, a bruxa abriu uma pequena cesta atrás da lenha e, olhando para cima astutamente, sussurrou: — Apenas um trago de rum no caldo?... que vai lhe custar a bagatela de dois centavos... vai fazer com que a sopa desça como um licor!

Sua cliente sorriu amargamente diante do conhecido e velho truque e balançou a cabeça com um significado que a velha estava longe de traduzir. Ela fingiu comer um pouco do cozido com a colher de chumbo oferecida e, ao fazê-lo, disse suavemente à bruxa: — A senhora já enfrentou dias melhores?

— Ah, senhora, com certeza, já tive dias maravilhosos! — respondeu a velha, abrindo seu coração imediatamente. — Já estou neste local como trabalhadora, esposa e viúva há trinta e nove anos, e naquele tempo eu sabia o que era fazer negócios com os estômagos mais ricos da terra! A senhora sabe que já fui dona de uma grande barraca que era a atração da feira?! Ninguém passava por aqui sem experimentar um prato do cozido da sra. Goodenough. Eu agradava ao paladar do clero, ao paladar do cavalheiro elegante; agradava ao paladar da cidade e do país. Agradava até mesmo ao paladar das mulheres grosseiras e desavergonhadas. Mas agora nosso Senhor é minha vida... a memória do mundo não existe mais; negociações claras não trazem lucro... é o astuto e o dissimulado que prevalecem nestes tempos!

A sra. Newson olhou em volta e viu que sua filha ainda estava olhando as barracas mais distantes, então perguntou cautelosamente: – A senhora consegue se lembrar da venda de uma esposa por seu marido em sua barraca dezoito anos atrás nesta data?

A bruxa refletiu e meio que balançou a cabeça dizendo: – Se fosse algo grandioso, eu teria me importado em um momento. Posso me lembrar de todas as brigas sérias de festas de casamento, todos os assassinatos, todos os homicídios culposos, até mesmo os furtos... pelo menos os grandes... que testemunhei. Mas uma venda? Foi feita silenciosamente?

– Bem, eu acho que sim.

A mulher do cozido balançou a cabeça novamente e disse: – Pensando bem, eu lembro. De alguma forma, consigo me lembrar de um homem fazendo alguma coisa parecida... um homem com uma jaqueta de veludo, uma cesta de ferramentas; mas, meu Deus do céu, não vamos nos lembrar mais disso. A única razão pela qual me lembro desse homem é porque ele voltou aqui na feira do ano seguinte e me disse em particular que se uma mulher perguntasse por ele, eu deveria dizer que ele tinha ido para... onde mesmo?... Casterbridge... sim... para Casterbridge, foi o que ele disse. Meu Deus do céu, eu não deveria nem ter pensado nisso de novo!

A sra. Newson teria recompensado a velha até onde seus poucos recursos permitiam, se ela não tivesse bem guardado em mente que foi por causa da bebida daquela mulher sem escrúpulos que seu marido ficou em estado degradado. Ela agradeceu brevemente a sua informante e se juntou a Elizabeth, que a cumprimentou dizendo: – Mãe, vamos seguir nosso caminho... não foi muito respeitável você ir até lá para comer alguma coisa. Só vejo as pessoas de baixo nível indo até lá.

– Mas eu consegui saber o que eu queria – respondeu a mãe calmamente. – A última vez que nosso parente visitou esta feira, ele disse que estava morando em Casterbridge. É muito, muito longe daqui, e foi há muitos anos que ele disse isso, mas acho que vamos até lá.

Depois disso, elas desceram a rua da feira e seguiram para o vilarejo, onde conseguiram pernoitar.

Capítulo 4

A esposa de Henchard sempre agiu da melhor maneira, mas se envolveu em dificuldades. Centenas de vezes ela estivera a ponto de contar à filha Elizabeth-Jane a verdadeira história de sua vida, cuja trágica crise havia ocorrido na feira de Weydon, quando ela não era muito mais velha do que a jovem que estava agora ao seu lado. Mas ela sempre se conteve. Uma jovem inocente cresceu acreditando que as relações entre o excelente marinheiro e sua mãe eram as comuns que sempre pareceram ser. O risco de pôr em perigo a forte afeição de uma criança com ideias perturbadoras que se formariam durante o crescimento da menina era para a sra.

Henchard uma coisa terrível demais para se contemplar. Parecia, na verdade, uma loucura pensar em contar a verdade para Elizabeth-Jane.

Mas o medo de Susan Henchard de perder o coração de sua amada filha por uma revelação tinha pouco a ver com qualquer senso de erro de sua parte. A simplicidade dela... o motivo original do desprezo de Henchard por ela... permitiu que ela vivesse com a convicção de que Newson havia adquirido um direito moralmente real e justificável sobre ela com sua compra. Embora os significados exatos e os limites legais desse direito fossem vagos. Pode parecer estranho para mentes sofisticadas que uma jovem mãe sensata possa acreditar na seriedade de tal transferência; e se não houvesse numerosos outros exemplos da mesma crença, a coisa dificilmente poderia ser reconhecida. Mas ela não foi de forma alguma a primeira nem a última camponesa a aceitar religiosamente seu comprador, como mostram muitos registros rurais.

A história das aventuras de Susan Henchard nesse ínterim pode ser contada em duas ou três frases. Absolutamente desamparada, ela foi levada para o Canadá, onde viveram vários anos sem nenhum grande sucesso mundano, embora ela trabalhasse tão duro quanto qualquer mulher para manter sua casa alegre e bem provida. Quando Elizabeth-Jane tinha cerca de 12 anos, os três voltaram para a Inglaterra e se estabeleceram em Falmouth, onde Newson ganhou a vida por alguns anos como barqueiro e marinheiro.

Ele então se envolveu no comércio na ilha de Terra Nova, e foi durante esse período que Susan teve um despertar. Uma amiga, a quem ela confidenciou sua história, ridicularizou sua total aceitação de sua situação, e tudo isso acabou com sua paz de espírito. Quando Newson voltou para casa no final de um inverno, ele viu que a ilusão que ele havia sustentado com tanto cuidado havia desaparecido para sempre.

Houve então um momento de tristeza, em que ela lhe dizia que tinha dúvidas se conseguiria viver mais tempo com ele. Newson saiu de casa novamente para o comércio de Terra Nova quando a temporada chegou. A vaga notícia de que ele havia se perdido no mar um pouco mais tarde resolveu um problema que tinha se tornado uma tortura para sua consciência mansa. Ela nunca mais o viu.

Elas não ouviram mais nada sobre Henchard. Para os escravos do trabalho, a Inglaterra daqueles dias era apenas um pequeno continente.

Elizabeth-Jane desenvolveu logo cedo sua feminilidade. Um dia, cerca de um mês depois de receber informações sobre a morte de Newson no Banco da Terra Nova, quando a jovem tinha aproximadamente 18 anos, ela estava sentada em uma cadeira de salgueiro na casinha que elas ainda ocupavam, fazendo redes de barbante para os pescadores. Sua mãe estava em um canto nos fundos da mesma sala ocupada no mesmo trabalho e, deixando cair a pesada agulha de madeira que estava usando, examinou sua filha pensativamente. O sol brilhava entrando pela porta sobre a cabeça e os cabelos da jovem, que estavam soltos, de modo que os raios penetravam neles como em um bosque de aveleiras. Seu rosto, embora um tanto pálido e incompleto, possuía uma beleza bruta, porém promissora. Ela tinha traços não muito bem definidos, que lutavam para se revelar através das curvas provisórias da imaturidade e das desfigurações casuais resultantes das circunstâncias difíceis de suas vidas. Ela tinha uma alma linda, mas o corpo não era tão lindo assim. Provavelmente nunca seria belíssima, a menos que os acontecimentos estressantes de sua existência diária pudessem ser evitados antes que as partes móveis de seu semblante se acomodassem em seu molde final.

Ao olhar para a jovem, sua mãe ficou triste... não vagamente, mas por conclusão lógica. Ambas ainda estavam lutando contra a pobreza da qual ela tantas vezes tentara livrar-se por causa da menina. A mulher havia notado há muito tempo como a mente jovem de seu companheiro lutava de modo zeloso e constante para melhorar suas condições de vida; e ainda assim, em seus dezoito anos, a vida permanecia a mesma, pouca coisa melhor. O desejo, sóbrio e reprimido, do coração de Elizabeth-Jane era realmente ver, ouvir e compreender. Como ela poderia se tornar uma mulher de conhecimento mais amplo, reputação mais alta... "melhor", como ela dizia. Essa era a pergunta constante que ela fazia à mãe. Ela procurava mais coisas do que outras jovens em sua posição jamais fizeram, e sua mãe sofria ao sentir que não poderia ajudar na busca.

O marinheiro, afogado ou não, provavelmente agora estava perdido para elas; e a firme adesão religiosa de Susan a ele como seu marido em princípio, até que suas opiniões fossem perturbadas pelo esclarecimento, não era mais tão requisitada. Ela se perguntou se o momento presente, agora que ela era uma mulher livre novamente, não seria oportuno em um mundo onde tudo tinha sido tão inoportuno, para fazer um esforço desesperado e ajudar Elizabeth a atingir seus objetivos. Colocar seu orgulho no bolso e procurar o primeiro marido parecia, sabiamente ou não, o melhor passo inicial. Ele possivelmente havia se embebedado até a morte. Mas, por outro lado, ele poderia ter tido muito bom senso para fazê-lo; pois durante o tempo em que ela ficou com ele, ele só tinha ataques e não era um bêbado habitual.

De qualquer forma, o fato de voltar a ser propriedade dele, caso ele estivesse vivo, era inquestionável. A dificuldade de procurá-lo consistia em explicar a situação para Elizabeth, um procedimento sobre o qual sua mãe não suportava pensar. Ela finalmente resolveu procurá-lo sem revelar à jovem suas relações anteriores com Henchard, deixando para ele, se o encontrassem, tomar as medidas que escolhesse para fazê-lo. Isso explica a conversa delas na feira e as informações pela metade que levaram Elizabeth a continuar.

Tomando essa decisão, elas prosseguiram em sua jornada, confiando apenas na pequena dica do paradeiro de Henchard fornecida pela mulher do cozido. Toda e qualquer economia era indispensável. Às vezes, elas podiam ser vistas andando a pé, às vezes em carroças de fazendeiros, às vezes em camionetas de transportadoras; e, dessa forma, elas foram se aproximando de Casterbridge. Elizabeth-Jane descobriu, para sua surpresa, que a saúde de sua mãe não era mais a mesma, e sempre havia em sua fala aquele tom de renúncia que mostrava que, se não fosse pela jovem, ela não lamentaria muito deixar a vida porque estava ficando completamente esgotada.

Foi ao entardecer de uma sexta-feira, em meados de setembro e um pouco antes de ficar totalmente escuro, que chegaram ao cume de uma colina, a menos de um quilômetro e meio do local que procuravam. Havia sebes altas até a estrada de carruagens, e elas pisaram na grama verde e se sentaram. O local proporcionava uma visão completa da cidade e seus arredores.

– Parece ser um lugar bem antigo! – disse Elizabeth-Jane, enquanto sua mãe silenciosa refletia sobre outras coisas além da topografia. – Fica tudo amontoado e é cercado por uma parede quadrada de árvores, como um terreno de jardim com uma cerca ao redor.

Seu formato quadrado era, de fato, a característica que mais chamava a atenção nesse bairro antigo, o bairro de Casterbridge. Naquela época, recente como era, intocado pela mais leve pitada de modernismo. Era compacto como uma caixa de dominó. Não tinha subúrbios, no sentido comum. Campo e cidade se encontravam em uma linha matemática.

Para os pássaros que voam bem alto, Casterbridge devia parecer naquela bela noite como um mosaico de vermelhos suaves, marrons, cinzas e cristais, mantidos juntos por uma moldura retangular de verde-escuro. Na altura dos olhos de um ser humano, ela se erguia como uma massa indistinta atrás de uma densa barreira de limoeiros e castanheiras, situada no meio de quilômetros de terrenos arredondados e côncavos. A massa tornou-se gradualmente dissecada pela visão em torres, cumeeiras, chaminés e batentes, os vidros mais altos brilhando embaçados e avermelhados pelo fogo acobreado que captavam do cinturão de nuvens iluminadas pelo sol do Oeste.

Do centro de cada lado dessa praça arborizada corriam avenidas ao leste, oeste e sul até a ampla extensão de milharais e vales estreitos na distância de quase um quilômetro ou mais. Era por uma dessas avenidas que as duas pedestres estavam prestes a entrar. Antes que elas se levantassem para continuar a caminhada, dois homens passaram do lado de fora da sebe, engajados em uma conversa argumentativa.

Enquanto os homens se afastavam, Elizabeth comentou com sua mãe: – Ora, com certeza aqueles homens mencionaram o nome de Henchard na conversa. Esse é o nome de nosso parente, não é?

– Eu também achei que sim – disse a sra. Newson.

– Isso parece uma dica para nós de que ele ainda está aqui.

– É verdade.

– Acho que vou correr atrás deles e perguntar sobre Henchard.

– Não, não, não! Não vamos falar nada para ninguém. Ele pode estar no asilo ou na prisão, não sabemos.

– Meu Deus, por que a senhora pensa assim, mãe?

– Falei por falar... foi só isso! Mas temos de fazer algumas investigações particulares.

Depois de descansarem o suficiente, elas continuaram a busca ao cair da tarde. As densas árvores da avenida deixavam a estrada escura como um túnel, embora o terreno aberto de cada lado ainda recebesse uma fraca luz do dia, entre outras palavras, passavam uma meia-noite entre dois crepúsculos. As peculiaridades da cidade despertavam grande interesse na mãe de Elizabeth, agora que o lado humano tinha vindo à tona. Assim que elas começaram a andar, puderam perceber que a barreira de árvores cheias de nós que emoldurava Casterbridge era em si uma avenida, erguendo-se sobre uma margem ou encosta baixa e verde, com uma vala ainda visível. Dentro da avenida e da margem havia um muro mais ou menos descontínuo, e dentro do muro estavam as residências dos burgueses.

Embora as duas mulheres não soubessem, essas características externas eram apenas as antigas defesas da cidade, plantadas como uma calçada.

As lamparinas agora brilhavam através das árvores envolventes, transmitindo uma sensação de grande complacência e conforto no interior e tornando ao mesmo tempo o local sem iluminação e sem aspecto estranhamente solitário e vago, considerando sua proximidade com a vida. A diferença entre o vilarejo e a planície aumentava também através dos sons que agora as alcançavam acima dos outros... as notas de uma banda de metais. As viajantes entraram na High Street, onde havia casas de madeira com andares suspensos, cujas treliças das pequenas janelas eram protegidas por cortinas de algodão amarradas por um cordão, e sob cujos frisos havia velhas teias de aranha ondulando ao vento. Havia casas de alvenaria cujo suporte principal vinha das casas adjacentes. Havia telhados de ardósia remendados com telhas, telhados de telhas remendados com ardósia e ocasionalmente remendados com telhados de palha.

O caráter agrícola e pastoril das pessoas de quem a cidade dependia para sua existência era demonstrado pela classe de objetos expostos nas vitrines. Foices de todos os tipos, tesouras para tosquiar ovelhas, pás, enxadas, ferramentas de ferreiro, artefatos para criação de abelhas, tambores para manteiga, banquetas e baldes para ordenha, ancinhos de feno, jarros para sementes, cordas de carroça e arreios, carrinhos de mão e engrenagens de moinhos, luvas de proteção, joelheiras, perneiras e tamancos para lavradores.

Elas chegaram a uma igreja cinzenta, cuja torre quadrada enorme se erguia intacta no céu que escurecia, as partes inferiores eram iluminadas pelas lâmpadas mais próximas o suficiente para mostrar como a argamassa das juntas da alvenaria havia sido completamente corroída pelo tempo e pelo clima, o que havia permitido o crescimento nas fendas de pequenos tufos de pedra e grama seguindo o comprimento dos próprios parapeitos. Na torre da igreja o relógio apontava 8 horas e, a partir daí, um sino começou a tocar com um tinido peremptório. O toque de recolher ainda estava em vigor em Casterbridge, e era utilizado pelos habitantes como um sinal para fechar suas lojas. Assim que as notas graves do sino pulsavam entre as fachadas das casas, um barulho de persianas surgia em toda a extensão da High Street. Em poucos minutos, os negócios do dia em Casterbridge eram encerrados.

Outros relógios batiam 8 horas de vez em quando... um deles em tom melancólico na prisão, outro vinha de um asilo, com um rangido de máquinas, que soava mais alto do que a nota do sino; uma fileira de relógios altos e envernizados do interior da loja de um relojoeiro se juntavam um após o outro no momento em que as persianas se fechavam, como uma fileira de atores fazendo seus discursos finais antes de cair a cortina. Em seguida, sinos eram ouvidos balbuciando o hino dos marinheiros sicilianos, de modo que os cronologistas da escola avançada notavelmente estavam a caminho da próxima hora antes que todo o comércio antigo fosse fechado de modo satisfatório.

Em um espaço aberto em frente à igreja caminhava uma mulher com as mangas do vestido arregaçadas tão alto, que a barra de seu saiote era visível, e sua saia estava enfiada no bolso. Ela carregava um pão debaixo do braço, do qual tirava pedaços e os entregava a algumas outras mulheres que caminhavam com ela e mordiscavam os pedaços com vontade. A visão lembrou a sra. Henchard-Newson e sua filha de que estavam com fome, e elas perguntaram à mulher onde poderiam encontrar o padeiro mais próximo.

— Vocês podem encontrar um pão simples em Casterbridge agora mesmo — ela disse, depois de orientá-las. — Eles tocam suas trombetas, batem seus tambores e têm jantares extravagantes — acenando com a mão para um ponto mais adiante na rua, onde a banda de música podia ser vista parada em frente a um prédio iluminado — mas é difícil encontrar um pão saudável para comer. Atualmente, temos menos pão bom do que cerveja boa em Casterbridge.

— E menos cerveja boa do que refrigerantes — disse um homem com as mãos nos bolsos.

— O que acontece aqui para que não tenham um pão bom? — perguntou a sra. Henchard.

— Bem, o problema é o milho... ele é o homem com quem nossos moleiros e padeiros negociam, e ele vendeu a eles trigo cultivado, que eles não sabiam que era cultivado, pelo menos é o que dizem, até que a massa correu nos fornos como mercúrio; então, os pães ficaram achatados como sapos e parecendo pudim de sebo por dentro. Sou esposa e mãe, e nunca vi pão tão horrível em Casterbridge como este antes. Mas você deve ser uma estranha aqui para não saber o que fez as entranhas de todos os pobres homens doerem como bexigas estouradas esta semana?

— Eu sou — disse a mãe de Elizabeth, timidamente.

Não desejando ser observada até que soubesse mais sobre seu futuro nesse lugar, ela se retirou com a filha. Pegando alguns biscoitos na loja indicada como um substituto temporário para uma refeição, elas seguiram instintivamente para onde a música estava tocando.

Capítulo 5

Algumas dezenas de metros as levaram ao local onde a banda da cidade agora sacudia as vidraças com os acordes de *The Roast Beef of Old England*.

O prédio diante de cujas portas eles haviam montado suas estantes de partitura era o principal hotel de Casterbridge, o King's Arms. Uma ampla janela saliente projetava-se para a rua sobre o pórtico principal, e dos caixilhos abertos vinham o burburinho de vozes, o tilintar de copos e o som do saca-rolhas. Além disso, as persianas ficavam abertas, todo o interior da sala podia ser observado do topo de um lance de degraus de pedra até uma loja de carroças em frente, razão pela qual um grupo de ociosos se reunia ali.

— Talvez possamos, afinal, fazer algumas perguntas sobre... nosso parente, sr. Henchard — sussurrou a sra. Newson que, desde sua entrada em Casterbridge, parecia estranhamente fraca e agitada. — Acho que esse seria um bom lugar para tentar fazer isso, apenas para perguntar, você sabe, onde podemos encontrá-lo, se ele estiver aqui, como acho que deve estar. É melhor você, Elizabeth-Jane, fazer isso. Estou exausta demais para fazer qualquer coisa... vou me sentar antes que eu caia.

Ela se sentou no degrau mais baixo, e Elizabeth-Jane obedeceu às suas instruções e se misturou aos desocupados.

— O que está acontecendo esta noite? — perguntou a jovem, depois de escolher um velho e ficar ao lado dele o tempo suficiente para ter o direito de conversar educadamente.

— Bem, você com certeza não mora aqui — disse o velho, sem tirar os olhos da janela. — Ora, é um grande jantar público de pessoas nobres e importantes, com o prefeito na cadeira. Como nós, os mais simples, não somos convidados, eles deixam as persianas abertas para que possamos ter uma noção do que está acontecendo aqui. Se você subir os degraus poderá vê-los. Aquele é o sr. Henchard, o prefeito, na ponta da mesa, olhando para você; e esses são os homens do Conselho, à direita e à esquerda... ah, muitos deles quando começaram a vida não eram mais do que eu sou agora!

– Henchard! – disse Elizabeth-Jane, surpresa, mas de forma alguma suspeitando de toda a força da revelação. Ela subiu os degraus.

Sua mãe, embora de cabeça baixa, já havia captado da janela do pequeno hotel os tons que estranhamente atraíram sua atenção, antes que as palavras do velho: "Sr. Henchard, o prefeito", chegassem aos seus ouvidos. Ela se levantou e se aproximou da filha assim que pôde, sem demonstrar uma demasiada ansiedade.

O interior da sala de jantar do hotel estendia-se à sua frente, com as suas mesas, copos, pratos e funcionários. De frente para a janela, na cadeira da dignidade, estava sentado um homem de cerca de 40 anos de idade, de estrutura pesada, voz forte de comando; seu porte em geral era mais grosseiro do que compacto. Ele tinha pele bonita, morena, olhos pretos brilhantes e sobrancelhas e cabelos escuros e espessos. Quando ele se entregava a uma gargalhada ocasional, devido a algum comentário entre os convidados, sua boca grande se abria tanto para trás que mostrava à luz do candelabro seus 32 dentes brancos que ele obviamente tinha orgulho de ostentar.

Essa risada não era encorajadora para estranhos e, portanto, era muito bom que fosse raramente ouvida. Muitas teorias podem ter sido formadas sobre sua risada. Caía bem com as conjeturas de um temperamento que não era nada fraco, mas que estava pronto a render admiração invejosa à grandeza e à força. A bondade pessoal de seu produtor, se ele tivesse alguma, seria de uma forma muito inconstante. Uma generosidade ocasional quase opressiva, em vez de uma gentileza branda e constante.

O marido de Susan Henchard, pelo menos de acordo com a lei, sentado diante deles, estava amadurecido na forma, rígido na linha, exagerado nos traços, disciplinado, cuidadoso com as atitudes... em uma única palavra, mais velho. Elizabeth, que não estava sobrecarregada com nenhuma lembrança como sua mãe, olhou para ele com nada mais do que aguçada curiosidade e interesse, que seriam naturalmente gerados pela descoberta de tal posição social inesperada do parente tão procurado. Ele estava vestido com um terno antiquado, uma camisa com babados que apareciam em seu peito largo; abotoaduras adornadas com joias e uma pesada corrente de ouro. Três copos estavam à sua direita; mas, para surpresa de sua esposa, os dois copos de vinho estavam vazios, enquanto o terceiro estava cheio até a metade com água.

Quando ela o vira pela última vez, ele estava sentado usando uma jaqueta de veludo cotelê, colete, calça de fustão e perneiras de couro curtido, com um prato de cozido quente diante dele. O mágico, chamado Tempo, tinha trabalhado muito aqui. Observando-o, tendo o passado em mente, ela ficou tão comovida que se encolheu contra o batente da porta da loja de carroças a que os degraus davam acesso, a sombra dela escondendo convenientemente suas feições. Ela esqueceu sua filha até que um toque de Elizabeth-Jane a despertou. – Você o viu, mãe? – sussurrou a jovem.

– Sim, sim – respondeu sua mãe, apressadamente. – Eu o vi, e isso me basta! Agora posso ir embora... partir... morrer.

– Por que...? o que a senhora está dizendo? – Ela se aproximou e sussurrou no ouvido de sua mãe: – A senhora acha que ele não vai querer ser nosso amigo? Achei ele um homem generoso.

Ele é um cavalheiro, não é? E como suas abotoaduras de diamante brilham! Que estranho você ter dito que ele poderia estar na prisão, no asilo ou morto! As coisas foram bem diferentes disso alguma vez na vida, não é?! Por que você sente tanto medo dele? Eu não sou nada, vou chamá-lo. O máximo que ele pode fazer é dizer que não possui parentes tão remotos.

– Eu não sei mais nada, não sei o que fazer. Eu me sinto tão mal.

– Não fique assim, mãe, agora que chegamos até aqui! Descanse um pouco aí onde você está, vou tentar descobrir mais sobre ele.

– Acho que nunca conseguirei encontrar o sr. Henchard. Ele não é como eu pensei que seria... ele me domina! Não quero mais vê-lo.

– Mas espere um pouco e pense no que está fazendo.

Elizabeth-Jane nunca se interessou tanto por nada em sua vida quanto por sua posição atual, em parte pela euforia natural que sentiu ao descobrir-se semelhante àquelas pessoas, e ela olhou novamente para a cena. Os convidados mais jovens conversavam e comiam com animação; os mais velhos procuravam petiscos, farejando e grunhindo sobre os pratos como porcas em busca de bolotas. Três drinques pareciam sagrados para o grupo: vinho do porto, xerez e rum. Além dessa trindade estabelecida, havia pouca ou nenhuma variação no paladar.

Uma fileira de antigos copos de bebida grandes e decorados com pinturas na lateral, cada um contendo uma colher, era agora colocada sobre a mesa, e estes foram prontamente enchidos com grogue[1] em temperatura tão alta que levantavam sérias considerações para os artigos expostos a seus vapores. Mas Elizabeth-Jane

---

1 Grogue: bebida alcoólica quente feita à base de rum, água e açúcar.

notou que, embora continuassem a encher os copos com muita rapidez na mesa, ninguém enchia o copo do prefeito, que ainda bebia grandes quantidades de água do copo atrás do amontoado de vasos de cristal destinados a vinho e bebidas alcoólicas.

– Eles não enchem os copos de vinho do sr. Henchard – ela se arriscou a dizer ao seu conhecido, o velho.

– Ah não; você não sabe que ele é o célebre abstêmio digno desse nome? Ele despreza todos os licores tentadores, nunca toca em nada. Com certeza, ele tem fortes qualidades. Ouvi dizer que ele fez um juramento sagrado em tempos passados e o mantém desde então. Então eles não o pressionam, sabendo que seria impróprio, pois seu juramento sagrado é coisa séria.

Outro homem idoso, ao ouvir esse discurso, juntou-se a ele perguntando: – Por quanto tempo ele ainda vai sofrer com isso, Solomon Longways?

– Mais dois anos, dizem. Não sei o motivo pelo qual ele determinou esse tempo, porque ele nunca contou nada a ninguém. Mas são exatamente dois anos corridos a mais, dizem eles. Uma mente poderosa para aguentar tanto tempo!

– É verdade... Mas há uma grande força na esperança. Sabendo que dentro de vinte e quatro meses você estará livre de sua escravidão e capaz de compensar tudo o que sofreu, participando das celebrações sem restrições... ora, isso mantém o ânimo de um homem, sem dúvida.

– Sem dúvida, Christopher Coney, sem dúvida. E um homem viúvo e solitário realmente precisa pensar assim – disse Longways.

– Quando ele perdeu a esposa? – perguntou Elizabeth.

– Eu nunca a conheci. Foi antes de ele vir para Casterbridge – Solomon Longways respondeu com ênfase terminativa, como se o fato de ele não conhecer a Sra. Henchard fosse suficiente para privar sua história de todo o interesse. – Mas eu sei que ele é um abstêmio convicto e que, se algum de seus homens beber só uma gota, ele o repreenderá de modo tão severo quanto o Senhor repreende os jovens judeus.

— Ele tem muitos homens, então? — perguntou Elizabeth-Jane.

— Muitos! Ora, minha boa jovem, ele é o membro mais poderoso do Conselho Municipal e, além disso, um homem bastante importante no campo. Nunca ninguém foi tão importante no negócio de trigo, cevada, aveia, feno, raízes e coisas assim, mas Henchard tem uma boa influência nesse ramo. Sim, e ele vai entrar em outros negócios também; e é aí que ele comete seu erro. Ele veio do nada, trabalhou muito quando chegou aqui e agora ele é um pilar da cidade. Mas ele está um pouco abalado este ano com esse assunto do milho ruim que ele forneceu em seus contratos. Estou vendo o sol nascer aqui em Durnover Moor há sessenta e nove anos, e embora o Sr. Henchard nunca tenha me tratado injustamente desde que comecei a trabalhar para ele, visto que sou apenas um homem muito simples, devo dizer que nunca antes provei um pão tão ruim quanto o que tem sido feito com o trigo de Henchard ultimamente. O milho cresceu, e você poderia chamá-lo de malte, e há uma parte no fundo do pão tão grossa quanto a sola de um sapato.

A banda então começou a tocar outra melodia e, quando terminou, o jantar acabou, e os discursos começaram a ser feitos. Como a noite estava calma, e as janelas ainda abertas, essas orações podiam ser ouvidas distintamente. A voz de Henchard ergueu-se acima das demais; ele estava contando uma história de suas experiências no comércio de feno, uma ocasião em que havia enganado um trapaceiro que estava empenhado em trapaceá-lo.

– Ha-ha-ha! – respondeu seu público no fim da história; e a hilaridade foi geral, até que uma nova voz surgiu dizendo: – Está tudo muito bem, mas e o pão estragado?

Vinha da extremidade inferior da mesa, onde estava sentado um grupo de pequenos comerciantes que, embora pertencentes à empresa, pareciam estar um pouco abaixo do nível social dos demais; e que parecia nutrir certa independência de opinião e conduzir discussões não totalmente em harmonia com os que estavam à frente; assim como uma parte de uma igreja às vezes canta persistentemente fora do tempo e da melodia do coral principal.

Essa interrupção sobre o pão estragado proporcionava infinita satisfação aos ociosos do lado de fora, vários dos quais estavam no clima daqueles que encontram prazer no desconforto dos outros; e, portanto, eles gritaram livremente: – Ei! E quanto a esse pão ruim, sr. prefeito? – Além disso, como não sentiam nenhuma das restrições daqueles que compartilhavam o banquete, eles se deram ao luxo de acrescentar: – O senhor deveria nos contar a história direitinho, prefeito!

A interrupção foi suficiente para obrigar o prefeito a notá-la.

– Bem, admito que o negócio do trigo acabou mal – disse ele. – Mas fui levado a comprá-lo tanto quanto os padeiros que o compraram de mim.

– E quanto aos pobres que tiveram de comê-lo, querendo ou não – disse o homem desarmonioso do lado de fora da janela.

O rosto de Henchard ficou sombrio. Havia um temperamento forte sob a superfície fina e insípida – um temperamento que, artificialmente intensificado, havia banido uma esposa quase vinte anos antes.

– Vocês precisam fazer concessões para os contratempos de uma grande empresa – disse ele. – Vocês devem ter em mente que o clima durante a colheita daquele milho foi o pior que já vimos há anos. No entanto, já fiz minhas correções por causa disso. Como descobri que meu negócio é grande demais para ser bem cuidado por mim mesmo, anunciei uma vaga para o cargo de gerente do departamento de milho. Quando eu o contratar, vocês verão que esses erros não acontecerão mais... as questões serão mais bem analisadas.

– Mas o que o senhor vai fazer para nos pagar pelo passado? – perguntou o homem que havia falado antes e que parecia ser um padeiro ou moleiro. – O senhor substituirá a farinha que ainda temos por grãos saudáveis?

O rosto de Henchard tornou-se ainda mais severo com essas interrupções, e ele bebeu de seu copo d'água como se quisesse se acalmar ou ganhar tempo. Em vez de dar uma resposta direta, ele observou rigidamente:

– Se alguém me disser como transformar trigo cultivado em trigo saudável, aceitarei com prazer. Mas isso não pode ser feito.

Henchard não foi questionado novamente. Depois de dizer isso, ele se sentou.

Capítulo 6

Bem, o grupo do lado de fora da janela havia sido reforçado nos últimos minutos por recém-chegados, alguns deles respeitáveis lojistas e seus assistentes, que haviam saído para tomar um pouco de ar depois de fechar as persianas no fim do dia; alguns deles de classe baixa. Diferente de todos, apareceu um estranho... um jovem de aparência notavelmente agradável... que carregava em sua mão uma sacola com o elegante padrão floral predominante em tais artigos naquela época.

Ele era ruivo e de semblante claro, olhos brilhantes e constituição esguia. Ele poderia ter passado sem parar, ou no máximo por meio minuto para olhar a cena, se sua chegada não tivesse coincidido com a discussão sobre milho e pão, caso em que esta história nunca havia sido encenada. Mas o assunto pareceu prendê-lo, e ele sussurrou algumas perguntas aos outros espectadores e continuou ouvindo.

Quando ouviu as palavras finais de Henchard, "Isso não pode ser feito", ele sorriu impulsivamente, tirou sua carteira e escreveu algumas palavras com a ajuda da luz da janela. Ele arrancou a folha, dobrou-a e parecia prestes a jogá-la pela janela aberta da mesa de jantar; mas, pensando bem, abriu caminho entre os desocupados, até chegar à porta do hotel, onde um dos garçons que servia lá dentro estava agora preguiçosamente encostado no batente.

– Entregue isto ao prefeito imediatamente – disse ele, entregando seu bilhete apressadamente.

Elizabeth-Jane tinha visto seus movimentos e ouvido as palavras, que a atraíram tanto pelo tema quanto pelo sotaque – um estranho para aquelas partes. Era pitoresco e do Norte.

O garçom pegou o recado, enquanto o jovem estranho continuou:

– E você pode me falar de um hotel respeitável que tenha um preço um pouco mais moderado do que este?

O garçom olhou indiferentemente para cima e para baixo na rua.

– Dizem que o Três Marinheiros, descendo a rua, é um lugar muito bom – respondeu languidamente – mas eu nunca fiquei hospedado lá.

O escocês, como parecia ser, agradeceu-lhe e caminhou na direção do hotel mencionado, Três Marinheiros, aparentemente mais preocupado com a questão de uma estalagem do que com o destino de seu bilhete, agora que o impulso momentâneo de o escrever já havia passado. Enquanto ele desaparecia lentamente pela rua, o garçom deixou a porta e Elizabeth-Jane viu com algum interesse o bilhete trazido para a sala de jantar e entregue ao prefeito.

Henchard olhou para ele despreocupadamente, desdobrou-o com uma das mãos e deu uma olhada. Então foi curioso notar um efeito inesperado. O aspecto irritado e sombrio que tomara conta de seu rosto desde que o assunto de suas transações com milho havia sido abordado, transformou-se em motivo de atenção. Ele leu a nota lentamente e começou a ter uma série de pensamentos, não melancólicos, mas intermitentemente intensos, como os de um homem que foi capturado por uma ideia.

A essa altura, os brindes e os discursos foram substituídos por canções, e o assunto do trigo foi esquecido. Homens juntavam suas cabeças em pares e trios, contando boas histórias, com risadas pantomímicas, que chegavam a fazer caretas convulsivas. Alguns estavam começando a parecer que não sabiam como haviam chegado ali, o que tinham feito ou como iriam voltar para casa, e sentavam-se provisoriamente com um sorriso atordoado. Homens de constituição robusta mostravam tendência a ficarem corcundas; homens com uma presença digna a perdiam em uma curiosa obliquidade de figura, na qual suas feições ficavam desordenadas e unilaterais, enquanto a cabeça de alguns que haviam jantado com extremo cuidado afundavam de alguma forma em seus ombros, os cantos de sua boca e olhos se dobravam pelo colapso. Apenas Henchard não seguia essas mudanças flexíveis; ele permanecia imponente e ereto, pensando silenciosamente.

O relógio bateu 9 horas. Elizabeth-Jane virou-se para sua companheira e disse: – A noite está chegando, mãe. O que a senhora quer fazer?

Ela ficou surpresa ao descobrir o quão irresoluta sua mãe estava: – Precisamos encontrar um lugar para nos deitarmos – ela murmurou. – Eu vi o sr. Henchard; e isso é tudo que eu queria fazer.

– Isso é o suficiente por esta noite, de qualquer forma – Elizabeth-Jane respondeu suavemente. – Podemos pensar amanhã o que é melhor fazer com ele. A questão agora é como encontraremos um lugar para passar a noite?

Como sua mãe não respondeu, a mente de Elizabeth-Jane voltou às palavras do garçom, que o Três Marinheiros era uma pousada de preços moderados. Uma recomendação boa para uma pessoa provavelmente era boa para outra. – Vamos para onde o jovem foi – ela disse. – Ele é respeitável. O que a senhora acha?

A mãe concordou, e elas desceram a rua.

Nesse ínterim, a ponderação do prefeito, causada pelo recado declarado, continuou a mantê-lo abstraído; até que, sussurrando para seu vizinho tomar seu lugar, ele encontrou oportunidade de sair dali. Isso foi logo após a partida de sua esposa e Elizabeth.

Do lado de fora da sala de reuniões, ele viu o garçom e, acenando para ele, perguntou quem havia trazido o bilhete que havia sido entregue quinze minutos antes.

– Um jovem, senhor, uma espécie de viajante. Ele era um escocês, aparentemente.

– Ele disse como conseguiu esse papel?

– Ele mesmo escreveu, senhor, enquanto estava do lado de fora da janela.

– Ah, ele mesmo escreveu... O jovem está no hotel?

– Não senhor. Ele foi para a pousada Três Marinheiros, eu acredito.

O prefeito andava de um lado para o outro no vestíbulo do hotel com as mãos debaixo da aba do casaco, como se apenas procurasse um ambiente mais fresco do que aquele da sala que acabara de sair. Mas não havia dúvida de que ele ainda estava totalmente possuído pela nova ideia, qualquer que fosse. Por fim, ele voltou para a porta da sala de jantar, parou e descobriu que as canções, os brindes e as conversas transcorriam satisfatoriamente sem sua presença. A Corporação, os residentes particulares e os comerciantes maiores e menores haviam, de fato, consumido bebidas reconfortantes a tal ponto que haviam se esquecido completamente, não apenas do prefeito, mas de todas as vastas diferenças políticas, religiosas e sociais que eles achavam necessário manter durante o dia, e que os separavam como grades de ferro. Vendo isso, o prefeito pegou o chapéu e, quando o garçom o ajudou com um fino sobretudo holandês, saiu e parou sob o pórtico.

Pouquíssimas pessoas estavam andando na rua agora, e seus olhos, como que se dominados por uma espécie de atração, voltaram-se e pousaram sobre um ponto cerca de cem metros abaixo. Era o local para o qual o autor do recado havia ido... os Três Marinheiros... cujas arestas no estilo elisabetano, janelas em arco e luzes podiam ser vistas de onde ele estava. Mantendo seus olhos no local por um tempo, resolveu caminhar naquela direção.

Essa antiga casa de acomodação para homens e animais, agora, infelizmente, demolida, foi construída em arenito suave, com janelas emolduradas do mesmo material, marcadamente fora do perpendicular do assentamento das fundações. A janela de sacada que se projetava para a rua, cujo interior era tão apreciado pelos frequentadores da hospedaria, era fechada com venezianas, em cada uma das quais aparecia uma abertura em forma de coração, um pouco mais atenuada nos ventrículos direito e esquerdo do que se vê na natureza. Dentro desses buracos iluminados, a uma distância de cerca de dez centímetros, estavam alinhados a essa hora, como todos os transeuntes sabiam, as cabeças avermelhadas de Billy Wills, o vidraceiro, Smart, o sapateiro, Buzzford, o negociante geral e outros de um grupo secundário de nobres, de grau um pouco inferior ao dos comensais do Hotel King's Arms, cada um com seu copo de barro.

Um arco Tudor com quatro centros ficava sobre a entrada, e sobre o arco a tabuleta, agora visível sob os raios de uma lâmpada. Aqui, os Marinheiros, que haviam sido representados pelo artista como pessoas de apenas duas dimensões... em outras palavras, achatados como uma sombra... estavam em fila em atitudes paralisadas. Como a tabuleta ficava no lado ensolarado da rua, os três camaradas sofreram com muitas deformações, rachaduras, desbotamento e encolhimento, de modo que eram apenas um filme desbotado sobre a realidade do grão, nós e pregos que a compunham. Na verdade, esse estado de coisas não se devia tanto à negligência do senhorio Stannidge, mas à falta de um pintor em Casterbridge que se comprometesse a reproduzir os traços de homens de modo tradicional.

Uma passagem longa, estreita e mal iluminada dava acesso à hospedaria, passagem dentro da qual os cavalos iam para suas baias na parte de trás, e os hóspedes humanos entravam e saiam, esfregando assim os ombros indiscriminadamente, os últimos não correndo o menor risco de ter os dedos dos pés pisados pelos animais. O bom estábulo e a boa cerveja dos Marinheiros, embora um pouco difíceis de alcançar por haver apenas um caminho estreito para ambos, eram, no entanto, procurados com perseverança pelas velhas cabeças sagazes que sabiam o que era o quê em Casterbridge.

Henchard ficou fora da hospedaria por alguns instantes; em seguida, diminuindo a dignidade de sua presença o máximo possível, abotoando o casaco marrom holandês sobre a camisa e, de outras maneiras, voltando à sua aparência cotidiana comum, ele entrou pela porta da hospedaria.

Capítulo 7

Elizabeth-Jane e sua mãe haviam chegado uns vinte minutos antes. Do lado de fora da casa, elas ficaram paradas e consideraram se mesmo esse lugar caseiro, embora recomendado como moderado, não poderia ser muito caro para seus pobres bolsos. Finalmente, no entanto, elas encontraram coragem para entrar e devidamente conheceram Stannidge, o senhorio, um homem silencioso, que trazia e levava espumantes entre as salas, ombro a ombro com suas empregadas... uma lentidão imponente, no entanto, entrando seus ministérios em contraste com os delas, como se fosse alguém cujo serviço era um tanto opcional. Teria sido totalmente opcional, não fosse pelas ordens da proprietária, uma pessoa que estava sentada no bar, totalmente imóvel, mas com olhar e ouvido rápidos, que observava e ouvia através da porta aberta as necessidades prementes de clientes que seu marido ignorava, embora estivessem por perto. Elizabeth e sua mãe foram passivamente aceitas como peregrinas e conduzidas a um pequeno quarto sob uma das arestas, onde se sentaram.

O princípio da hospedaria parecia ser compensar o embaraço, tortuosidade e obscuridade das passagens, pisos e janelas, por uma quantidade de linho limpo espalhado por toda parte, e isso tinha um efeito deslumbrante sobre os viajantes.

– É bom demais para nós, não podemos pagar por isso! – disse a mulher mais velha, olhando ao redor do quarto com apreensão, assim que as duas foram deixadas sozinhas.

– Receio que seja caro demais mesmo – disse Elizabeth. – Mas devemos ser respeitáveis.

– Devemos pagar nossa hospedagem antes mesmo de sermos respeitáveis – respondeu sua mãe. – O sr. Henchard tem um cargo alto demais e talvez seja melhor não nos apresentarmos a ele; portanto, dependemos apenas de nossos bolsos.

— Eu sei o que vou fazer — disse Elizabeth-Jane após um intervalo de espera, durante o qual suas necessidades pareciam totalmente esquecidas sob a pressão dos negócios lá embaixo. E saindo da sala, ela desceu as escadas e entrou no bar.

Se havia uma coisa boa, entre todas as outras, que caracterizava essa jovem sincera, era a disposição de sacrificar seu conforto e dignidade pessoal pelo bem comum.

— Como parece que a senhora está bem ocupada aqui esta noite, e mamãe não tem muitas posses, posso assumir parte de nossa acomodação ajudando-a? — ela perguntou à dona da pousada.

Esta última, que permanecia tão fixa na poltrona como se tivesse sido derretida nela quando em estado líquido, e agora não pudesse ser solta, olhou a jovem de cima a baixo inquisitivamente, com as mãos nos braços da cadeira. Arranjos como o proposto por Elizabeth não eram incomuns em vilarejos do interior; mas, embora Casterbridge fosse ultrapassado, o costume era quase obsoleto aqui. A dona da pousada, porém, era uma mulher de trato fácil para estranhos e não fez objeções. Em seguida, Elizabeth, sendo instruída por acenos e movimentos do taciturno proprietário sobre onde poderia encontrar as diferentes coisas, subiu as escadas com materiais para sua refeição e a de sua mãe.

Enquanto ela fazia isso, a divisória de madeira no centro da pousada estremeceu com o puxão de uma campainha no andar de cima. Um sino abaixo tilintou uma nota cujo som era mais fraco do que a vibração dos fios e manivelas que a produziram.

— É o cavalheiro escocês — disse a senhoria, de maneira onisciente; e voltando os olhos para Elizabeth — Muito bem, você pode ir ver se o jantar dele está na bandeja? Se estiver, pode levá-lo até ele. A sala da frente aqui.

Elizabeth-Jane, embora faminta, adiou de bom grado servir-se um pouco, e dirigiu-se à cozinheira na cozinha, de onde trouxe a bandeja com as iguarias do jantar, e subiu com ela para o quarto indicado. A acomodação dos Três Marinheiros estava longe de ser espaçosa, apesar da boa área de terreno que cobria. A sala sustentada por vigas e caibros intrusivos, divisórias, passagens, escadas, fornos desativados, assentos e dossel, deixava quartos comparativamente pequenos para os seres humanos. Além disso, em uma época em que a fabricação caseira de cerveja era abandonada pelos pequenos fornecedores de alimentos, e uma casa na qual a força de 12 alqueires ainda era religiosamente seguida pelo proprietário em sua cerveja, a qualidade do licor era a principal atração das instalações, de modo que tudo tinha de dar lugar a utensílios e operações relacionadas a ele. Assim, Elizabeth descobriu que o escocês estava localizado em um quarto bem próximo ao pequeno que havia sido reservado para ela e sua mãe.

Quando ela entrou, não havia ninguém no quarto, exceto o próprio jovem, que ela tinha visto parado do lado de fora das janelas do Hotel King's Arms. Ele agora estava lendo preguiçosamente uma cópia do jornal local e mal percebeu que ela entrou, de modo que ela olhou para ele com bastante frieza e viu como sua testa brilhava com o reflexo da luz, reparou também como seu cabelo estava bem cortado e que a pele na parte de trás do pescoço dele parecia um veludo. Observou também que ele tinha bochechas bastante arredondadas e como eram bem desenhadas as pálpebras e os cílios que escondiam seus olhos dobrados.

Ela pousou a bandeja, serviu os pratos do jantar e saiu sem dizer uma palavra. Ao chegar ao andar de baixo, a senhoria, que era tão gentil quanto gorda e preguiçosa, viu que Elizabeth-Jane estava bastante cansada, embora em sua seriedade de ser útil ela estivesse renunciando completamente às próprias necessidades. A sra. Stannidge então disse decididamente que ela e sua mãe deveriam jantar se quisessem comer alguma coisa.

Elizabeth foi buscar as refeições simples, como fizera com o escocês, e subiu ao pequeno quarto onde deixara a mãe, abrindo a porta silenciosamente com a ponta da bandeja. Para sua surpresa, sua mãe, em vez de estar reclinada na cama onde a havia deixado, estava em posição ereta, com os lábios entreabertos. Assim que Elizabeth entrou, ela ergueu o dedo.

O significado disso logo ficou aparente. O quarto destinado às duas mulheres já havia servido como camarim para o quarto do escocês, como atestavam os sinais de uma porta de comunicação entre eles... agora aparafusada e colada com o papel de parede. Mas, como costuma acontecer com hotéis de pretensões muito maiores do que o Três Marinheiros, cada palavra falada em qualquer um desses quartos era distintamente audível no outro, e naquele momento era possível ouvir os sons que vinham do outro quarto.

Então, fazendo todo silêncio possível, Elizabeth colocou a bandeja sobre uma mesinha, e sua mãe sussurrou enquanto se aproximava: – É ele.

– Quem? – perguntou a jovem.

– O prefeito.

Os tremores no tom de voz de Susan Henchard poderiam ter levado qualquer pessoa, exceto alguém que não suspeitasse da verdade como a jovem, a supor alguma conexão mais próxima do que o simples parentesco admitido como meio de explicá-los.

Na verdade, dois homens conversavam no aposento contíguo, o jovem escocês e Henchard, que, ao entrar na hospedaria enquanto Elizabeth-Jane estava na cozinha esperando o jantar, foi conduzido com deferência ao andar de cima pelo próprio anfitrião, Stannidge. A jovem preparou silenciosamente a pequena refeição e acenou para a mãe se juntar a ela, o que a sra. Henchard fez mecanicamente, com a atenção voltada para a conversa do outro lado da porta.

— Eu simplesmente passei a caminho de casa para fazer uma pergunta sobre algo que despertou minha curiosidade — disse o prefeito, com despreocupada cordialidade. — Mas vejo que o senhor não terminou o jantar.

— Sim, mas terminarei daqui a pouco! Não precisa ir, senhor. Sente-se. Estou quase terminando, e não faz diferença alguma.

Henchard pareceu ocupar o lugar oferecido e, em um momento, retomou: — Bem, primeiro devo perguntar, foi o senhor que escreveu isso? — Seguiu-se um farfalhar de papel.

— Sim, fui eu mesmo — disse o escocês.

— Então — disse Henchard — tenho a impressão de que nos encontramos por acaso enquanto esperávamos pela manhã para marcar um encontro. Meu nome é Henchard, você não respondeu a um anúncio de gerente de fábrica de milho que coloquei no jornal... você não veio aqui para falar comigo sobre a vaga?

— Não — disse o escocês, com alguma surpresa.

— Certamente você é o homem — Henchard continuou insistindo — que marcou um encontro comigo? Joshua, Joshua, Ji... Jo... qual era o nome dele?

— O senhor está equivocado! — disse o jovem. — Meu nome é Donald Farfrae. É verdade que estou no ramo de comércio, mas não respondi a nenhum anúncio e não procurei ninguém. Estou a caminho de Bristol... de lá para o outro lado da guerra, para tentar minha fortuna nos grandes distritos produtores de trigo do Oeste! Tenho algumas invenções úteis para o comércio e não há espaço para desenvolvê-las aqui.

— Indo para a América... bem, bem — disse Henchard, com um tom de decepção, tão forte que era possível sentir no ar. — E ainda assim eu poderia jurar que você era o homem!

O escocês murmurou outra negativa, e houve um silêncio, até que Henchard retomou: – Então, estou verdadeira e sinceramente grato a você pelas poucas palavras que escreveu nesse papel.

– Não foi nada, senhor.

– Bem, isso tem uma grande importância para mim agora. Essa briga por causa do meu trigo cultivado, que declaro aos céus que não sabia que era ruim, até que as pessoas vieram reclamar, me deixou maluco. Tenho algum dinheiro guardado e se o seu processo de renovação o tornar saudável, ora, você me tiraria de uma grande encrenca. Percebi em um momento que isso pode ser verdade, mas gostaria que fosse provado; e é claro que você não se importa em contar as etapas do processo para que eu mesmo faça isso, sem que eu lhe pague por isso primeiro.

O jovem refletiu por um momento ou dois. – Acho que não tenho nenhuma objeção – disse ele – Estou indo para outro país, e curar milho ruim não é a linha que vou seguir lá. Sim, vou lhe contar tudo... você vai tirar mais proveito disso aqui do que eu em um país estrangeiro. Apenas olhe aqui um minuto, senhor. Posso demonstrar com uma amostra que tenho em minha bolsa de viagem.

Seguiu-se o estalido de uma fechadura, e houve um movimento e alguns ruídos; em seguida, uma discussão sobre quantos milímetros por alqueire, secagem, refrigeração e assim por diante.

– Estes poucos grãos serão suficientes para mostrar ao senhor – disse a voz do jovem; e depois de uma pausa, durante a qual alguma operação parecia ser observada atentamente por ambos, ele exclamou: – Pronto, agora prove isso.

– Está perfeito!... bem restaurado, ou... bem... quase.

– O suficiente restaurado se levar em conta os segundos que a operação levou – disse o escocês. – Recuperá-lo inteiramente é impossível; a natureza não aguenta tanto assim, mas dessa forma o senhor vai quase que reverter a situação. Bem, senhor, esse é o processo, não o valorizo, pois pode ser de pouca utilidade em países onde o clima é mais estável do que no nosso; e ficarei muito feliz se for útil para você.

— Por favor, me ouça — implorou Henchard. — Meu negócio, você sabe, é com milho e feno, mas fui criado simplesmente como um negociante de feno, então feno é o que eu entendo melhor, embora agora trabalhe mais com milho. Se você aceitar o lugar, administrará inteiramente o ramo de milho e receberá uma comissão além do salário.

— Você é generoso... muito generoso, mas não... eu não posso! — o jovem ainda respondeu, com alguma dificuldade em seu sotaque.

— Que assim seja! — disse Henchard conclusivamente. — Agora, para mudar de assunto, uma mão lava a outra; não fique aqui para terminar esse jantar miserável. Venha para minha casa, posso lhe oferecer algo melhor do que presunto frio e cerveja.

Donald Farfrae agradeceu, disse que sentia muito, mas teria de recusar o convite pois partiria no dia seguinte.

— Muito bem — disse Henchard em seguida — faça como preferir. Mas quero lhe dizer, meu jovem, que se tudo acontecer como essa pequena amostra que me deu, você salvou meu negócio, por mais estranho que possa ser. Quanto lhe devo por esse conhecimento?

— Nada, nada mesmo. Pode ser que o senhor não precise usá-lo com frequência, e para mim não tem valor nenhum. Eu só achei que seria bom informá-lo, já que o senhor estava enfrentando certas dificuldades e eles foram duros.

Henchard fez uma pausa e disse: — Não vou esquecer tão cedo desse favor que você me fez. Ainda mais de um estranho!... Eu tinha certeza que você era o homem que eu tinha contratado! Eu vim até aqui dizendo a mim mesmo: "Ele sabe quem eu sou e está tentando se destacar com um truque desses". E, no final das contas, você não é o homem que respondeu ao meu anúncio, e sim um estranho!

– Sim, sim; é isso mesmo – disse o jovem.

Henchard parou de falar por alguns instantes e depois sua voz veio com um tom de quem estava pensativo: – Sua testa, Farfrae, parece com a de meu pobre irmão... agora morto e enterrado; e o nariz também não é diferente do dele. Você deve ter 1,70 m de altura, eu acho! Eu tenho 1,80 m sem meus sapatos. Mas e daí? No meu ramo, é verdade que força e agitação constroem uma empresa. Mas ponderação e conhecimento são o que mantém o negócio estabelecido. Infelizmente, sou péssimo em ciências, Farfrae; ruim em números... o tipo de homem criado à moda antiga. Você é exatamente o contrário... posso ver isso. Estou procurando alguém como você há dois anos, e mesmo assim você não quer trabalhar para mim. Bem, antes de ir, deixe-me perguntar o seguinte: embora você não seja o jovem que pensei que fosse, qual é a diferença? Você não pode ficar do mesmo jeito? Você realmente está decidido sobre essa coisa americana? Vou falar francamente. Sinto que você seria inestimável para mim... isso nem precisa ser dito... e se você esperar e ficar como meu gerente, farei valer a pena.

– Meus planos já estão preparados – disse o jovem, em tom negativo. – Eu montei um esquema, então não precisamos dizer mais nada sobre isso. Mas não gostaria de beber algo comigo, senhor? Acho esta cerveja Casterbridge um soco no estômago.

– Não, não; eu adoraria, mas não posso – disse Henchard seriamente, o arrastar de sua cadeira informando aos ouvintes que ele estava se levantando para sair. – Quando eu era jovem, gostava muito desse tipo de coisa... bebidas bem fortes... e quase fui arruinado pela bebida! Tomei uma atitude por causa disso, da qual me envergonharei até o dia da minha morte. Aquilo me impressionou tanto que jurei, naquele momento, que não beberia nada mais forte do que chá pelos mesmos anos da minha idade naquele dia. Eu mantive meu juramento e embora, Farfrae, às vezes eu tenha uma vontade louca de beber um quarto de barril só para começar, penso em meu juramento e não tomo nenhuma bebida forte.

– Não vou pressioná-lo, senhor... não vou pressioná-lo. Respeito seu voto.

– Bem, vou conseguir um gerente em algum lugar, sem dúvida – disse Henchard, em tom aborrecido. – Mas vai demorar muito até encontrar alguém tão bom quanto você!

O jovem parecia muito comovido com as calorosas afirmações de Henchard sobre seu valor. Ele ficou em silêncio até que chegaram à porta. – Eu gostaria de poder ficar... sinceramente, eu gostaria – respondeu ele. – Mas não dá para ser assim! Eu não posso! Quero conhecer o mundo.

Capítulo 8

Assim eles se separaram, e Elizabeth-Jane e sua mãe permaneceram cada uma em seus pensamentos durante a refeição, o rosto da mãe estranhamente brilhante desde a confissão de vergonha de Henchard por uma ação passada. O tremor da divisória ate o centro indicava que Donald Farfrae havia tocado novamente a campainha, sem dúvida para retirar o jantar; por cantarolar uma melodia e andar para cima e para baixo, ele parecia ser atraído pelas animadas explosões de conversa e melodia da companhia em geral abaixo. Ele passeou pelo andar e desceu a escada.

Quando Elizabeth-Jane levou lá para baixo a bandeja de jantar dele com a que tinha sido usada por sua mãe e ela mesma, ela percebeu que a agitação de servir estava no auge, como sempre acontecia a essa hora. A jovem se esquivou de ter qualquer coisa a ver com o serviço do andar térreo e rastejou silenciosamente observando a cena... tão nova para ela, recém-saída do isolamento de uma cabana à beira-mar. Na sala de estar da hospedaria, que era grande, ela notou as vinte ou trinta poltronas encostadas na parede, cada uma delas com seu ocupante genial; o chão estava desgastado; o assento preto, que projetava-se da parede para o lado de dentro da porta, permitia a Elizabeth ser uma espectadora de tudo o que acontecia, sem ser vista.

O jovem escocês acabava de se juntar aos convidados. Estes, além dos respeitáveis e hábeis comerciantes, que ocupavam os assentos privilegiados na janela saliente e seus arredores, incluíam um conjunto inferior na extremidade não iluminada, cujos assentos eram meros bancos contra a parede e que bebiam em xícaras e não em copos de vidro. Entre os últimos, ela notou alguns daqueles personagens que estavam do lado de fora das janelas do King's Arms.

Atrás deles havia uma janelinha, com um ventilador em uma das vidraças que de repente começava a girar com um som tilintante, parava de repente e voltava a girar.

Enquanto examinava o local furtivamente, as palavras iniciais de uma canção chegaram aos seus ouvidos da frente do assento, em uma melodia e sotaque de charme peculiar. Eles já estavam cantando antes de Elizabeth descer, e agora o escocês se sentira em casa tão rápido que, a pedido de alguns dos comerciantes, ele também estava presenteando a sala com uma cantiga.

Elizabeth-Jane gostava de música. Ela não pôde deixar de parar para ouvir, e quanto mais ela ouvia, mais ficava encantada. Ela nunca tinha ouvido uma canção como aquela e era evidente que a maioria das pessoas ali presentes também não, pois estavam muito mais atentas do que o normal. Eles não sussurravam, nem bebiam, nem molhavam os cachimbos na cerveja para umedecê-los, nem empurravam a caneca para os vizinhos. O próprio cantor ficou tão emocionado, que até Elizabeth pôde ver uma lágrima em seus olhos enquanto continuava a cantar:

> "*É o meu lar, e é o meu lar, meu lar onde eu gostaria de estar,*
> *Ó meu lar, meu lar, meu lar é meu país!*
> *Alguém sempre estará chorando e um rosto lindo me esperando,*
> *Enquanto passo por Annan Water e ouço as belas bandas tocando;*
> *Quando as flores se abrem e as folhas ficam verdes,*
> *A cotovia em seu canto me fala do meu querido país!"*

Houve uma explosão de aplausos e um silêncio profundo que foi ainda mais eloquente do que o aplauso. Foi tão profundo, que o simples estalar de uma haste de cachimbo pelo velho Solomon Longways, que era um dos que se reuniam na extremidade mais questionável da sala, parecia um ato rude e irreverente. Então o ventilador começou a girar de repente, para dar uma nova volta, e o sentimento transmitido pela música de Donald foi temporariamente apagado.

– Não foi de todo inadequado, não foi! – murmurou Christopher Coney, que também estava presente. E, tirando o cachimbo a um dedo dos lábios, ele disse em voz alta: – Continue cantando o próximo verso, jovem cavalheiro, por favor.

– Sim. Queremos ouvi-lo de novo, forasteiro – disse o vidraceiro, um homem corpulento, insensível, que usava um avental branco enrolado na cintura. – As pessoas não levantam seus corações assim nesta parte do mundo. E, virando-se para o lado, disse em voz baixa: – Quem é o jovem? Você disse que ele era escocês?

— Sim, acredito que veio direto das montanhas da Escócia — respondeu Coney.

O jovem Farfrae repetiu o último verso. Estava claro que nada tão patético tinha sido ouvido na pousada Três Marinheiros por um tempo considerável. A diferença de sotaque, a excitabilidade do cantor, o intenso sentimento local e a seriedade com que ele trabalhava até o clímax surpreenderam esse grupo de nobres, que geralmente escondiam suas emoções com palavras mordazes.

— Que droga, fico imaginando se vale a pena cantar sobre um país como o nosso! — continuou o vidraceiro, enquanto o escocês novamente cantou a melodia com uma cadência tênue, "*Meu querido país!*" — Quando você tira de entre nós, os tolos, os trapaceiros, os malandros, os vadios, os irresponsáveis, os desleixados e assim por diante, sobram poucos para enfeitar uma canção em Casterbridge, ou mesmo no restante do país

— Verdade — disse Buzzford, o negociante, olhando para o trigo que estava na mesa. — Casterbridge é um lugar antigo, velho e cheio de maldade, segundo contam os relatos. Está registrado na história que nos rebelamos contra o rei há cem ou duzentos anos, na época dos romanos, e que muitos de nós foram enforcados na colina e esquartejados, e nossos diferentes pedaços foram enviados pelo país como carne de açougueiro, e eu realmente acredito nessa história.

— Por que veio de seu país, jovem senhor, se está tão injuriado com tudo isso aqui? — perguntou Christopher Coney, que estava sentado lá no fundo da sala, com o tom de quem preferia ouvir algo sobre o outro país. — Realmente não vale a pena por nossa causa, porque, como diz o sr. Billy Wills, somos pessoas rudes aqui... os melhores de nós são honestos, às vezes, com invernos rigorosos e tantas bocas para alimentar, o poderoso Deus envia suas batatas infinitamente pequenas para nos saciar. Nós não pensamos em flores e rostos bonitos, exceto na forma de couve-flor e costeletas de porco.

– Não diga isso! – respondeu Donald Farfrae, olhando em volta os rostos cheios de preocupação. – Não é verdade que vocês não são honestos ... com certeza não é. Nenhum de vocês está roubando o que não lhe pertence?

– Meu Deus! De jeito nenhum! – disse Solomon Longways, sorrindo de modo sombrio. – É apenas seu modo descuidado de falar. – Ele sempre foi um homem que não pensa muito para falar – E, olhando com reprovação para Christopher, continuou: – Não seja tão abusado com um cavalheiro que você mal conhece... e que veio de lá do Polo Norte.

Christopher Coney ficou quieto e, como não conseguiu conquistar a simpatia do público, murmurou seus sentimentos para si mesmo: – Deus do céu! Se eu amasse meu país metade do que esse jovem ama, eu tentaria colocar tudo em ordem antes de ir embora! De minha parte, não tenho mais amor pelo meu país do que por Botany Bay, na Austrália!

– Venha. – disse Longways – deixe o jovem continuar com seu balé, ou ficaremos aqui a noite toda.

– Isso é tudo – disse o cantor se desculpando.

– Ah... não, queremos mais uma canção! – disse o negociante-geral.

– Senhor, poderia atender um pedido das senhoras? – perguntou uma mulher gorda com um avental roxo estampado, cujo cós pendia tanto para os lados que deixava a cintura invisível.

– Deixe-o respirar... deixe-o respirar, Mãe Cuxsom. Ele ainda não conseguiu retomar o fôlego – disse o mestre vidraceiro.

– Ah, sim, já retomei o fôlego! – exclamou o jovem, e em seguida cantou "*O Nannie*" com modulações impecáveis, e encantou os ouvintes mais uma vez, encerrando com um pedido de uma canção escocesa de ano-novo, *"Adeus amor, eu vou partir"*.

A essa altura, ele havia dominado completamente os corações dos prisioneiros da pousada Três Marinheiros, incluindo até o velho Coney. Apesar de uma gravidade estranha ocasional que despertou seu senso de ridículo no momento, eles começaram a vê-lo através de uma névoa dourada que o tom de sua mente parecia levantar ao seu redor. Casterbridge tinha sentimento... Casterbridge tinha romance, mas o sentimento desse estranho era de qualidade diferente. Ou melhor, talvez a diferença fosse principalmente superficial. Ele era para eles como o poeta de uma nova escola que conquista seus contemporâneos; que não é realmente novo, mas é o primeiro a articular o que todos os seus ouvintes sentiram, embora apenas de forma silenciosa até então.

O senhorio silencioso veio e debruçou-se sobre o assento enquanto o jovem cantava; e até a sra. Stannidge conseguiu se desvencilhar da estrutura de sua cadeira no bar e chegar até o batente da porta, movimento que ela realizou rolando, como um barril que é empurrado na perpendicular por um carroceiro.

– O senhor vai morar em Casterbridge? – ela perguntou.

– Ah não! – disse o escocês, com uma fatalidade melancólica na voz, – estou apenas de passagem! Estou a caminho de Bristol, e de lá vou para o estrangeiro.

– Lamentamos muito saber disso – disse Solomon Longways. – Não podemos nos dar ao luxo de perder vozes melódicas como a sua quando elas caem entre nós. E, na verdade, conhecer um homem vindo de tão longe, da terra onde a neve é perpétua, como dizemos, onde lobos, javalis e outros animais perigosos são tão comuns quanto os melros por aqui... ora, é uma coisa que não podemos ter todos os dias. Para nós, que nunca saímos deste lugar, é maravilhoso quando um homem assim abre a boca.

— Bem, vocês estão enganados sobre o meu país — disse o jovem, olhando em volta para eles com uma firmeza dramática, até que seus olhos brilharam e seu rosto ficou iluminado com um súbito entusiasmo para corrigir seus erros. — Não há neve perpétua e nem lobos na minha terra! Exceto a neve no inverno e... bem... um pouco no verão, às vezes, e um ou dois mendigos de rua espreitando aqui e ali, se é que se pode chamá-los de perigosos. Mas vocês deveriam fazer uma viagem no verão para Edinboro e Arthur's Seat e todos os arredores, e depois visitar os lagos, e toda a paisagem das Highlands... em maio e junho... e então vocês nunca diriam que "é uma terra de lobos e de neve perpétua!"

— Claro que não é... é lógico — disse Buzzford. — É a ignorância improdutiva que leva a tais palavras. Ele é um homem simples e grosseiro, que não sabe muito bem como viver em sociedade... não leve em consideração o que ele diz, senhor.

— E o senhor está carregando todos os seus pertences consigo? Ou está só com a roupa do corpo, se assim posso dizer? — perguntou Christopher Coney.

— Despachei minha bagagem, embora não seja muita coisa, porque a viagem é longa — E o olhar de Donald ficou distante quando ele acrescentou: — Mas eu disse a mim mesmo: "Nunca vou conseguir nada na vida a menos que me arrisque" e decidi partir.

Um sentimento geral de pesar, do qual Elizabeth-Jane também compartilhava, tornou-se aparente no grupo. Ao olhar para Farfrae de onde estava sentada, ela percebeu que suas declarações mostravam que ele não era menos atencioso do que suas melodias fascinantes que o revelavam como cordial e apaixonado. Ela admirou a seriedade com que ele encarava as coisas importantes. Ele não via graça nas obscuridades e na malandragem, como faziam os bêbados de Casterbridge; e realmente não havia nenhuma graça. Ela não gostava daqueles humores deploráveis de Christopher Coney e sua tribo; e Farfrae não os apreciava. Ele parecia sentir exatamente o que ela sentia sobre a vida e suas circunstâncias... que elas eram trágicas e não cômicas; que, embora alguém pudesse ficar alegre de vez em quando, os momentos de alegria eram interlúdios e não faziam parte do drama real. Era maravilhoso como seus pontos de vista eram semelhantes.

Embora ainda fosse cedo, o jovem escocês expressou seu desejo de se retirar e, nesse momento, a senhoria sussurrou para Elizabeth subir as escadas e arrumar a cama dele. Ela pegou um castiçal e prosseguiu em sua missão, que durou apenas alguns momentos. Quando, com a vela na mão, ela alcançou o topo da escada para descer novamente, o sr. Farfrae estava subindo. Ela não tinha muito espaço para voltar para trás, então, eles se encontraram e passaram um pelo outro na curva da escada.

Ela deve ter chamado a atenção dele de alguma forma, apesar de seu vestido simples, ou melhor, possivelmente, em consequência disso, pois ela era uma jovem bem séria e tinha o semblante sóbrio, com o qual roupas simples combinavam bem. Seu rosto também corou com o leve embaraço do encontro, e ela passou por ele com os olhos fixos na chama da vela que carregava logo abaixo do nariz. Porém, aconteceu que, ao confrontá-la, ele sorriu e então, com o jeito de um homem temporariamente despreocupado, que começou uma canção cujo ímpeto não consegue controlar prontamente, ele afinou suavemente uma velha cantiga que ela parecia sugerir:

> *Quando entrei pela porta da minha humilde casa,*
> *Cansado de um dia de grande labuta,*
> *Oh, quem veio descendo a escada, mui formosa,*
> *Minha querida Peg, linda e absoluta.*

Elizabeth-Jane, bastante desconcertada, apressou-se, e a voz do escocês foi sumindo, cantarolando mais da mesma canção do lado de dentro de seu quarto com a porta fechada.

Depois de alguns momentos, a cena e o sentimento chegaram ao fim, porque, logo depois, a menina se juntou à mãe que ainda estava pensando, mas em um assunto bem diferente do que aquele da canção do jovem.

– Cometemos um erro – ela sussurrou (para que o escocês não ouvisse). – Você não deveria de modo algum ter ajudado a servir aqui esta noite. Não por nós mesmas, mas por causa dele. Se criássemos laços de amizade, ele nos aceitasse e depois descobrisse o que você fez enquanto estava aqui, iria lamentar, e seu orgulho natural como prefeito da cidade seria ferido.

Elizabeth, que talvez tivesse ficado mais alarmada com a situação do que sua mãe se soubesse do relacionamento real, não ficou muito perturbada. Seu "ele" era outro homem diferente do de sua pobre mãe. – Quanto a mim – disse ela – não me importei em esperar um pouco por ele. Ele é tão respeitável e educado, muito mais do que o resto deles nessa hospedaria. Eles o acharam muito simplório porque ele não tem esse modo grosseiro e espalhafatoso de falar que eles têm aqui. Mas é claro que ele não sabia de nada disso, ele tem uma mente muito mais refinada para se importar com essas coisas! – Assim ela o defendeu sinceramente.

Enquanto isso, o "ele" de sua mãe não estava tão longe quanto elas pensavam. Depois de deixar a hospedaria Três Marinheiros, ele passeou para cima e para baixo na vazia High Street, passando e repassando em frente à hospedaria durante seu passeio. Quando o escocês cantou, sua voz chegou aos ouvidos de Henchard através dos orifícios em forma de coração nas persianas e o levou a parar do lado de fora por um longo tempo.

– Com certeza, com certeza, esse sujeito chamou minha atenção! – ele disse a si mesmo. – Acho que é porque estou muito sozinho. Eu teria dado a ele uma terceira parte do negócio se ele tivesse decidido ficar!

Capítulo 9

Quando Elizabeth-Jane abriu a janela, na manhã seguinte, o ar suave trouxe a sensação do outono iminente, quase tão distintamente como se ela estivesse no vilarejo mais remoto. Casterbridge era o complemento da vida rural ao redor, não seu oposto urbano. Abelhas e borboletas nos campos de milho, na parte alta da cidade, que desejavam chegar ao campo, não faziam desvios tortuosos, mas voavam direto pela High Street sem qualquer consciência aparente de que estavam atravessando latitudes estranhas. No outono, esferas arejadas de lanugem de cardos flutuavam na mesma rua, alojavam-se nas fachadas das lojas, eram sopradas para os ralos, e inúmeras folhas marrons e amarelas deslizavam ao longo da calçada e se esgueiravam pelas portas das pessoas, em suas passagens arranhando levemente o chão, como as saias das tímidas visitantes.

Ao ouvir vozes, uma das quais estava próxima, ela moveu a cabeça e olhou por trás das cortinas da janela. O sr. Henchard, agora não mais vestido como um grande personagem, mas como um próspero homem de negócios, estava parando no meio da rua, e o escocês olhava pela janela ao lado da dela. Ao que parecia, Henchard havia passado um pouco da hospedaria antes de notar seu conhecido da noite anterior. Ele deu alguns passos para trás, enquanto Donald Farfrae abria mais a janela.

– Você vai partir em breve, eu suponho? – disse Henchard, olhando para cima.

– Sim, neste momento, senhor – respondeu o outro. – Talvez eu vá andando até encontrar a carruagem.

– Para que lado?

– Para o mesmo lado que o senhor está indo.

— Então vamos caminhar juntos até a parte de cima da cidade?

— Se o senhor esperar um minuto — disse o escocês.

Em poucos minutos o escocês apareceu com a mala na mão. Henchard olhou para a mala como se fosse para um inimigo. Isso mostrou que não havia engano sobre a partida do jovem.

— Ah, meu rapaz — disse ele — você deveria ter agido como um sábio e ter ficado comigo.

— Sim, sim, poderia ter sido mais sensato — disse Donald, olhando microscopicamente para as casas mais distantes. — Estou realmente lhe dizendo a verdade quando digo que meus planos são vagos.

A essa altura, eles já haviam saído do recinto da pousada, e Elizabeth-Jane não ouviu mais nada. Ela viu que eles continuaram conversando, Henchard virando-se para o outro ocasionalmente e enfatizando alguma observação com um gesto. Assim, eles passaram pelo King's Arms Hotel, pelo Market House, pelo muro do cemitério de São Pedro, subindo até a extremidade superior da longa rua até ficarem pequenos como dois grãos de milho. Então, viraram repentinamente para a direita, na Bristol Road, e ficaram fora de vista.

— Ele era um bom homem... agora já se foi — disse ela para si mesma. — Eu não era nada para ele, e não havia razão para ele ter me dado adeus.

O pensamento simples, com sua sensação latente de desprezo, formou-se a partir do seguinte pequeno fato: quando o escocês saiu pela porta, ele acidentalmente olhou para ela; e então ele desviou o olhar novamente sem acenar, sorrir ou dizer uma palavra.

— Você ainda está pensando, mãe? — disse ela, quando voltou para dentro.

— Sim. Estou pensando na repentina afeição do sr. Henchard por aquele jovem. Ele sempre foi assim. Agora, certamente, se ele trata tão calorosamente pessoas que não são parentes dele, será que ele não pode tratar calorosamente os próprios parentes?

Enquanto elas discutiam a questão, uma procissão de cinco grandes carroças passou, carregadas de feno até a altura das janelas dos quartos. Elas vieram do campo, e os cavalos exaustos provavelmente viajaram grande parte da noite. No eixo de cada uma pendia uma pequena placa, na qual estava pintado em letras brancas: "Henchard, negociante de milho e feno". O espetáculo renovou a convicção de sua esposa de que, pelo bem de sua filha, ela deveria se esforçar para se juntar a ele.

A discussão continuou durante o café da manhã, e o final foi que a sra. Henchard decidiu, para o bem ou para o mal, enviar Elizabeth-Jane com uma mensagem a Henchard, informando que sua parente Susan, viúva de um marinheiro, estava na cidade, deixando para ele dizer se a reconheceria ou não. O que a levou a essa determinação foram principalmente duas coisas. Ele havia sido descrito como um viúvo solitário e expressou vergonha por uma transação passada de sua vida. Havia promessa em ambos os fatos.

– Se ele disser não – ordenou ela, enquanto Elizabeth-Jane se levantava, colocava o chapéu na cabeça e preparava-se para sair; – se ele acha que isso será um problema, devido à boa posição que alcançou na cidade, nos deixar visitá-lo, já que somos parentes distantes, diga: "Então, senhor, preferimos não nos intrometer; deixaremos Casterbridge tão silenciosamente quanto chegamos e voltaremos para nossa terra"... Quase sinto que preferiria que ele dissesse isso, já que não o vejo há tantos anos e somos tão... pouco ligadas a ele!

– E se ele disser sim? – perguntou a mais otimista.

– Nesse caso – respondeu a sra. Henchard cautelosamente – peça a ele que me escreva um bilhete, dizendo quando e como ele quer nos ver... ou me ver.

Elizabeth-Jane deu alguns passos em direção ao corredor.

– E diga a ele – continuou sua mãe – que sei perfeitamente que não tenho direitos sobre nada que é dele... que estou feliz em saber que ele está prosperando, que espero que sua vida seja longa e feliz... Agora vá.

Assim, com certa hesitação e uma relutância sufocada, a pobre mulher misericordiosa enviou sua filha inconsciente para essa missão.

Eram cerca de 10 horas, dia de mercado, quando Elizabeth subiu a High Street, sem muita pressa, pois, para ela, sua posição era apenas a de uma parente pobre encarregada de caçar um parente rico. As portas da frente das casas ficavam quase sempre abertas nessa época quente de outono, sem que nenhum pensamento de ladrões de guarda-chuva perturbasse as mentes dos plácidos burgueses. Assim, através das longas e retas passagens de entrada abertas, era possível avistar, como através de túneis, os jardins cheios de musgos nos fundos, brilhando com capuchinhas, fúcsias, gerânios escarlates, hortaliças, bocas-de-leão e dálias, sendo que esse esplendor floral era apoiado por pedras cinzentas incrustadas remanescentes de uma Casterbridge ainda mais remota do que a venerável visível na rua. As fachadas antiquadas dessas casas, que tinham fundos mais antigos do que antiquados, erguiam-se abruptamente da calçada, nas quais as janelas em arco se projetavam como baluartes, exigindo um agradável movimento de desvio para o pedestre apressado a cada poucos metros. Além disso, o pedestre também tinha de desenvolver outras habilidades de dança para driblar degraus de portas, raspadores, escotilhas de porões, contrafortes de igrejas e os ângulos salientes de paredes que, originalmente discretos, obrigavam as pessoas a dobrarem as pernas e os joelhos.

Além desses obstáculos fixos que alegremente perturbavam os limites da liberdade individual, outros obstáculos móveis ocupavam o caminho e a estrada de maneira desconcertante. Primeiro, as vans dos transportadores que entravam e saíam de Casterbridge, que vinham de Mellstock, Weatherbury, The Hintocks, Sherton-Abbas, Kingsbere, Overcombe e muitas outras cidades e vilarejos ao redor. Seus proprietários eram numerosos o suficiente para serem considerados uma tribo e tinham características tão diferentes, que poderiam ser considerados uma raça. Suas caminhonetes tinham acabado de chegar e estavam estacionadas de cada lado da rua, em fila, de modo que formavam uma parede entre a calçada e a estrada. Além disso, cada loja espalhava metade de seu conteúdo sobre cavaletes e caixas no meio-fio, estendendo a exibição um pouco mais a cada semana, apesar das críticas dos dois velhos e fracos policiais, até que restasse apenas um desfiladeiro tortuoso para carruagens no centro da rua, o que oferecia ótimas oportunidades para habilidade com as rédeas. Na calçada, do lado ensolarado do caminho, ficavam penduradas persianas construídas de modo a dar ao chapéu do passageiro um belo golpe na cabeça, como se fossem mãos invisíveis de algum duende em um conto romântico.

Os cavalos à venda eram amarrados em fileiras, com as patas dianteiras na calçada e as patas traseiras na rua, posição em que ocasionalmente mordiscavam os ombros dos meninos que passavam a caminho da escola. E qualquer recesso convidativo na frente de uma casa que ficava modestamente afastado da calçada era utilizado por negociantes de porcos como um curral.

Os proprietários rurais, fazendeiros, leiteiros e moradores da cidade, que vinham fazer negócios nessas ruas antigas, usavam outras maneiras para falar além da articulação. Se você não ouve as palavras do seu interlocutor nos centros metropolitanos, não sabe o que ele quer dizer. Aqui, o rosto, os braços, o chapéu, a bengala, o corpo falavam ao mesmo tempo que a língua. Para expressar satisfação, o negociante de Casterbridge acrescentava à sua expressão uma expansão das bochechas, uma fenda nos olhos, uma jogada de ombros para trás, o que era inteligível do outro lado da rua. Se ele estivesse em dúvida sobre qual escolher, embora todos os carrinhos e carroças de Henchard estivessem passando por ele, era possível saber disso olhando a parte interna de sua boca carmesim e de seus olhos que giravam fazendo um círculo procurando um alvo. A deliberação causava diversos ataques ao musgo das paredes adjacentes com a ponta de sua bengala, uma mudança de seu chapéu de horizontal para a lateral; uma sensação de tédio poderia ser indicada com o abaixamento da pessoa, abrindo os joelhos e contorcendo os braços. Artimanha, subterfúgio, dificilmente tinha lugar nas ruas desse bairro honesto, ao que parecia e diziam que os advogados do Tribunal ocasionalmente apresentavam fortes argumentos para o outro lado por pura generosidade (embora aparentemente por azar), quando avançavam o lado deles.

Assim, Casterbridge era, em muitos aspectos, apenas o polo, o foco ou o nó nervoso da vida rural circundante; diferente das muitas cidades manufatureiras que são como corpos estranhos assentados, como pedras em uma planície, em um mundo verde com o qual nada têm em comum. Casterbridge viveu da agricultura a uma distância mais longe da nascente do que os vilarejos vizinhos... agora não era mais assim. O povo da cidade compreendeu cada flutuação na condição das pessoas rústicas, pois afetava seus rendimentos tanto quanto os dos trabalhadores; eles faziam parte dos problemas e das alegrias que moviam as famílias aristocráticas dez quilômetros ao redor... pela mesma razão. E mesmo nos jantares das famílias profissionais os assuntos de discussão eram milho, doenças do gado, semeadura e colheita, cercas e plantio; enquanto a política era vista por eles menos do ponto de vista de burgueses, com direitos e privilégios, do que do ponto de vista de seus vizinhos de campo.

Todos os veneráveis artifícios e confusões que deleitavam os olhos por sua singularidade e, em certa medida, razoabilidade, nessa rara e antiga cidade mercantil, eram novidades metropolitanas aos olhos inexperientes de Elizabeth-Jane, recém-saída de redes de pesca em uma cabana à beira-mar. Muito pouca investigação foi necessária para guiar seus passos. A casa de Henchard era uma das melhores, revestida de velhos tijolos vermelhos e cinzas. A porta da frente estava aberta e, como em outras casas, ela podia ver através da passagem até o fim do jardim... quase uns duzentos metros.

O sr. Henchard não estava na casa, mas no depósito. Ela foi conduzida para o jardim coberto de musgo e passou por uma porta cravejada de pregos enferrujados, que demonstravam as gerações de árvores frutíferas que haviam sido plantadas ali. A porta se abriu para o pátio, e ali ela foi deixada para encontrá-lo como pudesse. Era um lugar flanqueado por celeiros de feno, nos quais toneladas de forragem, todas em treliças, estavam sendo colocadas das carroças que ela vira passar pela hospedaria naquela manhã. Do outro lado do pátio havia espigueiros de madeira sobre cavaletes de pedra, aos quais era possível chegar por escadas flamengas, e um armazém de vários andares. Onde quer que as portas desses lugares estivessem abertas, uma multidão compacta de sacos de trigo estourados podia ser vista lá dentro, como se esperassem por uma fome que não viria.

Ela vagou por esse lugar, desconfortavelmente consciente da entrevista iminente, até que, quando estava bastante cansada de procurar, ela se aventurou a perguntar a um menino em que parte o sr. Henchard poderia ser encontrado. Ele a encaminhou para um escritório que ela não tinha visto antes e, batendo na porta, ela foi atendida por um comando de "Entre".

Elizabeth girou a maçaneta e lá estava diante dela, curvado sobre alguns sacos de amostras sobre uma mesa, não o comerciante de milho, mas o jovem escocês sr. Farfrae, derramando alguns grãos de trigo de uma mão para a outra. Seu chapéu estava pendurado em um cabide atrás dele, e as rosas de sua mala de tecido brilhavam no canto da sala.

Acalmando seus sentimentos e arranjando palavras em seus lábios para o sr. Henchard, e somente para ele, ela ficou confusa no momento.

— Pois não, o que deseja? — disse o escocês, como se fosse um homem que governava permanentemente lá.

Ela disse que queria ver o sr. Henchard.

— Ah sim, você poderia esperar um minuto? Ele está ocupado agora — disse o jovem, aparentemente não a reconhecendo como a jovem da pousada. Ele ofereceu-lhe uma cadeira, pediu que ela se sentasse e voltou a examinar seus sacos de amostras.

Enquanto Elizabeth-Jane está esperando realmente espantada com a presença do jovem, podemos explicar brevemente como ele chegou lá.

Quando os dois novos conhecidos desapareceram de vista naquela manhã em direção à estrada de Bath e Bristol, eles seguiram em silêncio, exceto por alguns lugares comuns, até que desceram uma avenida nas muralhas da cidade chamada Chalk Walk, levando a um ângulo onde as escarpas norte e oeste se encontraram. Desse canto alto da praça de terraplenagem, uma vasta extensão do país podia ser vista. Uma trilha descia abruptamente pela encosta verde, conduzindo do passeio sombreado nas paredes até uma estrada no fundo da escarpa. Foi por esse caminho que o escocês teve de descer.

– Bem, sucesso para você – disse Henchard, estendendo a mão direita e apoiando-se com a esquerda no postigo que protegia a descida. No ato havia a deselegância de quem tem sentimentos mordidos e desejos derrotados. – Vou pensar muitas vezes neste momento, e em como você apareceu na hora exata para lançar uma luz sobre minha dificuldade.

Ainda segurando a mão do jovem, ele fez uma pausa e acrescentou deliberadamente: – Muito bem, não sou homem de deixar uma causa ser perdida por falta de uma palavra. E antes que você se vá para sempre, eu falarei. Mais uma vez, você não quer ficar? É tudo muito simples. Você pode ver que não é só egoísmo que me faz pressioná-lo, porque meu negócio não é tão científico, a ponto de exigir um intelecto totalmente fora do comum. Outros serviriam para o lugar, sem dúvida. Talvez haja algum egoísmo, mas existem outras razões que não preciso repetir. Venha comigo e defina seus termos. Concordarei com eles de bom grado e não direi uma palavra para contrariar, porque eu realmente gosto muito de você, Farfrae!

A mão do jovem permaneceu firme na de Henchard por um minuto ou dois. Ele olhou para a região fértil que se estendia abaixo deles, depois para trás ao longo do caminho sombreado que chegava ao topo da cidade. Seu rosto corou.

– Eu não esperava por isso... realmente não esperava! – ele disse. – É a Providência Divina! Alguém iria contra isso? Não, então não irei para a América. Vou ficar e trabalhar para você!

Sua mão, que estava sem vida na de Henchard, devolveu o aperto com força.

– Fechado – disse Henchard.
– Fechado – disse Donald Farfrae.

O rosto do sr. Henchard irradiou uma satisfação que era quase feroz em sua força. – Agora você é meu amigo! – ele exclamou. – Volte para minha casa, vamos resolver os termos claros do nosso acordo de modo a ficar confortável para os dois. Farfrae pegou sua mala e voltou pela North-West Avenue na companhia de Henchard como ele veio. Henchard estava totalmente confiante agora.

— Sou o sujeito mais distante do mundo quando não me importo com uma pessoa — disse ele. — Mas quando eu realmente me encanto com alguém, é um sentimento verdadeiro. Agora tenho certeza de que você pode tomar outro café da manhã? Você não poderia ter comido muito tão cedo, mesmo que eles tivessem alguma coisa para lhe oferecer naquele lugar, o que provavelmente não é verdade; então venha até a minha casa, tomaremos um excelente café da manhã e acertaremos todos os detalhes, preto no branco, se quiser; embora eu considere minha palavra como um compromisso. Sempre posso fazer uma boa refeição pela manhã. Tenho uma esplêndida torta de frango fria agora. Você pode tomar um pouco de cerveja caseira se quiser, sabe.

— Ainda é muito cedo para isso — disse Farfrae com um sorriso.

— Bem, claro, eu não sabia. Não bebo por causa do meu juramento, mas sou obrigado a preparar tudo para os meus trabalhadores.

Assim conversando, eles voltaram e entraram nas instalações de Henchard pelo caminho dos fundos ou entrada de tráfego das carroças. Aqui a questão foi resolvida durante o café da manhã, quando Henchard encheu o prato do jovem escocês. Ele não ficou satisfeito até Farfrae escrever pedindo sua bagagem de Bristol e despachar a carta para o correio. Quando isso foi feito, esse homem de fortes impulsos declarou que seu novo amigo deveria morar em sua casa... pelo menos até ele encontrar algum local adequado para ficar.

Ele então levou Farfrae para dar uma volta e mostrou-lhe o local, os estoques de grãos e de outros produtos; e finalmente entraram no escritório onde o mais novo deles acaba de ser descoberto por Elizabeth.

Capítulo 10

Enquanto ela ainda estava sentada sob os olhos do escocês, um homem se aproximou da porta, passando por ela quando Henchard abriu a porta do escritório interno para receber Elizabeth. O recém-chegado deu um passo à frente como o aleijado mais rápido em Bethesda e entrou em seu lugar. Ela podia ouvir as palavras dele para Henchard: – Joshua Jopp, senhor... eu tinha um horário marcado... o novo gerente.

– O novo gerente! Ele está no escritório dele – respondeu Henchard sem rodeios.

– No escritório dele! – disse o homem, bruscamente.

– Eu disse quinta-feira – falou Henchard – e como você não cumpriu seu compromisso, contratei outro gerente. No começo pensei que ele era você. Você acha que posso esperar quando os negócios estão em questão?

– O senhor disse quinta ou sábado – respondeu o recém-chegado, dando uma desculpa.

– Bem, você está muito atrasado – disse o comerciante de milho. – Não posso dizer mais nada.

– O senhor praticamente me contratou – murmurou o homem.

– Sujeito a uma entrevista – disse Henchard – Sinto muito por você, sinto muito mesmo. Mas não tenho como ajudar.

Não havia mais nada a ser dito, e o homem saiu, encontrando Elizabeth-Jane em sua passagem. Ela podia ver que a boca dele se contorcia de raiva, e aquela amarga decepção estava estampada em seu rosto.

Elizabeth-Jane entrou e ficou diante do dono do lugar. As pupilas escuras dos olhos dele... que sempre pareciam ter uma centelha de luz vermelha nelas, embora isso dificilmente pudesse ser um fato físico... giraram indiferentemente sob suas sobrancelhas escuras, até que pousaram na figura dela. – Agora, então, o que é, minha jovem? – ele disse suavemente.

– Posso falar com o senhor, não sobre negócios? – disse ela.

– Sim, acho que sim – ele olhou para ela mais pensativo.

– Fui enviada para lhe dizer, senhor – ela inocentemente continuou, – que uma parente distante sua por casamento, Susan Newson, viúva de um marinheiro, está na cidade, e vim perguntar se o senhor gostaria de vê-la.

O rico semblante rosado sofreu uma ligeira mudança. – Meu Deus, Susan ainda está viva? – ele perguntou com dificuldade.

– Sim senhor.

– "Você é filha dela?

– Sim, senhor, sua única filha.

– Qual é seu nome de batismo?

– Elizabeth-Jane, senhor.

– Newson?

– Elizabeth-Jane Newson.

Isso imediatamente sugeriu a Henchard que a transação de sua vida de casado na Feira de Weydon não havia sido registrada na história da família. Era mais do que ele poderia esperar. Sua esposa havia se comportado gentilmente com ele em troca de sua crueldade e nunca contou sobre seu erro para sua filha ou para o mundo.

– Estou muito interessado em ter notícias suas – disse ele.
– E como isso não é uma questão de negócios, mas de prazer, vamos entrar.

Foi com toda delicadeza e de modo muito gentil, para surpresa de Elizabeth, que ele mostrou a ela as áreas do lado de fora do escritório e a sala externa, onde Donald Farfrae estava revisando caixas e amostras com a inspeção preocupante de um iniciante no comando. Henchard entrou antes dela pela porta que conduzia até a cena repentinamente mudada do jardim e das flores e depois para a casa. A sala de jantar que ele apresentou a ela ainda exibia o restante do café da manhã luxuoso para Farfrae. Tinha uma quantidade absurda de pesados móveis de mogno em tons bem avermelhados. As mesas tinham toalhas bem grandes, que chegavam até o chão e cobriam as pernas e os pés, formando a figura de um elefante, e em uma delas havia três volumes enormes, uma Bíblia da família, um "*Livro de José*" e um "*Os deveres dos homens*". No canto da chaminé, havia uma grade de proteção para a lareira, com a parte de trás em formato semicircular, algumas urnas e festões perto dela, e as cadeiras pareciam ter sido fabricadas pelos famosos carpinteiros Chippendale e Sheraton, embora eles provavelmente nunca tinham visto nem ouvido falar dos padrões delas.

– Sente-se, Elizabeth-Jane, sente-se – disse ele, com um tremor na voz enquanto pronunciava o nome dela, e, sentando-se, ele colocou as mãos entre os joelhos enquanto olhava para o tapete. – Sua mãe, então, está bem?

– Ela está bastante cansada, senhor, por causa da viagem.

– A viúva de um marinheiro... quando ele morreu?

– Nós perdemos o pai na primavera passada.

Henchard estremeceu ao ouvir a palavra "pai", assim aplicada.
– Você e ela vêm do exterior... América ou Austrália? – ele perguntou.

– Não. Estamos na Inglaterra há alguns anos. Eu tinha 12 anos quando chegamos do Canadá.

– Ah, muito bem. – Com essa conversa, ele conseguiu descobrir as circunstâncias que envolveram sua esposa e sua filha na obscuridade total, fazendo com que ele acreditasse que elas já estavam em seus túmulos. Depois de esclarecer o passado, ele voltou ao presente. – E onde sua mãe está hospedada?

– Estamos hospedadas no Três marinheiros.

– E você é a filha dela, Elizabeth-Jane? – Henchard repetiu. Ele se levantou, aproximou-se dela e olhou em seu rosto e disse.

– Eu acho – ele disse, de repente se virando para o outro lado com os olhos úmidos – que você vai levar um recado meu para sua mãe. Eu gostaria de vê-la ... ela não ficou muito bem depois que seu marido faleceu, certo? – Ele imediatamente observou as roupas de Elizabeth que, embora fossem seu melhor traje preto, eram com certeza obsoletas até para os olhos de Casterbridge.

– Não muito bem – disse ela, feliz por ele ter adivinhado isso sem que ela fosse obrigada a dizer com todas as letras.

Ele sentou-se à mesa e escreveu algumas linhas, em seguida retirou do seu bolso uma nota de 5 libras, que colocou dentro do envelope com a carta, acrescentando a ele, como por uma reflexão tardia, cinco xelins. Depois de selar a carta com cuidado, ele escreveu no envelope "Sra. Newson, Hospedaria Três Marinheiros" e o entregou a Elizabeth.

– Entregue para ela pessoalmente, por favor – disse Henchard. – Bem, fico feliz em vê-la aqui, Elizabeth-Jane, muito feliz. Vamos ter uma longa conversa juntos, mas não agora.

Ao se despedir, ele segurou a mão dela de um modo tão caloroso, que ela, que não conhecia quase nenhuma amizade, ficou muito comovida e lágrimas surgiram em seus olhos cinza-claro. No instante em que ela se foi, o estado de Henchard se mostrou mais distintamente. Depois de fechar a porta, ele se sentou na sala de jantar rigidamente ereto, olhando para a parede oposta como se lesse sua história.

– Que droga! – Ele exclamou de repente, dando um pulo da cadeira. – Não pensei nisso. Talvez sejam impostores... Susan e a menina podem estar mortas!

No entanto, algo em Elizabeth-Jane logo garantiu que, pelo menos ao olhar para ela, ele quase não teve nenhuma dúvida. E algumas horas resolveriam a questão da identidade de sua mãe, porque ele havia escrito em seu bilhete que desejava vê-la no fim daquele mesmo dia.

— Nem tudo é do jeito que queremos! — disse Henchard. Toda sua empolgação e interesse em seu novo amigo escocês tinha sido afetado por esse evento, e Donald Farfrae, que quase não o viu durante o resto do dia, ficou perguntado a si mesmo sobre a mudança repentina no humor de seu empregador.

Enquanto isso, Elizabeth havia chegado à pousada. Sua mãe, ao invés de pegar o bilhete com a curiosidade de uma pobre mulher que esperava assistência, ficou totalmente emocionada só de olhar para ele. Ela não leu o bilhete naquele momento, mas pediu a Elizabeth que descrevesse como foi recebida e as exatas palavras que o sr. Henchard usou. Elizabeth estava de costas quando sua mãe abriu a carta. Dizia o seguinte:

> "Encontre-me às 8 horas esta noite, se você puder, na Rotatória da estrada de Budmouth. O local é fácil de encontrar. Não posso dizer mais nada agora. As notícias me deixaram perturbado. A menina parece não saber de nada. Não fale nada para ela até que nos encontremos. M. H."

Ele não disse nada sobre o envio do dinheiro. A quantidade era significativa, e ele poderia ter dito tacitamente que a estava comprando de volta. Ela esperou inquieta pelo final do dia, dizendo a Elizabeth-Jane que tinha sido convidada para visitar o sr. Henchard e que iria sozinha. Mas ela não disse nada que pudesse indicar que o lugar do encontro não era na casa dele, nem entregou o bilhete a Elizabeth.

Capítulo 11

A rotatória em Casterbridge era apenas o nome do local de um dos melhores anfiteatros romanos, se não o melhor, que havia restado na Grã-Bretanha.

Casterbridge lembrava a Roma Antiga em todas as suas ruas, becos e arredores. Era muito semelhante à Roma, revelava a arte de Roma, ocultava homens romanos mortos. Era impossível cavar mais de 10 ou 20 centímetros nos campos e jardins da cidade sem encontrar um ou outro soldado imperial, que estava lá em seu silencioso e discreto descanso por um período de quinhentos anos. Geralmente, ele era encontrado deitado de lado, como uma colher no calcário, um pintinho em sua casca, os joelhos desenhados no peito, às vezes, com os restos de sua lança contra o braço, uma fíbula ou broche de bronze no peito ou na testa, uma urna de joelhos, uma jarra na garganta, uma garrafa na boca; e os olhares confusos das crianças e dos adultos que passavam pela rua Casterbridge e se voltavam para observar o espetáculo familiar enquanto estavam ali.

Habitantes imaginativos, que teriam sentido um desconforto ao descobrir um esqueleto comparativamente moderno em seus jardins, não se comoveriam com essas formas antigas. Eles viveram há tanto tempo, seu tempo era tão diferente do presente, suas esperanças e motivos eram tão distantes dos nossos, que entre eles e os vivos parecia se estender um abismo grande demais para que até mesmo um espírito passasse.

O Anfiteatro era um enorme recinto circular, com um entalhe nas extremidades opostas de seu diâmetro ao norte e ao sul. Por sua forma interna inclinada, poderia ser chamado de escarradeira de gigantes. Era para Casterbridge o que o Coliseu em ruínas é para a Roma moderna, e era quase da mesma magnitude. O crepúsculo da noite era a hora adequada para receber uma impressão verdadeira desse lugar sugestivo. Parado no meio da arena naquele momento, aos poucos tornou-se aparente sua verdadeira vastidão, que uma visão superficial do cume ao meio-dia poderia obscurecer. Melancólico, impressionante, solitário, mas acessível de todas as partes da cidade, o círculo histórico era o local frequente para encontros furtivos. As intrigas aconteciam ali; encontros provisórios eram experimentados após divisões e disputas. Mas um tipo de encontro... em si o mais comum de todos... raramente acontecia no Anfiteatro: o de amantes felizes.

Ora, visto que era eminentemente um local arejado, acessível e isolado para conversas particulares, seria curioso investigar por qual razão a forma mais alegre dessas ocorrências nunca se adaptou bem ao solo da ruína. Talvez porque suas associações tivessem algo de sinistro. Sua história provou isso. Além da natureza sanguinária dos jogos que originalmente aconteciam lá, alguns incidentes estavam ligados ao seu passado, como as dezenas de anos em que a forca da cidade permaneceu em um canto; em 1705 uma mulher que assassinou o marido foi estrangulada e depois queimada ali, na presença de dez mil espectadores. A tradição relata que, em certo momento da queima, seu coração explodiu e saltou para fora do corpo, para o terror de todos, e que nenhuma dessas dez mil pessoas jamais conseguiu comer uma carne assada depois disso. Além dessas velhas tragédias, encontros pugilísticos quase até a morte haviam ocorrido até bem pouco tempo naquela arena isolada, totalmente invisível para o mundo exterior, exceto pela subida ao topo do recinto, que poucos moradores da cidade na rotina diária de suas vidas já tinham se dado ao trabalho de fazer. Para que, embora perto da rodovia, crimes pudessem ser perpetrados lá sem serem vistos ao meio-dia.

Alguns meninos haviam tentado dar alegria à ruína usando a arena central como campo de críquete. Mas o jogo geralmente definhava pelo motivo mencionado... a privacidade sombria que o círculo de terra impunha, bloqueando a visão de todos os transeuntes que queriam apreciar, todos os comentários elogiosos de estranhos... tudo, exceto o céu; e jogar em tais circunstâncias era como representar em um teatro vazio. Possivelmente, também, os meninos eram tímidos, pois alguns velhos disseram que, em certos momentos do verão, em plena luz do dia, pessoas sentadas com um livro ou cochilando na arena, ao erguer os olhos, viam as encostas ladeadas por uma legião de soldados, como se estivessem assistindo ao combate de gladiadores; e ouviam o rugido de suas vozes excitadas, sendo que a cena durava apenas um momento, como um relâmpago, e então desaparecia.

Diziam que na entrada sul ainda existiam celas escavadas para a recepção dos animais silvestres e dos atletas que participavam dos jogos. A arena ainda era lisa e circular, como se tivesse sido usada para seu propósito original não muito tempo atrás. Os caminhos inclinados pelos quais os espectadores subiam para seus assentos ainda eram os mesmos. Mas o lugar estava coberto de grama, que agora, no fim do verão, estava alta e repleta de curvas murchas, que formavam ondas sob o roçar do vento, o que para o ouvido atento eram como modulações eólicas e detinham por alguns momentos os pedaços e lanugem que ficavam voando.

Henchard havia escolhido esse local por ser o mais seguro de observação que ele poderia imaginar para encontrar sua esposa há muito perdida, e ao mesmo tempo facilmente encontrado por um estranho após o anoitecer. Como prefeito da cidade, com uma reputação a manter, ele não poderia convidá-la para ir a sua casa até que alguma decisão definitiva fosse tomada.

Pouco antes das 8h, ele se aproximou do terreno deserto e entrou pelo caminho sul que descia sobre os escombros das antigas tocas. Em alguns momentos ele pôde discernir uma figura feminina rastejando pela grande abertura norte, ou portão público. Eles se encontraram no meio da arena. Nenhum dos dois disse nada no começo... não havia necessidade de falar... e a pobre mulher encostou-se em Henchard, que a apoiou em seus braços.

– Eu não bebo mais – disse ele em voz baixa, hesitante e se desculpando. – Você ouviu, Susan? Não estou bebendo mais, não bebo desde aquela noite – Essas foram suas primeiras palavras.

Ele a sentiu inclinar a cabeça em reconhecimento de que ela entendeu. Depois de um minuto ou dois, ele começou novamente:

– Se eu soubesse que você estava viva, Susan! Mas havia todos os motivos para supor que você e a menina estavam mortas e enterradas. Tomei todas as medidas possíveis para encontrá-la, viajei e procurei. Por fim, achei que você tinha partido para alguma colônia com aquele homem e se afogado durante a viagem. Por que você ficou em silêncio tanto tempo?

– Ó Michael! Por causa dele... que outro motivo poderia haver? Achei que lhe devia fidelidade até o fim de uma de nossas vidas. Estupidamente acreditei que havia algo solene e obrigatório no trato, achei que, mesmo com honra, não ousaria abandoná-lo quando ele pagou tanto por mim de boa-fé. Eu a conheço agora apenas como sua viúva – eu me considero isso e não tenho direitos sobre você. Se ele não tivesse morrido, eu nunca teria vindo... nunca! Disso você pode ter certeza.

– De modo algum! Como você pode ser tão ingênua?

– Não sei. No entanto, teria sido realmente terrível se eu não tivesse pensado assim! – disse Susan, quase chorando.

– Sim... sim... seria terrível. É isso que me faz pensar que você é uma mulher inocente. Mas... temos de pensar em como resolver essa situação!

– O que é, Michael? – ela perguntou, alarmada.

– Ora, essa dificuldade de voltarmos a morar juntos, e Elizabeth-Jane. Não podemos contar o que realmente aconteceu... ela nos desprezaria tanto que... eu não poderia suportar isso!

– Foi por isso que a criei sem falar sobre o que aconteceu. Eu também não poderia suportar.

– Bem, teremos de montar um plano para que ela continue acreditando na história atual e vamos resolvendo as coisas enquanto isso. Você já deve ter ouvido falar que tenho muitos negócios aqui, que sou o prefeito da cidade e o ministro da igreja, e não sei o que mais?

– Sim – ela murmurou.

– Tudo isso e mais o pavor de que a menina descubra nossa desgraça, me obrigam a agir com extrema cautela. Não consigo ver como vocês duas podem voltar abertamente para minha casa como a esposa e a filha que outrora tratei mal e mandei embora, esse é o problema.

– Vamos embora imediatamente. Eu só vim ver...

– Não, não, Susan; vocês não irão embora... você me entendeu mal! – disse ele com gentil severidade. – Eu pensei em um plano: você e Elizabeth alugam um chalé na cidade como a viúva sra. Newson e sua filha; eu vou conhecer você, nós vamos namorar e vou me casar com você. Elizabeth-Jane virá para minha casa como minha enteada. A coisa toda é tão natural e fácil que já deu certo só de pensar. Essa situação deixaria oculta a minha vida obscura, obstinada e vergonhosa de quando eu era jovem; o segredo seria apenas meu e seu. Eu teria o prazer de ver minha única filha sob meu teto, assim como minha esposa.

– Estou totalmente em suas mãos, Michael – ela disse humildemente. – Eu vim para cá por causa de Elizabeth. Por mim, se você me disser para partir novamente amanhã de manhã e nunca mais chegar perto de você, irei sem reclamar.

– Muito bem, não quero mais ouvir isso – disse Henchard gentilmente. – É claro que você não vai a lugar nenhum. Pense no plano que propus por algumas horas; e se você não conseguir encontrar um melhor, nós o adotaremos. Tenho que me ausentar um ou dois dias a trabalho, infelizmente; mas durante esse tempo você pode arrumar um lugar para morar. Os únicos na cidade adequados para vocês são os que ficam acima da loja de porcelana na High Street, ou você também pode procurar uma casa de campo.

— Se esses lugares ficam na High Street, eles são caros, eu suponho?

— Não importa, você precisa fazer tudo certinho se quiser que nosso plano seja executado. Se precisar de dinheiro, é só me procurar. Você tem o suficiente até eu voltar?

— Tenho bastante — disse ela.

— E você está confortável na pousada?

— Ah, sim.

— E a menina não tem como descobrir a vergonha do caso dela e do nosso? Isso é o que mais me deixa ansioso.

— Você ficaria surpreso ao descobrir como é improvável que ela sonhe com a verdade. Como ela poderia supor tal coisa?

— Verdade!

— Gosto da ideia de reassumir nosso casamento — disse a sra. Henchard, após uma pausa. — Parece o único caminho certo, depois de tudo o que aconteceu. Agora acho que devo voltar para Elizabeth-Jane e dizer a ela que nosso parente, o sr. Henchard, gentilmente deseja que fiquemos na cidade.

— Muito bem, vá e resolva isso. Eu acompanho você até um pedaço do caminho.

— Não, não. Não corra nenhum risco! — disse sua esposa, ansiosamente. — Posso encontrar o caminho de volta... não é tão tarde. Pode ficar sossegado, eu irei sozinha.

— Certo — disse Henchard — Apenas mais uma coisa. Você me perdoa, Susan?

Ela murmurou algo, mas foi muito difícil entender a resposta dela.

– Não importa, tudo a seu tempo – disse ele – Julgue-me pelos meus atos futuros... até mais!

Ele se retirou e ficou na parte superior do anfiteatro enquanto sua esposa passava pelo caminho inferior e descia sob as árvores até a cidade. Então o próprio Henchard voltou para casa, indo tão rápido que, quando chegou à porta, estava quase nos calcanhares da mulher inconsciente de quem acabara de se separar. Ele a observou subindo a rua e entrou em casa.

Capítulo 12

Ao entrar em sua porta depois de observar sua esposa até perdê-la de vista, o prefeito caminhou pela passagem em forma de túnel até o jardim e depois pela porta dos fundos em direção aos armazéns e celeiros. Uma luz brilhava na janela do escritório e, não havendo cortina para proteger o interior, Henchard pôde ver Donald Farfrae ainda sentado onde o havia deixado, iniciando-se no trabalho administrativo da fazenda, revisando os livros. Henchard entrou, apenas observando: – Não quero interrompê-lo, se você decidiu ficar até tão tarde.

Ele ficou atrás da cadeira de Farfrae, observando sua destreza em esclarecer as névoas numéricas que haviam se tornado tão densas nos livros de Henchard que quase frustravam até mesmo a perspicácia do escocês. O semblante do feitor de milho era meio admirável, mas não deixava de sentir uma pitada de pena pelo gosto de qualquer um que se importasse em se dedicar a tais detalhes finlandeses. O próprio Henchard era mental e fisicamente incapaz de arrancar sutilezas do papel sujo; ele recebera, no sentido moderno, uma educação de Aquiles e considerava a caligrafia uma arte tentadora.

– Você não fará mais nada esta noite – ele disse por fim, estendendo sua grande mão sobre o papel. – Amanhã teremos mais tempo. Vamos entrar e jantar. Agora você precisa descansar! Não quero que continue. Ele fechou os livros de contabilidade com uma força amigável.

Na realidade, Donald queria ir para seus aposentos, mas ele já havia percebido que seu amigo e patrão era um homem que não conhecia moderação em seus pedidos e impulsos, e cedeu graciosamente. Ele gostava da receptividade de Henchard, mesmo que isso o incomodasse; a grande diferença entre suas personalidades era a preferência.

Eles trancaram o escritório, e o jovem seguiu seu companheiro pela pequena porta particular, que, dando diretamente para o jardim de Henchard, permitia a passagem do utilitário para o belo com um simples passo. O jardim estava silencioso, orvalhado e perfumado. Ele se estendia por um longo caminho para trás da casa, primeiro como gramado e canteiros de flores, depois como jardim de frutas, onde as espaldeiras amarradas há muito tempo, tão velhas quanto a própria casa, haviam crescido bem robustas, apertadas e retorcidas, que chegavam a arrancar suas estacas do chão e pareciam contorcidas em agonia vegetal, como se fossem frondosos Laocoontes[2].

As flores que tinham um cheiro delicado não eram discerníveis, e eles passaram por elas para dentro da casa.

---

2 Um sacerdote de Apolo que irritou o deus por ter se casado e tido filhos, ou por ter arremessado uma lança contra o cavalo de Troia. Em vingança, o próprio Apolo enviou serpentes para matar seus filhos, e Laocoonte foi morto ao tentar salvá-los.

— É estranho — disse Henchard — que dois homens se encontrem, como nós, puramente por motivos de negócios, e que no fim do primeiro dia eu queira falar com ele sobre um assunto de família. Mas, nem vou considerar isso porque sou um homem solitário, Farfrae: não tenho mais ninguém com quem falar e por que não deveria contar tudo a você?

— Ficarei feliz em ouvi-lo, se puder ser útil — disse Donald, permitindo que seus olhos viajassem pelos intrincados entalhes em madeira da chaminé, representando liras com guirlandas, escudos e aljavas, em ambos os lados de um crânio de boi coberto e flanqueado por cabeças de Apolo e Diana em baixo relevo.

— Nem sempre fui o que sou agora — continuou Henchard, sua voz firme, profunda e pouco abalada. Ele estava claramente sob aquela estranha influência que às vezes leva os homens a confiar ao novo amigo o que não contam ao velho. — Comecei a vida trabalhando como comerciante de feno e, aos 18 anos, casei-me por força de minha vocação. Você acredita que já fui um homem casado?

— Eu ouvi na cidade que você era viúvo.

— Ah, sim, você naturalmente teria ouvido isso. Bem, perdi minha esposa há cerca de dezenove anos... por minha culpa... Foi assim que aconteceu. Numa noite de verão, eu estava viajando a trabalho e ela caminhava ao meu lado, carregando a bebê, nossa única filha. Chegamos a um estande em uma feira rural. Eu era um homem que bebia muito naquela época.

Henchard parou por um momento, jogou-se para trás de modo que seu cotovelo repousasse sobre a mesa, sua testa apoiada em sua mão, que, no entanto, não escondia as marcas de inflexibilidade introspectiva em suas feições enquanto narrava em detalhes os incidentes da transação com o marinheiro. O tom de indiferença que a princípio fora visível no escocês agora havia desaparecido.

Henchard passou a descrever suas tentativas de encontrar sua esposa; o juramento que ele fez; a vida solitária que ele levou durante os anos que se seguiram. – Mantive meu juramento por dezenove anos – continuou ele – Cheguei onde você me vê agora.

– Sim!

– Bem, não tive mais nenhuma esposa durante todo esse tempo; e como passei a odiar mulheres, não achei difícil manter-me distante delas. Até hoje, nunca mais tinha pensado em me casar. E agora... ela voltou.

– Voltou, ela voltou!

– Esta manhã... logo cedo. E o que devo fazer?

– Você não pode voltar a viver com ela, e tentar ajeitar as coisas?

– Foi isso que planejei e propus. Mas, Farfrae, – disse Henchard sombriamente – ao fazer o que é certo com Susan, estou prejudicando outra mulher inocente.

– Por que diz isso?

– Pela natureza das coisas, Farfrae, é quase impossível que um homem como eu tenha a sorte de passar vinte anos sem cometer mais de um erro. Como é de meu costume, há muitos anos vou até Jersey para fazer negócios, especialmente na época da safra de batatas e raízes. Faço excelentes negociações com eles nessa linha. Bem, um outono, ao parar lá, fiquei muito doente e, durante o período da minha doença, mergulhei em um desses ataques sombrios de que às vezes sofro, devido à solidão da minha vida doméstica, quando o mundo parece ser a escuridão do inferno e, como Jó, eu poderia amaldiçoar o dia que nasci.

— Bem, eu nunca me senti assim — disse Farfrae.

— Então peça a Deus para que você nunca passe por isso, meu jovem. Enquanto estava nesse estado, tive pena de uma mulher, uma jovem, devo dizer, pois ela era de boa família, de excelente criação e bem educada... a filha de algum oficial militar impetuoso que se meteu em dificuldades, e teve seu salário confiscado. Ele já tinha morrido, e a mãe dela também, e ela estava tão solitária quanto eu. Essa jovem criatura estava hospedada na pensão onde por acaso eu estava; e quando fiquei doente, ela se encarregou de cuidar de mim. A partir disso ela passou a sentir uma afeição boba por mim. Só Deus sabe o motivo, pois eu não valia a pena. Mas uma vez que estávamos juntos na mesma casa, e ela se sentia acolhida, ficamos naturalmente íntimos. Não vou entrar em detalhes sobre nosso relacionamento. Basta dizer que honestamente pretendíamos nos casar. Surgiu um escândalo, que não me prejudicou, mas certamente foi a ruína para ela. Embora, Farfrae, entre você e mim, de homem para homem, declaro solenemente que namorar mulheres nunca foi meu vício, nem minha virtude. Ela não ligava para o que os outros pensavam, e eu talvez ligasse menos ainda, por causa do meu estado deprimente; e foi por isso que surgiu o escândalo. Por fim, melhorei bem e fui embora. Quando parti, ela sofreu muito por minha causa e não se esqueceu de me dizer isso em cartas, uma após a outra; até que, ultimamente, senti que devia algo a ela e pensei que, como não ouvia falar de Susan há muito tempo, faria desta outra a única retribuição que poderia fazer e perguntaria se ela correria o risco de Susan estar viva (possibilidade muito remota, como eu acreditava) e se casar comigo, como eu era. Ela pulou de alegria e, sem dúvida, logo estaríamos casados... mas eis que Susan apareceu!

Donald mostrou sua profunda preocupação com uma complicação que estava muito além de suas simples experiências.

– Agora veja que dano um homem pode causar ao seu redor! Mesmo depois daquela transgressão na feira quando eu era jovem, se eu nunca tivesse sido tão egoísta a ponto de deixar essa jovem tola se dedicar a mim em Jersey, de modo a prejudicar seu nome, tudo poderia estar bem agora. No entanto, como está, devo desapontar amargamente uma dessas mulheres; e será a segunda. Meu primeiro dever é com Susan, não há dúvida quanto a isso.

– Ambos estão em uma posição muito triste, e isso é verdade! – murmurou Donald.

– Estão mesmo! Não me importo com o que vai acontecer, de algum modo tudo vai terminar um dia. Mas fico pensando nas duas – Henchard fez uma pausa em devaneio. – Eu realmente gostaria de ser um cavalheiro exemplar com a segunda, não menos do que com a primeira.

– Ah, bem, o senhor deveria mesmo fazer isso! – disse o outro, com pesar filosófico – O senhor deve escrever para a jovem, e em sua carta deve deixar claro e ser honesto com ela, dizendo que ela não pode ser sua esposa, porque a primeira está de volta. Explique que o senhor não pode vê-la mais e que deseja o bem dela.

– Isso não vai funcionar. Eu preciso fazer um pouco mais do que isso! Embora ela sempre tenha se gabado de seu tio rico ou de sua tia rica, e de suas expectativas em relação a eles, devo enviar uma boa quantia de dinheiro para ela, suponho... apenas como uma pequena recompensa, pobre moça... Agora, você poderia me ajudar com isso e escrever uma carta explicando para ela tudo o que eu lhe disse, colocando da maneira forma mais gentil possível? Sou péssimo para escrever cartas.

– Ok, eu faço isso.

– Mas eu ainda não lhe contei tudo. Minha esposa Susan está com minha filha... o bebê que estava em seus braços na feira; e essa jovem não sabe nada sobre mim. Ela pensa que sou um parente delas. Cresceu acreditando que o marinheiro a quem entreguei sua mãe, e que agora está morto, era seu pai e o marido de sua mãe. O que a mãe dela sempre sentiu, ela e eu sentimos juntos agora, é que não podemos contar nossa desgraça para a menina, deixando-a saber de toda a verdade. O que você faria no meu lugar? Quero seu conselho.

– Acho que correria o risco e contaria a verdade a ela. Ela perdoará vocês dois.

– Nunca! – disse Henchard – Não vou deixá-la saber a verdade. A mãe dela e eu vamos nos casar de novo; e isso não apenas nos ajudará a manter o respeito de nossa filha, mas também será mais adequado. Susan se considera a viúva do marinheiro e não pensará em viver comigo como antes sem outra cerimônia religiosa... e ela está certa.

Farfrae então não disse mais nada. A carta para a jovem de Jersey foi cuidadosamente escrita por ele, e a conversa terminou. Antes de o escocês sair, Henchard disse-lhe: – Sinto um grande alívio, Farfrae, em contar tudo isso a um amigo! Você pode perceber agora que o prefeito de Casterbridge não está tão promissor de alma quanto está em relação ao seu bolso.

– Entendo. E sinto muito pelo senhor! – disse Farfrae.

Quando ele saiu, Henchard copiou a carta e, anexando um cheque, levou-a ao correio, de onde voltou pensativo.

– Tomara que tudo se resolva facilmente! – ele disse. – Pobrezinha, só Deus sabe! Bem, agora preciso fazer as pazes com Susan!

Capítulo 13

A casa de campo que Michael Henchard alugou para sua esposa, Susan, com o nome de Newson... de acordo com o plano deles... ficava na parte superior ou oeste da cidade, entre a muralha romana e a avenida que a deixava ofuscada. O sol da tarde parecia brilhar mais amarelo lá do que em qualquer outro lugar no outono, estendendo seus raios, à medida que as horas avançavam, sob os ramos mais baixos de sicômoro e mergulhando o andar térreo da residência, com suas venezianas verdes, em um substrato de esplendor que a folhagem protegia das partes superiores. Sob esses sicômoros nas muralhas da cidade podiam ser vistos da sala de estar os túmulos e fortalezas de terra dos planaltos distantes, deixando esse local totalmente agradável, com o toque usual de melancolia que uma perspectiva marcada pelo passado confere.

Assim que a mãe e a filha se instalaram confortavelmente, com uma criada de avental branco e tudo completo, Henchard fez-lhes uma visita e ficou para o chá. Durante o entretenimento, Elizabeth era cuidadosamente enganada pelo tom muito geral da conversa que prevalecia... um procedimento que parecia proporcionar algum humor a Henchard, embora sua esposa não estivesse particularmente feliz com isso. A visita foi repetida várias vezes com determinação profissional pelo prefeito, que parecia ter sido educado em um curso de retidão mecânica rigoroso em relação a essas duas mulheres e aos seus sentimentos.

Uma tarde, a filha não estava em casa quando Henchard apareceu e disse secamente: – Esta é uma ótima oportunidade para eu pedir a você que escolha o dia do casamento, Susan.

A pobre mulher deu um sorriso leve. Ela não gostava de gentilezas em uma situação em que havia entrado apenas por causa da reputação de sua filha. Na realidade, ela gostava tão pouco delas que havia espaço para se perguntar por que havia tolerado a mentira e não tinha corajosamente deixado a jovem saber sua história. Mas a carne é fraca e a verdadeira explicação veio no devido tempo.

– Olhe, Michael! – ela disse – Receio que tudo isso esteja tomando seu tempo e lhe causando problemas... eu não esperava que você fizesse nada disso! – E ela olhou para ele, para seus trajes de homem rico e para os móveis que ele havia providenciado para a casa... enfeites luxuosos aos olhos dela.

– De jeito nenhum – disse Henchard, com uma benignidade grosseira. – Isto é apenas um chalé... não me custa quase nada. E quanto a ocupar meu tempo – neste momento, seu rosto moreno avermelhado se iluminou com satisfação – eu tenho um sujeito esplêndido para supervisionar meus negócios agora... um homem como eu nunca encontrei antes. Em breve poderei deixar tudo nas mãos dele e cuidar do que é meu por muito mais tempo do que tive nos últimos vinte anos.

Então, as visitas de Henchard tornaram-se tão frequentes e regulares, que logo todos começaram a sussurrar e depois discutir abertamente em Casterbridge que o magistral e coercitivo prefeito da cidade havia sido arrebatado e dominado pela gentil viúva sra. Newson. Sua conhecida e arrogante indiferença para com as mulheres e sua silenciosa fuga de conversas com o sexo feminino contribuíram com uma sensação picante no que poderia ter sido um assunto pouco romântico. Era inexplicável que uma pobre mulher tão frágil fosse sua escolha, exceto pelo fato de que o noivado era um assunto de família no qual a paixão sentimental não tinha lugar; pois todos sabiam que eles estavam relacionados de alguma forma. A sra. Henchard era tão pálida, que os meninos a chamavam de "O Fantasma". Às vezes, Henchard ouvia esse epíteto quando eles passavam juntos pelas calçadas, e então seu rosto escurecia com uma expressão avassaladora de destruição ao olhar para os meninos como se fosse acabar com eles; mas ele não dizia nada.

Ele apressou os preparativos para sua união, ou melhor, reencontro, com essa criatura pálida em um espírito obstinado e inabalável, que deu crédito à sua consciência. Ninguém teria imaginado, a partir de seu comportamento externo, que não havia fogo amoroso ou romance atuando como estimulante para a agitação que acontecia em sua casa grande e esquálida; nada além de três grandes resoluções: a primeira, fazer as pazes com sua negligenciada Susan; a segunda, proporcionar um lar confortável para Elizabeth-Jane sob seu olhar paternal; e a terceira, castigar-se com os espinhos que esses atos restitutórios trouxeram em seu rastro; entre eles o rebaixamento de sua dignidade na opinião pública ao se casar com uma mulher tão comparativamente humilde.

Susan Henchard entrou em uma carruagem pela primeira vez em sua vida quando uma parou na porta no dia do casamento para levá-la, com Elizabeth-Jane, à igreja. Era uma manhã sem vento, uma chuva quente de novembro, que flutuava como farinha e acomodava-se em forma de pó sobre a penugem de chapéus e casacos. Poucas pessoas se reuniram em volta da porta da igreja, embora estivessem bem compactadas lá dentro. O escocês, que auxiliou como padrinho, foi naturalmente o único presente, além dos atores principais, que conhecia a verdadeira situação dos contratantes. Ele, no entanto, era muito inexperiente, muito pensativo, muito judicioso, muito fortemente consciente do lado sério do negócio, para entrar na cena em seu aspecto dramático. Isso exigiu o gênio especial de Christopher Coney, Solomon Longways, Buzzford e seus companheiros. Mas eles não sabiam nada do segredo; embora, à medida que se aproximava a hora de sair da igreja, eles se reuniram na calçada adjacente e expuseram o assunto de acordo com seus entendimentos.

– Faz quarenta e cinco anos que me estabeleci nesta cidade – disse Coney – mas o que me deixa intrigado é que nunca vi um homem esperar tanto tempo antes de receber tão pouco! Há uma chance até para você depois disso, Nance Mockridge. A observação foi dirigida a uma mulher que estava atrás dele... a mesma que exibiu o pão ruim de Henchard em público quando Elizabeth e sua mãe entraram em Casterbridge.

– Fique sabendo que jamais me casaria com alguém como ele, nem como você – respondeu a tal senhora. – Quanto a você, Christopher, sabemos muito bem quem você é, e quanto menos falar, melhor. E quanto a ele... bem... – ela disse abaixando a voz – ele diz que era um pobre aprendiz de paróquia... que não diria isso para todos... mas que era um pobre aprendiz de paróquia que começou a vida como um corvo carniceiro.

– E agora ele é um homem valioso – murmurou Longways. – Quando se diz que um homem vale tanto, ele deve ser levado em consideração!

Ao se virar, ele viu um disco circular reticulado de vincos e reconheceu o rosto sorridente da gorda que pedira outra canção no Três Marinheiros. – Muito bem, Mãe Cuxsom – disse ele – O que a senhora acha? Temos aqui a sra. Newson, um mero esqueletinho, que arrumou outro marido para mantê-la, enquanto uma mulher de seu peso não tem nenhum.

– Não tenho mesmo. Ninguém para me fazer mal... Com certeza, Cuxsom se foi, e também as calças de couro de um marido autoritário!

– Sim, com a bênção de Deus, as calças de couro se foram.

– Não vale a pena pensar em ter outro marido – continuou a sra. Cuxsom. – E, no entanto, podem acreditar que sou tão respeitável quanto ela.

– Verdade, sua mãe era uma mulher muito boa... eu me lembro dela. Ela foi recompensada pela Sociedade Agrícola por ter gerado o maior número de crianças saudáveis sem assistência paroquial, e outras maravilhas virtuosas.

– Foi isso que nos manteve tão pobres... aquela grande família faminta.

– Sim. Onde os porcos são muitos, a lavagem é escassa.

– E você não se lembra como a mamãe cantava, Christopher? – continuou a sra. Cuxsom, animada com a retrospectiva; – e como íamos com ela à festa em Mellstock, você se lembra? Na casa da velha Dame Ledlow, tia do fazendeiro Shinar, você se lembra? Lembra?

– Sim, he-he, lembro sim! – disse Christopher Coney.

– E eu também, pois naquela época eu tinha um marido... eu era metade menina e metade mulher, como dizem. E não consigo me lembrar – ela cutucou o ombro de Solomon com a ponta do dedo, enquanto seus olhos brilhavam entre suas pálpebras – não consigo me lembrar do vinho de xerez e dos garfos de prata, e como Joan Dummett ficou mal quando estávamos voltando para casa, e Jack Griggs foi forçado a carregá-la pela lama; e como a deixamos cair em cima do vaqueiro de Fazenda Dairyman Sweet Apple, e tivemos de cobrir seu vestido com grama... nunca mais fizemos uma bagunça tão grande como aquela!

– Ah, eu me lembro, he-he, naqueles dias parecíamos uma gangue, com certeza! Ah, eu andava tantos quilômetros, e agora mal consigo dar alguns passos!

Suas recordações foram interrompidas pelo aparecimento do par que iria se casar. Henchard, olhando para os ociosos com aquele seu olhar ambíguo, que em um momento parecia significar satisfação, e em outro um ardente desdém.

– Bem, há algo estranho com eles, embora ele se considere abstêmio – disse Nance Mockridge. – Ela ainda vai se arrepender de estar se casando com ele. Existe algum segredo entre eles e será revelado com o tempo.

– Tolice... ele é um homem muito bom! Algumas pessoas querem ter sorte em tudo. Mesmo se houvesse milhares de possibilidades, ela não encontraria um homem melhor. Uma pobre mulher como ela... esse casamento é uma bênção de Deus na vida dela, não será somente um par de saltos ou camisola em seu nome.

A pequena carruagem partiu na névoa, e os ociosos se dispersaram. – Bem, mal sabemos analisar as coisas nesses tempos! – disse Salomão. – Um homem caiu morto ontem, não muito longe daqui; hoje o clima está tão úmido, que não vale a pena começar nenhum trabalho importante. Não tenho vontade de fazer nada hoje, a não ser tomar um gole ou dois na pousada Três Marinheiros quando passar por lá.

– Acho que vou com você, Solomon – disse Christopher – Também estou lento como um caracol.

Capítulo 14

Um verão de rainha na vida da sra. Henchard começou com sua entrada na grande casa de seu marido e na respeitável órbita social. Foi um verão tão brilhante quanto os verões podem ser. Para que ela não desejasse um afeto mais profundo do que ele poderia dar, ele fazia questão de mostrar alguma evidência disso em ações externas. Entre outras coisas, ele pintou as grades de ferro, que sorriam tristemente em ferrugem opaca nos últimos oitenta anos, com um verde brilhante, e as janelas de guilhotina georgianas, com grades pesadas e pequenas vidraças enfeitadas, ele pintou com três camadas de branco. Ele era tão gentil com ela quanto um homem, prefeito e ministro da igreja poderia ser. A casa era grande, os cômodos altos e os patamares amplos. As duas mulheres despretensiosas não adicionaram praticamente nada ao conteúdo da casa.

Para Elizabeth-Jane, o momento era o mais triunfante. A liberdade que ela experimentava, a indulgência com que estava sendo tratada, superaram suas expectativas. A vida tranquila, fácil e rica a que o casamento de sua mãe a introduzira foi, na verdade, o início de uma grande mudança em Elizabeth. Ela descobriu que poderia adquirir objetos pessoais e pedir adereços, pois como dizia o ditado medieval: "Adquirir, ter e manter são palavras agradáveis". Com a paz de espírito veio o desenvolvimento e com o desenvolvimento a beleza. O conhecimento, resultado de grande percepção natural, não lhe faltava; aprendizado, realização... esses, infelizmente, ela não tinha; mas à medida que o inverno e a primavera passavam, seu rosto magro e sua figura se enchia de curvas mais arredondadas e suaves; as linhas e contrações em sua jovem testa desapareceram; as manchas em sua pele sumiram com a mudança para abundância de coisas boas, e suas bochechas ficaram rosadas. Às vezes, também, seus olhos cinzentos e pensativos revelavam uma alegria maliciosa, mas isso não era frequente; o tipo de sabedoria que saltava de suas pupilas não acompanhava prontamente esses humores mais levianos. Como no caso de todas as pessoas que passaram por tempos difíceis, a despreocupação parecia-lhe muito irracional e inconsequente para ser permitida, exceto como uma bebida imprudente de vez em quando; ela havia se habituado muito cedo ao raciocínio ansioso para abandonar o hábito repentinamente. Ela não sentia nenhum daqueles altos e baixos de espírito que afligem tantas pessoas sem motivo; nunca, parafraseando um poeta atual, havia uma melancolia na alma de Elizabeth-Jane, mas ela bem sabia como isso aconteceu; e sua alegria atual era bastante proporcional às suas sólidas garantias para a mesma.

Era possível supor que, devido à rapidez com que a jovem ganhou beleza, com boas circunstâncias e pela primeira vez em sua vida tendo dinheiro à vista, ela ficaria encantando apenas com os vestidos que podia comprar. Mas não. A razoabilidade de quase tudo o que Elizabeth fazia em nenhum lugar era mais evidente do que nessa questão de roupas. Manter-se na retaguarda da oportunidade em questões de indulgência é um hábito tão valioso quanto manter-se a par da oportunidade em questões de empreendimento. Essa jovem sem sofisticação fazia isso com uma percepção inata que era quase genial. Assim, ela se absteve de vestir-se com roupas exageradas, como a maioria das jovens de Casterbridge teria feito em suas circunstâncias. Seu triunfo era temperado pela circunspecção, ela ainda tinha aquele medo que o gato escaldado tem de água fria, apesar da promessa que haviam recebido, que é comum entre os pensativos que sofreram desde cedo com a pobreza e a opressão.

— Não vou ficar excessivamente feliz com nada — ela dizia para si mesma. — Seria uma tentação da Providência Divina colocar minha mãe e eu na mesma aflição que vivíamos antes.

Agora era possível vê-la usando uma boina de seda preta, um manto de veludo ou um spencer de seda, um vestido escuro e carregando uma sombrinha. Neste último artigo, ela havia acrescentado uma franja e a deixou com borda lisa, com um pequeno anel de marfim para mantê-la fechada. Era estranho a necessidade daquela sombrinha. Ela descobriu que, com o clareamento de sua pele e o aparecimento de bochechas rosadas, sua pele tinha ficado mais sensível aos raios do sol. Então, ela resolveu proteger aquelas bochechas imediatamente, considerando que a ausência de manchas fazia parte da feminilidade.

Henchard gostava muito dela, e ela saía com ele com mais frequência do que com a mãe agora. A aparência dela um dia estava tão atraente que ele olhou para ela criticamente.

– O senhor não gostou do vestido. Está horrível em mim? Porque fui eu mesma que o costurei – ela disse hesitante, pensando que ele talvez estivesse insatisfeito com o vestido bem brilhante que ela havia colocado pela primeira vez.

– Sim, claro que gostei, com certeza – ele respondeu em seu jeito grosseiro. – Faça como quiser, ou melhor, como sua mãe aconselha. Eu não devia dizer nada a você!

Dentro de casa ela dividia o cabelo com uma risca que parecia um arco-íris branco de orelha a orelha. A parte da frente era cheia de cachos, e a parte de trás ficava toda puxada formando um coque.

Certo dia, os três membros da família estavam sentados tomando o café da manhã, e Henchard olhava em silêncio, como sempre fazia, para aquela cabeleira, de cor castanha... mais clara do que escura. – Eu pensei que o cabelo de Elizabeth-Jane... você não me disse que o cabelo de Elizabeth-Jane seria preto quando ela era um bebê? – ele perguntou a sua esposa.

Ela pareceu assustada, sacudiu o pé dele em advertência e murmurou: – Eu disse?

Assim que Elizabeth foi para seu quarto, Henchard recomeçou: — Que droga, eu quase me esqueci agora! O que eu quis dizer é que o cabelo da menina certamente parecia que ser mais escuro quando ela era um bebê.

— Sim; mas a cor dos cabelos muda — respondeu Susan.

— Eu sei que o cabelo das crianças fica mais escuro, mas eles podem ficar mais claros em alguns casos?

— Ah, sim — E a mesma expressão inquieta apareceu em seu rosto, para a qual o futuro tinha a resposta. Passou um tempo e Henchard continuou:

— Bem, tanto melhor. Agora, Susan, quero que ela seja chamada de srta. Henchard, não de srta. Newson. Muitas pessoas já fazem isso de modo distraído... é o nome legal dela... então pode muito bem ser o nome usual... não gosto nem um pouco desse outro nome para minha carne e sangue. Vou anunciá-lo no jornal de Casterbridge... é assim que eles fazem aqui. Ela não vai se opor.

— Não. Não vai se opor. Mas...

— Bem, então farei isso — disse ele, peremptoriamente. — Certamente, se ela estiver disposta a fazê-lo, você deseja isso tanto quanto eu?

— Claro que sim, se ela concordar, vamos fazê-lo com certeza — ela respondeu.

Então a sra. Henchard agiu de forma um tanto inconsistente, poderia se dizer até falsamente, mas suas atitudes eram emocionais e cheias da seriedade de quem deseja fazer o certo com grande risco. Ela foi até Elizabeth-Jane, a quem encontrou costurando em sua sala de estar no andar de cima, e contou-lhe o que havia sido proposto sobre seu sobrenome. — Você concorda, não é?... Não é um desrespeito a Newson... ele já está morto e se foi.

Elizabeth refletiu e respondeu: — Vou pensar nisso, mãe.

Quando, mais tarde naquele dia, ela viu Henchard, tocou no assunto imediatamente, de uma forma que mostrava que a linha de sentimento iniciada por sua mãe havia sido perseverada. – O senhor deseja mesmo essa mudança em meu sobrenome? – ela perguntou.

– Eu gostaria, sim. Mas, meu Deus do céu, vocês, mulheres, fazem um escândalo por uma ninharia! Eu propus isso... só isso. Agora, Lizabeth-Jane, faça o que lhe deixa feliz. Eu realmente não me importo com o que você faz. Não precisa concordar com isso só para me agradar.

Aqui o assunto morreu, e nada mais foi dito, e nada mais foi feito, e Elizabeth continuou a ser chamada de srta. Newson, e não por seu nome legal.

Enquanto isso, o grande tráfego de milho e feno conduzido por Henchard prosperava sob a gestão de Donald Farfrae como nunca havia prosperado antes. Anteriormente, os negócios se desenrolavam aos trancos e solavancos, agora haviam começado a deslizar em rodinhas lubrificadas a óleo. O velho e rudimentar sistema de viva voz de Henchard, no qual tudo dependia de sua memória e as barganhas eram feitas apenas pela língua, foi banido. Cartas e livros de contabilidade tomaram o lugar de "não farei" e "você não deve"; e, como em todos esses casos de avanço, o pitoresco e o rústico antigo método desapareceu com suas inconveniências.

A posição do quarto de Elizabeth-Jane, bastante alto na casa, de modo que permitisse uma visão dos depósitos de feno e celeiros do outro lado do jardim, deu-lhe a oportunidade de observar com precisão o que acontecia ali. Ela percebeu que Donald e o sr. Henchard eram inseparáveis. Ao caminhar juntos, Henchard colocava o braço familiarmente no ombro de seu gerente, como se Farfrae fosse um irmão mais novo, suportando todo o peso em seu corpo esguio que chegava até a se dobrar. Ocasionalmente, ela ouvia um perfeito canhão de risadas de Henchard, decorrente de algo que Donald havia dito, o último parecendo bastante inocente e sem dar nenhuma risada. Na vida um tanto solitária de Henchard, ele evidentemente achou um jovem que era um excelente amigo e útil para consultas. A brilhante inteligência de Donald manteve no fator de milho a admiração que havia conquistado na primeira hora do encontro deles. A opinião ruim, mas mal disfarçada, que ele nutria sobre o porte físico, a força e a arrogância do esguio Farfrae era mais do que equilibrada pelo imenso respeito que ele tinha por seu cérebro.

O olhar tranquilo da jovem discernia que a afeição exagerada de Henchard pelo jovem, seu constante gosto por ter Farfrae perto dele, de vez em quando resultava em uma tendência ao domínio, que, no entanto, foi contida em um momento em que Donald exibiu sinais de verdadeira ofensa. Um dia, olhando os dois lá do alto, ela ouviu Donald comentar, enquanto eles estavam na porta, entre o jardim e o pátio, que seu hábito de andar e dirigir juntos neutralizava o valor de Farfrae como um segundo par de olhos, que deveria ser usado em lugares onde o principal não estava. Foi então que Henchard exclamou: – Mas que droga... que importância tem isso! Eu gosto de um sujeito para conversar. Agora venha e jante, e não pense muito sobre as coisas, ou você vai me deixar louco.

Por outro lado, quando ela caminhava com a mãe, muitas vezes via o escocês olhando para elas com um interesse curioso. O fato de tê-la conhecido no Três Marinheiros não era suficiente para explicá-lo, pois nas ocasiões em que ela entrara em seu quarto ele nunca levantara os olhos. Além disso, era mais para a mãe do que para ela mesma que ele olhava, para o desapontamento semiconsciente, simplório e talvez perdoável de Elizabeth-Jane. Assim, ela não poderia explicar esse interesse por sua aparência atraente e decidiu que poderia ser apenas aparente – um modo de virar os olhos que o sr. Farfrae tinha.

Ela não podia dar uma explicação definitiva para os modos dele que não tinham nenhuma vaidade pessoal, considerando o fato de Donald ser o depositário da confiança de Henchard no tratamento anterior que ele havia dado à mãe dela, pálida e castigada pela vida. As conjeturas dela sobre aquele passado eram simplesmente tênues, baseadas em coisas ouvidas e vistas casualmente... meras suposições de que Henchard e sua mãe poderiam ter sido namorados na juventude, que haviam brigado e se separado.

Casterbridge, como mencionado antes, era um enorme quarteirão colocado sobre um campo de milho. Não havia subúrbio no sentido moderno, nem mistura transitória de cidade e bairro. Em relação à ampla terra fértil adjacente, permanecia nítida e distinta, como um tabuleiro de xadrez sobre uma toalha de mesa verde. O filho do fazendeiro poderia sentar-se no cortador de cevada e atirar uma pedra na janela do escritório do escrivão da cidade; os ceifeiros que estavam trabalhando entre os feixes podiam acenar para conhecidos que estavam passando na esquina da calçada; o juiz de toga vermelha, ao condenar um ladrão de ovelhas, pronunciava a sentença ao som que entrava pelas janelas vindo das ovelhas restantes que estavam no pasto; e durante as execuções, a multidão que aguardava ficava em um campo, bem diante da cena de enforcamento, de onde as vacas haviam sido temporariamente expulsas para dar espaço aos espectadores.

O milho cultivado nas terras altas do município era colhido por fazendeiros que viviam em um subúrbio oriental chamado Durnover. Aqui, as espigas de trigo pendiam sobre a velha rua romana e lançavam seus beirais contra a torre da igreja; celeiros de palha verde, com portas tão altas quanto os portões do templo de Salomão, davam diretamente para a via principal. Os celeiros, de fato, eram tão numerosos, que se alternavam com cada meia dúzia de casas ao longo do caminho. Aqui viviam burgueses que diariamente caminhavam em pousio[3]; pastores em um aperto antemuros. Uma rua de casas de fazendeiros... uma rua governada por um prefeito e uma corporação, mas que ecoava com a batida do mangual, o bater do ventilador e o ronronar do leite nos baldes... uma rua que não tinha nada de urbano em lugar algum... esta era a outra extremidade de Durnover de Casterbridge.

Henchard, como era natural, lidava principalmente com esse berçário ou canteiro de pequenos fazendeiros próximos, e suas carroças costumavam passar por ali. Um dia, quando estavam em andamento os preparativos para trazer milho para a casa de uma das fazendas mencionadas, Elizabeth-Jane recebeu uma nota em mãos, pedindo-lhe que obrigasse o escritor a ir imediatamente a um celeiro em Durnover Hill. Como este era o celeiro cujo conteúdo Henchard estava removendo, ela pensou que o pedido tinha algo a ver com os negócios dele e dirigiu-se imediatamente para lá, assim que colocou o chapéu. O celeiro estava dentro do pátio da fazenda e ficava sobre pilares de pedra, alto o suficiente para que as pessoas passassem por baixo. Os portões estavam abertos, mas não havia ninguém lá dentro. No entanto, ela entrou e ficou esperando. Logo ela viu uma figura se aproximando do portão... era Donald Farfrae. Ele olhou para o relógio da igreja e entrou. Devido a uma timidez inexplicável, um desejo de não o encontrar lá sozinha, ela rapidamente subiu a escada que levava à porta do celeiro e entrou antes que ele a visse. Farfrae avançou, imaginando estar sozinho, e como algumas

---

3 Pousio: período geralmente de um ano em que as terras são deixadas sem semeadura, para repousarem.

gotas de chuva estavam começando a cair, ele se apoiou em uma das estacas e se entregou à paciência. Ele também estava claramente esperando alguém; poderia ser ela mesma? Em caso afirmativo, por quê? Em poucos minutos, ele olhou para o relógio e tirou um bilhete, igual ao que ela havia recebido.

Essa situação começou a ficar muito estranha, e quanto mais ela esperava, mais estranha ficava. Sair de uma porta que ficava logo acima da cabeça dele e descer a escada, mostrando que ela estava escondida lá, pareceria tão tolo, que ela continuou esperando. Uma máquina de peneirar estava bem perto dela e, para aliviar seu suspense, ela moveu suavemente a manivela; então uma nuvem de cascas de trigo voou em seu rosto, cobriu suas roupas e seu gorro e grudou em seu cachecol. Ele deve ter ouvido o leve movimento, pois olhou para cima e subiu os degraus.

– Ah... srta. Newson, é você? – disse ele assim que pôde ver o celeiro. – Eu não sabia que estava aí. Cumpri o compromisso e estou à sua disposição.

– Olá, sr. Farfrae – ela respondeu – eu também. Mas eu não sabia que era o senhor quem queria me ver, senão eu...

– Eu queria ver a senhorita? Acho que temos um engano aqui.

– O senhor não me pediu para vir aqui? Não foi o senhor que escreveu isso? – Elizabeth estendeu seu bilhete.

– Não. Na verdade, de forma alguma eu teria pensado nisso! E quanto a senhorita... não me pediu para estar aqui? Esta não é a sua letra? E ele ergueu o bilhete dele.

– De jeito nenhum.

– Que estranho! Então é alguém querendo ver nós dois. Talvez seja melhor esperarmos um pouco mais.

Agindo com base nessa consideração, eles ficaram esperando, o rosto de Elizabeth-Jane se transformando em uma expressão de compostura sobrenatural, e o jovem escocês, a cada passo na rua lá fora, olhando para baixo no celeiro para ver se o transeunte estava prestes a entrar e declarar que havia chamado os dois. Eles observaram gotas individuais de chuva rastejando pela palha do monte oposto... palha por palha... até atingirem o fundo; mas ninguém apareceu, e o telhado do celeiro começou a gotejar.

– É improvável que a pessoa venha – disse Farfrae. – Talvez seja um truque e, se for, é uma pena perder nosso tempo assim, quando temos tanto a fazer.

– É uma grande falta de consideração – disse Elizabeth.

– É verdade, srta. Newson. Um dia ficaremos sabendo quem fez isso e por qual motivo. Não vou deixar que isso me atrapalhe. E você, srta. Newson?!

– Eu não me importo... muito – respondeu ela.

– Nem eu.

Eles ficaram novamente em silêncio. – O senhor está ansioso para voltar para a Escócia, suponho, sr. Farfrae? – ela perguntou.

– Oh, não, srta. Newson. Por que eu estaria?

– Suponho que seja por causa da música que o senhor cantou lá na pousada Três Marinheiros... sobre a Escócia, a sua terra natal, quero dizer... parecia sentir tão fundo em seu coração que todos nós sentimos pelo senhor.

– Sim... cantei mesmo... verdade... Mas, srta. Newson, – e a voz de Donald ondulava musicalmente entre dois semitons, como sempre acontecia quando ele ficava sério – é bom sentir uma música por alguns minutos, e os olhos ficam cheios de lágrimas; mas a música termina e, apesar de tudo, você sente que não se importa e nem pensa sobre o assunto novamente por um longo tempo. Oh, não, não quero voltar! Contudo, posso cantar a canção para a senhorita, com prazer, sempre que quiser. Eu poderia cantá-la agora, não me importo, a senhorita quer?

– Obrigada mesmo. Mas preciso ir, com ou sem chuva.

– Sim! Então, srta. Newson, é melhor não dizer nada sobre esta farsa e não dar atenção a ela. E, se a pessoa disser alguma coisa para você, seja educada com ela, como se a senhorita não se importasse... assim ninguém vai rir de você. Ao falar, seus olhos se fixaram no vestido dela, ainda coberto com cascas de trigo. – Há cascas e poeira em cima de você. Você percebeu? – disse ele, em tons de extrema delicadeza. – E é muito ruim deixar a chuva cair sobre as roupas quando há palha nelas. A chuva molha, e as palhas ficam grudadas por toda a roupa. Deixe-me ajudá-la, soprar é o melhor.

Como Elizabeth não concordava nem discordava, Donald Farfrae começou a soprar seu cabelo para trás, e para os lados, soprou seu pescoço, a parte de cima de sua boina e seu cachecol, enquanto Elizabeth dizia – Oh, obrigada – a cada baforada. Por fim, ela ficou livre de toda aquela palha em suas roupas, embora Farfrae, tendo superado sua primeira preocupação com a situação, parecesse não ter pressa para ir embora.

– Ah, agora vou pegar um guarda-chuva para você – disse ele.

Ela recusou a oferta, saiu e foi embora. Farfrae caminhou lentamente atrás, olhando pensativamente para sua figura diminuída e assobiando em voz baixa a canção *Enquanto eu descia por Cannobie*.

Capítulo 15

A princípio, a beleza incipiente da srta. Newson não foi vista com muito interesse por ninguém em Casterbridge. É verdade que agora o olhar de Donald Farfrae tinha se voltado para a suposta enteada do prefeito, mas ele era apenas um. A verdade é que ela era apenas um pobre exemplo ilustrativo da astuta definição do profeta Baruque: "A virgem que ama ser feliz".

Quando ela caminhava, parecia estar ocupada com uma caixinha cheia de ideias dentro de sua cabeça e tinha uma leve necessidade de visualizar os objetos. Ela tomava curiosas decisões ao observar roupas mais alegres, porque eram incompatíveis com sua vida passada, que agora tinha possibilidades de florescer a partir do momento em que ela se tornara dona de tanto dinheiro. Mas nada é mais traiçoeiro do que a evolução de desejos a partir de simples fantasias e de necessidades com base em meros anseios. Henchard deu a Elizabeth-Jane um par de luvas delicadamente coloridas em um dia de primavera. Ela queria usá-las para mostrar seu apreço pela bondade dele, mas não tinha uma boina que combinasse. Como uma indulgência artística, ela achou que teria de ter uma boina para combinar com as luvas. Quando conseguiu uma boina que combinava, não tinha um vestido que combinasse com ambos. Agora era absolutamente necessário completar o jogo, então ela encomendou o artigo necessário, e descobriu que não tinha a sombrinha para combinar com o vestido. Como já havia chegado até ali, agora tinha de terminar, então ela comprou a sombrinha e o conjunto estava finalmente completo.

Todos se sentiram atraídos, e alguns diziam que sua simplicidade anterior era com a arte que esconde a arte, a "imposição delicada" mencionada por Rochefoucauld; ela produzira um efeito, um contraste, e isso tinha sido feito de propósito. Na realidade, isso não era verdade, mas teve seu resultado, pois assim que Casterbridge percebeu que ela era habilidosa, passou a considerá-la digna de atenção. Então, ela disse a si mesma: – É a primeira vez na minha vida que sou tão admirada, embora talvez seja por aqueles cuja admiração não vale a pena.

Mas Donald Farfrae também a admirava e, no geral, aquele período foi bem fascinante; a feminilidade nunca antes se afirmara nela com tanta força, pois anteriormente ela talvez agisse de modo muito impessoal para ser distintamente feminina. Depois de um sucesso sem precedentes, um dia ela entrou em casa, subiu as escadas e encostou-se na cama com o rosto voltado para baixo, esquecendo-se de possíveis rugas e marcas. – Deus do céu – ela sussurrou – como pode ser? Estou sendo considerada a beldade da cidade!

Quando ela refletiu sobre isso, seu medo habitual de exagerar as aparências gerou uma profunda tristeza. – Há algo errado em tudo isso – ela meditava. – Se eles soubessem que sou uma jovem sem cultura nenhuma... que não sei falar italiano, nem usar mapas, nem possuo nenhuma das habilidades que se aprende em internatos, como me desprezariam! Melhor vender toda essa elegância e comprar para mim livros de gramática e dicionários e a história de todas as filosofias!

Ela olhou pela janela e viu Henchard e Farfrae conversando no pátio de feno, com aquela cordialidade impetuosa da parte do prefeito e a modéstia genial do homem mais jovem, que agora era podia ser observada com frequência no relacionamento deles. A amizade entre dois homens tinha uma força robusta e era possível evidenciá-la no caso desses dois. E, no entanto, a semente que abalaria os alicerces dessa amizade estava naquele momento criando raízes em uma fenda de sua estrutura.

Eram aproximadamente 6 horas, os homens estavam saindo um a um para voltarem a suas casas. O último a sair foi um jovem de 19 ou 20 anos, de ombros caídos e olhos que piscavam involuntariamente, cuja boca se abria à menor provocação, aparentemente porque não havia queixo para sustentá-la. Henchard o chamou em voz alta enquanto saía do portão: – Olhe aqui... Abel Whittle!

Whittle se virou e deu alguns passos para trás. – Sim, senhor – disse ele, em desaprovação ofegante, como se soubesse o que viria a seguir.

– Vou dizer mais uma vez, chegue na hora amanhã de manhã. Você sabe o que deve ser feito, ouça o que estou dizendo, e sabe que não vou mais levar na brincadeira.

– Sim senhor – respondeu Abel Whittle e foi embora. Henchard e Farfrae saíram logo atrás e, então, Elizabeth não os viu mais.

Havia uma boa razão para essa ordem da parte de Henchard. O pobre Abel, como era chamado, tinha o hábito inveterado de dormir demais e chegar atrasado ao trabalho. Ele tinha uma imensa vontade de estar entre os primeiros, mas se seus amigos não puxavam o barbante que sempre amarrava no dedão do pé e deixava pendurado na janela para esse fim, sua vontade sumia como o vento, e ele chegava atrasado.

Como ele sempre era o ajudante na pesagem do feno, ou no guindaste que levantava os sacos, ou era um daqueles que tinham de acompanhar as carroças no campo para buscar as pilhas que haviam sido compradas, esse terrível hábito de Abel causava muitos transtornos. Durante duas manhãs da semana em curso, ele havia deixado os outros esperando por quase uma hora; daí a ameaça de Henchard. Agora restava ver o que aconteceria amanhã.

O relógio bateu 6 horas e não nada de Whittle aparecer. Às 6 e meia, Henchard entrou no pátio; a carroça que Abel deveria acompanhar estava preparada e o outro homem estava esperando havia vinte minutos. Então Henchard começou a praguejar e, naquele instante Whittle chegou, e o negociante de milho virou-se para ele e fez um juramento de que essa era a última vez; que se ele chegasse atrasado mais uma vez, por Deus, ele iria arrastá-lo para fora da cama.

— Tem algum *pobrema cumigo*, meu senhor! – disse Abel, – aqui dentro da minha cabeça, quando eu *deitu* fica tudo morto antes *d'eu começa a fazê minhas oração*. Eu não *gostu* da minha cama, porque durmo logo que *deitu* e já *tenhu qui levantá*. Eu fico muito nervoso com isso, senhor, mas o que posso *fazê*? Ontem à noite, antes *di i* pra cama, *comi* só um *pedaçu* de queijo e...

— Não quero mais ouvir nada! – gritou Henchard. – Amanhã, as carroças precisam partir às 4, e se você não estiver aqui, não precisa mais voltar. Você será despedido!

— Mais deixa eu *explicá* o que acontece *cumigo*, meu senhor...
Henchard afastou-se.

— Ele me *perguntô* e me *questionô*, e depois *num* quis ouvir minha explicação! – disse Abel, para todos que estavam no pátio. – Agora, vou ficar a noite inteira me contorcendo de medo dele!

A jornada a ser feita pelas carroças no dia seguinte seria longa, pois eles teriam de ir até Blackmoor Vale. Às 4 horas as lanternas já estavam se movendo pelo pátio, mas Abel não estava lá. Antes que qualquer um dos outros homens pudesse correr até a casa de Abel e avisá-lo, Henchard apareceu na porta do jardim. – Onde está Abel Whittle? Não veio depois de tudo o que eu disse?

Henchard saiu, entrou na casa de Abel, um pequeno chalé na Back Street, cuja porta nunca ficava trancada porque não havia nada de valor para ser levado. Chegando ao lado da cama de Whittle, o negociante de milho gritou com voz tão forte e vigorosa que Abel deu um pulo instantaneamente e, vendo Henchard de pé na sua frente, ficou eletrizado com movimentos espasmódicos que até esqueceu de vestir suas roupas.

— Fora da cama, senhor, e vá para o celeiro, ou pode deixar o emprego hoje! E isso é para lhe ensinar uma lição: vá andando e não precisa colocar suas calças!

O infeliz Whittle vestiu o colete de mangas e conseguiu calçar as botas ao pé da escada, enquanto Henchard enfiava o chapéu na cabeça. Whittle então trotou pela Back Street, Henchard caminhando severamente atrás.

Nesse momento, Farfrae, que havia ido à casa de Henchard para procurá-lo, saiu pelo portão dos fundos e viu algo branco esvoaçando na escuridão da manhã, que logo percebeu ser parte da camisa de Abel que aparecia abaixo do colete.

— Pelo amor de Deus, o que é isso? – disse Farfrae, seguindo Abel pelo pátio, Henchard seguindo um pouco atrás neste momento.

— Veja bem, sr. Farfrae — balbuciou Abel com um sorriso resignado de terror — ele disse que me mataria se eu não viesse assim, perdi a hora, e agora ele está fazendo isso! Não posso evitar, sr. Farfrae, às vezes acontecem coisas estranhas comigo! Não faz mal, vou seminu pra Blackmoor Vale, já que é uma ordem dele; depois eu me mato porque não vou suportar essa desgraça, as mulheres vão *ficá* olhando para mim o tempo todo e rindo de mim com desprezo, vão zombar de um homem sem calça! O senhor sabe como eu sinto essas coisas esquisitas, sr. Farfrae, e um pensamento de tristeza e solidão toma conta de mim. Sim, estou sentindo que vou me castigar!

— Pare com isso, volte para casa, coloque suas calças e venha trabalhar como um homem! Se você não for, vai morrer parado aí mesmo!

— Eu acho que não devo! O sr. Henchard disse que...

— Não me importo com o que o sr. Henchard disse, nem com o que qualquer outra pessoa diga! Isso é simplesmente uma tolice. Vá e vista-se imediatamente, Whittle.

– Olá! Olá! – disse Henchard, vindo atrás. – Quem mandou ele voltar para casa?

Todos os homens olharam para Farfrae.

– Sou eu – disse Donald. – Essa brincadeira já foi longe demais.

– E eu digo que não! Suba na carroça, Whittle.

– Eu sou o gerente aqui – disse Farfrae. – Ou ele vai para casa, ou eu vou embora deste pátio para sempre.

Henchard olhou para ele com um rosto severo e vermelho. Mas ele parou por um momento, e seus olhos se encontraram. Donald foi até ele, pois viu no olhar de Henchard que estava começando a se arrepender disso.

– Venha até aqui, – disse Donald calmamente – um homem de sua posição deveria saber, senhor! Isso é tirania, e uma pessoa do seu nível não se comporta assim.

– Não é tirania! – murmurou Henchard, como um menino caprichoso. – É para fazê-lo lembrar! – Ele logo acrescentou, em um tom de amarga mágoa: – Por que você falou comigo diante deles dessa maneira, Farfrae? Você poderia ter esperado até que estivéssemos sozinhos. Ah... já sei porquê! Eu lhe contei o segredo minha vida... como fui tolo... e você se aproveitou de mim!

– Eu já tinha até esquecido – disse Farfrae, simplesmente.

Henchard olhou para o chão, não disse mais nada e se afastou. Durante o dia, Farfrae soube pelos homens que Henchard havia fornecido carvão e rapé para a velha mãe de Abel durante todo o inverno anterior, o que o tornava menos antagônico ao que havia ocorrido com o carregamento de milho. Mas Henchard continuou mal-humorado e silencioso, e quando um dos homens perguntou se alguns grãos precisavam ser içados para um andar superior ou não, ele disse brevemente: – Pergunte ao sr. Farfrae. Ele é o senhor aqui!

Moralmente ele era. Não havia dúvida disso. Henchard, que até então fora o homem mais admirado em seu círculo, agora não era mais. Um dia, as filhas de um fazendeiro falecido em Durnover queriam uma opinião sobre o valor de seu palheiro e enviaram um mensageiro para pedir ao sr. Farfrae que os indicasse um. Quando o mensageiro, que era uma criança, chegou ao pátio, ele encontrou Henchard e não Farfrae.

– Muito bem – disse Henchard. – Eu irei até lá.

– Mas, por favor, o sr. Farfrae virá também? – disse a criança.

– Estou indo nessa direção... Por que o sr. Farfrae? – disse Henchard, com o olhar fixo – Por que as pessoas sempre querem o sr. Farfrae?

– Acho que é porque elas gostam dele... é o que dizem.

– Ah... estou entendendo... é o que dizem por aí? Gostam dele porque ele é mais inteligente do que o sr. Henchard e porque sabe mais; em resumo, o sr. Henchard não chega aos pés dele... é isso?

– Sim, é exatamente isso, senhor, e um pouco mais.

– Ah, tem mais? Claro que tem mais! O que mais? Venha, aqui estão seis centavos para você me contar tudo.

– "Ele é mais bem-humorado, e Henchard o trata muito mal", dizem as pessoas. E quando algumas mulheres estavam voltando para casa, elas disseram: "Ele é vale ouro, é muito bonito, é um tesouro". E elas também disseram "Ele é o mais compreensivo dos dois, de longe. Eu gostaria que ele fosse o chefe em vez de Henchard".

– Elas falam um monte de bobagem – Henchard respondeu, disfarçando sua tristeza. – Bem, você pode ir agora. Eu estou indo para avaliar a palha, ouviu? Eu. – O menino partiu, e Henchard murmurou: – Elas queriam que ele fosse o senhor aqui, não é?

Ele foi em direção a Durnover. No caminho, passou por Farfrae. Eles caminharam juntos, Henchard olhando quase o tempo todo para o chão.

– Você não está muito bem hoje, não é? – Donald perguntou.

– Sim, estou muito bem – respondeu Henchard.

– Mas você está um pouco triste... por que está assim, deprimido? Ora, não há nada com que se zangar! O que conseguimos em Blackmoor Vale é um material esplêndido. A propósito, o povo de Durnover quer que o feno deles seja avaliado.

– Sim. Eu estou indo para lá.

– Eu irei com você.

Como Henchard não respondeu, Donald começou a cantarolar uma canção até que, chegando perto da porta de uma família que estava enlutada, ele ficou quieto.

– Nossa, o pai deles acabou de morrer, não vou continuar com meu canto porque pode incomodá-los.

– Você se preocupa muito em não ferir os sentimentos das pessoas, não é? – observou Henchard com um sorriso de zombaria. – Você realmente se preocupa, eu sei, especialmente o meu!

– Sinto muito se magoei, senhor – respondeu Donald, parado, novamente com uma expressão de pesar em seu rosto. – Por que o senhor diz isso... O senhor pensa desse modo?

A nuvem se dissipou na testa de Henchard e, quando Donald terminou, o comerciante de milho virou-se para ele, olhando mais para o peito do que para o rosto.

– Eu ouvi coisas que me irritaram – disse ele. – Foi isso que me deixou chateado... me fez esquecer o que você realmente é. Muito bem, não quero entrar aqui para falar sobre feno, Farfrae. Você pode fazer isso melhor do que eu. Além disso, eles mandaram chamar você. Tenho de comparecer a uma reunião do Conselho da Cidade às 11h, e está na hora.

Assim, cada um deles seguir para seu destino com a amizade renovada, Donald abstendo-se de pedir a Henchard explicações sobre coisas que não eram muito claras para ele. Por outro lado, Henchard agora estava em paz e, no entanto, sempre que pensava em Farfrae, sentia um leve pavor; muitas vezes ele se arrependeu de ter aberto seu coração e confidenciado ao jovem os segredos de sua vida.

Capítulo 16

Por conta disso, os modos de Henchard em relação a Farfrae tornaram-se insensivelmente mais reservados. Ele era cortês – cortês demais –, e Farfrae ficou bastante surpreso com a boa educação que agora pela primeira vez se mostrava entre as qualidades de um homem que até então considerava indisciplinado, embora receptivo e sincero. O comerciante de milho raramente ou quase nunca colocava o braço sobre o ombro do jovem, de modo a quase sobrecarregá-lo com a pressão da amizade mecanizada. Ele parou de ir aos aposentos de Donald e gritar no corredor: – Ei, Farfrae, venha jantar conosco! Não fique aqui em confinamento solitário! – Porém, na rotina diária de seus negócios houve pouca mudança.

Assim, suas vidas continuaram até que foi sugerido em todo o país um dia de feriado nacional devido a um evento ocorrido recentemente.

Por algum tempo, Casterbridge, lenta por natureza, não respondeu. Então, um dia, Donald Farfrae abordou o assunto com Henchard, perguntando se ele teria alguma objeção em emprestar alguns panos para ele e alguns outros, que pensavam em montar algum tipo de entretenimento no dia mencionado e precisavam de um abrigo para fazê-lo, e também comentou que eles poderiam cobrar a entrada por pessoa.

– Pegue quantos panos quiser – respondeu Henchard.

Quando seu gerente se envolveu com o negócio, Henchard foi demitido por emulação. Ele logo pensou que certamente tinha sido muito negligente da parte dele, como prefeito, não convocar nenhuma reunião antes disso, para discutir o que deveria ser feito nesse feriado. Mas Farfrae era muito ágil em seus movimentos e não dava a pessoas antiquadas em posição de autoridade nenhuma chance de tomar a iniciativa. No entanto, não era tarde demais; e, pensando bem, decidiu assumir a responsabilidade de organizar algumas diversões, se os outros Conselheiros deixassem o assunto em suas mãos. Com isso eles prontamente concordaram, considerando que a maioria era formada por bons e velhos personagens que tinham um gosto decidido por viver sem preocupações.

Então Henchard iniciou seus preparativos para algo realmente brilhante... algo que deveria ser digno da venerável cidade. Quanto ao pequeno caso de Farfrae, Henchard quase o esqueceu; exceto uma vez ou outra quando, ao pensar nisso, ele dizia para si mesmo: – Cobrar um preço por cabeça... isso é coisa de escocês! Quem vai pagar alguma coisa por cabeça? – Os divertimentos que o prefeito pretendia fornecer seriam totalmente gratuitos.

Ele havia se tornado tão dependente de Donald, que mal conseguia resistir a chamá-lo para uma consulta. Mas, por pura autopunição, ele se conteve. Não, ele pensou, Farfrae iria sugerir tais melhorias do seu maldito jeito iluminado, e ele próprio, Henchard, cairia para a posição de segundo violino, e apenas tocaria uns acordes para destacar os talentos de seu gerente.

Todos aplaudiram a proposta de entretenimento do prefeito, principalmente quando se soube que ele pretendia pagar tudo sozinho.

Perto da cidade havia um local verde, elevado e cercado por uma antiga terraplenagem quadrada... terraplenagens quadradas e não quadradas eram tão comuns quanto amoras por aqui... um local onde o povo de Casterbridge geralmente realizava qualquer tipo de festa, reunião ou feira de ovelhas que exigia mais espaço do que as ruas permitiriam. De um lado, havia um declive até o rio Froom e, de qualquer ponto, obtinha-se uma visão da região por muitos quilômetros. Esse agradável planalto seria o cenário da façanha de Henchard.

Ele anunciava na cidade, em longos cartazes cor-de-rosa, que ali aconteceriam jogos de todos os tipos; e começou a trabalhar com um pequeno batalhão de homens sob sua supervisão. Eles ergueram postes engordurados que seriam escalados, com presuntos defumados e queijos artesanais no topo. Colocaram obstáculos em fileiras, para que os participantes pulassem; do outro lado do rio, eles colocaram uma vara escorregadia, com um porco vivo da vizinhança amarrado na outra ponta, para se tornar propriedade do homem que pudesse atravessar e pegá-lo. Também foram fornecidos carrinhos de mão e burros para corridas, um palco para boxe, luta livre e derramamento de sangue em geral; além disso, sem se esquecer de seus princípios, Henchard montou uma barraca para oferecer chá, e todos os moradores do bairro foram convidados a beber chá gratuitamente. As mesas foram colocadas paralelamente à inclinação interna do antemuro e os toldos foram esticados no alto.

Passando de um lado para o outro, o prefeito observou o exterior pouco atraente da construção de Farfrae no West Walk, panos de tamanhos e cores diferentes sendo pendurados nas árvores arqueadas sem qualquer consideração pela aparência. Ele estava tranquilo agora, pois seus preparativos eram muito melhores do que aquilo.

A manhã chegou. O céu, que estava notavelmente claro durante um ou dois dias, agora estava nublado, o tempo era ameaçador, e o vento tinha um inconfundível toque de água. Henchard desejou não ter tido tanta certeza sobre a continuação da comemoração. Mas era tarde demais para modificar ou adiar, e os procedimentos continuaram. Ao meio-dia a chuva começou a cair, pequena e constante, começando e aumentando tão insensivelmente, que era difícil precisar exatamente quando o tempo seco terminava ou o úmido se instalava. Em uma hora, a leve umidade transformou-se em pancadas de chuva caindo do céu, em torrentes para as quais nenhum fim poderia ser previsto.

Várias pessoas se reuniram heroicamente no campo, mas por volta das 3 horas da tarde Henchard percebeu que seu projeto estava fadado ao fracasso. Dos presuntos em cima das estacas pingava fumo regado em forma de licor castanho, o porco estremecia ao vento, o grão das mesas de pinho aparecia através das toalhas grudadas, pois o toldo deixava a chuva cair à vontade, e fechar os lados a essa hora parecia uma tarefa inútil. A paisagem sobre o rio desapareceu, o vento brincava com as cordas da tenda em improvisações eólicas e, por fim, chegou a tal ponto que toda a montagem desabou, e aqueles que se abrigaram debaixo dela tiveram de rastejar ajoelhados para fora.

Mas por volta das 6h a tempestade amainou e uma brisa mais seca sacudiu a umidade da grama. Afinal, parecia possível fazer a comemoração. O toldo foi montado novamente, a banda foi chamada de volta para começar a tocar e, no local onde as mesas estavam, foi liberado um espaço para a dança.

– Mas onde estão as pessoas? – perguntou Henchard depois de um intervalo de meia hora, durante o qual apenas dois homens e uma mulher se levantaram para dançar. – As lojas estão todas fechadas. Por que as pessoas não vêm?

– Elas estão na casa de Farfrae em West Walk – respondeu um vereador que estava no campo com o prefeito.
– Algumas, suponho. Mas onde estão as outras?
– Todos estão lá.
– Então, são todos uns tolos!

Henchard afastou-se mal-humorado. Um ou dois rapazes galantemente subiram nos postes, para evitar que os presuntos fossem desperdiçados; mas, como não havia espectadores e a cena era muito melancólica, Henchard deu ordens para que os procedimentos fossem suspensos, o entretenimento encerrado e a comida fosse distribuída entre os pobres da cidade. Em pouco tempo, nada restava no campo, a não ser algumas barreiras, as barracas e os postes.

Henchard voltou para casa, tomou chá com a esposa e a filha e saiu. Já era crepúsculo. Ele logo percebeu que as pessoas estavam caminhando em direção a um ponto específico e, por fim, dirigiu-se para lá. As notas de uma banda de cordas vinham do recinto que Farfrae havia erguido... o pavilhão como ele o chamava... e, quando o prefeito chegou, percebeu que uma gigantesca tenda havia sido engenhosamente construída sem postes ou cordas. O ponto mais denso da alameda de figueiras havia sido escolhido, então os galhos formavam uma abóbada estreitamente entrelaçada acima; a lona havia sido pendurada nesses galhos, e o resultado foi um telhado barril. A extremidade voltada para o vento ficava fechada, a outra extremidade ficava aberta. Henchard deu a volta e viu o interior.

No formato, era como a nave de uma catedral com uma aresta removida, mas o cenário interno era tudo menos devocional. Um tipo de brincadeira estava em andamento, e o habitualmente calmo Farfrae estava no meio dos outros dançarinos no traje de um montanhês selvagem, lançando-se e girando ao som da música. Por um momento, Henchard não pôde deixar de rir. Então percebeu a imensa admiração pelo escocês que se revelava no rosto das mulheres; e quando essa exibição acabou, e uma nova dança foi proposta, Donald desapareceu por um tempo e retornou em suas roupas habituais, ele tinha uma escolha ilimitada de parceiras, todas as jovens estavam dispostas a se aproximar de alguém que entendia tão completamente a poesia do movimento como ele.

A cidade lotou a alameda, uma ideia tão deliciosa de um salão de baile nunca antes tinha ocorrido aos habitantes. Entre os demais espectadores estavam Elizabeth e sua mãe... a primeira pensativa, mas muito interessada, seus olhos brilhando com uma luz longa e cheia de ansiedade, como se a natureza tivesse sido pintada por Correggio em sua criação. A dança prosseguiu com espírito inabalável, e Henchard caminhou e esperou até que sua esposa estivesse disposta a ir para casa. Ele não se preocupava em manter-se na luz, e quando ia para a escuridão era pior, pois ali ouvia comentários que estavam se tornando muito frequentes:

– A alegria do sr. Henchard não chega nem aos pés dessa comemoração – disse um deles. – Um homem precisa ser obstinado e perturbado para achar que as pessoas iriam para aquele lugar sombrio hoje.

O outro respondeu que as pessoas diziam que não era só nessas coisas que o prefeito deixava a desejar. – Onde estaria o seu negócio se não fosse por esse jovem? Foi realmente a sorte que o mandou para Henchard. Suas contas estavam crescendo como uma amoreira quando o sr. Farfrae chegou. Ele costumava calcular seus sacos com traços de giz todos em uma fileira como palitos de jardim, media seus montes de trigo e palha esticando com seus braços, pesava seus feixes com um guindaste, avaliava seu feno com uma mastigação e acertava o preço sempre com um valor acima. Mas agora esse jovem talentoso faz tudo por cifra e medição. Então o trigo... que às vezes tinha um gosto tão forte de rato quando transformado em pão, que as pessoas podiam até dizer a raça... agora é purificado com um plano desenvolvido por Farfrae, de modo que ninguém sonharia que o menor animal de quatro patas passou por ele alguma vez. Ah, sim, todo mundo está cheio dele, e o sr. Henchard tem de tomar todo o cuidado para mantê-lo, com certeza! – concluiu esse senhor.

– Mas ele não vai fazer isso por muito tempo – disse o outro.

– Não! – disse Henchard para si mesmo atrás da árvore. – Ou, se o fizer, apagará completamente toda a personalidade e posição que construiu nesses dezoito anos!

Ele voltou para o pavilhão de dança. Farfrae estava dançando com Elizabeth-Jane uma pequena e pitoresca dança... uma antiga dança do campo, a única que ela conhecia, e embora ele atenuasse seus movimentos com consideração para se adequar ao andar mais recatado dela, o padrão das pequenas unhas brilhantes nas solas de suas botas tornou-se familiar aos olhos de todos os espectadores. A melodia a seduziu, pois era movimentada e saltitante... algumas notas baixas na corda prateada de cada violino, depois um salto, era como subir e descer escadas correndo... "*Miss M'Leod of Ayr*"... era o nome da canção, assim disse o sr. Farfrae e também disse que era muito popular em seu país.

Logo acabou, e a jovem olhou para Henchard em busca de aprovação, mas ele não deu. Ele parecia não vê-la. – Olhe aqui, Farfrae – disse ele, como alguém cuja mente estava em outro lugar – eu mesmo irei ao Mercado Port-Bredy Great amanhã. Você pode ficar e arrumar as coisas em sua caixa de roupas e recuperar as forças em seus joelhos depois de seu divertimento – Ele causou em Donald um olhar antagônico que começou como um sorriso.

Alguns outros cidadãos apareceram, e Donald se afastou. – O que está acontecendo, Henchard – disse o vereador Tubber, tentando provocá-lo. – Encontrou oposição ao seu jeito de fazer as coisas, hein? Jack é tão bom quanto seu mestre? Ele é bem esperto, não é?

— Veja só, sr. Henchard — disse o advogado, outro amigo bondoso — seu erro foi ter ido longe demais. Você deveria ter copiado a ideia dele e ter feito seus esportes em um lugar protegido como este. Mas você não pensou nisso e ele pensou, e assim acabou vencendo você.

— Em breve ele será o melhor entre vocês dois e ganhará todo o mérito — acrescentou o jocoso sr. Tubber.

— Não — disse Henchard com tristeza. — Isso não vai acontecer, porque em breve ele vai me deixar — Ele olhou para Donald, que havia se aproximado. — O tempo do sr. Farfrae como meu gerente está chegando ao fim, não é, Farfrae?

O jovem, que agora podia ler as linhas e dobras do rosto fortemente traçado de Henchard como se fossem inscrições verbais claras, concordou silenciosamente; e quando as pessoas lamentaram o fato e perguntaram por quê, ele simplesmente respondeu que o sr. Henchard não precisava mais de sua ajuda.

Henchard foi para casa, aparentemente satisfeito. Mas, pela manhã, quando seu temperamento ciumento passou, ele sentiu seu coração pesado com o que ele havia dito e feito. Ele ficou ainda mais perturbado quando descobriu que desta vez Farfrae estava determinado a acreditar em sua palavra.

Capítulo 17

Elizabeth-Jane percebera pelos modos de Henchard que, ao concordar em dançar, cometera algum tipo de erro. Em sua simplicidade, ela não sabia o que era até que recebeu uma dica de um conhecido. Como enteada do prefeito, ela soube que não deveria estar dançando daquele modo em meio a uma multidão tão misturada que enchia o pavilhão.

Em seguida, suas orelhas, bochechas e queixo brilharam como brasas vivas com a ideia de que suas escolhas não eram boas o suficiente para sua posição e a levariam à desgraça.

Isso a deixou muito infeliz, e ela procurou por sua mãe; mas a sra. Henchard, que tinha menos noção de convencionalidade do que a própria Elizabeth, partira, deixando que a filha retornasse quando bem quisesse. Elizabeth saiu pela antiga alameda escura e densa, que parecia uma abóbada de madeira viva correndo ao longo dos limites da cidade, e ficou refletindo.

Um homem a seguiu em poucos minutos, e como o rosto dele estava voltado para o brilho da tenda, ela o reconheceu. Era Farfrae... ele tinha acabado de falar com Henchard o recebido o aviso de sua demissão.

– É você, srta. Newson? E estava lhe procurando em todos os lugares! – disse ele, superando uma tristeza causada pelo diálogo com o comerciante de milho. – Posso caminhar com a senhorita até a esquina de sua casa?

Ela pensou que poderia haver algo errado nisso, mas não fez nenhuma objeção. Então, juntos, eles continuaram, primeiro descendo a West Walk e depois entrando na Bowling Walk, até que Farfrae disse: – Vou deixar vocês em breve.

Ela exclamou: – Por quê?

– Oh, como uma mera questão de negócios, nada mais. Mas não vamos nos preocupar com isso, é o melhor. Eu esperava dançar novamente com você.

Ela disse que não sabia dançar... de maneira adequada.

– Não precisa se preocupar, você pode dançar! É o sentimento, e não o aprendizado dos passos, que torna os dançarinos agradáveis... Receio ter ofendido seu pai fazendo isso! E agora, talvez, eu tenha de ir para outro lugar do mundo completamente diferente!

Isso parecia uma perspectiva tão melancólica, que Elizabeth-Jane soltou um suspiro... em fragmentos, para que ele não pudesse ouvi-la. Mas a escuridão torna as pessoas verdadeiras, e o escocês prosseguiu impulsivamente... talvez, afinal, a tivesse ouvido:

– Gostaria de ser mais rico, srta. Newson, e que seu padrasto não tivesse se ofendido, eu lhe perguntaria algo em pouco tempo... sim, eu lhe perguntaria esta noite. Mas não devo fazê-lo!

O que ele teria perguntado, ele não disse e, em vez de encorajá-lo, ela permaneceu em silêncio total. Com medo um do outro, eles continuaram seu passeio ao longo das paredes até chegarem perto do fim da Bowling Walk. Vinte passos adiante e as árvores terminariam, e a esquina e as lâmpadas surgiriam. Conscientes disso, eles pararam.

– Nunca descobri quem nos mandou para o celeiro de Durnover naquele dia – disse Donald, em seu tom ondulado. – Você conseguiu descobrir, srta. Newson?

– Nunca – disse ela.

– Fico me perguntando por que fizeram isso!

– Por diversão, talvez.

– Talvez não fosse por diversão. Pode ter sido porque queriam que ficássemos esperando lá, conversando um com o outro? Bem! Espero que vocês, o povo de Casterbridge, não se esqueçam de mim, se eu partir.

– Isso eu tenho certeza que não vamos! – ela disse seriamente. – Eu... gostaria que o senhor não partisse.

Eles haviam entrado na luz do lampião. – Agora, vou pensar sobre isso – disse Donald Farfrae. – Não vou levar a senhorita até sua porta, vou me afastar daqui, para que isso não deixe seu pai ainda mais zangado.

Eles se separaram, Farfrae voltando para a escura Bowling Walk, e Elizabeth-Jane subindo a rua. Sem nenhuma consciência do que estava fazendo, ela começou a correr com todas as suas forças até chegar à porta de seu pai. – Oh, meu Deus... o que estou fazendo? – ela pensou, enquanto parava sem fôlego.

Dentro de casa, ela começou a conjeturar o significado das palavras enigmáticas de Farfrae sobre não ousar perguntar a ela o que ele queria. Elizabeth, aquela mulher silenciosa e observadora, há muito notava como ele estava ganhando popularidade entre as pessoas da cidade; e conhecendo a natureza de Henchard agora, ela temia que os dias de Farfrae como gerente estivessem contados, de modo que o anúncio não a surpreendeu. O sr. Farfrae ficaria em Casterbridge apesar de suas palavras e da demissão de seu pai? Para ela, as respirações ocultas dele seriam por causa desse assunto.

Estava ventando muito no dia seguinte... ventava tanto que, caminhando pelo jardim, ela pegou um trecho do rascunho de uma carta de negócios escrita por Donald Farfrae, que havia voado por cima da parede do escritório. Ela levou para dentro aquele rascunho inútil e começou a copiar a caligrafia, que ela muito admirava. A carta começava com "Prezado senhor" e, logo depois, ela escreveu em uma folha solta "Elizabeth-Jane" e colocou sobreposto em "senhor", formando a frase "Prezada Elizabeth-Jane". Quando ela viu o efeito, um vermelho rápido subiu por seu rosto e a aqueceu, embora ninguém estivesse lá para ver o que ela havia feito. Ela rapidamente rasgou o papel e jogou fora. Depois disso, ela ficou calma e riu de si mesma, andou pela sala e riu de novo; não com alegria, mas cheia de angústia.

Rapidamente se soube em Casterbridge que Farfrae e Henchard haviam decidido se separar. A ansiedade de Elizabeth-Jane para saber se Farfrae iria embora da cidade atingiu um ponto que a deixou perturbada, pois ela não podia mais esconder de si mesma a causa. Por fim, chegou a ela a notícia de que ele não sairia da cidade. Um homem que seguia o mesmo ofício de Henchard, mas em uma escala muito menor, vendeu seu negócio para Farfrae, que estava prestes a começar como comerciante de milho e feno por conta própria.

Seu coração palpitou quando ouviu falar que Donald havia feito isso, provando que ele pretendia ficar. Contudo, se ele se importasse só um pouquinho com ela, será que arriscaria sua pele abrindo um negócio em oposição ao sr. Henchard? Certamente que não, então deve ter sido apenas um impulso passageiro que o levou a dirigir-se a ela com tanta suavidade.

Para resolver o problema de saber se sua aparência na noite do baile seria inspiração para um amor fugaz à primeira vista, ela se vestiu exatamente como se vestiu naquela noite... o vestido de musselina, o spencer, as sandálias, a sombrinha... e se olhou no espelho. A imagem envidraçada era, em sua opinião, precisamente do tipo que inspirava aquele olhar fugaz, e nada mais... – apenas o suficiente para torná-lo meio bobo, e não o suficiente para mantê-lo assim – disse ela luminosamente. Elizabeth pensou, em um tom muito mais baixo, que a essa altura ele já havia descoberto o quão simples e caseiro era o espírito que inspirava aquela linda parte externa.

Por isso, quando sentia que seu coração se compadecia dele, dizia a si mesma com um tom de brincadeira que carregava consigo uma dor: – Não, não, Elizabeth-Jane... esses sonhos não são para você! – Ela tentava evitar vê-lo e pensar nele e obteve bastante sucesso na primeira tentativa, porém nem tanto na última.

Henchard, que ficou magoado ao descobrir que Farfrae não pretendia mais tolerar seu temperamento, ficou extremamente furioso quando soube o que o jovem havia feito como alternativa. Foi na prefeitura, após uma reunião do conselho, que ele tomou conhecimento do golpe de Farfrae para se estabelecer de forma independente na cidade; e sua voz podia ser ouvida como uma bomba na cidade expressando seus sentimentos a seus colegas vereadores. Esses tons mostravam que, embora sob um longo reinado de autocontrole ele tivesse se tornado prefeito e administrador da igreja e tudo mais, ainda havia a mesma substância vulcânica indisciplinada sob a casca de Michael Henchard de quando ele vendeu sua esposa em Weydon Fair.

– Bem, ele é meu amigo e eu sou amigo dele... ou então, o que somos? Meu Deus, se eu não fui amigo dele, eu gostaria de saber quem foi? Ele não chegou aqui sem um sapato decente para colocar nos pés? Eu não o mantive aqui... ajudei-o a ganhar a vida? Não o ajudei a ganhar dinheiro ou o que quer que ele quisesse? Não exigi nada, eu disse a ele "Faça o seu preço". Eu teria compartilhado meu último centavo com aquele jovem se fosse preciso... eu gostava muito dele. E agora ele me desafiou! Maldito seja, vou ter de brigar com ele agora... na compra e venda justas, vejam só... na compra e venda justas! E se eu não puder dar um lance maior do que um jovem como ele, então minha palavra não vale nada! Mostraremos que conhecemos nosso negócio tão bem quanto um mais um são dois!

Seus amigos da Corporação não responderam nada em especial. Henchard era menos popular agora do que quando, quase dois anos antes, eles o haviam elegido para magistrado principal por causa de sua incrível energia. Embora tenham lucrado coletivamente com essa qualidade do comerciante de milho, eles tiveram algumas desavenças individuais em mais de uma ocasião. Então ele saiu do salão e desceu a rua sozinho.

Chegando em casa, ele pareceu se lembrar de algo com amarga satisfação. Ele chamou Elizabeth-Jane. Quando ela entrou na sala, ficou um pouco assustada ao ver o olhar dele.

– Nada para criticar – disse ele, observando a preocupação dela. – Só quero avisá-la, minha querida. É sobre aquele homem, o Farfrae. Eu o vi falando com você duas ou três vezes, ele dançou com você nas comemorações e acompanhou você até em casa.

Muito bem, você não tem culpa de nada. Apenas me responda: você fez alguma promessa tola para ele?
– Não. Eu não prometi nada a ele.
– Ótimo. Tudo está bem quando acaba bem. Eu particularmente desejo que você não o veja novamente.
– Tudo bem, senhor.
– Você promete?
Ela hesitou por um momento e então disse:
– Sim, se o senhor quer tanto assim.
– Sim. Agora ele é um inimigo da nossa casa!
Quando ela saiu, ele se sentou e escreveu com uma mão pesada um bilhete para Farfrae dizendo assim:

> "Prezado senhor, peço que doravante o senhor e minha enteada sejam como estranhos um para o outro. Ela, por sua vez, prometeu não conversar mais com o senhor; portanto, acredito que o senhor também não tentará forçá-la a fazê-lo.
>
> M. HENCHARD."

Quase se poderia supor que Henchard tivesse uma política para ver que nenhum *modus vivendi*[4] melhor poderia ser alcançado com Farfrae do que encorajá-lo a se tornar seu genro. Mas esse esquema de comprar um rival não era recomendado às faculdades obstinadas do prefeito. Ele discordava irremediavelmente de toda *finesse*[5] doméstica desse tipo. Sua diplomacia era tão equivocada quanto a de um búfalo no que diz respeito a amar ou odiar um homem; e a esposa dele não se atreveu a sugerir o caminho que ela, por muitas razões, teria adotado de bom grado.

---
4 Modus vivendi: modo de viver
5 Finesse: agudeza de espírito; sutileza, finura, sagacidade.

Enquanto isso, Donald Farfrae abrira os portões do comércio por conta própria em um ponto em Durnover Hill... o mais longe possível das lojas de Henchard e com toda a intenção de se manter afastado de seu antigo amigo e dos clientes de seu ex-empregador. Na opinião desse homem mais jovem, havia espaço de sobra para ambos. A cidade era pequena, mas o comércio de milho e feno era proporcionalmente grande e, com sua sagacidade nativa, ele viu uma oportunidade de participar dele.

Ele estava tão determinado a não fazer nada que pudesse parecer um antagonismo comercial contra o prefeito, que recusou seu primeiro cliente, um grande fazendeiro de boa reputação, porque Henchard e esse homem haviam negociado nos três meses anteriores.

– Ele já foi meu amigo – disse Farfrae – e não quero aceitar os negócios dele. Lamento desapontá-lo, mas não posso prejudicar o comércio de um homem que foi tão gentil comigo.

Apesar dessa atitude louvável, o comércio do escocês cresceu muito. Quer fosse porque sua energia era uma força dominante entre os valorosos despreocupados de Wessex, quer fosse pura sorte, o fato era que tudo o que ele tocava, prosperava. Assim como Jacó que deixou sua família, partindo para Padã-Arã, ele não se limitaria humildemente às exceções de comércio limitadas porque elas se multiplicariam e prevaleceriam.

Mas provavelmente a sorte teve pouco a ver com isso. O caráter é o destino, disse Novalis, e o caráter de Farfrae era exatamente o contrário do de Henchard, que não pode ser descrito inadequadamente como Fausto foi descrito... como um ser veemente e sombrio que abandonou os caminhos dos homens vulgares sem luz para guiá-lo em um caminho melhor.

Farfrae recebeu devidamente o pedido para interromper os contatos com Elizabeth-Jane. As vezes em que ele tentou falar com ela foram tão poucas, que o pedido era quase supérfluo. No entanto, ele havia sentido um interesse considerável por ela e, após alguma reflexão, decidiu que seria melhor não representar nenhum papel de Romeu naquele momento... pelo bem da jovem, não menos do que pelo próprio. Assim, o apego incipiente foi sufocado.

Chegou um momento em que, evitando o enfrentamento com seu ex-amigo como podia, Farfrae foi compelido, em pura autodefesa, a encontrar com Henchard em um combate comercial mortal. Ele não podia mais cortar os ataques ferozes de Henchard simplesmente o evitando. Assim que a guerra de preços começou, todos se interessaram, e alguns adivinharam o fim. Era, até certo ponto, a perspicácia do norte comparada à obstinação do sul... a adaga contra o porrete... e a arma de Henchard era uma que, se não causasse a ruína no primeiro ou no segundo golpe, o deixaria depois quase à mercê de seu antagonista.

Quase todos os sábados eles se encontravam em meio à multidão de fazendeiros que se aglomerava na praça do mercado, no curso semanal de seus negócios. Donald estava sempre pronto, e até ansioso, para dizer algumas palavras amigáveis, mas o prefeito invariavelmente desviava o olhar, tempestuoso, como alguém que havia sofrido e perdido por sua causa, e não podia de forma alguma perdoar o erro; nem a maneira humilde de perplexidade de Farfrae o apaziguava. Os grandes fazendeiros, comerciantes de milho, moleiros, leiloeiros e outros tinham cada um uma barraca oficial na feira do mercado de milho, com seus nomes pintados nela; e quando à familiar série de "Henchard", "Everdene", "Shiner", "Darton" e assim por diante, foi adicionada uma inscrição

"Farfrae", em letras novas, Henchard foi envolvido por uma terrível amargura; como Belerofonte[6], ele se afastou da multidão, com a alma corrompida.

A partir daquele dia, o nome de Donald Farfrae raramente foi mencionado na casa de Henchard. Se, no café da manhã ou no jantar, a mãe de Elizabeth-Jane inadvertidamente mencionasse os movimentos de sua favorita, a menina imploraria para que ela se calasse; e seu marido dizia: – O que você está dizendo... você também é minha inimiga?

Capítulo 18

Houve um choque que já havia sido previsto por Elizabeth, como o passageiro do camarote prevê o solavanco que se aproxima de algum canal do outro lado da rodovia.

Sua mãe estava doente e muito indisposta para sair do quarto. Henchard, que a tratava com gentileza, exceto em momentos de irritação, mandou chamar imediatamente o médico mais rico e ocupado, que ele considerava ser o melhor. Quando chegava a hora de dormir, eles deixavam a luz acesa a noite toda. Em um ou dois dias ela se recuperou.

Elizabeth, que estava acordada, não apareceu para o café da manhã na segunda manhã, e Henchard sentou-se sozinho. Ele ficou surpreso ao ver uma carta para ele, de Jersey, em uma escrita que ele conhecia muito bem e que não esperava ver novamente.

---
6 Belerofonte: foi um herói na mitologia grega, filho de Poseidon, dono do cavalo Pégaso que sofreu várias injustiças.

Ele a pegou e olhou para ela como uma imagem, uma visão, uma visão de atos passados; e então ele leu, mas não deu muita importância para o final.

A remetente disse que finalmente percebera como seria impossível qualquer outra comunicação entre eles agora que ele havia se casado novamente. Ela também admitia que essa nova união era o único caminho que ele poderia ter escolhido.

"Refletindo calmamente, portanto – ela continuou – eu te perdoo por me colocar em tal dilema, lembrando que você não escondeu nada antes de nos aproximarmos de modo imprudente; e que você realmente colocou diante de mim, com seu modo sombrio, o fato de haver um certo risco de ter alguma intimidade com você; por mais estranho que pareça depois de quinze ou dezesseis anos de silêncio por parte de sua esposa, considero tudo isso uma desgraça minha, e nada é culpa sua. Portanto, Michael, devo pedir-lhe que ignore aquelas cartas com as quais eu o importunava dia após dia no calor de meus sentimentos. Elas foram escritas enquanto eu considerava sua conduta cruel; mas agora que sei mais detalhes da posição em que você estava, vejo como minhas censuras foram imprudentes. Agora você vai, tenho certeza, perceber que a única condição que tornará qualquer felicidade futura possível para mim é que a conexão passada entre nossas vidas seja mantida em segredo fora desta ilha. Confio em você para não escrever sobre isso. Mais uma salvaguarda ainda precisa ser mencionada... que nenhuma carta minha, ou artigos insignificantes pertencentes a mim, devem ser deixados em sua posse por negligência ou esquecimento. Para tanto, gostaria de solicitar que você me devolvesse qualquer coisa que você possa ter, particularmente as cartas escritas quando fui abandonada pela primeira vez. Agradeço de coração a bela quantia que você me enviou como um curativo para a ferida da minha alma. Agora estou a caminho de Bristol, para visitar minha única parente. Ela é rica, e espero que faça algo por mim. Voltarei por Casterbridge e Budmouth, onde tomarei o paquete. Você pode me encontrar com as cartas e outras ninharias? Estarei na carruagem que troca os cavalos no Antelope Hotel às 5h e meia da tarde de quarta-feira; estarei usando um xale Paisley com o centro vermelho, e assim poderei ser facilmente reconhecida. Prefiro este plano de receber as correspondências em mão a recebê-las pelo correio. Ainda continuo sendo sempre sua,

LUCETTA"

Henchard respirava pesadamente. – Coitada... seria melhor se você não tivesse me conhecido! Em meu coração e alma, se algum dia eu ficasse de algum modo liberado para casar-me com você, eu o faria... realmente o faria, com certeza!

A eventualidade que ele tinha em mente era, claro, a morte da sra. Henchard.

Conforme solicitado, ele selou as cartas de Lucetta e guardou o pacote até o dia que ela havia marcado; esse plano de devolvê-las em mãos parece ser um pequeno ardil da jovem para trocar uma ou duas palavras com ele e relembrar os tempos passados. Ele teria preferido não vê-la, mas, julgando que não haveria grande mal em concordar até aqui, ele foi, ao anoitecer, e parou em frente à cocheira.

A noite estava fria, e a carruagem estava atrasada. Henchard foi até lá enquanto os cavalos estavam sendo trocados, mas não havia nenhuma Lucetta em lugar algum. Concluindo que algo havia acontecido para alterar os planos dela, ele desistiu e foi para casa, não sem uma sensação de alívio. Enquanto isso, a sra. Henchard estava enfraquecendo visivelmente. Ela não podia mais sair de casa. Um dia, depois de muito pensar o que pareceu deixá-la angustiada, ela disse que queria escrever alguma coisa. Uma escrivaninha foi colocada sobre sua cama com papel e caneta e, a seu pedido, ela foi deixada sozinha. Ela permaneceu escrevendo por um curto período, dobrou o papel com cuidado, chamou Elizabeth-Jane para trazer uma vela e cera e, então, ainda recusando ajuda, selou a folha, escreveu algo e trancou-a em sua mesa. Ela escreveu estas palavras:

> "SR. MICHAEL HENCHARD,
> ESTA CARTA NÃO DEVE SER ABERTA ATÉ O DIA DO CASAMENTO DE ELIZABETH-JANE."

Elizabeth sentava-se com a mãe com todas as suas forças, noite após noite. Para aprender a levar o universo a sério, não há maneira mais rápida do que observar... ser um "vigilante", como dizem os camponeses. Entre as horas em que passava o último pote e o primeiro pardal se sacudia, o silêncio em Casterbridge... salvo o raro som do vigia... era quebrado no ouvido de Elizabeth apenas pelo relógio no quarto, batendo freneticamente contra o relógio na escada, batendo cada vez mais forte até parecer um gongo; e tudo isso enquanto a jovem de alma sutil se perguntava por que nasceu, por qual motivo estava sentada em uma sala e piscando para a vela; por que as coisas ao seu redor haviam assumido aquela forma, em vez de qualquer outra forma possível. Por que eles a consideravam tão impotente, como se esperassem o toque de alguma varinha de condão que os libertasse do constrangimento terrestre; do que se tratava esse caos chamado consciência, que girava na cabeça dela nesse momento como um pião, e como ele havia começado. Seus olhos se fecharam; ela estava acordada, embora estivesse dormindo.

Uma palavra de sua mãe a despertou. Sem prefácio, e como a continuação de uma cena que já se desenrolava em sua mente, a sra.

Henchard disse: — Você se lembra do bilhete enviado a você e ao sr. Farfrae, pedindo que encontrassem alguém em Durnover Barton, e que vocês pensaram que era um truque para fazê-los de tolos?

— Sim.

— Não era para fazer vocês de tolos, era para unir vocês. Foi eu que fiz isso.

— Por que? — perguntou Elizabeth, sobressaltada.

— Eu... queria que você se casasse com o sr. Farfrae.

— Oh, mãe! — Elizabeth-Jane abaixou tanto a cabeça que quase encostou no próprio colo. Mas como sua mãe não continuou, ela perguntou: — Qual o motivo?

— Bem, eu tinha um motivo. Um dia isso vai acontecer. Eu só gostaria que tivesse acontecido enquanto estou viva! Mas... nada é como queremos! Henchard o odeia.

— Talvez eles voltem a ser amigos — murmurou a jovem.

— Eu não sei, não sei não — Depois disso, sua mãe ficou em silêncio e cochilou; e ela não tocou mais no assunto.

Algum tempo depois, Farfrae estava passando pela casa de Henchard em uma manhã de domingo, quando observou que as persianas estavam todas fechadas. Ele tocou a campainha tão suavemente, que soou apenas uma única nota completa e uma pequena; e então ele foi informado de que a sra. Henchard havia falecido, tinha acabado de morrer naquela mesma hora.

Quando ele passou, alguns antigos moradores estavam reunidos na bomba da cidade pois vinham buscar água quando tinham tempo livre, como agora, porque era mais pura naquela fonte original do que a água em seus poços. A sra. Cuxsom, que estava parada ali por um tempo indefinido com seu jarro, estava descrevendo os incidentes da morte da sra. Henchard, conforme soubera da enfermeira.

— Ela estava branca como pedra de mármore — disse a sra. Cuxsom. — E também era uma mulher tão atenciosa... ah, pobre alma... que se preocupava com cada coisinha que precisava de cuidado. "Sim" disse ela, "quando eu me for e der meu último suspiro, olhe na gaveta da cômoda no quarto dos fundos, perto da janela, e vocês encontrarão todas as minhas roupas para o enterro, um pedaço de flanela... isso é para colocar embaixo de mim, e o pedacinho de pano é para colocar sob minha cabeça; e minhas meias novas para meus pés... elas estão dobradas ao lado, e todas as minhas outras coisas. E há moedas de 4 centavos, as mais pesadas que pude encontrar, amarradas em pedaços de linho, como pesos... duas para o meu olho direito e duas para o esquerdo" ela disse. "E quando vocês as usarem e meus olhos não abrirem mais, enterre as moedas, sejam boas almas e não gastem, porque eu não gostaria que isso fosse feito. E abram as janelas assim que eu for levada, e deixem tudo o mais alegre possível para Elizabeth-Jane".

– Ah, pobre alma!

– Bem, e Martha fez tudo o que ela pediu e enterrou as moedas no jardim. Mas vocês não vão acreditar que aquele homem, Christopher Coney, foi lá, desenterrou as moedas e gastou no Três Marinheiros. Ele disse "Que nada, por que a morte roubaria 4 centavos da vida? A morte não é tão boa assim que mereça nosso total respeito".

– Foi uma atitude canibal! – desaprovaram os ouvintes.

– Deus do céu, não concordo com vocês – disse Solomon Longways. – Vou dizer uma coisa para vocês, hoje, que é uma manhã de domingo, e eu não falaria indevidamente sobre uma moeda de prata nessa hora. Não vejo nenhum mal no que ele fez. O respeito aos mortos é algo muito superficial. Eu não venderia esqueletos, pelo menos esqueletos respeitáveis, para serem utilizados em aulas de anatomia, exceto se eu não tivesse um trabalho, porque o dinheiro é escasso, e as gargantas ficam secas. Por que a morte deveria roubar quatro moedas da vida? Acho que ele não fez nada de errado.

— Bem, pobre alma, ela é incapaz de impedir isso ou qualquer coisa agora — respondeu Mãe Cuxsom. — Todas as suas chaves brilhantes serão tiradas dela, e seus armários serão abertos; as pequenas coisas que ela não gostaria que ninguém visse, serão vistas por qualquer um, e seus desejos e caminhos não serão mais nada!

Capítulo 19

Henchard e Elizabeth sentaram-se conversando perto do fogo. Três semanas depois do funeral da sra. Henchard, as velas ainda estavam apagadas, e uma chama inquieta e acrobática, suspensa sobre um carvão, despertava das paredes sombreadas os sorrisos de várias formas possíveis... o velho espelho de vidro, com colunas douradas e uma enorme cornija, os porta-retratos, diversos puxadores e maçanetas e a roseta de latão na parte inferior das campainhas que ficavam uma de cada lado da chaminé.

— Elizabeth, você pensa muito nos velhos tempos? — disse Henchard.

— Sim, senhor; muitas vezes — disse ela.

— Em quem você pensa?

— Na minha mãe e no meu pai... quase em ninguém mais.

Henchard sempre parecia tentar superar a dor quando Elizabeth-Jane se referia a Richard Newson como "pai". — Ah! Nunca estou incluído em seus pensamentos, estou? — ele disse...
— Newson era um bom pai?

— Sim, senhor, muito bom.

O rosto de Henchard assumiu uma expressão de impassível solidão, que gradualmente se transformou em algo mais suave.
— Suponha que eu fosse seu verdadeiro pai? — ele disse. — Você

teria se importado comigo tanto quanto se importava com Richard Newson?

– Eu não consigo pensar nisso – ela disse rapidamente – Não consigo pensar em nenhum outro como meu pai, exceto no meu pai.

A esposa de Henchard tinha sido separada dele pela morte, seu amigo e ajudante Farfrae por desavenças, e Elizabeth-Jane por ignorância. Pareceu-lhe que apenas um deles poderia ser lembrado, e essa era a jovem. Sua mente começou a vibrar entre o desejo de se revelar a ela e a política de ir embora em paz, até que ele não conseguiu mais ficar parado. Ele andou de um lado para o outro, e então ele veio e ficou atrás da cadeira dela, olhando para o topo de sua cabeça. Ele não podia mais conter seu impulso. – O que sua mãe lhe contou sobre mim... sobre a minha história? – ele perguntou.

– Que vocês eram parentes por casamento.

– Ela deveria ter contado mais... antes de você me conhecer! Se tivesse feito isso, minha tarefa não seria tão difícil... Elizabeth, sou eu quem sou seu pai, e não Richard Newson. Foi a vergonha que impediu seus pais miseráveis de contar isso a você enquanto ambos estavam vivos.

A nuca de Elizabeth permanecia imóvel, e seus ombros não denotavam nem mesmo os movimentos de sua respiração. Henchard continuou: – Prefiro ter seu desprezo, seu medo, qualquer coisa do que sua ignorância; é isso que odeio! Sua mãe e eu éramos marido e mulher quando éramos jovens. O que você viu foi nosso segundo casamento. Sua mãe era honesta demais. Um pensava que o outro estivesse morto... e... então... ela se casou com Newson.

Essa foi a abordagem mais próxima que Henchard poderia fazer da verdade completa. No que lhe dizia respeito pessoalmente, ele não teria rastreado nada; mas mostrou respeito pela jovem e os anos dignos de um homem melhor.

Em seguida, ele passou a dar detalhes que toda uma série de incidentes insignificantes e desconsiderados na vida passada dela estranhamente corroboraram; quando, em suma, ela acreditou que a história dele era verdadeira, ela ficou muito agitada, virou-se e colocou seu rosto sobre a mesa, chorando.

– Não chore... não chore! – disse Henchard, com emoção veemente. – Não posso suportar, não vou suportar. Sou seu pai; por que você deveria chorar? Sou tão terrível, tão odioso para você? Não fique contra mim, Elizabeth-Jane! – ele gritou, agarrando a mão molhada dela. – Não fique contra mim... embora eu tenha bebido uma vez e tratado mal sua mãe... serei mais gentil com você do que Newson! Farei qualquer coisa, se você apenas me considerar seu pai!

Ela tentou se levantar e confortá-lo com confiança, mas ela não conseguia. Ficou perturbada com a presença dele, assim como os irmãos com a declaração de José do Egito.

– Eu não quero que você me aceite de uma hora para outra – disse Henchard em espasmos, e movendo-se como uma grande árvore ao vento. – Não, Elizabeth, não quero. Vou me retirar e não a verei até amanhã, ou quando quiser, e depois mostrarei a vocês os papéis para provar minhas palavras. Pronto, vou embora, e não vou mais te incomodar... Fui eu que escolhi seu nome, minha filha, sua mãe queria que você se chamasse Susan – Ele saiu pela porta e trancou-a suavemente, e ela o ouviu sair para o jardim. Mas ele não tinha saído. Antes que ela se movimentasse, ou de alguma forma se recuperasse do efeito de sua revelação, ele reapareceu.

– Mais uma coisa, Elizabeth – disse ele. – Você vai adotar meu sobrenome agora... heim? Sua mãe foi contra, mas será muito mais agradável para mim. É legalmente seu, você sabe. Mas ninguém precisa saber disso. Você precisa adotá-lo como se fosse uma escolha sua. Vou falar com meu advogado... não conheço exatamente a lei; mas você fará isso... deixe-me colocar algumas linhas no jornal informando que esse é o seu nome?

– Se é meu nome, devo usá-lo, não devo? – ela perguntou.

– Bem, bem; o uso é tudo nesses assuntos.

– Eu me pergunto por que mamãe não queria que eu o usasse?

– Ora, poderia ser algum capricho da pobre alma. Agora pegue um pedaço de papel e escreva um parágrafo que eu vou ditar. Mas vamos acender uma luz.

– Posso ver com a luz da lareira – ela respondeu – Eu prefiro assim.

– Muito bem.

Ela pegou um pedaço de papel e, inclinando-se sobre o guarda-fogo, escreveu as palavras que ele estava ditando e que evidentemente havia memorizado de algum anúncio ou outro... palavras no sentido de que ela, a remetente, até então conhecida como Elizabeth-Jane Newson, adotaria o nome de Elizabeth-Jane Henchard imediatamente. Foi feito, fechado e enviado ao escritório do *Casterbridge Chronicle*.

– Agora – disse Henchard, com o brilho de satisfação que sempre emitia quando defendia seu ponto de vista, embora a ternura o suavizasse dessa vez – vou subir e procurar alguns documentos que provarão tudo para você. Mas não vou incomodá-la com eles até amanhã. Boa noite, minha Elizabeth-Jane!

Ele se foi antes que a jovem confusa pudesse perceber o que tudo aquilo significava, ou ajustar seu senso filial ao novo centro de gravidade. Ela agradeceu que ele a tivesse deixado sozinha durante a noite e sentou-se perto da lareira. Ali ela permaneceu em silêncio e chorou... mas desta vez, não por sua mãe, e sim pelo genial marinheiro Richard Newson, a quem ela parecia estar fazendo um mal.

Henchard, entretanto, tinha subido as escadas. Papéis de natureza doméstica ele guardava em uma gaveta de seu quarto e os destrancava. Antes de virá-los, ele se recostou e se entregou a um pensamento repousante. Finalmente Elizabeth era dele, e ela era uma jovem de bom senso e bom coração que, com certeza, iria gostar dele. Ele era o tipo de homem que tinha a necessidade de entregar seu coração, fosse de modo emotivo ou colérico, a algum objeto humano. O desejo de seu coração pelo restabelecimento desse mais terno laço humano havia sido grande durante a vida de sua esposa, e agora ele se submetera a seu domínio sem relutância e sem medo. Ele se curvou sobre a gaveta novamente e continuou sua busca.

Entre os outros papéis, havia sido colocado o conteúdo da escrivaninha de sua esposa, cujas chaves lhe haviam sido entregues a pedido dela. Aqui estava a carta endereçada a ele com a restrição: "NÃO DEVE SER ABERTO ATÉ O DIA DO CASAMENTO DE ELIZABETH-JANE".

A sra. Henchard, embora mais paciente do que o marido, não fora prática em nada. Ao selar a folha, que foi dobrada e colocada em um envelope, à moda antiga, ela cobriu a junção com uma grande massa de cera sem o necessário retoque da mesma. O selo havia rachado, e a carta estava aberta. Henchard não tinha motivos para supor que a restrição tivesse grande peso, e seus sentimentos por sua falecida esposa não eram do mais profundo respeito. Ele disse: – Deve ser alguma fantasia insignificante ou outro detalhe da pobre Susan, suponho – e sem curiosidade permitiu que seus olhos examinassem a carta:

"MEU CARO MICHAEL,
Para o bem de nós três, mantive um segredo escondido de você até agora. Espero que você entenda a razão; acho que você vai entender, embora talvez você não possa me perdoar.

Mas, querido Michael, fiz isso da melhor maneira. Estarei em meu túmulo quando você ler isto, e Elizabeth-Jane terá um lar. Não me amaldiçoe, Mike, pense na situação em que eu estava. Mal consigo escrever, mas aqui está. Elizabeth-Jane não é sua Elizabeth-Jane, a criança que estava em meus braços quando você me vendeu. Não; ela morreu três meses depois disso, e esta que está viva é do meu outro marido. Batizei-a com o mesmo nome que havíamos dado à primeira, e ela preencheu a dor que eu sentia pela perda da outra. Michael, estou morrendo, e poderia ter ficado quieta, mas não pude. Diga isso ao marido dela ou não, como você julgar melhor; e me perdoe, se puder,

SUSAN HENCHARD."

Seu marido olhou para o papel como se fosse uma vidraça através da qual ele enxergava por quilômetros. Seus lábios se contraíram, e ele pareceu comprimir seu corpo, como se ajudasse a suportar melhor a dor. Seu costume habitual era não considerar se o destino era duro com ele ou não... a forma de seus ideais em casos de aflição era simplesmente um taciturno "tenho de passar por isso, tenho de aceitar". – Essa flagelação, então, é para mim – Mas agora, através de sua cabeça passional, surgiu esse pensamento... que a explosão da revelação era o que ele merecia.

A extrema relutância de sua esposa em alterar o nome da menina de Newson para Henchard agora estava totalmente explicada. Essa situação era apenas mais uma ilustração daquela honestidade na desonestidade que a caracterizara em outras coisas.

Ele permaneceu nervoso e perdido por quase algumas horas; até que de repente ele disse: – Ah, será que isso é verdade?!

Ele deu um pulo num impulso, tirou os chinelos e foi com uma vela até a porta do quarto de Elizabeth-Jane, onde colocou o ouvido no buraco da fechadura e escutou. Ela estava respirando profundamente. Henchard girou suavemente a maçaneta, entrou e, protegendo a luz, aproximou-se da cabeceira. Gradualmente, trazendo a luz de trás de uma cortina de proteção, ele a segurou de tal maneira que caiu obliquamente em seu rosto sem brilhar em seus olhos. Ele observou firmemente suas feições.

Elas eram claras: as dele eram escuras. Mas essa foi uma preliminar sem importância. No sono vêm à tona fatos genealógicos enterrados, curvas ancestrais, traços de homens mortos, que a mobilidade da animação diurna oculta e subjuga. No atual repouso escultural do semblante da jovem, o de Richard Newson refletia-se inconfundivelmente. Ele não suportou vê-la e saiu apressado.

A miséria não lhe ensinou nada além de uma resistência desafiadora a ela. Sua esposa estava morta, e o primeiro impulso de vingança morreu com o pensamento de que ela estava além dele. Ele olhou para a noite como um demônio. Henchard, como todos os de sua espécie, era supersticioso e não podia deixar de pensar que a concatenação de eventos que essa noite havia produzido era o esquema de alguma inteligência sinistra empenhada em puni-lo. No entanto, eles se desenvolveram naturalmente. Se ele não tivesse revelado sua história passada a Elizabeth, ele não teria procurado papéis na gaveta, e assim por diante. A chacota era que ele deveria ter ensinado uma jovem a reivindicar o refúgio de sua paternidade e descobriu que ela não tinha nenhum parentesco com ele.

Essa sequência irônica de coisas o irritou como se fosse um truque travesso feito por um amigo. Da mesma forma que aconteceu com Preste João, a sua mesa fora posta, e harpias infernais arrebataram-lhe a comida. Ele saiu de casa e caminhou carrancudo pela calçada até chegar à ponte no final da High Street. Aqui ele entrou em um atalho na margem do rio, contornando os limites da parte nordeste da cidade.

Esses recintos incorporavam as fases tristes da vida de Casterbridge, enquanto as avenidas do sul incorporavam seus humores alegres. Todo o caminho até aqui era sem sol, mesmo no verão; na primavera, geadas brancas preenchiam o local, enquanto outros lugares fumegavam de calor; enquanto no inverno era a sementeira de todas as dores, reumatismos e cãibras torturantes do ano. Os médicos de Casterbridge provavelmente tinham definhado não por falta de nutrição suficiente, mas pela configuração da paisagem no lado nordeste.

O rio... lento, silencioso e escuro... o Schwarzwasser[7] de Casterbridge... corria sob um penhasco baixo, os dois juntos formando uma defesa que tornara desnecessários muros e terraplanagens artificiais nesse lado. Aqui estavam as ruínas de um convento franciscano e um moinho anexo ao mesmo, cuja água rugia por uma escotilha como a voz da desolação. Acima do penhasco e atrás do rio, erguia-se uma pilha de prédios e, na frente da pilha, uma massa quadrada recortada no céu. Era como um pedestal sem estátua. Esse elemento ausente, sem o qual o desenho ficava incompleto, era, na verdade, o cadáver de um homem, pois a massa quadrada formava a base da forca, sendo os extensos edifícios ao fundo a prisão do condado. No prado onde Henchard agora caminhava, a multidão costumava se reunir sempre que uma

---

7 Rio de águas escuras (em alemão).

execução ocorria, e lá, ao som do rugido do açude, eles paravam e assistiam ao espetáculo.

O exagero que a escuridão conferia à penumbra dessa região impressionou Henchard mais do que ele esperava. A lúgubre harmonia do local com sua situação doméstica era perfeita demais para ele, impaciente por cenas de efeitos e insinuações. Isso reduziu sua azia à melancolia, e ele exclamou: – Por que diabos vim aqui? – Ele passou pela cabana em que o velho carrasco local vivera e morrera, em tempos anteriores a essa vocação ser monopolizada em toda a Inglaterra por um único cavalheiro; e subiu por uma estrada íngreme até a cidade.

Ele poderia, muito bem, ter sentido pena de si mesmo pelos sofrimentos daquela noite, gerados por sua amarga decepção. Era como alguém que havia desmaiado e não conseguia se recuperar nem completar o desmaio. Em palavras, ele poderia culpar sua esposa, mas não em seu coração; e se ele tivesse obedecido às sábias instruções da carta, essa dor o teria poupado por muito tempo... possivelmente para sempre, pois Elizabeth-Jane parecia não mostrar nenhuma ambição em abandonar seus seguros e isolados caminhos de solteira pelo caminho especulativo do matrimônio.

A manhã veio depois dessa noite de inquietação, e com ela a necessidade de um plano. Ele era obstinado demais para recuar de uma posição, especialmente porque isso envolveria humilhação. Ele afirmava que ela era sua filha, e ela deveria sempre pensar que era filha dele, não importando a hipocrisia que isso envolvesse.

Mas ele estava mal preparado para o primeiro passo nessa nova situação. No momento em que entrou na sala de jantar, Elizabeth se aproximou dele com total confiança e o pegou pelo braço.

— Pensei muito a noite toda — disse ela com franqueza. — E vejo que tudo deve ser como o senhor diz. Então, vou considerá-lo como o pai que o senhor é, e não vou mais chamá-lo de sr. Henchard. Está tudo claro para mim agora. De fato, vou chamá-lo de pai. Pois, é claro, o senhor não teria feito metade das coisas que fez por mim, deixado eu fazer tudo do meu jeito, e comprado tantos presentes para mim, se eu fosse sua enteada! Ele, o sr. Newson, com quem minha pobre mãe se casou por um erro tão estranho — (Henchard ficou feliz por ter disfarçado as coisas aqui) — foi muito gentil... realmente muito gentil! — (falava com lágrimas nos olhos) — mas isso não é a mesma coisa que ser o verdadeiro pai. Agora, pai, o café da manhã está pronto! — ela disse com alegria.

Henchard curvou-se e beijou sua bochecha. O momento e o ato ele havia imaginado por semanas com um arrepio de prazer; no entanto, agora que o momento chegara, não era nada mais do que um dissabor miserável. O novo casamento com Susan fora principalmente por causa da menina, e o resultado de todo o esquema era pó e cinzas.

Capítulo 20

De todos os enigmas que uma menina já enfrentou, raramente houve um como aquele que se seguiu ao anúncio do próprio Henchard de que era o pai verdadeiro de Elizabeth. Ele o fizera com um ardor e uma agitação que quase lhe haviam levado ao ponto da afeição; no entanto, eis que, a partir da manhã seguinte, seus modos foram contidos como ela nunca vira antes.

A frieza logo se transformou em repreensão aberta. Uma falha grave de Elizabeth era o uso ocasional de palavras bonitas e pitorescas do dialeto — aquelas terríveis marcas da besta para os verdadeiramente gentis.

Era hora do jantar, e eles nunca se encontravam, exceto para as refeições. Ela disse quando ele estava se levantando da mesa, desejando mostrar-lhe algo: — Espera aí um minuto, pai, eu vou buscar uma coisa...

— Espera aí! — ele repetiu asperamente — Meu Deus do céu, você parece aquelas mulheres que só servem para lavar chiqueiro quando usa palavras como essas.

Ela ficou vermelha de vergonha e tristeza.

— Eu quis dizer "Fique onde está um minuto, pai — disse ela, em voz baixa e humilde. — Eu deveria ter sido mais cuidadosa.

Ele não respondeu e saiu da sala.

A severa reprimenda não passou despercebida por ela, e com o tempo aconteceu para "peripécia" que ela deveria dizer "sucesso"; que ela não falasse mais em "mamangabas", mas em "pequenas abelhas"; que não falasse mais que rapazes e moças que "andavam juntos", mas que estavam "noivos"; que ela começasse a chamar "jacinto da floresta" como "jacintos selvagens"; que quando ela não conseguisse dormir, ela não deveria dizer aos criados na manhã seguinte que sentiu-se "o estômago enjoado", mas sim que "teve uma indigestão".

Essas melhorias, no entanto, são todas um pouco avançadas para a história. Henchard, sendo ele mesmo inculto, era o crítico mais amargo que a bela jovem poderia ter tido para seus lapsos... que realmente eram leves agora, pois ela lia avidamente. Uma provação gratuita estava reservada para ela em relação à sua caligrafia. Ela estava passando pela porta da sala de jantar uma noite e teve a oportunidade de entrar para pegar alguma coisa. Só quando ela abriu a porta é que soube que o prefeito estava ali na companhia de um homem com quem ele negociava.

– Venha aqui, Elizabeth-Jane – disse ele, olhando para ela – escreva apenas o que eu vou lhe dizer... algumas palavras de um acordo que eu e este cavalheiro assinaremos. Sou péssimo ao usar uma caneta.

– Eu também não entendo nada dessas coisas – disse o cavalheiro.

Ela trouxe um mata-borrão, papel, tinta e sentou-se.

– Muito bem, então, "Acordo celebrado neste dia 16 de outubro" escreva isso primeiro.

Ela começou a escrever em letras garrafais pela folha. Era uma caligrafia esplêndida e ousada de sua concepção, um estilo que teria marcado uma mulher como Minerva nos dias mais recentes. Mas outras ideias reinavam então: a crença de Henchard era de que jovens normais escreviam com caligrafia feminina; bem, ele acreditava que personagens eriçados eram uma parte tão inata e inseparável da feminilidade refinada quanto o próprio sexo. Daí quando, em vez de escrever delicadamente como uma princesa, Elizabeth-Jane produziu uma linha de letras enormes e arredondadas, ele enrubesceu de raiva e vergonha por ela e disse peremptoriamente: – Deixe isso para lá... eu mesmo termino de escrever – e dispensou-a ali mesmo.

Sua disposição atenciosa tornou-se uma armadilha para ela agora. É preciso admitir que às vezes ela era provocante e desnecessariamente disposta a se sobrecarregar com trabalhos manuais. Ela ia até a cozinha em vez de chamar: – Não quero fazer Phoebe subir duas vezes – Ela ficou de joelhos, com a pá na mão, quando o gato virou o balde de carvão; além disso, ela agradecia persistentemente à copeira por tudo, até que um dia, assim que a copeira saiu da sala, Henchard irrompeu dizendo: – Meu Deus, por que não para de agradecer a copeira como se ela fosse uma deusa! Não pago a ela um salário todo mês para fazer as coisas para você? Elizabeth encolheu-se tão visivelmente com a exclamação, que ele se arrependeu alguns minutos depois, e disse que não queria ser rude.

Essas exibições domésticas eram as pequenas rochas salientes que sugeriam, em vez de revelar, o que estava por baixo. Mas a paixão dele causava menos terror a ela do que sua frieza. A frequência do mau humor de Henchard dava a ela a triste notícia de que ele não gostava dela e cultivava uma antipatia crescente. Quanto mais interessantes se tornavam sua aparência e suas maneiras sob as influências delicadas que ela agora podia comandar, e realmente comandava em sua sabedoria, mais ela parecia afastá-lo. Às vezes ela o pegava olhando para ela com uma inveja, que ela quase não conseguia suportar. Como não conhecia o segredo dele, era um escárnio cruel que, ao adotar o sobrenome dele, ela provocasse sua animosidade.

Mas a provação mais terrível estava por vir. Todas as tardes, Elizabeth estava acostumada a oferecer um copo de sidra ou cerveja e um pão com queijo a Nance Mockridge, que trabalhava no quintal, enrolando feno. Nance aceitou a oferta com gratidão no início e depois como uma coisa natural. Um dia, Henchard estava no local e viu sua enteada entrar no celeiro para executar essa missão. Como não havia um local apropriado para colocar as provisões, ela imediatamente começou a ajeitar dois fardos de feno como se fosse uma mesa, enquanto Mockridge estava de pé com as mãos nos quadris, olhando tranquilamente para os preparativos que estavam sendo feitos para ela.

– Elizabeth, venha aqui! – disse Henchard; e ela obedeceu.

– Por que você se rebaixa tanto assim? – ele disse com paixão reprimida. – Eu já não lhe disse cinquenta vezes? Ei? Fazendo-se de escrava para uma trabalhadora comum como ela! Ora, você vai deixar meu nome na lama!

Bem, essas palavras foram pronunciadas alto o suficiente para alcançar Nance, que estava no celeiro, e ela respondeu imediatamente contra a calúnia sobre seu caráter pessoal. Chegando à porta, ela gritou, independentemente das consequências: – Ora, sr. Henchard, vou avisá-lo de que ela já serviu gente pior!

– Então ela deve ter tido mais caridade do que bom senso – disse Henchard.

– Ah, não, ela não tinha. Não foi por caridade, mas para pagar o aluguel; e em um hotel nesta cidade!

– Não é verdade! – exclamou Henchard, indignado.

– Basta perguntar a ela – disse Nance, cruzando os braços nus de tal maneira que ela poderia coçar os cotovelos confortavelmente.

Henchard olhou para Elizabeth-Jane, cuja tez, agora rosada e branca por causa do confinamento, tinha perdido quase toda a cor. – O que isso quer dizer? – ele perguntou a ela – O que aconteceu?

– É verdade – disse Elizabeth-Jane. – Mas foi só...

– Você fez isso ou não? Onde foi?

– Na pousada Três Marinheiros, Foi só uma noite, enquanto estávamos lá.

Nance lançou um olhar triunfante para Henchard e entrou no celeiro presumindo que ela seria dispensada no instante em que resolvera aproveitar ao máximo sua vitória. Henchard, no entanto, não disse nada sobre mandá-la embora. Indevidamente sensível a tais pontos por causa do próprio passado, ele tinha a aparência de alguém completamente rebaixado até o último nível de indignidade. Elizabeth o seguiu até a casa, sentindo-se culpada; mas quando ela entrou, ela não conseguiu encontrá-lo. Ela também não o viu no dia seguinte.

Convencido do dano contundente à sua reputação e posição local, que deve ter sido causado por tal fato, embora nunca antes tivesse chegado a seus ouvidos, Henchard demonstrou uma aversão total pela presença da jovem que não era sua filha, sempre que a encontrava. Ele geralmente jantava com os fazendeiros na sala comercial de um dos dois principais hotéis, deixando-a em total solidão. Se ele pudesse ver como ela fazia uso daquelas horas silenciosas, poderia ter encontrado motivos para reservar seu julgamento sobre a qualidade dela. Ela lia e fazia anotações incessantemente, dominando os fatos com penosa labuta, mas nunca se esquivando de sua tarefa imposta a si mesma. Iniciou o estudo do latim, instigada pelas características romanas da cidade onde vivia. – Se eu não estiver bem informada, não será por minha culpa – ela dizia para si mesma em meio às lágrimas que ocasionalmente escorriam por suas bochechas rosadas quando ela ficava bastante perplexa com a portentosa obscuridade de muitas dessas obras educacionais.

Assim ela viveu, uma criatura muda, de sentimentos profundos e de olhos grandes, sem ser interpretada por nenhum ser contíguo; escondendo com paciente fortaleza seu interesse incipiente por Farfrae, porque parecia ser unilateral, deselegante e imprudente. É verdade que, por razões mais conhecidas por ela mesma, ela havia, desde a demissão de Farfrae, mudado seus aposentos do quarto dos fundos com vista para o pátio (que ela ocupava com tanto entusiasmo) para um quarto da frente com vista para a rua; mas quanto ao jovem, sempre que passava pela casa raramente ou nunca virava a cabeça.

O inverno estava quase chegando, e o clima instável a tornava ainda mais dependente dos recursos internos. Mas logo nos primeiros dias de inverno, em Casterbridge... dias em que o firmamento trazia furiosas tempestades do sudoeste... se o sol brilhasse, o ar era como veludo. Ela aproveitou esses dias para suas visitas periódicas ao local onde sua mãe estava enterrada, o cemitério ainda usado da velha cidade romano-britânica, cuja característica curiosa era essa, sua continuidade como um local de sepulturas. O pó da sra. Henchard se misturava ao pó de mulheres que jaziam enfeitadas com grampos de cabelo de vidro e colares de âmbar, e homens que seguravam em suas bocas moedas de Adriano, Póstumo e Constantino.

Dez e meia da manhã era mais ou menos a sua hora de chegar a esse local, um horário em que as avenidas da cidade estavam desertas como as avenidas de Karnac. Ali não havia negócios e nem lazer. Então Elizabeth-Jane caminhava e lia, e ao olhar por cima do livro para pensar, percebeu que estava chegando ao cemitério.

Lá, aproximando-se do túmulo de sua mãe, ela viu uma figura solitária e escura no meio do caminho de cascalho. Essa figura também estava lendo, mas não um livro, e sim as palavras escritas na inscrição da lápide da sra. Henchard. A mulher estava de luto como ela, tinha mais ou menos sua idade e tamanho, e poderia ser seu espectro ou sósia, a não ser pelo fato de ser uma dama muito mais bem vestida do que ela. De fato, por mais indiferente que Elizabeth-Jane se vestisse, a menos que por algum capricho ou propósito temporário, seus olhos eram atraídos pela perfeição artística da aparência da dama. Ela também demonstrava ser muito flexível ao andar, o que parecia evitar a angularidade. Foi uma revelação para Elizabeth que os seres humanos pudessem atingir esse estágio de desenvolvimento externo... ela nunca havia suspeitado disso. Ela sentiu todo o frescor e a graça de ser roubada de si mesma no instante pela presença de um estranho. E isso em face do fato de que Elizabeth agora poderia ser descrita como linda, enquanto a jovem era simplesmente bonita.

Se ela tivesse inveja, poderia ter odiado a mulher; mas ela não fez isso... ela se permitiu o prazer de se sentir fascinada. Ela se perguntou de onde a senhora teria vindo. O andar atarracado e prático de honesta simplicidade que prevalecia ali, os dois estilos de vestimenta, o simples e o equivocado, confirmavam igualmente que essa figura não era a de uma mulher de Casterbridge, até mesmo porque havia um livro em sua mão que lembrava um guia com mapas.

A estranha logo saiu de perto da lápide da sra. Henchard e desapareceu atrás do canto da parede. Elizabeth foi até o túmulo e, ao lado dele, havia duas pegadas distintas no solo, significando que a senhora estava ali há bastante tempo. Ela voltou para casa, refletindo sobre o que tinha visto, como poderia ter refletido sobre um arco-íris ou a aurora boreal, uma borboleta rara ou um camafeu.

Por mais interessante que as coisas estivessem ao ar livre, dentro de casa acabou sendo um de seus piores dias. Henchard, cujos dois anos de mandato de prefeito estavam terminando, foi informado de que não seria escolhido para preencher uma vaga na lista de vereadores; e que Farfrae provavelmente se tornaria um membro do Conselho. Isso fez com que a infeliz descoberta de que ela havia feito o papel de criada na cidade da qual ele era o prefeito irritasse sua mente de modo ainda mais venenoso. Ele soube através de uma investigação pessoal que foi para Donald Farfrae... aquele novato traiçoeiro... que ela havia se humilhado daquela maneira. E, embora a sra. Stannidge parecesse não dar grande importância ao incidente... as almas alegres da Hospedaria Três Marinheiros haviam esgotado seus aspectos há muito tempo... tal era o espírito altivo de Henchard que o simples ato de ajudar a servir para pagar pela hospedagem foi considerado por ele quase uma catástrofe social.

Desde a noite da chegada de sua esposa com a filha, havia algo no ar que mudara sua sorte. Aquele jantar no King's Arms com seus amigos tinha sido como a Batalha de Austerlitz para Henchard: ele teve sucesso desde então, mas seu curso não foi ascendente. Ele não deveria ser contado entre os vereadores – aquele pariato de burgueses – como esperava ser, e a consciência disso o deixou perturbado naquele dia.

— Bem, onde você estava? – ele perguntou a ela com laconismo improvisado.

— Estive passeando pelas calçadas e pelo cemitério, pai, até me sentir bastante aliviada – Ela levou a mão à boca, mas era tarde demais.

Isso foi o suficiente para provocar Henchard depois das outras cruzes do dia. – Eu não quero que você fale assim! – ele gritou. "Aliviada", de fato. Alguém poderia pensar que você trabalhou o dia todo em uma fazenda! Um dia eu descubro que você trabalha de ajudante nas hospedarias. Depois eu ouço você falar como uma tola. Estou farto dessa situação, se continuar assim, esta casa não vai comportar nós dois.

A única maneira de conseguir um único pensamento agradável para dormir depois daquilo tudo era lembrando-se da senhora que ela vira naquele dia e esperando que pudesse vê-la novamente.

Enquanto isso, Henchard estava sentado, pensando em sua insensatez ciumenta ao proibir Farfrae de manter contato com a jovem que não era sua filha, porque, se ele tivesse permitido que continuassem a conversar, talvez não ficaria tão incomodado com a presença dela. Por fim, ele disse para si mesmo com satisfação ao se levantar, dando um salto e indo até a escrivaninha: – Ah! ele vai pensar que isso significa paz e uma sugestão de casamento... e não que eu não quero que minha casa fique perturbada com a presença dela! – Então, ele escreveu o seguinte:

"Caro sr. Farfrae,
Em consideração à sua pessoa, não desejo interferir em seu cortejo a Elizabeth-Jane, se o senhor realmente gosta dela. Retiro, portanto, minha objeção, contanto que os encontros não aconteçam em minha casa.

Atenciosamente,

M. HENCHARD."

No dia seguinte, estando razoavelmente bem, Elizabeth-Jane foi novamente ao cemitério, mas, enquanto procurava pela senhora, ela se assustou com a aparição de Farfrae, que passou do lado de fora do portão. Ele ergueu os olhos por um momento, de uma carteira na qual parecia estar fazendo cálculos enquanto andava; quer a tenha visto ou não, ele não deu atenção e desapareceu.

Indevidamente deprimida por um senso da própria superfluidade, ela pensou que ele provavelmente a desprezava; e bastante quebrantada de espírito sentou-se em um banco. Ela começou a ter pensamentos dolorosos sobre sua posição e terminou dizendo bem alto: – Oh, como eu gostaria de estar morta como minha querida mãe!

Atrás do banco havia um pequeno calçamento onde as pessoas às vezes caminhavam em vez de andar no cascalho. Parecia que algo havia tocado no banco, ela olhou em volta e viu um rosto curvado sobre ela, coberto, mas ainda distinto, o rosto da jovem que ela vira ontem.

Elizabeth-Jane pareceu confusa por um momento, sabendo que havia sido ouvida, embora houvesse certo contentamento em sua confusão. – Sim, eu ouvi você – disse a senhora, com uma voz vivaz, respondendo ao seu olhar. – O que pode ter acontecido?

– Eu não... não posso lhe contar – disse Elizabeth, levando a mão ao rosto para esconder um rápido rubor que surgira.

Não houve movimento ou palavra por alguns segundos; então a menina sentiu que a jovem mulher estava sentada ao lado dela.

– Eu acho que sei quem é você – disse a jovem mulher. – Aquela era sua mãe. – Ela acenou com a mão em direção à lápide. Elizabeth olhou para ela como se perguntando a si mesma se deveria ou não confiar. Os modos da dama eram tão ávidos, tão zelosos, que a menina decidiu que deveria confiar nela. – Era minha mãe – disse ela – minha única amiga.

– E seu pai, sr. Henchard. Ele está vivo?

— Sim, ele está vivo – disse Elizabeth-Jane.

— Ele não é gentil com você?

— Não tenho nenhuma razão para reclamar dele.

— Houve algum desentendimento?

— Um pouco.

— Talvez você seja a culpada – sugeriu a estranha.

— Eu fui... de muitas maneiras – suspirou a mansa Elizabeth. – Eu varri as brasas quando os servos deveriam ter feito isso; e usei a palavra errada quando disse que estava aliviada, e ele ficou com raiva de mim.

A dama pareceu gostar da resposta dela. – Você sabe a impressão que suas palavras me dão? – ela disse ingenuamente. – Que ele é um homem temperamental... um pouco orgulhoso... talvez ambicioso; mas não é um homem mau – Sua ansiedade em não condenar Henchard enquanto tomava o partido de Elizabeth era curiosa.

— Oh, não. Com certeza ele não é ruim – concordou a menina honesta. – E ele nunca foi indelicado comigo até recentemente... desde que minha mãe morreu. Mas foi muito difícil suportar enquanto durou. Tenho certeza de que tudo se deve aos meus defeitos, e meus defeitos se devem à minha história.

— Qual é a sua história?

Elizabeth-Jane olhou melancolicamente para aquela mulher questionadora, descobriu que ela também estava olhando e baixou os olhos; e então parecia compelida a olhar novamente. – Minha história não é alegre ou atraente – disse ela. – Mas ainda assim eu posso lhe contar, se você realmente quiser saber.

A senhora assegurou-lhe que queria saber, e então Elizabeth-Jane contou a história de sua vida como ela a entendia, que em geral era verdadeira, exceto que a venda delas na feira não fazia parte de sua história.

Ao contrário da expectativa da jovem, sua nova amiga não ficou chocada. Isso a deixou feliz, e foi só quando ela pensou em voltar para aquela casa onde estava sendo tratada de modo tão rude ultimamente que ela voltou a ficar desanimada.

– Eu não sei como voltar – ela murmurou. – Penso em ir embora. Mas o que posso fazer? Para onde posso ir?

– Talvez tudo fique melhor em breve – disse sua amiga gentilmente. – Portanto, eu não iria longe. Agora, o que você acha disso: em breve vou querer alguém para morar em minha casa, em parte como governanta, em parte como companheira; você se importaria de vir morar comigo? Mas talvez...

– Oh, sim – exclamou Elizabeth, com lágrimas nos olhos – Eu gostaria muito... eu faria qualquer coisa para ser independente, pois talvez assim meu pai pudesse me amar. Mas, ah!...

– O quê?

– Não conclui todos os meus estudos. E você precisa de uma pessoa esclarecida.

– Ah, não necessariamente.

– Não? Mas às vezes não consigo deixar de falar palavras mais simples.

– Não importa, eu gostaria de conhecê-las.

– Bem, não sei se devo falar! – ela exclamou com uma risada angustiada. – Eu acidentalmente aprendi a escrever com letras bem redondas e maiores, em vez de uma caligrafia mais feminina, delicada. E, claro, você quer alguém que saiba escrever com uma caligrafia delicada?

– Acho que não.

– O que, não é necessário ter a caligrafia delicada? – exclamou a alegre Elizabeth.

– De jeito nenhum.

– Mas onde você mora?

– Em Casterbridge, ou melhor, estarei morando aqui depois do meio-dia de hoje.

Elizabeth ficou espantada.

– Passei alguns dias em Budmouth enquanto minha casa estava ficando pronta. A casa para onde vou é aquela que chamam de High-Place Hall... a velha casa de pedra que dá para o mercado. Dois ou três cômodos estão prontos para ocupação, embora não todos: eu durmo lá esta noite pela primeira vez. Agora você vai pensar sobre minha proposta e me encontrar aqui no primeiro belo dia da próxima semana, e dizer se você ainda está de acordo com a minha ideia?

Elizabeth, com os olhos brilhando com a perspectiva de uma mudança de uma posição insuportável, concordou com alegria; e as duas se separaram no portão do cemitério.

Capítulo 21

Como uma máxima repetida desde a infância permanece praticamente sem marcas até que alguma experiência madura a destaque, assim a casa High-Place Hall agora pela primeira vez realmente se mostrava a Elizabeth-Jane, embora seus ouvidos tivessem escutado esse nome em uma centena de ocasiões.

Durante o restante do dia, a mente dela não se concentrou em nada além da estranha, da casa e de sua chance de morar lá. À tarde, ela teve oportunidade de pagar algumas contas na cidade e fazer algumas compras, quando soube que o que era uma descoberta para ela havia se tornado um assunto comum nas ruas. High-Place Hall estava passando por reparos; uma senhora estava vindo para morar lá em breve; todos os lojistas sabiam disso, e já haviam descartado a possibilidade de ela ser uma cliente.

Elizabeth-Jane poderia, no entanto, adicionar um toque final a informações tão novas para ela, então ela disse que a senhora havia chegado naquele dia.

Quando as lâmpadas foram acesas e ainda não estava tão escuro que tornasse chaminés, sótãos e telhados invisíveis, Elizabeth, quase com um sentimento de amante, pensou que gostaria de olhar para o lado de fora do High-Place Hall. Ela subiu a rua naquela direção.

A High-Place Hall, com sua fachada cinza e parapeito, era a única residência desse tipo tão perto do centro da cidade. Tinha, em primeiro lugar, as características de uma casa de campo... ninhos de pássaros nas chaminés, recantos úmidos onde cresciam fungos e irregularidades de superfície provocadas pela própria natureza. À noite, as formas dos passageiros eram modeladas pelas lâmpadas em sombras negras nas paredes pálidas.

Essa noite havia grãos de palha ao redor e outros sinais de que as instalações estavam naquela condição bagunçada que acompanha a entrada de um novo inquilino. A casa era toda de pedra e constituía um exemplo de dignidade sem grandes dimensões. Não era totalmente aristocrática, ainda menos importante, mas a estranha antiquada instintivamente disse "O sangue a construiu, e a riqueza a desfruta", por mais vagas que suas opiniões sobre esses acessórios possam ser.

No entanto, quanto a aproveitá-la, a estranha estava errada, pois até esta mesma noite, quando a nova dama chegou, a casa estava vazia havia um ou dois anos, porque antes desse intervalo sua ocupação era irregular. A razão de sua impopularidade logo se manifestou. Alguns de seus quartos davam para o mercado, e tal perspectiva da casa não era considerada desejável ou conveniente por seus pretensos ocupantes.

Os olhos de Elizabeth procuraram os aposentos superiores e viram luzes ali. A senhora obviamente havia chegado. A impressão que essa mulher de modos relativamente experientes causou na mente da jovem estudiosa foi tão profunda, que ela gostou de ficar sob um arco oposto apenas para pensar que a encantadora dama estava dentro das paredes opostas e se perguntar o que ela estava fazendo. Sua admiração pela arquitetura daquela fachada devia-se inteiramente ao recluso que ela exibia. Embora, aliás, a arquitetura merecesse admiração, ou pelo menos estudo. Era palladiana e, como a maioria das arquiteturas erguidas desde a era gótica, era mais uma compilação do que um projeto. Mas sua razoabilidade a tornava impressionante. Não era intensa, mas intensa o suficiente. Uma consciência oportuna da vaidade final da arquitetura humana, não menos do que de outras coisas humanas, impedia a superfluidade artística.

Até pouco tempo antes, os homens entravam e saíam com pacotes e caixotes, transformando a porta e o corredor internos em uma via pública. Elizabeth entrou pela porta aberta no crepúsculo, mas, ficando alarmada com seu medo, saiu rapidamente de novo por outra que estava aberta na parede alta do pátio dos fundos. Para sua surpresa, ela se viu em um dos becos pouco usados da cidade. Olhando em volta para a porta que lhe dera a saída, à luz da lâmpada solitária fixada no beco, ela viu que era arqueada e velha... mais velha até do que a própria casa. A porta era cravejada, e a pedra angular do arco era uma máscara. Originalmente, a máscara exibia um olhar cômico, como ainda podia ser percebido; mas gerações de meninos de Casterbridge jogaram pedras na máscara, mirando em sua boca aberta; e os golpes haviam arrancado os lábios e as mandíbulas como se tivessem sido consumidos por uma doença. A aparência era tão medonha pelo brilho fraco da lâmpada, que ela não suportou olhar para a máscara, e essa foi a primeira característica desagradável de sua visita.

A posição da estranha porta velha e a estranha presença da máscara maliciosa sugeriam uma coisa acima de todas as outras ligada à história do passado da mansão... intriga. Pelo beco era possível passar despercebido de todos os bairros da cidade... a velha casa de brincar, a velha estaca de touro, o velho poço, a piscina onde crianças desconhecidas costumavam desaparecer. High-Place Hall poderia se orgulhar de suas conveniências, sem dúvida.

Ela se virou para ir na direção mais próxima de casa, que ficava no beco, mas, ouvindo passos se aproximando dali, e não tendo grande desejo de ser encontrada em tal lugar em tal hora, ela rapidamente recuou. Não havendo outra saída, ela ficou atrás de um píer de tijolos esperando que o intruso seguisse seu caminho.

Se ela tivesse observado, teria ficado surpresa. Ela teria visto que o pedestre, ao subir, foi direto para a porta em arco, e quando ele parou com a mão no trinco, a luz do lampião caiu sobre o rosto que era de Henchard.

Mas Elizabeth-Jane ficou tão encolhida em seu canto que não percebeu nada disso. Henchard entrou sem perceber a presença dela, assim como ela não viu que era ele, e desapareceu na escuridão. Elizabeth saiu pela segunda vez para o beco e voltou rapidamente para casa.

As repreensões de Henchard geravam nela um medo pavoroso de fazer qualquer coisa definível como imprópria para uma dama e isso funcionava curiosamente para mantê-los desconhecidos um do outro em um momento crítico. Muito poderia ter resultado da aceitação... pelo menos uma mesma pergunta para ambos os lados: o que ele ou ela poderia estar fazendo lá?

Henchard, quaisquer que fossem seus negócios na casa daquela senhora, chegou à sua casa apenas alguns minutos depois de Elizabeth-Jane. O plano de Elizabeth era abordar a questão de sair de sua casa esta noite; os acontecimentos do dia a incitaram a fazer isso. Mas a execução do plano dependia de humor dele, e ela esperava ansiosamente para ver como seria a reação dele para com ela. Ela descobriu que ele havia mudado. Ele não demonstrava mais a tendência a ficar com raiva, ele demonstrava algo pior. A indiferença absoluta tomara o lugar da irritabilidade, e sua frieza era tanta, que a encorajou a partir, ainda mais do que um temperamento explosivo poderia ter feito.

– Pai, o senhor tem alguma objeção à minha saída desta casa? – ela perguntou.

– Ir embora! Não... absolutamente nada. Para onde você vai?

Ela achava indesejável e desnecessário dizer qualquer coisa no momento sobre seu destino para alguém que tinha tão pouco interesse por ela. Porém, ele saberia disso em breve. – Ouvi falar de uma oportunidade de ser mais culta e estudar mais, e ser menos ociosa – ela respondeu, com hesitação. – Uma chance de um lugar em uma casa onde eu possa ter as vantagens de estudar e mudar minha vida.

– Bem... meu Deus do céu... se você não consegue se refinar onde está, faça o melhor possível para chegar lá.

– O senhor não se opõe?

– Opor-se... eu? Ora... não! De jeito nenhum – Depois de uma pausa, ele disse: – Mas você não terá dinheiro suficiente para seguir com esse esquema animado sem alguma ajuda, sabe? Se você quiser, estou disposto a lhe dar uma mesada, para que você não seja obrigada a viver com os salários de fome que as pessoas refinadas provavelmente pagam.

Ela agradeceu a ele pela oferta.

– É melhor que seja feito corretamente – acrescentou ele após uma pausa. – Uma pequena anuidade é o que eu gostaria que você tivesse... para ser independente de mim... e para que eu possa ser independente de você. Isso lhe deixaria feliz?

– Com certeza.

– Então vou resolver isso hoje mesmo – Ele parecia aliviado por tirá-la de suas mãos com esse acordo e, no que dizia respeito à relação deles, o assunto estava resolvido. Ela agora simplesmente teria de esperar para encontrar a senhora novamente.

O dia e a hora chegaram, mas uma garoa fina estava caindo. Elizabeth-Jane, que agora havia mudado sua órbita de um estado de alegre independência para laboriosa autoajuda, achava que o tempo estava bom o suficiente para um esplendor decadente como o dela, se sua amiga apenas o aceitasse... uma questão de dúvida. Ela foi para a antessala onde seus sapatos sociais estavam pendurados desde sua apoteose; pegou-os, mandou engraxar o couro mofado e vestiu-os como fazia nos velhos tempos. Assim equipada, com capa e guarda-chuva, ela foi para o local combinado... pretendendo, se a dama não estivesse lá, visitar a casa.

O lado do cemitério... exposto às condições meteorológicas... era protegido por uma antiga parede de barro com palha, cujos beirais se projetavam até uns cinquenta centímetros. Na parte de trás da parede havia um pátio de milho, com um armazém e celeiros... o lugar onde ela havia conhecido Farfrae muitos meses antes. Sob a projeção da palha, ela viu uma figura. A jovem senhora tinha vindo.

A presença daquela senhora substanciava de maneira tão excepcional as maiores esperanças de Elizabeth que ela até mesmo teve receio da sua boa sorte. As fantasias encontram espaço nas mentes mais fortes. Aqui, em um cemitério tão antigo quanto a civilização, no pior dos climas, estava uma estranha mulher de curiosos fascínios nunca vistos em nenhum outro lugar: poderia haver alguma crueldade em sua presença. No entanto, Elizabeth foi até a torre da igreja, em cujo cume a corda de um mastro de bandeira tremulava ao vento; e assim ela chegou ao muro.

A senhora estava tão bem disposta, mesmo com aquela garoa, que Elizabeth esqueceu sua fantasia.

– Muito bem – disse a senhora, mostrando um pouco da brancura de seus dentes através do véu preto que protegia seu rosto – você já se decidiu?

– Sim, já tomei minha decisão – disse a outra, cheia de ansiedade.

– Seu pai concordou?

– Sim.

– Então, venha.

– Quando?

– Agora, assim que você quiser. Eu pensei em mandar chamar você para ir até a minha casa, pensando que você não iria se aventurar aqui nesse vento. Mas como gosto de sair de casa, pensei em vir e ver primeiro se você estava aqui.

– Tive o mesmo pensamento.

– Isso indica que vamos entrar em acordo. Então você pode vir hoje? Minha casa está tão vazia e sombria, que eu quero alguma coisa viva lá.

– Acho que posso ir hoje – disse a jovem, refletindo.

Vozes chegaram até elas naquele instante, no vento e nas gotas de chuva do outro lado da parede. Surgiram palavras como "sacos", "instalações", "debulha", "resíduos", "mercado do próximo sábado", cada frase sendo desorganizada pelas rajadas como um rosto em um espelho quebrado. Ambas as mulheres ouviram.

– Quem são aqueles? – perguntou a senhora.

– Um é meu pai. Ele aluga aquele quintal e o celeiro.

A senhora pareceu esquecer o assunto sobre o qual estavam falando ao ouvir os detalhes técnicos do comércio de milho. Por fim, ela disse de repente: – Você contou a ele para onde estava indo?

– Não.

– Oh... por que não?

– Achei mais seguro sair de casa primeiro, já que ele é tão incerto quanto seu temperamento.

— Talvez você esteja certa... Além disso, eu nunca lhe disse meu nome. É a srta. Templeman... Eles foram embora... os homens do outro lado?

— Não. Só subiram até o armazém.

— Bem, está ficando muito molhado aqui. Espero você hoje esta noite, vamos combinar às 6, tudo bem?

— Qual caminho devo seguir, senhora?

— O caminho da frente... perto do portão. Não há outro que eu tenha notado.

Elizabeth-Jane estava pensando na porta do beco.

— Talvez, como você não mencionou para onde iria, é melhor manter isso em segredo até que esteja longe. Ele pode mudar de ideia, não é?

Elizabeth-Jane balançou a cabeça. — Pensando bem, não tenho mais medo — disse ela com tristeza. — Ele está bastante frio comigo.

— Muito bem. Seis horas, então.

Ao saírem para a estrada aberta e se separarem, tiveram bastante trabalho segurando seus guarda-chuvas contra o vento. No entanto, a senhora olhou para os portões do pátio de milho ao passar por eles e parou por um momento. Mas nada era visível lá, exceto os feixes de palha, o celeiro corcunda coberto com musgo, e o armazém erguendo-se contra a torre da igreja atrás, onde ainda continuava a batida da corda contra o mastro da bandeira.

Ora, Henchard não tinha a menor suspeita de que a mudança de Elizabeth-Jane seria tão rápida. Assim, quando, pouco antes das 6h, ele chegou em casa e viu um cabriolé do King's Arms parado na porta, e sua enteada, com todas as suas sacolas e caixinhas, entrando nele, ele foi pego de surpresa.

— Mas o senhor disse que eu poderia ir, pai? — ela explicou pela janela da carruagem.

– Disse!... sim. Mas pensei que você quis dizer no próximo mês, ou no próximo ano. Nossa! Você realmente não perde tempo! É assim, então, que você vai me tratar depois de todos os problemas que enfrentei com você?

– Ora, pai! Como o senhor pode falar assim? É injusto da sua parte! – ela disse um tanto chateada.

– Bem, bem, faça o que quiser – respondeu ele. Depois entrou em casa e, vendo que todas as coisas dela ainda não haviam sido trazidas para baixo, subiu ao quarto dela para olhar. Ele nunca esteve lá desde que ela o ocupou. Evidências de seu cuidado, de seus esforços para melhorar, eram visíveis por toda parte, na forma de livros, esboços, mapas e pequenos arranjos que mostravam seu bom gosto. Henchard nada sabia desses esforços. Ele olhou para eles, virou-se repentinamente e desceu até a porta.

– Olhe aqui, – disse ele, com a voz alterada... ele nunca a chamava pelo nome agora... – não se afaste de mim. Pode ser que eu tenha falado de modo grosseiro com você... mas você me deixou profundamente triste... há algo que causou tudo isso.

– Eu deixei o senhor triste? – ela disse, com profunda preocupação. – O que eu fiz?

– Não posso lhe contar agora. Mas se você parar e continuar vivendo como minha filha, contarei tudo a seu tempo.

Mas a proposta chegou dez minutos atrasada. Ela estava dentro do cabriolé... já estava se imaginando na casa da senhora cujas maneiras a tinham encantado tanto.

– Pai, – disse ela, com toda a consideração que pôde – acho melhor para nós dois que eu vá agora. Não preciso ficar mais tempo, não estarei longe, e se o senhor realmente quiser que eu volte, posso voltar em breve... de novo.

Ele acenou com a cabeça levemente concordando com a decisão dela e nada mais.

– Você disse que não iria para longe. Qual será o seu endereço, caso eu queira escrever para você? Ou não devo saber?

– Ah, sim... com certeza. Vou ficar na cidade... em High-Place Hall!

– Onde? – disse Henchard, seu rosto se acalmando.

Ela repetiu as palavras. Ele não se mexeu nem falou nada. Em seguida, ela acenou com a mão para ele com extrema simpatia e indicou ao cocheiro que subisse a rua.

Capítulo 22

Voltamos por um momento à noite anterior para explicar a atitude de Henchard.

Na hora em que Elizabeth-Jane estava contemplando sua excursão furtiva de reconhecimento à residência da dama de sua fantasia, ele não ficou nem um pouco surpreso ao receber uma carta, em mãos, com a letra que ele bem conhecia de Lucetta. A rejeição consciente e a resignação relacionadas à sua comunicação anterior havia desaparecido completamente de sua mente, e ela escreveu com um pouco da leveza natural que a havia marcado no início de relacionamento deles.

"HIGH PLACE HALL

MEU CARO SR. HENCHARD,

Não se surpreenda. É para o nosso bem que vim morar em Casterbridge...

Por quanto tempo, não sei dizer. Isso depende de outra pessoa, que é um homem, comerciante, prefeito, e aquele que tem todo o direito às minhas afeições.

Falando sério, *mon ami*, não estou tão despreocupada quanto pareço estar em relação a esse assunto. Vim para Casterbridge por saber da morte de sua esposa, que você costumava pensar estar morta muitos anos antes!

Pobre mulher Ela parece ter sido uma sofredora, embora não reclamasse e, embora não fosse muito inteligente, mas não uma imbecil. Estou feliz que você tenha agido de forma justa com ela. Assim que eu soube que ela havia falecido, minha consciência me mostrou que eu deveria me esforçar para dissipar a sombra que minha tolice lançara sobre meu nome, pedindo-lhe que cumprisse sua promessa a mim. Espero que você tenha a mesma opinião e que tome as medidas necessárias para tanto. No entanto, como não sabia qual era sua situação aqui ou o que havia acontecido desde a nossa separação, decidi vir me estabelecer antes de me comunicar com você.

Você provavelmente se sente como eu sobre isso.

Poderei vê-lo em um ou dois dias. Até mais,

Atenciosamente,

LUCETTA

PS: não pude cumprir meu compromisso de encontrá-lo rapidamente em Casterbridge outro dia, porque meus planos foram alterados devido a um evento familiar, sobre o qual você ficará surpreso em saber."

Henchard já tinha ouvido falar que High-Place Hall estava sendo preparado para um inquilino. Ele perguntou com um ar de perplexidade para a primeira pessoa que encontrou: – Quem vem morar em High-Place Hall?

– Uma dama chamada Templeman, creio eu, senhor – disse seu informante.

Henchard ficou pensando sobre isso. – Lucetta é parente dela, suponho – disse a si mesmo. – Sim, devo tratá-la adequadamente, sem dúvida.

Não foi de forma alguma com a opressão que outrora acompanharia o pensamento que ele considerava a necessidade moral agora; de fato, era com interesse, até mesmo com cordialidade. Sua amarga decepção ao descobrir que Elizabeth-Jane não era sua filha, e que ele mesmo era um homem sem filhos, havia deixado um vazio emocional que ele inconscientemente desejava preencher. Nesse estado de espírito, embora sem sentimentos fortes, ele caminhou pelo beco e entrou no High-Place Hall pela porta falsa, onde Elizabeth quase o havia encontrado. Ele foi até o pátio e perguntou a um homem que estava desempacotando as porcelanas de um caixote se a srta. Le Sueur estava morando lá. Senhorita Le Sueur fora o nome pelo qual ele conhecera Lucetta, ou "Lucette", como ela se chamava na época.

O homem respondeu que não, dizendo que a srta. Templeman tinha apenas passado por lá. Henchard foi embora, concluindo que Lucetta ainda não havia se mudado.

Ele estava nessa fase interessada da investigação, quando testemunhou a partida de Elizabeth-Jane no dia seguinte. Ao ouvi-la anunciar o endereço, de repente tomou conta dele o estranho pensamento de que Lucetta e a srta. Templeman eram a mesma pessoa. Embora ele não fosse um caçador de fortunas, a possibilidade de que Lucetta havia se transformado em uma dama de posses por algum testamento generoso por parte de sua parente conferia um certo charme à sua imagem que de outra forma não teria acontecido. Ele estava chegando ao nível inerte da meia-idade, quando as coisas materiais dominam cada vez mais a mente.

Mas Henchard não ficou muito tempo em suspense. Lucetta era bastante viciada em escrever cartas, como ficou demonstrado pela torrente de cartas após o fiasco em seus arranjos de casamento, e assim que Elizabeth partiu, outra mensagem chegou à casa do prefeito, vinda de High-Place Hall.

"Estou na residência – disse ela – e confortavelmente, embora chegar aqui tenha sido uma tarefa cansativa. Você provavelmente sabe o que vou lhe dizer, não sabe? Minha boa tia Templeman, a viúva do banqueiro, cujo existência você costumava duvidar, e ainda mais de sua riqueza, morreu recentemente e me deixou como herança algumas de suas propriedades. Não vou entrar em detalhes, exceto para dizer que adotei o nome dela... como um meio de escapar dos meus erros.

Agora sou dona de mim mesma e escolhi residir em Casterbridge... serei a inquilina de High-Place Hall, para que pelo menos você não tenha problemas se quiser me ver. Minha primeira intenção era mantê-lo na ignorância das mudanças em minha vida até que você me encontrasse na rua; mas já pensei melhor sobre o assunto. Você provavelmente está ciente de meu acordo com sua filha e sem dúvida caiu na risada da... como devo chamá-la?... piada prática (com todo o afeto) de eu levá-la para morar comigo. Mas meu primeiro encontro com ela foi um acidente. Você consegue entender, Michael, por que eu fiz isso? Ora, para lhe dar uma desculpa para vir aqui como se fosse visitá-la e, assim, nos conhecermos naturalmente. Ela acha que você a tratou com muita severidade. Você pode ter feito isso sem querer, mas não deliberadamente, tenho certeza. Como o resultado foi trazê-la até mim, não estou disposta a repreendê-lo.

Sempre sua,

LUCETTA"

A agitação que essas notícias produziram na alma sombria de Henchard foi para ele muito prazerosa. Sentou-se longa e sonhadoramente à mesa de jantar e, por uma transferência quase mecânica, os sentimentos que haviam se dissipado desde seu afastamento de Elizabeth-Jane e Donald Farfrae reuniram-se em torno de Lucetta antes de acabarem por completo. Ela estava claramente em uma disposição muito promissora para o casamento. Mas, naquela época, o que mais poderia ser uma pobre mulher que havia dado seu tempo e seu coração a ele tão impensadamente a ponto de perder seu crédito por isso? Provavelmente, a consciência não menos que o afeto a trouxeram até aquele lugar. No geral, ele não a culpava.

– Pequena mulher astuta! – ele disse, sorrindo (com referência à hábil e agradável manobra de Lucetta com Elizabeth-Jane).

Sentir que gostaria de ver Lucetta foi a desculpa que Henchard usou para se dirigir até a casa dela. Ele colocou o chapéu e foi. Eram entre 8 e 9 horas quando ele chegou à porta dela. A resposta que ele obteve foi de que a srta. Templeman estava ocupada aquela noite, mas que ficaria feliz em vê-lo no dia seguinte.

– Ela está se achando a melhor das mulheres! – ele pensou. – E considerando o que nós... – Mas afinal, ela claramente não esperava por ele, e ele aceitou a recusa discretamente. No entanto, ele resolveu não aparecer no dia seguinte. – Essas mulheres malditas... nunca dão um ponto sem nó! – ele disse.

Vamos seguir o pensamento do sr. Henchard como se fosse uma pista, e observar o interior de High-Place Hall nessa noite em particular.

Na chegada de Elizabeth-Jane, uma senhora idosa havia pedido a ela pacientemente que lhe desse suas coisas para que ela arrumasse tudo lá em cima. Ela respondeu com grande seriedade que não daria esse trabalho e, no mesmo instante, tirou o chapéu e a capa no corredor e foi então conduzida até o corredor do primeiro andar, onde encontrou seu caminho sozinha.

O quarto que ela encontrou estava lindamente mobiliado como uma pequena sala de estar e, em um sofá com duas almofadas arredondadas, reclinava-se uma mulher bonita, de cabelos escuros e olhos grandes, de origem inconfundivelmente francesa. Ela provavelmente era alguns anos mais velha que Elizabeth e tinha um brilho nos olhos. Em frente ao sofá havia uma mesinha, com um baralho espalhado virado para cima.

A atitude fora tão cheia de abandono, que ela saltou como uma mola ao ouvir a porta se abrir.

Percebendo que era Elizabeth, ela levantou-se com facilidade e se aproximou dela com um salto tão imprudente que somente sua graça inata impediu de ser turbulento.

– Ora, você está atrasada – disse ela, segurando as mãos de Elizabeth-Jane.

– Havia tantas pequenas coisas para pegar.

– E você parece estar totalmente exausta. Deixe-me tentar animá-la com alguns truques maravilhosos que aprendi, para matar o tempo. Sente-se aí e não se mexa. – Ela juntou o baralho, puxou a mesa à sua frente e começou a distribuí-las rapidamente, dizendo a Elizabeth para escolher algumas.

– Bem, você já escolheu? – ela perguntou jogando a última carta.

– Não – gaguejou Elizabeth, despertando-se de um devaneio. – Eu esqueci, eu estava pensando em... você e eu... e como é estranho eu estar aqui.

A srta. Templeman olhou para Elizabeth-Jane com interesse e colocou as cartas na mesa. – Ah! Isso não importa – disse ela. – Vou deitar aqui enquanto você se senta ao meu lado e conversaremos.

Elizabeth aproximou-se silenciosamente da cabeceira do sofá, mas com aparente alegria. Podia-se ver que, embora em anos ela fosse mais jovem do que sua anfitriã, em maneiras e perspectiva geral, ela parecia mais sábia. A srta. Templeman se deitou no sofá na mesma posição flexionada anterior e, atirando o braço acima da testa... como se estivesse fazendo a pose bem conhecida de uma deusa... começou a conversar com Elizabeth-Jane, que estava do lado oposto.

— Preciso lhe contar uma coisa — disse ela. — Eu me pergunto se você suspeitou de algo. Sou dona de uma casa grande e de grande fortuna há pouco tempo.

— Oh, apenas há pouco tempo? — murmurou Elizabeth-Jane, seu semblante ligeiramente caído.

— Quando menina, morei em cidades com bases militares e em outros lugares com meu pai, até ficar bastante descuidada e agitada. Ele era um oficial do exército. Eu não teria mencionado isso se não achasse melhor você saber a verdade.

— Sim, com certeza — Ela olhou pensativa ao redor da sala... o pequeno piano quadrado com incrustações de latão, as cortinas da janela, a lâmpada, os reis e rainhas claros e escuros na mesa de jogo e, finalmente, viu o rosto invertido de Lucetta Templeman, cujos grandes olhos brilhantes tinham um efeito tão estranho de cabeça para baixo.

A ideia de Elizabeth sobre a aquisição de conhecimentos tinha quase um grau mórbido. — Você fala francês e italiano fluentemente, sem dúvida — disse ela. — Só consegui aprender um pouco de latim.

— Bem, por falar nisso, na minha ilha natal, falar francês não vale muito. É bem o contrário.

— Onde fica sua ilha natal?

A srta. Templeman relutou um pouco mas finalmente disse: — Jersey. Lá eles falam francês de um lado da rua e inglês do outro, e uma língua misturada no meio da rua. Mas faz muito tempo que estive lá. Na realidade, minha família é de Bath, embora meus ancestrais em Jersey fossem tão bons quanto qualquer um na Inglaterra. Eles eram os Le Sueur, uma velha família que fez grandes coisas em seu tempo. Voltei e morei lá depois da morte de meu pai. Mas não dou valor a essas questões do passado e sou bastante inglesa no que diz respeito aos meus sentimentos e gostos.

Por um momento, Lucetta falou mais do que queria. Ela havia chegado a Casterbridge como uma dama de Bath e havia razões óbvias para que Jersey não fizesse parte de sua vida. Mas Elizabeth havia provocado nela um desejo de se libertar, e uma resolução deliberadamente formada foi quebrada.

Não poderia, no entanto, ter sido quebrada em companhia mais segura. As palavras de Lucetta não saíram dali, e depois desse dia ela estava totalmente protegida que haveria chance de ser identificada como a jovem de Jersey que havia sido a querida dama de companhia de Henchard em um momento crítico. Não menos divertida entre suas precauções era evitar resolutamente uma palavra francesa se uma por acaso viesse à sua língua com mais facilidade do que seu equivalente em inglês. Ela se esquivava com a rapidez do apóstolo Pedro: "Tua fala te denuncia!"

A expectativa pairava visivelmente sobre Lucetta na manhã seguinte. Ela se vestiu para receber o sr. Henchard e esperou ansiosamente sua ligação antes do meio-dia; como ele não apareceu, ela esperou a tarde toda. Mas ela não contou a Elizabeth que a pessoa esperada era o padrasto da jovem.

Sentaram-se em janelas contíguas do mesmo quarto na grande mansão de pedra de Lucetta, armando redes e olhando para o mercado, que mostrava uma cena animada. Elizabeth podia ver a coroa do chapéu de seu padrasto entre o resto abaixo, e não percebeu que Lucetta observava o mesmo objeto com um interesse ainda mais intenso. Ele se movia no meio da multidão, nesse ponto animado como um formigueiro; em outros lugares, mais tranquilos e divididos por barracas de frutas e legumes.

Os fazendeiros, em geral, preferiam a praça aberta para suas transações, apesar de seus incômodos empurrões e do perigo de cruzamento de veículos, ao sombrio mercado protegido que lhes era oferecido. Aqui eles apareciam nesse único dia da semana, formando um pequeno mundo de perneiras, interruptores e sacolas de amostras; homens de estômagos largos, inclinados como encostas de montanhas; homens cujas cabeças ao caminhar balançavam como as árvores nas ventanias de novembro; que, ao conversar, variavam muito suas atitudes, abaixando-se, abrindo os joelhos e enfiando as mãos nos bolsos de jaquetas internas. Seus rostos irradiavam calor tropical, pois, embora quando em casa seus semblantes variassem com as estações, seus rostos no mercado durante todo o ano eram pequenas fogueiras brilhantes.

Todos os casacos aqui eram usados como se fossem uma inconveniência, uma necessidade obstrutiva. Alguns homens estavam bem vestidos, mas a maioria era descuidada a esse respeito, aparecendo em ternos que eram registros históricos das ações de seus usuários, sol escaldante e lutas diárias por muitos anos. No entanto, muitos carregavam talões de cheques amarrotados em seus bolsos, que eram registrados no banco por um saldo nunca inferior a quatro dígitos. Na verdade, o que essas formas humanas gigantescas representavam especialmente era dinheiro vivo... dinheiro obstinadamente vivo... não vivo no próximo ano como o de um nobre... muitas vezes não apenas vivo no banco como um profissional, mas vivo em suas mãos grandes e rechonchudas.

Aconteceu que hoje surgiram no meio deles duas ou três macieiras altas, como se tivessem crescido no local; até que se percebeu que eram trazidas por homens dos distritos produtores de sidra que vinham aqui para vendê-las, trazendo nas botas o barro do seu condado. Elizabeth-Jane, que costumava observá-los, disse: – Eu fico me perguntando se são as mesmas árvores que vêm toda semana?

– Que árvores? – perguntou Lucetta, absorta em observar Henchard.

Elizabeth respondeu vagamente, pois um incidente a deteve. Atrás de uma das árvores estava Farfrae, discutindo vivamente sobre um saco de amostras com um fazendeiro. Henchard apareceu, encontrando acidentalmente o jovem, cujo rosto parecia perguntar: – Podemos conversar um com o outro?

Ela viu seu padrasto jogar um brilho no olho cuja resposta significa "Não!", e Elizabeth-Jane suspirou.

– Você está particularmente interessada em alguém lá fora? – perguntou Lucetta.

– Oh, não – disse sua companheira, com um certo rubor no rosto.

Por sorte, a figura de Farfrae foi imediatamente escondida pela macieira.

Lucetta olhou seriamente para ela. – Tem certeza? – ela disse.

– Ah, sim – disse Elizabeth-Jane.

Novamente Lucetta olhou para fora. – São todos fazendeiros, suponho? – ela disse.

– Não. Ali está o sr. Bulge... ele é um comerciante de vinhos; ali está Benjamin Brownlet... um negociante de cavalos; logo ali temos Kitson, o criador de porcos, e Yopper, o leiloeiro; além dos produtores de malte e moleiros... e assim por diante. – Farfrae se destacava claramente agora; mas ela não o mencionou.

A tarde de sábado transcorreu assim inconstantemente. O mercado mudou da hora de exibição de amostras para a hora ociosa antes do início da volta para casa, quando as histórias eram contadas. Henchard não tinha visitado Lucetta, embora estivesse tão perto. Ele devia estar muito ocupado, ela pensou. Ele viria no domingo ou na segunda-feira.

Os dias chegaram, mas não o visitante, embora Lucetta repetisse seu modo de vestir com escrupuloso cuidado. Porém, ela ficou desanimada. Pode-se declarar de imediato que Lucetta não tinha mais por Henchard toda aquela calorosa lealdade que a caracterizara no primeiro contato deles, o lamentável andar das coisas havia esfriado consideravelmente o amor puro. Mas restava um desejo consciente de conseguir unir-se a ele, agora que não havia nada impedindo... para corrigir a posição dela... o que por si só era uma felicidade pela qual suspirar. Com fortes razões sociais do lado dela para que o casamento deles ocorresse, deixou de haver qualquer razão mundana do lado dele pela qual o casamento deveria ser adiado, já que ela havia herdado uma fortuna.

Terça-feira era a grande feira da Candelária. No café da manhã, ela disse a Elizabeth-Jane com bastante frieza: – Imagino que seu pai possa vir vê-la hoje. Suponho que ele esteja por perto, no mercado, com o resto dos comerciantes de milho?

Ela balançou a cabeça e disse: – Ele não virá.

– Por quê?

– Ele não liga mais para mim – disse ela com voz rouca.

– Vocês tiveram uma briga muito mais feia do que você me contou.

Elizabeth, desejando proteger o homem que ela acreditava ser seu pai de qualquer acusação de antipatia natural, disse – Sim.

— Então onde você estiver, entre todos os lugares, será aquele que ele evitará visitar?

Elizabeth assentiu tristemente.

Lucetta ficou pálida, contraiu suas lindas sobrancelhas e lábios e explodiu em soluços histéricos. Aquilo era um desastre... seu esquema engenhoso completamente arruinado.

— Oh, minha querida srta. Templeman, qual é o problema? Exclamou sua companheira.

— Gosto demais da sua companhia! — disse Lucetta, assim que conseguiu.

— Sim, sim... e eu também gosto da sua! — Elizabeth entrou na conversa suavemente.

— Mas... mas... — Ela não conseguiu terminar a frase, que era, naturalmente, que se Henchard tivesse uma antipatia tão arraigada pela menina como agora parecia ser o caso, ela teria que se livrar de Elizabeth-Jane... uma questão de necessidade.

Lucetta então usou um recurso provisório: — Srta. Henchard... poderia fazer uma missão para mim assim que o café da manhã terminar?... Ah, isso é muito gentil da sua parte. Você vai buscar... — E ela enumerou várias encomendas em diversas lojas, que ocupariam o tempo de Elizabeth por uma ou duas horas, pelo menos.

— E você conhece o Museu?

Elizabeth-Jane não conhecia.

— Então você precisa conhece-lo imediatamente. Você pode terminar a manhã indo até lá. É uma casa velha em uma rua mais retirada... não me lembro onde... mas você descobrirá... e há várias coisas interessantes... esqueletos, dentes, panelas e frigideiras velhas, botas e sapatos antigos, ovos de pássaros... tudo encantadoramente instrutivo. Você certamente ficará lá até ficar com muita fome.

Elizabeth rapidamente vestiu suas coisas e partiu. – Eu me pergunto por que ela quer se livrar de mim hoje! – ela disse tristemente enquanto ia. Que sua ausência, em vez de seus serviços ou instruções, era um pedido, ficou claro para Elizabeth-Jane, por mais simples que parecesse, e por mais difícil que fosse atribuir um motivo para o desejo.

Ela não tinha saído nem dez minutos quando um dos criados de Lucetta foi enviado à casa de Henchard com um bilhete. O conteúdo era breve:

"CARO MICHAEL,
Você vai passar em frente à minha casa, hoje, por duas ou três horas para resolver seus negócios, então, por favor, me ligue e venha me ver. Estou muito desapontada por você não ter vindo antes, porque não posso evitar a ansiedade de resolver essa relação equívoca com você. Especialmente agora que a fortuna de minha tia me trouxe de forma mais proeminente perante a sociedade. A presença de sua filha aqui pode ser a causa de sua negligência; e, portanto, mandei-a resolver alguns assuntos pela manhã. Vamos fazer de conta que você virá aqui a negócios, e estarei completamente sozinha.
LUCETTA."

Quando o mensageiro voltou, ela deu instruções para que, se um cavalheiro a chamasse, ele deveria ser aceito imediatamente e sentar-se para esperar que ela viesse falar com ele.

Sentimentalmente, ela não se importava muito em vê-lo... os atrasos dele a cansaram, mas era necessário; e com um suspiro ela se acomodou pitorescamente na cadeira; primeiro dessa forma, depois daquela; em seguida, de modo que a luz caísse sobre sua cabeça. Em seguida, ela se jogou no sofá do modo que tanto lhe convinha, e com o braço sobre a testa olhou para a porta. Esta, ela decidiu, era a melhor posição, afinal, e assim permaneceu até que passos de um homem foram ouvidos na escada. Então Lucetta, esquecendo-se de sua curva (pois a natureza ainda era mais forte do que a arte), saltou e saiu correndo, escondendo-se atrás de uma das cortinas da janela em um surto de timidez.

Ela podia ouvir o criado levando o visitante até o quarto, fechando a porta depois, e saindo como se fosse procurar sua patroa. Lucetta abriu a cortina com uma saudação nervosa. O homem diante dela não era Henchard.

Capítulo 23

Uma conjetura de que seu visitante poderia ser outra pessoa havia, de fato, passado pela mente de Lucetta quando ela estava a ponto de explodir; mas era tarde demais para recuar.

Ele era anos mais novo que o prefeito de Casterbridge; um homem esbelto e muito bonito. Usava calças leves e elegantes, de tecido com botões brancos, botas engraxadas, com vários furos para o cadarço, com casaco e colete de veludo preto; e ele tinha uma chave de ponta prateada na mão. Lucetta corou e disse com uma curiosa mistura de beicinho e risada no rosto: – Oh, cometi um erro!

O visitante, ao contrário, não achou nada engraçado.

– Sinto muito! – disse ele, em tom um tanto agressivo. – Eu vim para perguntar sobre a srta. Henchard, e eles me trouxeram até aqui, e em nenhum momento eu teria interrompido a senhorita de modo tão mal-educado, se eu soubesse!

– Eu fui a mal-educada – disse ela.

– Mas será que vim à casa errada, senhora? – disse o sr. Farfrae, piscando um pouco em sua perplexidade e nervosamente batendo em sua perneira com sua chave.

– Oh, não, senhor, sente-se. Pode entrar e sentar-se, agora que está aqui – respondeu Lucetta gentilmente, para aliviar seu embaraço. – A srta. Henchard estará logo aqui.

Porém, isso não era realmente verdade; mas algo sobre aquele jovem... aquela vivacidade, rigor e charme hiperbóreos, como de um instrumento musical bem reforçado, que havia despertado o interesse de Henchard, de Elizabeth-Jane e da tripulação jovial dos Três Marinheiros, tornou sua presença inesperada atraente para Lucetta. Ele hesitou, olhou para a cadeira, pensou que não havia perigo ali (embora houvesse) e sentou-se.

A entrada repentina de Farfrae era simplesmente o resultado da permissão de Henchard para que ele visse Elizabeth, se quisesse cortejá-la. A princípio, ele não deu atenção à carta repentina de Henchard; mas uma transação comercial excepcionalmente feliz colocou-o em boas relações com todos e mostrou-lhe que ele poderia se casar se quisesse. Então, quem seria tão agradável, próspera e adequada em todos os sentidos quanto Elizabeth-Jane? Além de suas recomendações pessoais, uma reconciliação com seu ex-amigo Henchard resultaria, no curso natural das coisas, de tal união. Ele, portanto, perdoou a grosseria do prefeito; e, nesta manhã, a caminho da feira, ele visitou a casa dela, onde soube que estava hospedada na casa de srta. Templeman.

– A feira, hoje, parece grande – disse ela quando, por desvio natural, seus olhos procuraram a cena movimentada do lado de fora. – Suas inúmeras feiras e mercados me interessam. Quantas coisas penso enquanto observo daqui!

Ele parecia em dúvida sobre como responder, e o murmúrio lá fora os alcançou quando eles se sentaram... vozes como de pequenas ondas em um mar sinuoso, uma sempre se elevando acima das demais. – Você fica olhando lá para fora com frequência? – ele perguntou.

– Sim, com muita frequência.

– A senhorita está procurando alguém conhecido?

Por que ela deveria ter respondido como fez?

– Eu apenas olho como se fosse um quadro. Mas... – ela continuou, voltando-se com doçura para ele, – posso fazê-lo agora... posso procurar por você. Você está sempre lá, não é? Ah... estava só brincando! Mas é divertido procurar alguém conhecido no meio da multidão, mesmo que não queiramos. Isso tira a terrível opressão de estar cercado por uma multidão e não ter nenhum ponto de junção com ela por meio de um único indivíduo.

– Sim! Talvez a senhora se sinta muito sozinha, não é?

– Ninguém sabe o quanto me sinto solitária.

– Mas dizem que a senhora é rica, não é?

– Nesse caso, não sei como aproveitar minhas riquezas. Vim para Casterbridge pensando que gostaria de viver aqui. Mas me pergunto se isso é verdade.

– De onde a senhora veio?

– Do bairro de Bath.

– E eu vim de perto de Edinboro – ele murmurou. – É verdade que o melhor é ficar em sua terra natal, mas um homem tem que viver onde ele consegue ganhar seu dinheiro. É uma pena, mas é sempre assim! No entanto, eu me saí muito bem neste ano. Oh, sim – ele disse com ingênuo entusiasmo. – Está vendo aquele homem com o casaco velho de casimira? Comprei grande parte dele no outono, quando o trigo estava em baixa, e depois, quando o trigo aumentou um pouco, vendi tudo o que tinha! Isso trouxe um pequeno lucro para mim; enquanto os fazendeiros mantiveram os seus, esperando números mais altos... embora os ratos estivessem roendo todos os feixes. Justamente quando vendi, os mercados caíram, e comprei o milho daqueles que estavam segurando por um preço menor do que minhas primeiras compras. E então...

Lucetta olhou para ele com um interesse crítico. Ele era um novo tipo de pessoa para ela. Por fim, seus olhos pousaram sobre os da dama, e seus olhares se cruzaram.

– Sim, agora, estou deixando a senhora entediada! – ele exclamou.

Ela respondeu: – Não, de jeito nenhum – ficando um pouco corada.

– Então o que foi?

– Muito pelo contrário. O senhor é uma pessoa muito interessante.

Agora era Farfrae quem mostrava o rosto corado.

– Quero dizer, todos vocês, escoceses – ela acrescentou corrigindo apressadamente o que tinha dito. – Vocês são tão livres dos extremos do povo do Sul. Nós, pessoas comuns, somos todos de um jeito ou de outro... receptivos ou frios, apaixonados ou frígidos. Vocês têm as duas temperaturas ao mesmo tempo.

– Mas o que a senhora quer dizer com isso? Seria melhor explicar com mais clareza.

– Em um minuto você está animado... pensando em seguir em frente. No minuto seguinte, você está triste... pensando na Escócia e em seus amigos.

– Sim. Eu penso na minha terra, na minha casa, às vezes! – ele disse com simplicidade.

– Eu também, tanto quanto posso. Mas era uma casa velha, onde nasci, e eles a demoliram para melhorias, então parece que não tenho nenhuma casa em que pensar agora.

Lucetta não acrescentou, como poderia ter feito, que a casa ficava em St. Helier, e não em Bath.

– Mas as montanhas, as brumas e as rochas, elas estão lá! E elas não parecem um lar?

Ela balançou a cabeça.

– Elas parecem um lar para mim, para mim parecem um lar – ele murmurou. Era possível perceber que sua mente havia voado para o Norte. Quer sua origem fosse nacional ou pessoal, era bem verdade o que Lucetta havia dito, que as curiosas vertentes duplas no fio da vida de Farfrae... o comercial e o romântico... eram, às vezes, muito distintas. Como as cores de uma corda que podem ser vistas entrelaçadas, mas não estão misturadas.

– Acho que você gostaria de voltar para sua terra – disse ela.

– Ah, não, senhora – disse Farfrae, de repente se lembrando de si mesmo.

A feira sem as janelas agora estava furiosa, densa e barulhenta. Era a principal feira de contratações do ano, e bastante diferente do mercado de alguns dias antes. Em essência, era uma multidão de mulatos salpicada de branco... que era o corpo de trabalhadores esperando por lugares. As toucas compridas das mulheres, como chapéus de carroça, seus vestidos de algodão e xales xadrez, misturados com os aventais dos carroceiros; pois eles também entravam na contratação. Entre os demais, na esquina da calçada, estava um velho pastor, que atraiu os olhares de Lucetta e Farfrae por sua imobilidade. Ele era evidentemente um homem castigado. A batalha da vida tinha sido dura para ele, pois, para começar, ele era um homem de estatura pequena. Ele agora estava tão curvado pelo trabalho árduo e pelos anos, que, quando uma pessoa se aproximava por trás, ela mal podia ver a cabeça dele. Ele havia colocado a haste de seu cajado na sarjeta e estava descansando sobre o arco que foi polido até o brilho prateado pela longa fricção de suas mãos. Ele havia se esquecido completamente de onde estava e para que viera, com os olhos fixos no chão. Um pouco distante, estavam ocorrendo negociações que se referiam a ele; mas ele não as ouvia, e parecia que ele estava tendo visões agradáveis dos sucessos de contratação de seu auge, quando sua habilidade trazia para ele qualquer fazenda para o pedido.

As negociações eram entre um fazendeiro de um condado distante e o filho do velho, e eles estavam enfrentando certa dificuldade. O fazendeiro não aceitaria o trabalho do velho se ele não levasse seu filho junto, e o filho tinha uma namorada em sua fazenda atual, que estava ali por perto, esperando o resultado da conversa com lábios pálidos.

– Sinto muito por deixá-la, Nelly – disse o jovem com emoção. – Mas, preciso que você entenda, não posso deixar meu pai passar fome, e ele está desempregado em Lady-day. São apenas trinta e cinco milhas.

Os lábios da jovem tremeram. – Sessenta quilômetros! – ela murmurou. – Ah! Minha nossa! Nunca mais verei você! – Era, de fato, uma longa distância para um casal, pois os jovens eram jovens em Casterbridge como em qualquer outro lugar.

– Ah, não, não esquecerei... nem um minuto – ela insistiu, quando ele apertou sua mão e ela virou o rosto para a parede de Lucetta para esconder o choro. O fazendeiro disse que daria ao jovem meia hora para responder e foi embora, deixando o grupo sofrendo de tristeza.

Os olhos de Lucetta, cheios de lágrimas, encontraram os de Farfrae. Os dele também, para sua surpresa, estavam cheios de lágrimas.

– É muito difícil – disse ela com sentimentos fortes. – As pessoas que se amam não deveriam ser separadas assim! Oh, se eu pudesse, deixaria as pessoas viverem e amarem como bem entendessem!

– Talvez eu consiga fazer com que eles não se separem – disse Farfrae. – Preciso de um carroceiro jovem e posso ficar com o velho também... sim, o salário dele não será muito alto e, sem dúvida, de alguma forma à minha proposta de casal.

– Oh, como você é bondoso! – exclamou ela, encantada. – Vá até lá e diga a eles, e deixe-me saber se você conseguiu!

Farfrae saiu, e ela o viu falar com o grupo. Os olhos de todos brilharam; a barganha logo foi fechada. Farfrae voltou até a casa dela imediatamente, foi concluído.

– É realmente muita bondade da sua parte – disse Lucetta. – Da minha parte, já resolvi que todos os meus criados podem ter amantes, se quiserem! O senhor deveria tomar a mesma decisão!

Farfrae pareceu mais sério, balançou a cabeça pensativo e respondeu: – Devo ser um pouco mais rigoroso do que isso.

– Por quê?

– Você é uma... uma mulher próspera; e eu sou um comerciante de feno e milho em dificuldades.

– Sou uma mulher muito ambiciosa.

– Ah, bem, não sei explicar. A verdade é que não sei como falar com mulheres, ambiciosas ou não – disse Donald com grande pesar. – Eu tento ser educado com todos... nada mais que isso!

– Vejo que você é como diz – respondeu ela, sensatamente levando vantagem nessas trocas de sentimentos.

Com essa revelação de percepção, Farfrae novamente olhou pela janela para o meio da feira.

Dois fazendeiros se encontraram, apertaram as mãos e, como estavam bem próximos da janela, seus comentários podiam ser ouvidos da mesma forma que dos outros.

– Você viu o jovem sr. Farfrae esta manhã? – perguntou um deles – Ele prometeu me encontrar aqui ao meio-dia em ponto, mas eu já dei meia dúzia de voltas e não vi nem sinal dele; embora ele seja um homem que cumpre sua palavra.

– Eu me esqueci completamente do compromisso – murmurou Farfrae.

– Agora você tem de ir, não tem? – disse ela.

– Sim – ele respondeu. Mas ainda permaneceu ali.

— É melhor você ir – ela insistiu. – Você vai perder um cliente.

— Agora, srta. Templeman, está me deixando com raiva – exclamou Farfrae.

— Então não vá, quer ficar mais um pouco?

Ele olhou ansioso para o fazendeiro que o procurava e que naquele momento caminhava ameaçadoramente até onde Henchard estava parado, e olhou para a sala e para ela. – Gostaria de ficar; mas receio que preciso ir! – ele disse. – Não devemos descuidar dos negócios, não é mesmo?

— Nem por um único minuto.

— É verdade. Voltarei outra hora, se me permite, senhora?

— Certamente – disse ela. – O que aconteceu conosco hoje é muito curioso.

— Algo para refletir quando estivermos sozinhos, não é?

— Ah, não sei. Afinal, é uma banalidade.

— Não, eu não diria isso, de jeito nenhum!

— Bem, o que quer que tenha sido, agora acabou, você precisa ir, porque o mercado o está chamando.

— Sim, sim. O mercado... os negócios! Gostaria que não houvesse negócios neste mundo.

Lucetta quase riu. Ela teria rido se não tivesse ficado um pouco emocionada com aquele momento. – Como você muda de opinião! – ela disse. – Você não deveria mudar assim.

— Nunca desejei tais coisas antes – disse o escocês, com um olhar simples, envergonhado e apologético por sua fraqueza. – Isso está acontecendo desde que entrei aqui e conheci você!

— Se for esse o caso, é melhor você não olhar mais para mim, então. Querido, sinto que o deixei desencorajado!

— Olhar ou não olhar, de qualquer modo, eu a verei em meus pensamentos. Bem, eu já estou indo... obrigado pelo prazer dessa visita.

– Obrigada por ficar.

– Talvez eu volte a me concentrar no mercado quando estiver fora daqui por alguns minutos – ele murmurou. – Mas eu não sei... não sei mesmo!

Enquanto ele saía, ela disse ansiosamente: – Você pode ouvi-los falar de mim em Casterbridge com o passar do tempo. Alguns podem dizer que sou uma pessoa sedutora por causa dos incidentes da minha vida, não acredite, porque eu não sou.

– Juro que não vou acreditar! – ele disse fervorosamente.

Assim os dois se separaram. Ela havia incendiado o entusiasmo do jovem até que ele transbordasse de emoção; enquanto ele, em vez de meramente proporcionar-lhe uma nova forma de ociosidade, despertou verdadeiramente sua atenção. Por que isso tinha acontecido? Eles não sabiam explicar.

Lucetta, quando jovem, dificilmente teria olhado para um comerciante. Mas seus altos e baixos, coroados por suas indiscrições com Henchard, a tornaram acrítica quanto à posição. Em sua pobreza, ela havia recebido repulsa da sociedade a que pertencia e não estava muito entusiasmada em tentar conquistar a sociedade novamente. Seu coração ansiava por uma arca para dentro da qual pudesse voar e descansar. Áspera ou lisa, ela não se importava, desde que fosse aconchegante.

Farfrae foi conduzido para fora da casa, tendo esquecido completamente que tinha vindo até ali para ver Elizabeth. Lucetta, da janela, observou-o desbravando o labirinto de fazendeiros e empregados de fazendeiros. Ela podia perceber pelo andar dele que ele estava consciente de que ela o estava observando, e seu coração se compadeceu dele por sua modéstia... e ela implorou ao senso de inaptidão dele a que pudesse visitá-la novamente. Ele entrou na casa do mercado, e ela não pôde mais vê-lo.

Três minutos depois, quando ela saiu da janela, batidas na porta soaram pela casa, não muitas, mas bem fortes, e a criada entrou.

– O prefeito – disse ela.

Lucetta havia se reclinado e olhava sonhadoramente por entre os dedos. Ela não respondeu de imediato, e a criada repetiu a informação acrescentando: – E ele disse que não pode ficar muito tempo para falar com a senhora.

– Ah! Então diga a ele que, como estou com dor de cabeça, não vou atrapalhar os negócios dele hoje.

O recado foi levado, e ela ouviu a porta se fechar.

Lucetta viera a Casterbridge para despertar os sentimentos de Henchard em relação a ela. Mas, agora, estava indiferente à conquista.

Sua visão matinal de Elizabeth-Jane como um elemento perturbador mudou, e ela não sentiu mais a necessidade de se livrar da jovem por causa de seu padrasto. Quando Elizabeth voltou, docemente inconsciente da mudança da maré, Lucetta foi até ela e disse com toda a sinceridade:

– Estou tão feliz que você veio morar aqui. Você vai viver comigo por muito tempo, não é?

Ela estava pensando agora em Elizabeth como um cão de guarda para manter o pai afastado... uma ideia nova, mas que não era desagradável. Henchard a havia negligenciado todos esses dias, depois de comprometê-la indescritivelmente no passado. O mínimo que ele poderia ter feito, quando estava livre, e ela rica e próspera, seria responder com entusiasmo e prontidão ao convite dela.

Suas emoções aumentaram, diminuíram, ondularam, enchendo-a de conjeturas selvagens com muita rapidez; e assim foram as experiências de Lucetta naquele dia.

Capítulo 24

A pobre Elizabeth-Jane, sem pensar no que sua estrela maligna havia feito para destruir as atenções que ela havia conquistado de Donald Farfrae, ficou feliz em ouvir as palavras de Lucetta sobre permanecer naquela casa.

Pois, além da casa de Lucetta ser um lar, ela oferecia aquela vista panorâmica do mercado, que era um atrativo tanto para Elizabeth quanto para Lucetta. A praça era como um Espaço Aberto com dramatizações espetaculares, onde os incidentes que ocorrem sempre afetam a vida dos moradores vizinhos. Fazendeiros, comerciantes, leiteiros, charlatães, vendedores ambulantes apareciam ali semana após semana e desapareciam à medida que a tarde ia passando. Era o nó de todas as órbitas.

De sábado a sábado, era como o dia a dia para as duas jovens agora. Em um sentido emocional, elas não viviam nada durante os intervalos. Onde quer que elas fossem andar nos outros dias, no dia do mercado, elas certamente estariam em casa. Ambas lançavam olhares maliciosos pela janela para os ombros e a cabeça de Farfrae. Raramente viam seu rosto, pois, por timidez ou para não perturbar seu humor mercantil, ele evitava olhar para seus aposentos.

Assim as coisas continuaram, até que uma certa manhã de mercado trouxe uma nova sensação. Elizabeth e Lucetta estavam sentadas tomando café da manhã quando um pacote contendo dois vestidos chegou de Londres para esta última. Ela chamou Elizabeth depois do café da manhã e, ao entrar no quarto da amiga, Elizabeth viu os vestidos espalhados na cama, um da cor cereja intensa, o outro mais claro... uma luva colocada na ponta de cada manga, um pequeno chapéu no alto de cada pescoço e sombrinhas sobre as luvas, Lucetta de pé ao lado da figura humana sugerida em atitude de contemplação.

– Eu não pensaria tanto sobre isso – disse Elizabeth, notando a intensidade com que Lucetta alternava a questão se isso ou aquilo seria mais adequado.

– Mas escolher roupas novas é muito difícil – disse Lucetta. – Você é essa pessoa – (apontando para um dos arranjos) – ou você é aquela pessoa totalmente diferente – (apontando para a outra), – durante toda a próxima primavera e uma das duas, você não sabe qual, pode vir a ser muito censurável.

A srta. Templeman finalmente decidiu que seria a pessoa cor de cereja em todas as circunstâncias. O vestido foi declarado adequado, e Lucetta caminhou com ele até a sala da frente, Elizabeth a seguindo.

A manhã estava excepcionalmente clara para aquela época do ano. O sol caía tão forte nas casas e na calçada em frente à residência de Lucetta, que derramavam sua claridade em seus aposentos. De repente, depois de um ronco de rodas, juntou-se a essa luz constante uma fantástica série de irradiações circulares no teto, e as amigas se voltaram para a janela. Imediatamente em frente, estava parado um veículo de estranha descrição, como se tivesse sido colocado ali para exibição.

Era o novo implemento agrícola chamado semeadeira movida por cavalos, até então desconhecido, em sua forma moderna, nessa parte do país, onde a venerável semente ainda era semeada como nos tempos da era feudal. Sua chegada criou tanta sensação no mercado de milho quanto uma máquina voadora criaria no centro de Londres. Os fazendeiros se aglomeraram em volta dela, as mulheres se aproximaram, as crianças se esgueiraram para baixo e para dentro dela. A máquina era pintada em tons claros de verde, amarelo e vermelho e, de forma geral, parecia um composto de vespas, gafanhotos e camarões ampliados enormemente. Também poderia ser comparada a um instrumento musical vertical sem a parte da frente. Foi assim que Lucetta percebeu. – Ora, é uma espécie de piano agrícola – disse ela.

– Tem algo a ver com milho – disse Elizabeth.

– Eu me pergunto quem pensou em trazê-la para cá?

Donald Farfrae estava na mente de ambas como o inovador, pois, embora não fosse um fazendeiro, ele estava intimamente ligado às operações agrícolas. E, naquele momento, como se em resposta ao pensamento delas, ele se aproximou, olhou para a máquina, deu uma volta em torno dela e a manuseou como se soubesse algo sobre sua fabricação. As duas observadoras se assustaram intimamente com sua chegada, e Elizabeth saiu da janela, foi para o fundo da sala e ficou como se estivesse olhando absorta para o revestimento da parede. Ela mal sabia que tinha feito isso até que Lucetta, animada pela conjunção de seu novo traje com a visão de Farfrae, falou: – Vamos ver o instrumento, seja ele qual for.

O chapéu e o xale de Elizabeth-Jane foram colocados num instante, e elas saíram. Entre todos os agricultores reunidos, o único proprietário adequado para a nova máquina parecia ser Lucetta, porque só ela contrastava com as cores da máquina.

Elas examinaram a máquina com curiosidade, observando as fileiras de tubos em forma de trombeta um dentro do outro, as pequenas conchas, como colheres de sal giratórias, que lançavam a semente nas pontas superiores dos tubos que a conduziam até o solo; até que alguém disse: – Bom dia, Elizabeth-Jane – Ela olhou para cima e lá estava seu padrasto.

Sua saudação tinha sido um tanto seca e estrondosa, e Elizabeth-Jane, envergonhada por sua serenidade, gaguejou sem querer: – Esta é... é... a... a senhora com quem moro, pai... a srta. Templeman.

Henchard levou a mão ao chapéu, que baixou com um grande aceno até tocar seu corpo na altura do joelho. A srta. Templeman fez uma reverência. – Estou feliz em conhecê-lo, sr. Henchard – disse ela. – Esta é uma máquina curiosa.

– Sim – respondeu Henchard; e ele começou a explicá-la e ainda mais forçosamente a ridicularizá-la.

– Quem a trouxe para cá? – perguntou Lucetta.

– Ora, não me pergunte, senhora! – disse Henchard. – Essa coisa... porque é impossível que ela funcione... foi trazida aqui por um de nossos maquinistas por recomendação de um idiota de um sujeito que pensa... – Seu olhar captou o rosto suplicante de Elizabeth-Jane e ele parou, provavelmente pensando que o processo pode estar progredindo.

Ele se virou para ir embora. Então ocorreu algo que sua enteada imaginou ser realmente uma alucinação dela. Um murmúrio aparentemente saiu dos lábios de Henchard no qual ela detectou as palavras: – Você se recusou a me ver! – dirigidas com reprovação à Lucetta. Ela não podia acreditar que tais palavras tivessem sido proferidas por seu padrasto; a menos que, de fato, fossem ditas a um dos fazendeiros de perneira amarela perto deles. No entanto, Lucetta parecia silenciosa, e então todos os pensamentos sobre o incidente foram dissipados pelo zumbido de uma música, que soou como se viesse do interior da máquina. Henchard já havia desaparecido no mercado, e as duas mulheres olharam para a semeadora de milho. Elas podiam ver atrás da semeadora as costas curvadas de um homem que estava enfiando a cabeça nas peças do lado interno para dominar seus segredos mais simples. A música cantarolada continuou...

Foi numa tarde de verão, um pouquinho antes de o sol se pôr,
Uma dama com ... vestido novo, veio pelas colinas para Gowrie.

Elizabeth-Jane reconheceu o cantor em um minuto e parecia culpada, mas não sabia do quê. Lucetta o reconheceu em seguida, e mais dona de si disse maliciosamente: – Uma "Dama de Gowrie" de dentro de uma semeadora... que fenômeno!

Finalmente satisfeito com sua investigação, o jovem levantou-se e logo percebeu que as duas estavam olhando para ele.

– Estamos observando a nova semeadora maravilhosa – disse a srta. Templeman. – Mas, na prática, é uma coisa muito boba, não é? – ela acrescentou, com base nas informações de Henchard.

– Boba? Oh, não! – disse Farfrae com seriedade. – Vai revolucionar a semeadura por aqui! Não haverá mais semeadores lançando suas sementes ao ar livre, de modo que algumas caiam à beira do caminho e outras entre os espinhos, e tudo mais. Cada grão irá direto para o lugar pretendido e para nenhum outro lugar!

– Então o romance do semeador acabou para sempre – observou Elizabeth-Jane, que se sentia em harmonia com Farfrae pelo menos na leitura da Bíblia. – O pregador diz "Quem observa o vento nunca semeará", mas suas palavras não serão mais pertinentes. Como as coisas mudam!

– Sim, sim... Isso mesmo! – Donald admitiu, seu olhar fixo em um ponto em branco distante. – Mas as máquinas já são muito comuns no leste e no norte da Inglaterra – acrescentou, desculpando-se.

Lucetta parecia estar fora dessa linha de sentimentos, seu conhecimento das Escrituras era um tanto limitado. – A máquina é sua? – ela perguntou a Farfrae.

– Oh, não, senhora – disse ele, ficando embaraçado e respeitoso com o som da voz dela, embora com Elizabeth-Jane ele se sentisse bastante à vontade. – Não, não, eu apenas recomendei que fosse comprada.

No silêncio que se seguiu, Farfrae parecia apenas estar consciente da presença de Lucetta; ele passou da percepção de Elizabeth para uma esfera de existência mais brilhante do que a que ela pertencia. Lucetta, percebendo que ele estava muito confuso naquele dia, dividido entre seu humor mercantil e seu lado romântico, disse-lhe alegremente:

— Bem, não abandone a máquina por nós — e foi para casa com sua amiga.

A última sentiu que estava atrapalhando algo, embora o motivo fosse inexplicável para ela. Lucetta explicou um pouco o assunto quando elas estavam novamente na sala de estar dizendo:

— Eu tive a oportunidade de falar com o sr. Farfrae outro dia, então eu o conheci esta manhã.

Lucetta foi muito gentil com Elizabeth naquele dia. Juntas, elas viram o movimento do mercado engrossar e, com o passar do tempo, diminuir com o lento declínio do sol em direção ao extremo da cidade, seus raios atingindo o fim da rua no e envolvendo a longa via de cima a baixo. As apresentações e as caravanas foram desaparecendo, uma a uma, até que não houvesse mais nenhum veículo na rua. O tempo das carroças e cavalos havia acabado, e os pedestres assumiram o comando. Trabalhadores do campo, suas esposas e filhos vinham dos vilarejos para suas compras semanais e, em vez de um barulho de rodas e um tropel de cavalos dominando o som como antes, não havia nada além do arrastar de muitos pés. Todos os implementos agrícolas, fazendeiros e toda a classe endinheirada haviam sumido. O caráter do comércio da cidade havia mudado de volume para multiplicidade, e os centavos eram negociados agora como as libras haviam sido negociadas no início do dia.

Lucetta e Elizabeth olhavam para tudo aquilo, pois, embora fosse noite e as lâmpadas da rua estivessem acesas, elas mantinham as venezianas abertas. No sutil piscar das luzes elas conversavam com mais liberdade.

— Seu pai estava distante de você — disse Lucetta.

— Sim. — E, tendo esquecido o mistério momentâneo do aparente discurso de Henchard para Lucetta, ela continuou: — É porque ele não me acha respeitável. Tentei ser mais do que você pode imaginar, mas em vão! A separação de minha mãe de meu pai foi lamentável para mim. Você não sabe como é horrível ter tantas sombras em sua vida.

Lucetta pareceu estremecer. – Eu não sei mesmo... não desse tipo, precisamente – ela disse – mas você pode sentir uma... sensação de desgraça... vergonha... de outras maneiras.

– Você já teve esse sentimento? – disse a mais nova com toda inocência.

– Oh, não – disse Lucetta rapidamente. – Eu estava pensando no que acontece às vezes quando as mulheres se colocam em posições estranhas aos olhos do mundo, sem terem culpa de nada.

– Elas devem ficar muito infelizes depois.

– Isso as deixa ansiosas, porque outras mulheres podem desprezá-las, não é?

– Não exatamente desprezá-las. No entanto, podem não gostar nem as respeitar.

Lucetta estremeceu novamente. Seu passado não estava a salvo de investigação, mesmo em Casterbridge. Por um lado, Henchard nunca devolveu a ela a nuvem de cartas que ela havia escrito e enviado para ele em sua primeira empolgação. Possivelmente, elas foram destruídas, mas, na realidade, ela desejava que nunca tivessem sido escritas.

O reencontro com Farfrae e sua atitude em relação a Lucetta tornaram a reflexiva Elizabeth mais observadora de seu brilhante e amável companheiro. Alguns dias depois, quando os olhos de Elizabeth encontraram os de Lucetta, quando esta estava saindo, ela, de alguma forma, sabia que a srta. Templeman estava alimentando a esperança de ver o atraente escocês. O fato estava estampado nas bochechas e nos olhos de Lucetta para qualquer um que pudesse lê-la, como Elizabeth-Jane estava começando a fazer. Lucetta passou e fechou a porta da rua.

O espírito de uma vidente tomou posse de Elizabeth, impelindo-a a sentar-se perto do fogo e adivinhar os eventos com tanta certeza, a partir de dados já dela próprios, que poderiam ser considerados como testemunhados. Ela seguiu Lucetta assim mentalmente... viu seu encontro com Donald em algum lugar como se por acaso... viu-o usar seu visual especial ao conhecer mulheres, com uma intensidade adicional porque essa era Lucetta. Ela retratou sua maneira apaixonada, viu a indecisão de ambos entre sua relutância em se separar e seu desejo de não serem observados; retratou o aperto de mãos, como eles provavelmente se separaram da frigidez em seus contornos e movimentos gerais, apenas nas características menores, mostrando a centelha da paixão, portanto invisíveis para todos, exceto para eles mesmos.

Era tudo verdade, como ela havia imaginado... ela podia jurar. Lucetta tinha uma luminosidade elevada em seus olhos, além da cor avermelhada de suas bochechas.

– Você viu o sr. Farfrae – disse Elizabeth recatadamente.

– Sim – disse Lucetta. – Como você soube?

Ela ajoelhou-se junto à lareira e pegou nas mãos da amiga com entusiasmo, mas não disse quando ou como o tinha visto nem o que ele havia dito.

Naquela noite, ela ficou inquieta; pela manhã ela estava febril, e na hora do café da manhã disse à amiga que tinha algo em mente... algo que preocupava uma pessoa por quem ela estava muito interessada. Elizabeth estava ansiosa para ouvir e entender o que estava acontecendo.

– Essa pessoa... uma senhora... uma vez admirou muito um homem... muito mesmo – disse ela hesitante.

– Ah – disse Elizabeth-Jane.

– Eles eram bastante íntimos. Ele não pensava nela com tanta intensidade quanto ela pensava nele. Mas em um momento impulsivo, puramente por reparação, ele propôs-lhe casamento. Ela concordou. Mas havia um obstáculo no caminho, embora ela estivesse tão comprometida com ele que sentia que nunca poderia pertencer a outro homem, por pura questão de consciência, mesmo que desejasse. Depois disso, eles ficaram muito tempo separados, não ouviram falar um do outro por um longo período, e ela sentiu que a vida havia se fechado para ela.

— Ah, pobre garota!

— Ela sofreu muito por causa dele, embora eu deva acrescentar que ele não havia sido totalmente culpado pelo que aconteceu. Por fim, o obstáculo que os separava foi providencialmente removido, e ele veio a se casar com ela.

— Que maravilha!

— Mas, nesse intervalo, ela... minha pobre amiga... conheceu outro homem de quem ela gostou mais do que do primeiro. Agora vem o ponto: seria possível ela dispensar com honra o primeiro?

— Um novo homem de quem ela gostou mais... isso é ruim!

— Sim — disse Lucetta, olhando com pena para um menino que estava brincando lá fora. — É ruim! Embora você deva se lembrar de que ela foi forçada a uma posição ambígua com o primeiro homem por acidente... considere também que ele não era tão bem educado ou refinado quanto o segundo, e que ela havia descoberto algumas qualidades no primeiro que o tornavam menos desejável como marido do que ela pensou a princípio que ele fosse.

— Não posso responder — disse Elizabeth-Jane pensativamente. — É tão difícil. Precisa ser o Papa para resolver um problema desses!

— Talvez você prefira não dar sua opinião? — Lucetta mostrou em seu tom suplicante o quanto ela confiava no julgamento de Elizabeth.

— Sim, srta. Templeman, — admitiu Elizabeth — prefiro não falar.

No entanto, Lucetta parecia aliviada pelo simples fato de ter revelado um pouco a situação, e aos poucos foi melhorando da dor de cabeça. –Traga-me um espelho. Como está minha aparência? – ela disse com indiferença.

– Bem, um pouco desgastada – respondeu Elizabeth, olhando para ela como quem olha criticamente para uma pintura duvidosa; pegando o copo, ela permitiu que Lucetta se examinasse nele, o que Lucetta fez ansiosamente.

– Eu fico me perguntando se me visto bem, com o passar do tempo! – ela observou depois de um tempo.

– Sim, razoavelmente.

– Qual é o pior ponto?

– Embaixo dos seus olhos... percebo que tem um tom amarronzado nessa região.

– Sim. Esse é o meu pior lugar, eu sei. Quantos anos mais você acha que vou durar antes de ficar irremediavelmente sem graça?

Havia algo de curioso na maneira como Elizabeth, embora sendo a mais jovem, passou a desempenhar o papel de sábia experiente nessas discussões. – Pode ser daqui uns cinco anos – disse ela, avaliando a situação. – Ou, com uma vida tranquila, até dez. Sem amor você pode calcular uns dez anos.

Lucetta pareceu refletir sobre isso como um veredito inalterável e imparcial. Ela não contou mais a Elizabeth-Jane sobre o apego passado que havia esboçado como as experiências de uma terceira pessoa; e Elizabeth, que apesar de ter uma filosofia muito compassiva, suspirou naquela noite, na cama, ao pensar que sua bela e rica Lucetta não a tratava com total confiança de nomes e datas em suas confissões. E é claro que, devido ao uso de "ela" da história de Lucetta, Elizabeth não estava enganada.

Capítulo 25

A próxima fase da substituição de Henchard no coração de Lucetta foi uma experiência de conquista realizada por Farfrae com alguma aparente apreensão. Convencionalmente falando, ele conversava com a srta. Templeman e sua acompanhante; mas, na verdade, Elizabeth estava sentada invisível na sala. Donald parecia absolutamente não a ver e respondia a seus pequenos comentários sábios com monossílabos breves e indiferentes, sua aparência e suas faculdades pendendo para a mulher que podia se gabar de uma variedade mais multiforme em suas fases, humores, opiniões e também princípios, do que Elizabeth. Lucetta insistia em arrastá-la para participar da conversa, mas ela permanecia como um terceiro ponto estranho que aquele círculo não tocaria.

A filha de Susan Henchard suportou a gélida dor do tratamento, como havia suportado coisas piores, e sempre planejava sair da sala desarmoniosa o mais rapidamente possível, sem que sentissem sua falta. O escocês não parecia o mesmo Farfrae que havia dançado e caminhado com ela em uma delicada postura entre amor e amizade... aquele período na história de um amor quando pode--se dizer que ele não está misturado com dor.

Ela olhou estoicamente pela janela de seu quarto e contemplou seu destino como se estivesse escrito no topo da torre da igreja ali perto. – Sim – ela disse, finalmente, batendo com um tapinha da palma da mão no parapeito: – Ele é o segundo homem daquela história que ela me contou!

Durante todo esse tempo, os sentimentos latentes de Henchard em relação a Lucetta haviam se inflamado cada vez mais pelas circunstâncias do caso. Ele estava descobrindo que a jovem por quem outrora sentira um calor compassivo, que quase havia esfriado pela reflexão, era, quando agora qualificado com uma leve inacessibilidade e uma beleza mais amadurecida, a pessoa que o deixaria satisfeito com a vida. O passar dos dias provou a ele, pelo silêncio dela, que não adiantava pensar em convencê-la mantendo-se distante; então ele cedeu e voltou a visitá-la, pois Elizabeth-Jane estava ausente.

Ele atravessou a sala em direção a ela com passos pesados, indicando certo constrangimento, seu olhar forte e caloroso sobre ela... como o sol ao lado da lua em comparação com o olhar modesto de Farfrae... e com uma espécie de porte petrificado que era, de fato, algo natural dele. Mas ela estava completamente transubstanciada e estendeu a mão para ele de modo tão frio, que ele se mostrou respeitoso e sentou-se com uma perceptível perda de poder. Ele entendia pouco de moda, mas o suficiente para se sentir inadequado em aparência ao lado dela, com quem até então sonhara como se fosse quase sua propriedade. Ela disse algo muito educado, agradecendo a visita dele. Isso o fez recuperar o equilíbrio. Ele a olhou estranhamente no rosto, perdendo sua fascinação.

— Ora, é claro que vim lhe visitar, Lucetta – disse ele. – O que significa essa bobagem? Você sabe que eu viria de qualquer modo... isto é, se eu tivesse o mínimo de gentileza a oferecer. Vim até aqui para dizer que estou pronto, assim que for possível, para dar-lhe meu nome em troca de sua devoção e o que você perdeu com isso ao pensar muito pouco em si mesma e demais em mim; vim dizer que você pode marcar o dia ou o mês, com meu pleno consentimento, quando for conveniente para você... você sabe mais dessas coisas do que eu.

— Está um pouco cedo ainda – disse ela evasivamente.

— Sim, sim, suponho que sim. Mas sabe, Lucetta, senti muito a morte da minha pobre e maltratada Susan, e quando não podia suportar a ideia de me casar de novo, depois do que aconteceu entre nós, também senti que era meu dever não deixar passar mais tempo para colocar as coisas em ordem. Ainda assim, eu não teria vindo com pressa, porque... bem, você pode imaginar como esse dinheiro que você ganhou me fez sentir – Seu tom de voz caiu lentamente; ele estava consciente de que naquela sala seu sotaque e suas maneiras eram rudes e não podiam ser observados na rua. Ele olhou ao redor da sala para as novas cortinas e móveis inovadores com os quais ela se cercara.

– Durante todo esse tempo que moro aqui, não sabia que uma mobília como esta poderia ser comprada em Casterbridge – disse ele.

– E não pode – respondeu ela. – Nem será possível comprá-la daqui cinquenta anos. Foi preciso uma carroça e quatro cavalos para trazê-la até aqui.

– Hum. Parece que você está vivendo de capital.

– Oh, não, eu sei que não estou.

– Tanto melhor. Mas o fato é que o modo como você se instalou aqui faz eu me sentir um tanto estranho.

– Por quê?

Uma resposta não era realmente necessária, então ele não a forneceu. – Bem, – ele continuou – não há ninguém no mundo que eu gostaria de ver recebendo essa riqueza mais do que você, Lucetta, e ninguém, tenho certeza, receberá mais – Ele olhou para ela com uma admiração de felicitação tão fervorosa, que ela se encolheu um pouco, apesar de conhecê-lo tão bem.

– Estou muito agradecida a você por tudo isso – disse ela, como se estivesse agradecendo somente por obrigação. Henchard percebeu a restrição de sentimento recíproco e mostrou descontentamento imediatamente... ninguém era mais rápido em mostrar isso do que ele.

– Você não é obrigada a agradecer. Embora as coisas que eu digo possam não ser tão educadas quanto o que você recentemente aprendeu pela primeira vez em sua vida, elas são reais, minha sra. Lucetta.

— Esse é um modo bastante rude de falar comigo — respondeu Lucetta, demonstrado um desagrado com um olhar conturbado.

— De jeito nenhum! — respondeu Henchard com veemência. — Mas veja, não quero brigar com você. Trago uma proposta honesta para silenciar seus inimigos de Jersey, e você deveria estar agradecida.

— Como você pode falar assim! — ela respondeu em seguida. — Sabendo que meu único crime foi ceder à paixão de uma jovem tola por você com pouca consideração pela veracidade, e que eu fui o que chamo de inocente o tempo todo, enquanto eles me chamavam de culpada, você não deveria ser tão implacável! Sofri o suficiente naquele momento preocupante, quando você me escreveu para me contar sobre o retorno de sua esposa e minha consequente dispensa, e se eu sou um pouco independente agora, certamente o privilégio é devido a mim!

— Sim, é verdade — disse ele. — Mas não é pelo que é, nesta vida, mas pelo que parece, que você é julgada; e, portanto, acho que você deveria me aceitar... pelo bem do seu nome aqui.

— Como você fala sobre Jersey! Eu sou inglesa!

— Sim, sim. Bem, o que você acha da minha proposta?

Pela primeira vez, depois que eles se conheceram, Lucetta tomou uma atitude e já tinha demorado muito para fazê-lo. — Por enquanto, deixe as coisas como estão — disse ela com certo embaraço. — Trate-me como conhecida, e eu tratarei você assim também. O tempo irá... — ela parou de falar, e ele não disse nada para preencher a lacuna por um tempo, não havendo pressão de meio conhecido para levá-los a falar se não estivessem dispostos a isso.

— É assim que o vento sopra, não é? — ele disse com seriedade, acenando afirmativamente em seus pensamentos.

Um reflexo amarelo bem forte do sol inundou a sala por alguns instantes. Foi produzido pela passagem de uma carga de feno recém-amarrado em uma carroça marcada com o nome de Farfrae. Ao lado dele cavalgava o próprio Farfrae. O rosto de Lucetta sofreu uma transformação como o rosto de uma mulher quando o homem que ela ama surge como uma aparição.

Um simples olhar de Henchard pela janela e o motivo secreto pelo qual ela estava inacessível teria sido revelado. Mas Henchard, ao avaliar o tom da voz dela, estava olhando para baixo e nem notou o olhar afetuoso no rosto de Lucetta.

– Eu não deveria ter pensado isso... eu não deveria ter pensado isso das mulheres! – ele disse, enfaticamente, aos poucos, levantando-se e preparando-se para sair, enquanto Lucetta estava tão ansiosa para desviá-lo de qualquer suspeita da verdade, que pediu que ele não tivesse pressa. Trazendo-lhe algumas maçãs, ela insistiu em descascar uma para ele.

Ele não aceitou e disse: – Não, não precisa fazer isso por mim – disse ele secamente, e se dirigiu para a porta. Ao sair, ele voltou os olhos para ela.

– Você veio morar em Casterbridge somente por minha causa – disse ele. – No entanto, agora que você está aqui, não tem nada a dizer sobre a minha oferta!

Ele mal havia descido a escada quando ela se jogou no sofá e deu um pulo de novo em desespero. – Eu o amo! – ela gritou apaixonadamente – quanto a ele... é temperamental e intransigente, e seria uma loucura me unir a ele sabendo disso. Não serei escrava do passado... vou amar quem eu escolher!

No entanto, ao decidir separar-se de Henchard, alguém poderia supor que ela fosse capaz de mirar mais alto do que Farfrae, mas Lucetta não pensava assim... ela não gostava de palavras duras por causa das pessoas com quem ela havia se relacionado anteriormente; ela não tinha mais parentes, e com natural leveza de coração aceitou gentilmente o que o destino oferecia.

Elizabeth-Jane, examinando a posição de Lucetta entre seus dois amores a partir da esfera cristalina de uma mente direta, não deixou de perceber que seu pai, como ela o chamava, e Donald Farfrae ficavam mais desesperadamente apaixonados por sua amiga a cada dia. Do lado de Farfrae, era a paixão não forçada da juventude. No caso de Henchard, a cobiça artificialmente estimulada pela idade madura.

A dor que ela experimentava do esquecimento quase absoluto de sua existência demonstrado pelos dois às vezes era dissipada por seu senso de humor. Quando Lucetta machucava um dedo, eles ficavam tão profundamente preocupados, como se ela estivesse morrendo; quando Elizabeth estava realmente doente ou em perigo, eles proferiam uma palavra convencional de solidariedade ao receber a notícia e a esqueciam imediatamente. Mas, no que dizia respeito a Henchard, essa percepção dela também lhe causava um sofrimento filial; ela não conseguia deixar de perguntar o que havia feito para ser tão negligenciada, depois das declarações de solicitude que ele fizera. Quanto a Farfrae, ela achava, após uma reflexão honesta, que era bastante natural. O que era ela comparada à Lucetta?... como diz o poema, era uma das "belezas mais mesquinhas da noite", quando a lua estava alta nos céus.

Ela havia aprendido a lição da renúncia e estava tão familiarizada com os destroços dos desejos de cada dia quanto com o pôr do sol diário. Se suas leituras terrenas lhe ensinaram algumas filosofias, pelo menos ela estava treinada para isso. No entanto, sua experiência consistia menos em uma série de puras decepções do que em uma série de substituições. Continuamente acontecia que o que ela desejava não lhe era concedido, e o que lhe era concedido ela não desejava. Então ela via com uma equanimidade os dias agora extintos, quando Donald tinha sido seu amor não declarado, e se perguntava que coisa indesejada o Céu poderia enviar a ela para substituí-lo.

Capítulo 26

Por acaso, em uma bela manhã de primavera, Henchard e Farfrae se encontraram no caminho dos castanheiros que corria ao longo dos muros do lado sul da cidade. Cada um tinha acabado de sair de seu café da manhã e não havia ninguém por perto. Henchard estava lendo uma carta de Lucetta, enviada em resposta a uma mensagem dele, na qual ela dava alguma desculpa para não lhe conceder imediatamente um segundo encontro que ele tanto desejava.

Donald não queria iniciar uma conversa com seu ex-amigo diante de todas as limitações impostas, nem passaria por ele em silêncio absoluto. Ele acenou com a cabeça, e Henchard fez o mesmo. Eles se afastaram vários passos um do outro, quando uma voz gritou "Farfrae!" Era a voz de Henchard, que o observava.

– Você se lembra – disse Henchard, como se fosse a presença do pensamento e não do homem que o fazia falar – você se lembra da minha história com aquela segunda mulher... que sofreu por sua intimidade impensada comigo?

– Sim – disse Farfrae.

– Você se lembra de eu ter contado como tudo começou e como terminou?

– Sim.

– Bem, eu me ofereci para me casar com ela agora que posso, mas ela não quer se casar comigo. Agora que eu lhe contei isso, qual seria sua opinião sobre ela?

– Bem, você não deve mais nada a ela agora – disse Farfrae com entusiasmo.

– É verdade – disse Henchard, e continuou.

O fato de ele ter levantado os olhos de uma carta para fazer suas perguntas excluiu completamente da mente de Farfrae toda visão de Lucetta como a culpada. De fato, a posição atual dela era tão diferente daquela da jovem da história de Henchard que, por si só, era suficiente para cegá-lo totalmente quanto à identidade dela. Quanto a Henchard, ele foi tranquilizado pelas palavras e maneiras de Farfrae contra uma suspeita que passou por sua mente. Não eram de um rival consciente.

No entanto, ele estava firmemente convencido de que havia rivalidade por parte de alguém. Ele podia senti-la no ar ao redor de Lucetta, vê-la no giro de sua caneta. Havia uma força antagônica em exercício, de modo que, quando ele tentava se aproximar dela, parecia estar em uma corrente refluente. Isso não era um capricho inato, ele estava cada vez mais certo. Suas janelas brilhavam como se não o quisessem, suas cortinas parecem pender furtivamente, como se escondessem uma presença proibida. Para descobrir de quem era aquela presença... se realmente era de Farfrae ou de outro... ele se esforçava ao máximo para vê-la novamente e, finalmente, conseguiu.

No encontro, quando ela lhe ofereceu chá, ele fez questão de indagar cautelosamente se ela conhecia o sr. Farfrae.

Oh, sim, ela o conhecia, ela mesmo confirmou e não podia deixar de conhecer quase todo mundo em Casterbridge, morando em uma espécie de mirante, entre o centro e a praça da cidade.

– Bom rapaz – disse Henchard.

– Sim – disse Lucetta.

– Nós duas o conhecemos – disse a gentil Elizabeth-Jane, para aliviar o embaraço divino de sua companheira.

Alguém bateu na porta; literalmente, três batidas completas e uma pequena no final.

– Esse tipo de batida significa meio a meio... alguém entre gentil e simples – disse o comerciante de milho para si mesmo. – Eu não deveria me perguntar, portanto, se é ele – Em poucos segundos com certeza Donald entrou.

Lucetta estava cheia de pequenas inquietações e tremores, o que aumentou as suspeitas de Henchard sem fornecer-lhe nenhuma prova especial do contrário. Ele estava um tanto irritado ao perceber a estranha situação em que se encontrava em relação a essa mulher. Alguém que o repreendeu por abandoná-la quando caluniada, que fez reclamações sobre sua consideração por causa disso, que vivia esperando por ele, e que, na primeira oportunidade decente, veio pedir-lhe que acertasse a situação, tornando-a sua, a falsa posição em que ela se colocara por causa dele e, depois de tudo isso, agia dessa forma. E agora ele estava sentado à mesa de chá dela, ansioso para chamar sua atenção, e em sua fúria amorosa sentindo o outro homem presente como um vilão, assim como qualquer jovem amante tolo poderia sentir.

Sentaram-se rigidamente lado a lado à mesa escura, como uma pintura toscana dos dois discípulos jantando em Emaús[8]. Lucetta, formando a terceira figura com uma auréola, estava diante deles. Elizabeth-Jane, que estava fora do jogo, e fora do grupo, podia observar tudo de longe, como o evangelista que teve de escrever a história dizendo que havia longos espaços de taciturnidade, quando todas as circunstâncias exteriores estavam subjugadas ao toque de colheres e

---

8 Emaús: significa "banhos quentes" e é uma vila próxima a Jerusalém, onde Jesus teve uma conversa com dois de seus discípulos no dia de sua ressurreição (Lucas 24:13).

porcelanas, o clique de um salto na calçada sob a janela, a passagem de um carrinho de mão ou carroça, o assobio do carroceiro, o jorro de água nos baldes dos moradores na bomba municipal em frente, a troca de cumprimentos entre seus vizinhos e o barulho das cangas com as quais eles carregavam seu suprimento noturno.

– Mais pão com manteiga? – disse Lucetta igualmente a Henchard e Farfrae, estendendo entre eles um prato cheio de fatias compridas. Henchard pegou uma fatia por uma ponta e Donald pela outra; cada sentimento de certeza de que ele era o homem significava; nenhum dos dois soltou, e a fatia dividiu-se em dois pedaços.

– Oh, eu sinto muito! – exclamou Lucetta, com um sorriso nervoso. Farfrae tentou sorrir, mas ele estava apaixonado demais para ver o incidente sob uma luz que não fosse trágica.

– Que ridículos esses três! – disse Elizabeth para si mesma.

Henchard saiu da casa com uma tonelada de conjeturas, embora sem um grão de prova, de que seu rival era Farfrae; e, portanto, ele não poderia tomar nenhuma decisão. No entanto, para Elizabeth-Jane, era um fato tão certo quanto a bomba da cidade que Donald e Lucetta estavam totalmente apaixonados. Mais de uma vez, apesar de seu cuidado, Lucetta tinha sido incapaz de impedir que seu olhar passasse rapidamente pelos olhos de Farfrae como um pássaro em seu ninho. Mas Henchard tinha um entendimento muito bruto para discernir tais minúcias como essas à luz do entardecer, que para ele eram como as notas de um inseto que fica sobrevoando o ouvido humano.

Mas ele estava perturbado. E o senso de rivalidade oculta no namoro foi totalmente adicionado à rivalidade real de suas vidas comerciais. Uma alma inflamada era acrescentada à materialidade grosseira daquela rivalidade.

O antagonismo assim vitalizado tomou a forma de ação por Henchard, que mandou chamar Jopp, o gerente que originalmente havia perdido seu lugar devido à chegada de Farfrae. Henchard encontrava esse homem com frequência nas ruas, observava que suas roupas mostravam o estado de carência que ele vivia e ouvira dizer que ele morava em Mixen Lane... uma favela nos fundos da cidade, o pior lugar para se viver em Casterbridge... o que era quase uma prova que um homem havia chegado ao fundo do poço.

Jopp chegou depois do anoitecer, pelos portões do depósito, e foi encontrando seu caminho através do feno e da palha até o escritório onde Henchard estava sentado sozinho esperando por ele.

– Estou novamente precisando de um gerente – disse o feitor de milho. – Você está trabalhando em algum lugar?

– Tanto quanto um mendigo, senhor.

– Quanto você quer ganhar?

Jopp deu seu preço, que era bem moderado.

– Quando você pode começar?

– Agora, neste exato momento, senhor – disse Jopp, que, parado na esquina de uma rua com as mãos nos bolsos de seu casaco que ficou verde espantalho desbotado pelo sol, regularmente observava Henchard no mercado, media-o, e o estudava, em virtude do poder que o homem estático tem em seu silêncio de conhecer o ocupado melhor do que ele conhece a si mesmo. Jopp também teve uma experiência conveniente, ele era o único em Casterbridge, além de Henchard e da calada Elizabeth, que sabia que Lucetta vinha realmente de Jersey, perto de Bath. – Eu também conheço Jersey, senhor

– disse ele. – Estava morando lá quando o senhor costumava fazer negócios naquela área. Vi o senhor muitas vezes.

– Verdade! Muito bem. Então assunto resolvido. As indicações que você me mostrou quando tentou trabalhar comigo pela primeira vez são suficientes.

Não ocorreu a Henchard que as características possivelmente haviam se deteriorado em tempos de necessidade. Jopp disse: – Obrigado – e ficou mais firme, achando que, enfim, pertencia oficialmente àquele lugar.

– Agora, – disse Henchard, cravando seus olhos expressivos no rosto de Jopp – uma coisa é primordial para mim, já que sou o maior negociante de milho e feno destas imediações. O escocês, que está assumindo o comércio da cidade com tanta ousadia, deve ser cortado. Está me ouvindo? Nós dois não podemos conviver lado a lado... isso é claro e certo.

– Já entendi – disse Jopp.

– Através de uma competição justa, quero dizer, é claro – continuou Henchard – Mas tão difícil, perspicaz e inabalável quanto justa... um pouco mais. Através de uma oferta desesperada contra ele, seguindo o costume dos fazendeiros, que o deixará no chão... morrendo de fome. Tenho capital, lembre-se, e eu posso fazer isso.

– Penso da mesma forma – disse o novo capataz. A antipatia de Jopp por Farfrae como o homem que uma vez havia ocupado seu lugar, embora isso o tornasse uma ferramenta voluntária, tornava-o, ao mesmo tempo, o colega mais inseguro comercialmente que Henchard poderia ter escolhido.

– Às vezes acho – acrescentou – que ele deve ter um tipo de espelho com o qual ele prevê o futuro. Ele tem um talento especial para fazer tudo lhe trazer fortuna.

– Ele está muito além do discernimento de todos os homens honestos, mas devemos fazer com que ele pareça ser mais superficial. Vamos vender abaixo do preço dele e comprar acima e, assim, acabar com ele.

Eles, então, entraram em detalhes específicos do processo pelo qual isso seria realizado e se separaram tarde da noite.

Elizabeth-Jane ouviu por acaso que Jopp havia sido contratado por seu padrasto. Ela estava tão convencida de que ele não era o homem certo para o lugar que, correndo o risco de deixar Henchard com raiva, ela expressou sua apreensão a ele quando se conheceram. Mas não adiantou nada. Henchard calou seu argumento com uma recusa severa.

A estação do ano parecia favorecer o esquema. A época foi nos anos imediatamente anteriores à competição estrangeira ter revolucionado o comércio de grãos; quando ainda, desde os primeiros tempos, as cotações do trigo, mês a mês, dependiam inteiramente da colheita doméstica. Uma colheita ruim, ou a perspectiva de uma, dobraria o preço do milho em poucas semanas; e a promessa de um bom rendimento o reduziria com a mesma rapidez. Os preços eram como as estradas da época, íngremes em declive, refletindo em suas fases as condições locais, sem engenharia, nivelamentos ou médias.

A renda do fazendeiro era governada pela safra de trigo dentro de seu horizonte, e a safra de trigo pelo clima. Assim, o próprio fazendeiro se tornava uma espécie de barômetro em carne e osso, com antenas sempre voltadas para o céu e o vento ao seu redor. A atmosfera local era tudo para ele; as atmosferas de outros locais não faziam diferença. Além disso, as pessoas que não trabalhavam na terra, a multidão rural, via no deus do tempo um personagem mais importante do que agora. De fato, o sentimento dos camponeses nessa questão era tão intenso, que era quase inexplicável nesses dias iguais. O impulso deles era prostrar-se em lamentação diante de chuvas e tempestades prematuras, que vinham como um espírito vingador contra aquelas famílias cujo crime era ser pobre.

Depois do meio do verão, eles observaram os cata-ventos como os homens que esperam nas antessalas observam os serviçais. O sol os deixava exultantes, e a chuva silenciosa os deixava sóbrios; semanas de chuvas torrenciais os deixavam entorpecidos. Aquele aspecto do céu que eles agora consideram desagradável, eles consideravam maléfico no passado.

Era junho, e o tempo estava muito desfavorável. Casterbridge, considerada um sino que tocava as notas para todos os vilarejos adjacentes, estava decididamente monótona. Em vez de novos artigos nas vitrines, aqueles que haviam sido rejeitados no verão anterior foram trazidos de volta; foices ultrapassadas, ancinhos defeituosos, perneiras usadas em lojas e calças impermeáveis endurecidas pelo tempo reapareceram, reformadas da melhor maneira possível para parecerem novas.

Henchard, apoiado por Jopp, teve uma arrecadação desastrosa e resolveu basear sua estratégia contra Farfrae nessa situação. Mas, antes de agir, ele desejou... o que tantos desejaram... poder saber com certeza o que no momento era apenas uma forte probabilidade. Ele era supersticioso... como costumam ser as naturezas teimosas... e nutria em sua mente uma ideia relacionada ao assunto; uma ideia que ele evitava revelar até mesmo para Jopp.

Em um vilarejo solitário, a poucos quilômetros da cidade... tão solitário que os outros vilarejos solitários fervilhavam em comparação... vivia um homem de curiosa reputação como meteorologista ou profeta do tempo. O caminho para sua casa era tortuoso e lamacento... difícil até na atual estação desfavorável. Certa noite, quando chovia tanto que a hera e o louro ressoavam como mosqueteiros distantes, e um homem andando ao ar livre poderia ser desculpado por cobrir-se até a cabeça para se proteger, uma figura totalmente coberta e a pé podia ser vista viajando na direção do bosque de aveleiras que ficava próximo da casa do profeta. A rodovia com pedágio tornou-se uma pista, a pista em caminho de carroça, o caminho de carroça transformou-se em trilha para cavalos, e a trilha para cavalos em um caminho para pedestres; e, finalmente, o caminho para pedestres ficou coberto de mato. O caminhante solitário escorregou aqui e ali e tropeçou nas fontes naturais formadas pelas amoreiras, até finalmente chegar à casa, que, com seu jardim, era cercada por uma sebe alta e densa. A cabana, relativamente grande, havia sido construída de barro pelas próprias mãos do ocupante, e coberta de palha também por ele mesmo. Aqui ele sempre viveu, e aqui se supunha que ele morreria.

Ele sobrevivia com suprimentos invisíveis, pois era uma coisa anômala que, embora quase não houvesse uma alma na vizinhança, não fingisse rir das declarações desse homem, proferindo a fórmula: – Não há nada demais nelas – com total segurança em seus rostos, muito poucos deles eles eram incrédulos em seus corações secretos. Sempre que o consultavam, o faziam "por fantasia". Quando o pagavam, diziam: – Só uma ninharia no "Natal" ou na "Candelária", conforme o caso.

Ele teria preferido mais honestidade em seus clientes e menos papel de ridículo; mas a crença fundamental o consolava pela ironia superficial. Conforme declarado, ele tinha habilidade para viver; as pessoas o apoiavam pelas costas. Ele às vezes ficava surpreso que os homens pudessem professar tão pouco e acreditar tanto em sua casa, quando, na igreja, eles professavam tanto e acreditavam tão pouco.

Pelas costas, ele era chamado de "curandeiro", por causa de sua reputação; na cara dele o chamavam de "sr." Fall (Derrotado).

A sebe de seu jardim formava um arco sobre a entrada, e havia uma porta como se estivesse colocada em uma parede. Diante da porta, o viajante alto parou, enfaixou o rosto com um lenço como se estivesse com dor de dente e subiu o caminho. As venezianas da janela não estavam fechadas, e ele podia ver o profeta lá dentro, preparando sua ceia.

Em resposta à batida, Fall apareceu na porta, com uma vela na mão. O visitante afastou-se um pouco da luz e disse: – Posso falar com o senhor? – em tons significativos. O convite do outro para entrar foi respondido ao modo do lugar: – Estou bem aqui, obrigado – após o que o dono da casa não teve alternativa a não ser sair. Ele colocou a vela no canto da cômoda, tirou o chapéu de um prego e juntou-se ao estranho na varanda, fechando a porta atrás de si.

– Há muito tempo ouço que o senhor pode... fazer uma coisa? – começou o outro, evitando ao máximo ser reconhecido.

– Talvez, sr. Henchard – disse o meteorologista.

– Ora, por que o senhor me chama assim? – perguntou o visitante com um sobressalto.

– Porque esse é o seu nome. Sentindo que você viria, esperei por você; e pensando que você poderia estar desconfiado de sua caminhada, coloquei dois pratos para o jantar... olhe aqui – Ele abriu a porta e revelou a mesa de jantar, na qual apareceu uma segunda cadeira, faca e garfo, prato e caneca, como ele havia declarado.

Henchard sentiu-se como Saul quando foi recebido por Samuel; ele permaneceu em silêncio por alguns momentos, então, jogando fora o disfarce de frigidez que ele havia preservado até então, ele disse: – Então eu não vim em vão... Deixe-me perguntar, o senhor pode fazer verrugas desaparecerem?

– Sem problemas.

– Curar a maldade?

— Isso eu faço... mas depende se eles vão usar o saco de sapo de noite ou de dia.

— Fazer previsão do tempo?

— Com trabalho e dedicação.

— Então aceite isso – disse Henchard. – É uma moeda de 25 centavos. Agora, qual será a quinzena da colheita? Quando posso saber?

— Eu já sei quando será e você pode saber isso agora – (O fato é que cinco fazendeiros já haviam estado lá com a mesma missão de diferentes partes do país). – De acordo com o sol, a lua e as estrelas, de acordo com as nuvens, os ventos, as árvores e a grama, a chama da vela e as andorinhas, o cheiro das ervas; também pelos olhos dos gatos, dos corvos, das sanguessugas, das aranhas e das misturas de estrume, a última quinzena de agosto será... chuva e tempestade.

— É claro que o senhor não tem certeza, não é mesmo?

— Tenho tanta certeza como alguém que está em um mundo onde tudo é incerto. Será mais como viver este outono no Apocalipse do que na Inglaterra. Devo esboçar isso para você em um esquema?

— Oh, não, não – disse Henchard. – Não acredito totalmente em previsões, pensando bem sobre isso. Mas eu...

— Você não... você não acredita... entendi perfeitamente – disse o Curandeiro, em tom de desdém. – Você me deu uma moeda porque você tem moedas demais. Mas você não quer se juntar a mim no jantar, agora que já está aqui esperando e tudo mais?

Henchard teria aceitado de bom grado, pois o sabor do ensopado flutuou da cabana para a varanda com uma nitidez tão apetitosa que a carne, as cebolas, a pimenta e as ervas podiam ser reconhecidas por seu nariz. Mas como sentar-se com aquele curandeiro poderia marcá-lo implicitamente como o apóstolo do adivinhador do tempo, ele recusou e seguiu seu caminho.

No sábado seguinte, Henchard comprou uma quantidade tão grande de grãos, que houve muita conversa sobre suas aquisições entre seus vizinhos, o advogado, o comerciante de vinhos e o médico; também no próximo e em todos os dias disponíveis. Quando seus celeiros estavam cheios a ponto de sufocar, todos os cata-ventos de Casterbridge rangiam e voltavam suas faces para outra direção, como se estivessem cansados do sudoeste. O tempo mudou, a luz do sol, que havia semanas parecia estanho, assumiu tons de topázio. O firmamento passou do fleumático para o favorável; uma excelente colheita era quase uma certeza; e, como consequência, os preços dispararam.

Todas essas transformações, encantadoras para o estranho, para o obstinado negociante de milho, eram terríveis. Ele se lembrou do que bem sabia antes, que um homem pode apostar nas áreas verdes quadradas dos campos tão prontamente quanto nas de uma sala de jogos.

Henchard apostou no mau tempo e aparentemente havia perdido. Ele havia confundido a virada da enchente com a virada da vazante. Seus negócios haviam sido tão extensos, que o acordo não poderia ser adiado por muito tempo e, para fazer isso, ele foi obrigado a vender o milho que comprara apenas algumas semanas antes por valores mais altos em muitos xelins por quarto. Grande parte do milho ele nunca tinha visto; nem mesmo havia sido removido dos montes em que estava empilhado a quilômetros de distância. Assim, ele perdeu muito dinheiro.

No esplendor de um dia no início de agosto, ele encontrou Farfrae no mercado. Farfrae sabia dos negócios de Henchard (embora não conseguisse imaginar o que ele pretendia) e foi solidário com ele, pois desde a troca de palavras no South Walk eles haviam se falado muito pouco. No momento, Henchard pareceu ressentir-se da simpatia, mas de repente ele deu uma guinada desmedida.

– Ora, não foi nada, nada sério, cara! – exclamou ele com feroz alegria. – Essas coisas sempre acontecem, não é verdade? Eu sei que andam dizendo que tive grandes perdas ultimamente, mas isso é algo raro? Só um tolo para se importar com os perigos comuns do comércio!

Mas ele teve de entrar no Casterbridge Bank naquele dia por razões que nunca antes o levaram até lá... e ficar sentado por muito tempo na sala dos sócios com uma postura constrangida. Logo depois, houve rumores de que muitas propriedades imobiliárias, bem como vastos estoques de produtos, que estavam em nome de Henchard na cidade e na vizinhança, eram na verdade posse de seus banqueiros.

Descendo os degraus do banco, ele encontrou Jopp. As sombrias transações recém-concluídas haviam acrescentado febre ao aguilhão original da simpatia de Farfrae naquela manhã, que Henchard imaginou que poderia ser uma sátira disfarçada, de modo que Jopp encontrou tudo menos uma recepção branda. Este estava tirando o chapéu para enxugar a testa e dizendo: – Um belo dia quente – a um conhecido.

– Como você consegue enxugar e limpar a testa e dizer "Um belo dia quente", como? – gritou Henchard em tom selvagem, aprisionando Jopp entre ele e a parede do banco. – Se não fosse por seu maldito conselho, poderia ter sido um bom dia! Por que você me deixou continuar, hein? Uma palavra de dúvida sua ou de qualquer pessoa teria me feito pensar duas vezes! Porque nunca é possível ter certeza de como estará o clima até que tenha passado.

– Meu conselho, senhor, foi fazer o que o senhor achasse melhor.

– Um sujeito útil! E quanto mais cedo você ajudar alguém dessa maneira, melhor! – Henchard continuou seu discurso para Jopp em termos semelhantes até que terminou com a demissão de

Jopp naquele momento, Henchard dando meia-volta e deixando-o.

– O senhor ainda vai se arrepender por isso; vai se arrepender do fundo de sua alma! – disse Jopp, pálido e olhando para o comerciante de milho enquanto ele desaparecia na multidão de homens do mercado.

Capítulo 27

Era a véspera da colheita. Os preços estavam baixos e Farfrae estava comprando. Como era de costume, depois de calcular com muita certeza o tempo de fome, os fazendeiros locais voaram para o outro extremo e (na opinião de Farfrae) estavam vendendo de maneira imprudente... calculando com pouca certeza sobre uma colheita abundante. Assim, ele continuou comprando milho velho por seu preço comparativamente ridículo, pois a produção do ano anterior, embora não fosse grande, era de excelente qualidade.

Quando Henchard enquadrou seus negócios de maneira desastrosa e se livrou de suas pesadas compras com uma perda monstruosa, a colheita começou. Foram três dias de tempo excelente, e então... – E se aquele maldito curandeiro estiver certo, afinal? – disse Henchard.

O fato era que, assim que as foices começaram a trabalhar, a atmosfera de repente parecia que o agrião cresceria sem outro alimento. Esfregava as bochechas das pessoas como flanela úmida quando saíam de casa. Havia uma rajada de vento forte e quente; gotas de chuva isoladas estrelavam as vidraças a distâncias remotas, a luz do sol batia como um leque que se abre rapidamente, lançava o padrão da janela no chão da sala com um brilho leitoso e incolor e se retirava tão repentinamente quanto havia surgido.

A partir daquele dia e hora, ficou claro que não haveria uma colheita tão bem-sucedida, afinal. Se Henchard tivesse esperado o tempo suficiente, ele poderia pelo menos ter evitado perdas, embora não tivesse obtido lucro. Mas o ímpeto de sua personalidade não conhecia paciência. Nessa virada da balança, ele permaneceu em silêncio. Os pensamentos que vinham à sua mente eram de que algum poder estava trabalhando contra ele.

– Eu me pergunto – ele disse com uma estranha apreensão – se alguém não pode estar fazendo um boneco de vodu para me trazer azar! Não acredito em tal poder, mas, mesmo assim, ainda acho que alguém deve estar fazendo isso! – Ele mesmo não conseguia acreditar que Farfrae pudesse fazer algo desse tipo. Henchard teve essas horas isoladas de superstição em um momento de depressão melancólica, quando toda sua visão prática havia se esvaído dele.

Enquanto isso, Donald Farfrae prosperava. Ele havia comprado em um mercado tão decaído, que a atual rigidez moderada dos preços foi suficiente para que ele pudesse acumular uma grande pilha de ouro.

– Ora, em breve ele será prefeito! – disse Henchard. Era realmente muito difícil para Henchard ter que seguir, entre todos os outros, a carruagem triunfal de Farfrae até o Capitólio.

A rivalidade dos mestres foi assumida pelos homens.

As sombras da noite de setembro haviam caído sobre Casterbridge; os relógios marcavam 8 e meia, e a lua havia nascido. As ruas da cidade estavam curiosamente silenciosas para aquele horário. Um som de sinos de cavalos e rodas pesadas passou pela rua. Isso foi seguido por vozes raivosas do lado de fora da casa de

Lucetta, o que levou ela e Elizabeth-Jane a correr para as janelas e fechar as persianas.

O mercado e a prefeitura compartilhavam a vizinhança com a igreja, exceto no andar inferior, onde uma via em arco dava acesso a uma grande praça chamada Estaca dos Búfalos. Um poste de pedra erguia-se no meio, ao qual os bois eram amarrados, e cães eram colocados ali para deixá-los mansos antes de irem para o matadouro adjacente. Em um canto estavam os estoques.

A via que levava a esse local estava agora bloqueada por duas carroças de quatro cavalos cada uma. Uma carroça estava carregada com fardos de feno, os condutores já tinham passado um pelo outro, e as carroças se enroscaram, a parte de trás com a parte da frente. A passagem dos veículos poderia ter sido viável se estivesse vazia; mas com feno encostado nas janelas do quarto, era impossível.

– Você deve ter feito isso de propósito! – disse o carroceiro de Farfrae. – Você pode ouvir os sinos dos meus cavalos a meio quilômetro de distância em uma noite como esta!

– Se você estivesse prestando atenção, em vez de se queixar como um velho, você teria me visto! – retrucou o irado funcionário de Henchard.

No entanto, de acordo com a regra rigorosa das estradas, parecia que o homem de Henchard estava errado, então ele tentou voltar para a High Street. Ao fazer isso, a roda traseira mais próxima ergueu-se contra a parede do cemitério e toda a carga montanhosa caiu, duas das quatro rodas, erguendo-se no ar, assim como as pernas do cavalo esguio.

Em vez de pensar em como juntar a carga, os dois homens começaram a lutar. Antes que a primeira rodada terminasse, Henchard apareceu no local, e havia alguém correndo atrás dele.

Henchard separou os dois homens cambaleando em direções opostas, prendendo um em cada mão, virou-se para o cavalo que estava caído e o libertou depois de alguns problemas. Então ele perguntou sobre o que havia acontecido e, vendo o estado de sua carroça e sua carga, começou a criticar com veemência o homem de Farfrae.

Lucetta e Elizabeth-Jane já tinham corrido até a esquina da rua, de onde observaram o brilhante monte de feno novo deitado sob os raios da lua, e passaram e repassaram por Henchard e os carroceiros. As mulheres testemunharam o que ninguém mais viu... o início do acidente... e Lucetta falou.

— Eu vi tudo, sr. Henchard — ela gritou — e seu homem está errado!

Henchard fez uma pausa e se virou. — Oh, eu não percebi que estava aí, srta. Templeman — disse ele. — Meu homem está errado? Ah, com certeza, com certeza! Mas peço seu perdão, apesar de tudo. A carroça vazia pertence ao outro carroceiro e ele deve ter sido o culpado por ter entrado.

— Não, eu também vi — disse Elizabeth-Jane. — E posso garantir que ele não poderia ter evitado o acidente.

— O senhor não pode confiar nas palavras delas! — murmurou o homem de Henchard.

— Por que não? — perguntou Henchard bruscamente.

— Ora, senhor, todas as mulheres estão do lado de Farfrae... já que ele é um jovem do tipo que entra no coração de uma mulher como um verme no cérebro de uma ovelha... fazendo o torto parecer reto aos seus olhos!

— Mas você sabe quem é essa senhora de quem está falando dessa maneira? Você sabe que já faz algum tempo que eu e ela estamos nos relacionando? Tome cuidado com o que diz!

— Eu não sei de nada, senhor, exceto que recebo meu pagamento por semana.

— E o sr. Farfrae está ciente disso? Ele é esperto no comércio, mas não faria nada tão desleal quanto o que você está insinuando.

Seja por ter ouvido ou não essa conversa, a figura branca de Lucetta desapareceu de sua porta, e a porta foi fechada antes que Henchard pudesse alcançá-la para conversar mais com ela. Isso o desapontou, pois ficara suficientemente perturbado com o que o homem dissera e queria falar com ela mais de perto. Enquanto fazia uma pausa, o velho policial apareceu.

— Apenas certifique-se de que ninguém dirija contra aquele feno e a carroça esta noite, Stubberd — disse o comerciante de milho. — Temos de esperar até de manhã, pois todos os trabalhadores ainda estão no campo. E se qualquer carruagem ou carroça quiser passar, diga a eles que precisam passar pela rua de trás. Algum caso amanhã na prefeitura?

— Sim, tem um caso, senhor.

— Ah, o que é?

— Uma velha que foi pega em flagrante, senhor, praguejando e incomodando de maneira horrivelmente profana contra a parede da igreja, senhor, como se o lugar fosse um bar! Isso é tudo, senhor.

— Muito bem. O prefeito está fora da cidade, não está?

— Está, senhor.

— Muito bem, então estarei lá. Não se esqueça de ficar de olho naquele feno. Boa noite para você.

Durante os momentos seguintes, Henchard decidiu seguir Lucetta, apesar de sua esquiva, e bateu em sua porta.

A resposta que recebeu foi uma expressão da tristeza da srta. Templeman por não poder vê-lo novamente naquela noite porque ela tinha outro compromisso.

Henchard afastou-se da porta para o lado oposto da rua e ficou parado ao lado de seu feno em um devaneio solitário, o policial saiu para ver outro local, e os cavalos foram removidos. Embora a lua ainda não estivesse brilhante, não havia lâmpadas acesas, e ele entrou na sombra de uma das molduras salientes que formavam a passagem para a Estaca dos Búfalos, e dali ficou vigiando a porta de Lucetta.

As luzes das velas entravam e saíam de seu quarto, e era óbvio que ela estava se vestindo para o compromisso, qualquer que fosse a hora. As luzes desapareceram, o relógio deu 9 horas e, quase no mesmo instante, Farfrae dobrou a esquina oposta e bateu. Era certo que ela estava esperando por ele lá dentro, pois ela mesma abriu a porta instantaneamente. Eles seguiram juntos por uma pista de trás para o lado oeste, evitando a rua da frente; adivinhando para onde eles estavam indo, ele decidiu segui-los.

A colheita estava tão atrasada devido ao clima caprichoso que, sempre que acontecia um bom dia, todos os braços eram usados para salvar o que poderia ser salvo das colheitas danificadas. Devido aos dias mais curtos, os ceifeiros trabalhavam ao luar. Portanto, essa noite, os campos de trigo adjacentes aos dois lados da praça formada pela cidade de Casterbridge estavam trabalhando animados com a união de todas as mãos. Seus gritos e gargalhadas chegavam até Henchard no mercado, enquanto ele estava lá esperando, e tinha poucas dúvidas, pela curva que Farfrae e Lucetta haviam feito, de que estavam indo para o local.

Quase toda a cidade tinha ido para os campos. A população de Casterbridge ainda mantinha o hábito primitivo de ajudar uns aos outros em tempos de necessidade; e assim, embora o milho pertencesse à seção agrícola da pequena comunidade... aqueles que moram no bairro de Durnover... as outras pessoas também estavam interessadas no trabalho de trazê-lo para casa.

Chegando à parte superior da estrada, Henchard atravessou a avenida sombreada nas paredes, passou sorrateiramente pela muralha verde e ficou parado entre a palha. Os "montes de palha" erguiam-se como tendas sobre a extensão amarela, os de longe se perdendo nas brumas do luar.

Ele havia entrado em um ponto distante da cena de operações imediatas; mas outras duas pessoas haviam entrado naquele lugar, e ele podia vê-los serpenteando entre os montes. Eles não estavam prestando atenção na direção de sua caminhada, cujo vago serpentear logo começou a descer na direção de Henchard. Um encontro prometia ser estranho e, portanto, ele entrou no buraco do choque mais próximo e sentou-se.

— Você tem minha permissão — Lucetta estava dizendo alegremente. — Pode falar o que quiser.

— Bem, então, — respondeu Farfrae, com a inflexão inconfundível do puro amante, que Henchard nunca tinha ouvido da boca dele antes — você com certeza será muito requisitada por sua posição, riqueza, talentos e beleza. Mas você vai resistir à tentação de ser uma daquelas senhoras com muitos admiradores e se contentar em ter apenas uma vida simples e caseira?

— Essa pessoa seria o orador? — disse ela, sorrindo. — Muito bem, senhor, o que vem depois?

— Ah! Tenho medo de que o que sinto me faça esquecer minhas boas maneiras!

— Então espero que você nunca as tenha, se a falta delas for apenas por essa causa — Depois de algumas palavras entrecortadas, que Henchard perdeu, ela acrescentou: — Tem certeza de que não vai ficar com ciúme?

Farfrae pareceu assegurar-lhe que não o faria, pegando sua mão.

— Você está convencido, Donald, de que não amo mais ninguém — disse ela. — Mas eu gostaria de fazer as coisas do meu jeito.

— Tudo o que você quiser! Que coisa especial você quis dizer?

— Se eu não desejasse viver sempre em Casterbridge, por exemplo, ao descobrir que não seria feliz aqui?

Henchard não ouviu a resposta; ele poderia ter feito isso e muito mais, mas não se importava em bancar o bisbilhoteiro. Eles seguiram em direção ao local de atividade, onde os feixes estavam sendo entregues, uma dúzia por minuto, nas carroças que os levavam.

Lucetta insistiu em se separar de Farfrae quando eles se aproximaram dos trabalhadores. Ele tinha alguns negócios com eles e, embora lhe pedisse que esperasse alguns minutos, ela foi implacável e voltou para casa sozinha.

Henchard então deixou o campo e a seguiu. Seu estado de espírito estava tão alterado que, ao chegar à porta de Lucetta, não bateu, mas abriu-a e caminhou direto até a sala de visita dela, esperando encontrá-la ali. Mas a sala estava vazia, e ele percebeu que, em sua pressa, de alguma forma havia passado por ela no caminho até ali. Ele não teve de esperar muitos tempo, entretanto, pois logo ouviu o farfalhar do vestido dela no vestíbulo, seguido por um suave fechamento da porta. Em um momento ela apareceu.

A luz estava tão baixa, que ela não notou Henchard a princípio. Assim que o viu soltou um gritinho, quase de terror.

— Nossa que susto você me deu! — ela exclamou, com o rosto corado. — Já passa das 10 horas e você não tem o direito de me surpreender aqui a essa hora.

— Não sei se não tenho o direito. De qualquer forma, tenho uma desculpa. É tão necessário que eu pare para pensar em maneiras e costumes?

— É tarde demais para ter algum decoro, então pode dizer o que o trouxe aqui.

— Passei aqui uma hora atrás, e você não quis me ver, e eu pensei que você poderia estar aqui agora. É você, Lucetta, que está agindo errado. Não é apropriado para você me dispensar assim. Tenho um pequeno assunto para lembrá-la, que parece ter sido esquecido por você.

Ela sentou-se e empalideceu.

— Não quero ouvir isso... não quero ouvir isso! — ela disse por entre as mãos, enquanto ele, parado perto da barra de seu vestido, começava a aludir aos dias de Jersey.

— Mas você deveria ouvir isso — disse ele.

— Não adianta nada, ainda mais vindo de você. Então por que não me concede a liberdade que ganhei com tanta tristeza! Se eu descobrisse que você propôs se casar comigo por puro amor, eu poderia estar me sentindo presa agora. Mas logo soube que você tinha planejado isso por pura caridade... quase como um dever desagradável... porque eu cuidei de você e me comprometi, e você pensou que deveria me pagar. Depois disso, não me importei mais com você como antes.

— Por que você veio aqui para me encontrar, então?

— Achei que deveria me casar com você por uma questão de consciência, já que você era livre, embora eu... não gostasse tanto de você.

— E por que, então, você não pensa assim agora?

Ela ficou em silêncio. Era óbvio que a consciência havia assumido o controle até que um novo amor interviesse e usurpasse essa regra. Ao sentir isso, ela mesma esqueceu por um momento seu argumento parcialmente justificador e, ao descobrir as fraquezas de temperamento de Henchard, ela tinha alguma desculpa para não arriscar sua felicidade nas mãos dele depois de escapar delas. A única coisa que ela pôde dizer foi: – Eu era uma menina pobre naquela época, e agora minhas circunstâncias mudaram, então não sou mais a mesma pessoa.

– Isso é verdade. E isso torna o caso complicado para mim. Mas não quero mexer no seu dinheiro. Estou bastante disposto a que cada centavo de sua propriedade permaneça para seu uso pessoal. Além disso, esse argumento não tem nada a ver com isso. O homem em quem você está pensando não é melhor do que eu.

– Se você fosse tão bom quanto ele, me deixaria em paz! – ela gritou apaixonadamente.

Isso, infelizmente, provocou Henchard.

– Você não pode me recusar por respeito – disse ele. – E a menos que você me dê sua promessa, nesta noite, de que será minha esposa, perante uma testemunha, eu revelarei nossa intimidade... em justiça comum a outros homens!

Um olhar de resignação caiu sobre ela. Henchard viu sua amargura e se o coração de Lucetta tivesse sido dado a qualquer outro homem no mundo, que não fosse Farfrae, ele provavelmente teria pena dela naquele momento. Mas o suplantador era o aventureiro (como Henchard o chamava) que havia se destacado com a ajuda dele, e Henchard não conseguiu mostrar nenhuma misericórdia.

Sem dizer mais nenhuma palavra, ela tocou a campainha e ordenou que fossem buscar Elizabeth-Jane em seu quarto. Elizabeth apareceu, surpreendida no meio das suas elucubrações. Assim que viu Henchard, dirigiu-se a ele obedientemente.

— Elizabeth-Jane — ele disse, pegando a mão dela — quero que você ouça isso — E voltando-se para Lucetta: — Quer ou não quer se casar comigo?

— Se você... quiser, eu concordo!

— Isso é um sim?

— É um 'sim'.

Assim que ela fez a promessa, caiu desmaiada.

— Que coisa terrível a leva a dizer isso, pai, por que esse pedido é tão doloroso para ela? — perguntou Elizabeth, ajoelhada ao lado de Lucetta. — Não a obrigue a fazer nada contra sua vontade! Eu vivo com ela e sei que ela não pode suportar muito.

— Não seja tão tola! — disse Henchard secamente. — Essa promessa vai deixá-lo livre para você, se você o quiser, não é?

Com isso, Lucetta pareceu acordar de seu desmaio com um sobressalto.

— Ele? De quem você está falando? — ela disse descontroladamente.

— Ninguém, no que me diz respeito — disse Elizabeth com firmeza.

— Ah... bem. Então o erro é meu — disse Henchard. — Mas o negócio é entre mim e a srta. Templeman. Ela concorda em ser minha esposa.

— Mas não precisam discutir sobre isso agora — implorou Elizabeth, segurando a mão de Lucetta.

— Não vou discutir se ela prometer se casar — disse Henchard.

— Eu prometo, eu prometo — gemeu Lucetta, seus braços jogados para os lados de tanta tristeza e por causa do desmaio. — Michael, por favor, não discuta mais!

— Não vou mais discutir — disse ele. E, pegando seu chapéu, foi embora.

Elizabeth-Jane continuou ajoelhada ao lado de Lucetta. – O que está acontecendo? – ela perguntou. – Você chamou meu pai de "Michael" como se o conhecesse muito bem? E como é que ele tem esse poder sobre você, que a faz prometer se casar com ele contra sua vontade? Ah, você tem muitos, muitos segredos que não me contou!

– Talvez você tenha algum escondido de mim também – Lucetta murmurou com os olhos fechados, quase nem pensando; no entanto, ela nem suspeitava que o segredo do coração de Elizabeth dizia respeito ao jovem que havia causado esse dano a ela mesma.

– Eu não... não faria nada contra você! – gaguejou Elizabeth, segurando todos os sinais de emoção, até que estivesse prestes a explodir. – Não consigo entender como meu pai pode lhe dar uma ordem; eu não concordo com ele de forma alguma. Vou falar com ele e pedirei que a liberte.

– Não, não – disse Lucetta. – Deixe tudo como está.

Capítulo 28

Na manhã seguinte, Henchard foi à prefeitura, perto da casa de Lucetta, para participar das sessões do tribunal, sendo ainda magistrado durante o ano em razão de seu cargo como prefeito. Ao passar, ele olhou para as janelas dela, mas não conseguiu vê-la.

Henchard, como um juiz de paz, poderia, a princípio, parecer uma incongruência, mas suas percepções improvisadas e sua franqueza nua e crua, muitas vezes, lhe serviam melhor do que um bom conhecimento jurídico ao despachar negócios tão simples que chegavam em suas mãos nesse Tribunal. Hoje, como o dr. Chalkfield, prefeito do ano, estava ausente, o comerciante de milho ocupava a grande cadeira, mas seus olhos ainda se estendiam distraidamente da janela para a fachada de pedra de High-Place Hall.

Havia apenas um caso, e o ofensor estava diante dele. Ela era uma velha de semblante manchado, vestida com um xale azulado, que não tinha nenhuma etiqueta com o nome do fabricante, em um tom que não era fulvo, avermelhado, avelã nem cinza; um gorro preto pegajoso, que parecia ter sido usado pelo salmista Davi, onde as nuvens despejam gordura; e um avental que fora branco em tempos tão recentes, que ainda contrastava visivelmente com o resto de suas roupas. O aspecto impregnado da mulher, de modo geral, mostrava que ela não era natural do campo, nem de uma cidade do interior.

Ela olhou superficialmente para Henchard e para o segundo magistrado, e Henchard olhou para ela, com uma pausa momentânea, como se ela o tivesse lembrado indistintamente de alguém ou algo que passou de sua mente tão rapidamente quanto surgiu.

– Bem, e o que ela fez? – ele disse, olhando para a folha de acusação.

– Ela é acusada, senhor, do crime de desordem feminina e perturbação – sussurrou Stubberd.

– Onde ela fez isso? – perguntou o outro magistrado.

– Perto da igreja, senhor; ela poderia escolher outro, entre tantos lugares horríveis no mundo! Eu a peguei em flagrante, meritíssimo.

– Afaste-se, então – disse Henchard – e vamos ouvir o que você tem a dizer.

Stubberd prestou juramento, o escrivão do magistrado pegou a caneta, já que Henchard não anotaria nada, e o policial começou...

– Ao ouvir um barulho gigantesco, desci a rua às 11h25 da noite, no quinto distrito, Hannah Dominy.
– Não vá tão rápido, Stubberd – disse o escrivão.

O policial esperou, com os olhos na caneta do escrivão, até que este parasse de rabiscar e dissesse "sim". Stubberd continuou:
– Quando fui para o local, vi a acusada em outro local, especificamente, na sarjeta – Ele fez uma pausa, observando novamente a ponta da caneta do escrivão.
– Sarjeta, sim, Stubberd.
– A mancha media 30 centímetros, mais ou menos, de onde eu... – Ainda com cuidado para não ser mais rápido do que a caligrafia do escrivão, Stubberd parou novamente; como tinha registrado na mente todas as suas evidências, era irrelevante onde tinha interrompido sua história.
– Eu me oponho a isso – disse a velha – "a mancha media 30 centímetros, mais ou menos, de onde eu" não é um testemunho sólido!

Os magistrados se consultaram, e o segundo disse que o tribunal era de opinião que 30 centímetros ditos por um homem em seu juramento eram admissíveis.

Stubberd, jogando um olhar de repressão vitorioso para a velha, continuou: – Eu também estava de pé. Ela estava cambaleando de modo perigoso para a via pública, e quando me aproximei dela, ela me desrespeitou e me insultou.
– "Insultou"... sim, o que ela disse?
– Ela disse "Guarde essa lanterna!"
– Sim.
– Ela disse "Está ouvindo, seu velho louco? Guarde essa sua lanterna! Tenho amigos muito melhores do que um tolo como você, seu filho de uma...".

— Eu me oponho a essa conversa! – interferiu a velha. – Eu não fui capaz de ouvir o que eu mesma disse, e o que eu não posso escutar não é evidência.

Houve outra parada para consulta, um livro foi consultado e, finalmente, Stubberd foi autorizado a prosseguir. A verdade é que a velha tinha comparecido ao tribunal muito mais vezes do que os próprios magistrados, e eles eram obrigados a manter uma vigilância atenta sobre o procedimento. No entanto, quando Stubberd continuou divagando um pouco mais, Henchard irrompeu impacientemente: – Vamos lá, não queremos mais ouvir essas enrolações! Diga as palavras como um homem e não seja tão limitado, Stubberd; ou então não diga mais nada! – Então, ele se virou para a mulher e disse: – Agora, então, a senhora tem alguma pergunta a fazer a ele, ou algo a dizer?

— Sim – ela respondeu com um brilho nos olhos; e o escrivão pegou a pena.

— Vinte anos atrás, mais ou menos, eu estava vendendo mingau em uma tenda em Weydon Fair...

— Vinte anos atrás, bem, isso é o início de tudo, acho que voltamos para a Criação! – disse o escrivão, com uma risada sarcástica.

Mas Henchard ficou olhando e esqueceu completamente o que era evidência e o que não era.

— Um homem e uma mulher com uma criança pequena entraram na minha tenda – continuou a mulher. – Eles se sentaram e pegaram um prato cada um. Ah, meu Deus! Eu tinha uma posição mais respeitável no mundo do que agora, sendo uma negociante de terras, e costumava temperar meu mingau com rum para aqueles que pediam. Fiz isso para aquele homem e, então, ele foi comendo cada vez mais, até que finalmente começou a brigar com sua esposa e se ofereceu para vendê-la pelo lance mais alto. Um marinheiro entrou e deu um lance de 5 guinéus, pagou o dinheiro e a levou embora. E o homem que vendeu sua esposa dessa maneira é o homem sentado ali na grande cadeira – A oradora concluiu acenando com a cabeça para Henchard e cruzando os braços.

Todos olharam para Henchard. Seu rosto parecia estranho e tinha uma tonalidade como se tivesse sido coberto de cinzas. – Não queremos ouvir sua vida e aventuras – disse o segundo magistrado bruscamente, preenchendo a pausa que se seguiu. – Perguntaram se você tem algo a dizer sobre o caso.

– Isso tem a ver com o caso. Isso prova que ele não é melhor do que eu, e não tem o direito de se sentar ali para me julgar.

– É uma história inventada – disse o escrivão. – Portanto, segure sua língua!

– Não, isso é verdade – As palavras vieram de Henchard. – É tão verdadeiro quanto a luz – disse ele lentamente. – E por minha alma isso prova que não sou melhor do que ela! E para evitar qualquer tentação de tratá-la sem justiça, vou deixá-la a cargo de vocês.

A sensação no tribunal foi indescritivelmente profunda. Henchard levantou-se da cadeira e saiu, passando por um grupo de pessoas nos degraus e do lado de fora, que era muito maior do que o normal; pois parecia que a velha vendedora de mingau havia misteriosamente insinuado aos habitantes da rua onde ela estava hospedada desde sua chegada, que ela sabia uma ou duas coisas estranhas sobre o grande homem local, o sr. Henchard, e poderia decidir contar todas elas... então, essa possibilidade havia trazido todos até ali.

– Por que há tantos ociosos na prefeitura hoje? – disse Lucetta ao criado, quando o caso foi encerrado. Acordara tarde e acabara de olhar pela janela.

– Ora, senhora, é o caso sobre o sr. Henchard. Uma mulher provou que antes de se tornar um cavalheiro, ele vendeu sua esposa por 5 guinéus em uma tenda na feira.

Em todos os relatos que Henchard deu a ela sobre a separação de sua esposa, Susan, por tantos anos, de sua crença na morte dela e assim por diante, ele nunca explicou claramente a causa real e imediata dessa separação. Essa agora era uma história que ouvia pela primeira vez.

Uma tristeza gradual se espalhou pelo rosto de Lucetta, enquanto ela pensava na promessa arrancada dela na noite anterior. No fundo, então, Henchard era isso. Que contingência terrível para uma mulher que deveria se comprometer aos cuidados dele.

Durante o dia, ela foi à praça e a outros lugares, só voltando quase ao anoitecer. Assim que viu Elizabeth-Jane, após seu retorno para casa, ela disse que havia resolvido ficar na praia por alguns dias, em Port-Bredy, porque Casterbridge estava lhe causando muita melancolia.

Elizabeth, vendo que ela parecia pálida e perturbada, encorajou-a com a ideia, pensando que uma mudança lhe traria alívio. Ela não podia deixar de suspeitar que a melancolia que parecia ter caído sobre Casterbridge nos olhos de Lucetta poderia ser parcialmente devido ao fato de que Farfrae estava longe de casa.

Elizabeth viu sua amiga partir para Port-Bredy e assumiu o comando de High-Place Hall até seu retorno. Depois de dois ou três dias de solidão e chuva incessante, Henchard visitou a casa. Ele pareceu desapontado, ao saber da ausência de Lucetta, e, embora assentisse com aparente indiferença, foi embora, manuseando a barba com ar irritado.

No dia seguinte, ele passou por lá novamente.

– Ela está aqui agora? – ele perguntou.

– Sim. Ela voltou nesta manhã – respondeu a enteada dele. – Mas ela não está aqui em casa. Foi dar uma caminhada ao longo da rodovia para Port-Bredy. Ela estará em casa ao anoitecer.

Depois de algumas palavras, que só serviram para revelar sua impaciência inquieta, ele saiu da casa novamente.

Capítulo 29

A essa hora, Lucetta seguia pela estrada para Port-Bredy, exatamente como Elizabeth anunciara. O fato de ela ter escolhido para sua caminhada vespertina a estrada pela qual havia retornado a Casterbridge três horas antes em uma carruagem era curioso... se é que algo poderia ser chamado de curioso em concatenações de fenômenos em que cada um é conhecido por ter sua razão contábil. Era o dia do mercado principal... sábado... e Farfrae, pela primeira vez, havia desaparecido de sua barraca de milho, na sala dos negociantes. No entanto, sabia-se que ele estaria em casa naquela noite... "para o domingo"... como se falava em Casterbridge.

Lucetta, continuando sua caminhada, finalmente alcançou o fim das árvores que margeavam a estrada nesta e em outras direções fora da cidade. Este fim marcava um quilômetro, e aqui ela parou.

O local era um vale entre duas suaves subidas, e a estrada, ainda com sua fundação romana, estendia-se reta, como a linha de um agrimensor, até perder de vista na cordilheira mais distante. Não havia cerca viva nem árvore na perspectiva, agora, a estrada agarrada à extensão atarracada do milharal como uma faixa a uma roupa ondulada. Perto dela havia um celeiro... o único edifício de qualquer tipo dentro de seu horizonte.

Ela forçou os olhos para a estrada que diminuía, mas nada aparecia nela... nem mesmo um pontinho. Ela suspirou uma palavra... "Donald!" e virou o rosto para a cidade em retirada.

Aqui o caso era diferente. Uma única figura se aproximava dela... a de Elizabeth-Jane.

Lucetta, apesar de sua solidão, parecia um pouco aborrecida. O rosto de Elizabeth, assim que ela reconheceu sua amiga, formou-se em linhas afetuosas, embora ainda fora do alcance da fala. – De repente, pensei em vir e encontrá-la – disse ela, sorrindo.

A resposta de Lucetta foi tirada de seus lábios por um desvio inesperado. Uma estrada secundária à sua direita descia dos campos para a estrada, no ponto onde ela estava, e na trilha um touro vagava incerto em direção a ela, e Elizabeth, que, olhando para o outro lado, não conseguia vê-lo.

No último trimestre de cada ano, o gado era ao mesmo tempo o esteio e o terror das famílias em Casterbridge e seus arredores, onde a criação era realizada com sucesso desde os tempos de Abraão. O número de cabeças de gado que entrava e saía da cidade nessa estação para ser vendida pelo leiloeiro local era muito grande; e todas essas bestas com chifres, viajando de um lado para o outro, exigiam, mais do que qualquer outra coisa, que mulheres e crianças procurassem um abrigo. Em geral, os animais caminhavam silenciosamente; mas a tradição de Casterbridge era de que, para conduzir o gado, era indispensável que gritos hediondos, com gestos para espantar, fossem usados, além de grandes varas floridas, cães errantes e, em geral, tudo o que pudesse enfurecer os maldosos e aterrorizar os moderados. Nada era mais comum do que um chefe de família sair de sua sala de estar e encontrar seu corredor cheio de crianças pequenas, babás, mulheres idosas ou professoras, que se desculpavam por sua presença dizendo: "Um touro passando rua da venda".

Lucetta e Elizabeth olharam o animal em dúvida, enquanto ele se aproximava vagarosamente delas. Era um tour de raça grande, cor parda, embora desfigurado no momento por manchas de lama em suas laterais. Seus chifres eram grossos, com pontas de latão, e suas duas narinas pareciam o Túnel do Tâmisa visto nos brinquedos antigos. Entre elas, através da cartilagem de seu nariz, havia um forte anel de cobre, soldado e inamovível, como o colar de latão do criador de gado Gurth. Ao anel estava preso um bastão com cerca de um metro de comprimento, que o touro, com os movimentos de sua cabeça, arremessava como um mangual.

Foi só quando observaram esse bastão pendurado que as jovens ficaram realmente alarmadas, pois tal objeto revelava a eles que o touro era velho, selvagem demais para ser conduzido, que havia escapado de alguma forma, sendo o bastão o meio pelo qual o tropeiro o controlava e mantinha os chifres a distância.

Elas procuraram algum abrigo ou esconderijo e pensaram no celeiro ali perto. Enquanto elas mantinham os olhos no touro, ele mostrava alguma deferência em sua maneira de se aproximar; mas assim que elas viraram as costas para procurar o celeiro, ele jogou a cabeça para trás e decidiu aterrorizá-las completamente. Isso fez com que as duas jovens indefesas corressem loucamente, o que levou o touro a avançar em uma investida deliberada.

O celeiro ficava atrás de um lago verde e viscoso, e estava fechado, exceto por um dos habituais pares de portas que estava na direção das jovens e que estavam abertas por um obstáculo. Foi por ali que elas entraram. O interior havia sido limpo por uma recente debulha, exceto em uma extremidade, onde havia uma pilha de folhas de trevo secas. Elizabeth-Jane aceitou a situação. – Precisamos subir até lá – disse ela.

Mas antes mesmo de se aproximarem, ouviram o touro correndo ao redor do lago, do lado de fora e, em um segundo, ele correu para o celeiro, derrubando a estaca ao passar; a pesada porta bateu atrás dele; e todos os três ficaram presos juntos no celeiro. A criatura equivocada as viu e caminhou em direção ao fim do celeiro, para onde elas haviam fugido. As moças viraram com tanta habilidade, que seu perseguidor bateu contra a parede, quando as fugitivas já estavam na metade do caminho para o outro lado. No momento em que seu comprimento permitiu que ele se virasse e as seguisse até lá, elas já haviam cruzado para o outro lado; assim continuou a perseguição, o ar quente de suas narinas soprando sobre elas como um bafo quente, e em nenhum momento Elizabeth ou Lucetta tinha conseguido chegar até a porta, para abri-la. Não dá para imaginar o que teria acontecido se a situação continuasse daquele modo, mas, em alguns momentos, um barulho na porta distraiu a atenção do adversário, e um homem apareceu. Ele correu em direção ao bastão principal, agarrou-o e torceu a cabeça do animal como se fosse arrancá-la. A torção foi na verdade tão violenta, que o pescoço grosso parecia ter perdido a rigidez, e o animal ficou meio paralisado, enquanto o sangue escorria pelo nariz. O premeditado artifício humano do piercing no nariz era astuto demais para a força bruta impulsiva, e a criatura se encolheu.

O homem visto na penumbra parcial era grande e resoluto. Ele conduziu o touro até a porta, e a luz revelou que esse homem era Henchard. Ele empurrou o touro para fora e voltou a entrar para socorrer Lucetta, pois não havia percebido que Elizabeth também estava lá, porque ela subira no monte de folhas de trevo. Lucetta estava histérica, e Henchard a pegou nos braços e a carregou até a porta.

— Você... me salvou! – ela gritou, assim que conseguiu falar.

— Eu retribuí sua gentileza – ele respondeu com ternura – Você me salvou uma vez também.

— Como... pode ser você... você? – ela perguntou, não prestando atenção na resposta dele.

— Eu vim aqui para procurá-la. Faz dois ou três dias que queria lhe dizer uma coisa, mas você esteve fora e eu não consegui. Talvez você não possa falar agora?

— Oh, não! Onde está Elizabeth?

— Aqui estou! – gritou a desaparecida alegremente; e sem esperar que a escada fosse colocada, ela deslizou pela pilha de folhas de trevo até o chão.

Henchard, apoiando Lucetta, de um lado, e Elizabeth-Jane, do outro, subiram lentamente a estrada. Haviam chegado ao topo e estavam descendo novamente quando Lucetta, agora muito recuperada, lembrou que havia deixado cair o regalo no celeiro.

– Vou correr de volta para pegar – disse Elizabeth-Jane. – Não me importo nem um pouco, já que não estou tão cansada quanto você – Ela então voltou correndo para o celeiro, os outros dois seguiram o caminho.

Elizabeth logo encontrou o regalo, pois ele não era nada pequeno naquela época. Saindo de lá, ela parou para olhar por um momento para o touro, agora que era mais digno de pena com seu nariz sangrando, talvez porque pretendia mais fazer uma brincadeira do que cometer um assassinato. Henchard o segurou, enfiando o bastão na dobradiça da porta do celeiro e prendendo-o ali com uma estaca. Por fim, ela se virou para seguir em frente após sua contemplação, quando viu uma carruagem verde e preta se aproximando na direção oposta, o veículo estava sendo conduzido por Farfrae.

A presença dele ali parecia explicar o modo como Lucetta andava. Donald a viu, parou e foi rapidamente informado do que havia ocorrido. Quando Elizabeth-Jane mencionou o quanto Lucetta havia se abalado, ele exibiu uma agitação diferente e muito mais intensa do que qualquer outra que ela vira nele antes. Ele ficou tão absorto com a ideia do que havia acontecido, que mal conseguia prestar atenção no que estava fazendo, porque queria ajudá-la e ficar ao seu lado.

– Ela foi levada pelo sr. Henchard, você disse? – ele perguntou finalmente.

– Sim. Ele a está levando para casa. Já devem estar quase lá nesse momento.

– E você tem certeza de que ela pode voltar para casa?

Elizabeth-Jane tinha certeza.

– Seu padrasto a socorreu?

– Sim.

Farfrae controlou o passo de seu cavalo, e ela sabia o motivo. Ele estava pensando que seria melhor não se intrometer no assunto dos outros dois agora. Henchard havia salvado Lucetta, e provocar uma possível exibição de sua profunda afeição por ele era tão mesquinho quanto imprudente.

Como o assunto imediato da conversa estava esgotado, ela se sentiu mais envergonhada por se sentar assim ao lado de seu antigo namorado; mas logo as figuras dos outros dois ficaram visíveis na entrada da cidade. O rosto da mulher frequentemente virava para trás, mas Farfrae não chicoteava o cavalo. Quando chegaram às muralhas da cidade, Henchard e sua companheira desapareceram na rua; Farfrae parou, e Elizabeth-Jane desceu, quando ela expressou sua vontade de ficar ali e dirigiu até os estábulos nos fundos de seus aposentos.

Por causa disso, ele entrou na casa pelo jardim e, subindo para seus aposentos, encontrou tudo particularmente bagunçado, suas caixas sendo puxadas para fora na varanda e sua estante dividida em três partes. Esses acontecimentos, porém, não pareciam causar-lhe a menor surpresa. – Quando tudo será enviado? – ele perguntou à senhoria que estava fiscalizando a movimentação.

– Receio que não antes das 8h, senhor – disse ela – O senhor entende que não sabíamos até esta manhã que iria se mudar, ou poderíamos ter despachado tudo antes.

– Muito bem, não importa, não importa! – disse Farfrae alegremente. – Oito horas será suficiente, só não pode ser mais tarde. Agora, não fique aqui falando, ou então ficaremos até a meia-noite – E, depois de falar, ele saiu pela porta da frente e subiu a rua.

Durante esse intervalo, Henchard e Lucetta tiveram uma experiência diferente. Após a partida de Elizabeth para pegar o regalo, o comerciante de milho abriu-se francamente, segurando a mão dela em seu braço, embora ela quisesse retirá-la. – Querida Lucetta, estive muito, muito ansioso para vê-la nesses dois ou três dias, – disse ele – desde a última vez que a vi! Pensei na maneira como recebi sua promessa naquela noite. Você me disse: "Se eu fosse homem não insistiria." Isso me marcou profundamente. Senti que havia alguma verdade nisso. Não quero fazê-la infeliz, e ficou muito claro que casar comigo agora deixaria você assim. Portanto, concordo com um noivado por tempo indefinido... vamos adiar todos os pensamentos de casamento por um ano ou dois.

– Mas... mas... não posso fazer nada diferente? – disse Lucetta. – Estou muito grata a você... você salvou minha vida. E seu cuidado comigo está sempre presente em minha mente! Tenho dinheiro suficiente agora. Poderia fazer algo em troca de sua bondade... algo prático?

Henchard ficou pensativo. Ele evidentemente não esperava por isso. – Há uma coisa que você pode fazer, Lucetta – disse ele. – Mas não exatamente desse tipo.

– Então de que tipo é? – ela perguntou novamente apreensiva.

– Preciso lhe contar um segredo para lhe pedir o favor. Você deve ter ouvido que não tive sorte neste ano? Fiz o que nunca fiz antes... especulei precipitadamente e perdi. Isso só me colocou em apuros.

– E você gostaria que eu lhe emprestasse algum dinheiro?

– Não, não! – disse Henchard, quase com raiva. – Não sou o tipo de homem que gosta de aproveitar de uma mulher, mesmo que ela seja tão próxima de mim quanto você. Não, Lucetta. Vou lhe dizer o que poderia fazer para me ajudar. Meu grande credor é Grower, e ele me fará sofrer como ninguém para receber o que lhe devo; mas se eu conseguir quinze dias de tolerância da parte dele, seria suficiente para me recuperar. Posso conseguir que ele tenha essa atitude se você deixar que ele saiba que estamos juntos e iremos nos casar discretamente na próxima quinzena. Agora espere, você não ouviu tudo! É claro que vamos contar essa história, sem prejudicar o fato de que o noivado real entre nós será longo. Ninguém mais precisa saber. Você pode ir comigo para conversar com o sr. Grower, deixe que eu falo com ele, para convencê-lo de que estamos juntos. Vamos pedir a ele para manter isso em segredo. Assim, ele vai esperar de bom grado. No fim da quinzena, poderei enfrentá-lo e dizer-lhe friamente que tudo está adiado entre nós por um ano ou dois. Ninguém na cidade precisa saber como você me ajudou. Já que você deseja ser útil, aí está o modo como você fazê-lo.

Como já estava anoitecendo, ele nem percebeu a cor do rosto dela como resultado de suas palavras.

– Se fosse qualquer outra coisa – ela começou, e a secura de seus lábios estava representada em sua voz.

– Mas é algo tão simples! – ele disse, com uma profunda reprovação. – Menos do que você ofereceu, apenas o começo do que você prometeu recentemente! Eu poderia ter dito isso a ele, mas ele não teria acreditado em mim.

– Não é porque eu não vou... é porque eu absolutamente não posso fazer isso – disse ela, cada vez mais angustiada.

– Você está me provocando! – ele explodiu. – É o suficiente para me obrigar a cumprir imediatamente o que você prometeu.

– Eu não posso! – ela insistiu desesperadamente.

– Por quê? Quando em apenas alguns minutos eu a liberei de sua promessa de fazer a coisa de improviso.

– Porque... ele era uma testemunha!

– Testemunha? De quê?

– Não sei se devo lhe contar. Não me repreenda, por favor!

– Bem! Vamos ouvir o que você quer dizer?

– O sr. Grower foi... testemunha do meu casamento!

– Casamento?

— Sim. Com o sr. Farfrae. Oh, Michael! Eu já estou casada com ele. Nós nos casamos nesta semana em Port-Bredy. Havia razões para não o fazermos aqui. O sr. Grower foi testemunha porque ele estava em Port-Bredy na mesma época.

Henchard ficou paralisado, como se tivesse levado um choque. Ela ficou tão alarmada com o silêncio dele que murmurou algo sobre emprestar-lhe dinheiro suficiente para ele resolver o problema.

— Casou-se com ele? — disse Henchard pausadamente. — Meu Deus do céu... o que é isso... casou-se com ele enquanto... estava prestes a se casar comigo?

— Sim, me casei — explicou ela, com lágrimas nos olhos e a voz trêmula — Não, não seja cruel! Eu o amava tanto, e achei que você poderia contar a ele sobre nosso passado... e isso me entristecia muito! E então, quando eu prometi a você, soube do boato de que você tinha vendido sua primeira esposa em uma feira, como se ela fosse um cavalo ou uma vaca! Como eu poderia manter minha promessa depois de ouvir isso? Não poderia me arriscar em suas mãos porque seria uma decepção usar seu nome depois desse escândalo. Mas eu sabia que perderia Donald se não o segurasse imediatamente, pois você cumpriria sua ameaça de contar a ele sobre nosso antigo envolvimento, desde que houvesse uma chance de me manter presa a você. Mas você não fará isso agora, não é, Michael? Porque é tarde demais para nos separar.

As notas dos sinos da igreja de São Pedro que estavam tocando com toda a força chegaram até eles enquanto ele falava, e agora o ritmo frenético da banda da cidade, famosa por seu uso irrestrito da baqueta, pulsava pela rua.

— Então essa algazarra que eles estão fazendo é por causa disso, suponho? — disse ele.

— Sim, acho que ele contou a eles, ou então foi o sr. Grower... Posso deixá-lo agora? Meu... ele ficou em Port-Bredy hoje e pediu que eu viesse algumas horas antes dele.

— Então foi a vida da esposa dele que salvei esta tarde.

— Sim, e ele será eternamente grato a você.

— Estou muito agradecido a ele... ora, sua mulher falsa! — explodiu Henchard. — Você me prometeu!

— Sim, sim! Mas foi sob compulsão, e eu não sabia de todo o seu passado...

— Agora estou pensando em castigá-la como você merece! Uma palavra para seu novo marido sobre como você me cortejou, e sua preciosa felicidade vai virar poeira!

— Michael, tenha pena de mim e seja generoso!

— Você não merece pena! Você merecia; mas agora não.

— Vou ajudá-lo a pagar sua dívida.

— Um dependente da esposa de Farfrae, não eu! Não fique aqui mais tempo, porque posso dizer coisas piores. Vá para casa!

Ela desapareceu sob as árvores da calçada do lado sul quando a banda dobrou a esquina, despertando os ecos de cada tronco e pedra em comemoração à sua felicidade. Lucetta não deu atenção, mas correu pela rua dos fundos e chegou a sua casa sem ser percebida.

Capítulo 30

As palavras de Farfrae para sua senhoria se referiam à retirada de suas caixas e de outros pertences de seus últimos aposentos para a casa de Lucetta. O trabalho não era pesado, mas havia sido muito prejudicado por causa das frequentes pausas causadas pelas exclamações de espanto sobre o evento, das quais a boa senhora havia sido brevemente informada por carta algumas horas antes.

No último momento de deixar Port-Bredy, Farfrae, assim como o famoso comerciante John Gilpin, foi detido por clientes importantes que, mesmo em circunstâncias excepcionais, ele não era homem de negligenciar. Além disso, havia uma conveniência em Lucetta chegar primeiro em sua casa. Ninguém lá sabia o que havia acontecido, e ela estava em melhor posição para dar a notícia aos empregados e dar instruções sobre a acomodação de seu marido. Portanto, ele havia enviado sua noiva de dois dias em um carro alugado, enquanto atravessava o país para encontrar um grupo de comerciantes de trigo e cevada a alguns quilômetros de distância, dizendo a ela a hora que deveria esperar por ele naquele mesmo fim de tarde. Isso explicava que ela saiu para encontrá-lo após a separação de quatro horas.

Com um grande esforço, depois de deixar Henchard, ela se acalmou e se preparou para receber Donald em High-Place Hall, quando ele voltasse de seus aposentos. Um fato importante a preparou para isso, a sensação de que ela o havia conquistado, não importasse o que viesse depois. Meia hora depois de sua chegada, ele entrou, e ela o recebeu com uma alegria tão aliviada, que nem mesmo a perigosa ausência de um mês poderia ter intensificado.

– Há uma coisa que não fiz, mas é importante – disse ela com seriedade, quando terminou de falar sobre a aventura com o touro. – Preciso dar a notícia de nosso casamento para minha querida Elizabeth-Jane.

– Ah, e você ainda não contou? – ele disse, pensativo. – Eu dei a ela uma carona, do celeiro de volta para casa, mas também não contei a ela porque pensei que ela poderia ter ouvido falar disso na cidade e estava escondendo seus parabéns por timidez ou algo assim.

– Provavelmente, ela não ouviu nada sobre nosso casamento. Mas vou descobrir, vou procurá-la agora mesmo. E, Donald, você não se importa que ela continue vivendo comigo como antes, não é? Ela é tão quieta e humilde.

– Oh, não, realmente não. – Farfrae respondeu com, talvez, um leve constrangimento. – Mas eu me pergunto se ela se importaria?

– É verdade! – disse Lucetta com certa ansiedade. – Tenho certeza de que ela gostaria. Além disso, coitadinha, ela não tem outro lar.

Farfrae olhou para ela e viu que ela não suspeitava do segredo de sua amiga íntima. Ele gostava dela ainda mais por causa dessa cegueira. – Combine como quiser com ela, do modo que você preferir – disse ele – Fui eu que vim para sua casa, não você para a minha.

– Vou falar imediatamente com ela – disse Lucetta.

Quando ela subiu para o quarto de Elizabeth-Jane, esta havia tirado suas roupas de sair e estava descansando e lendo um livro. Lucetta descobriu em um instante que ela ainda não sabia da notícia.

– Eu não fui falar com você, srta. Templeman, – ela disse, simplesmente – porque estava indo perguntar se você havia se recuperado do susto, mas descobri que tinha uma visita. Eu me pergunto por que os sinos estão tocando? E a banda também está tocando. Alguém deve ter casado; ou então eles estão ensaiando para o Natal.

Lucetta proferiu um vago "sim" e, sentando-se ao lado da outra jovem, olhou pensativamente para ela. – Como você é uma criatura solitária... – ela disse – nunca sabe o que está acontecendo, ou o que as pessoas estão falando em todos os lugares com grande interesse. Você deveria sair e fofocar como as outras mulheres fazem, e então você não seria obrigada a me fazer uma pergunta desse tipo. Bem, agora, tenho algo para lhe contar.

Elizabeth-Jane disse que estava muito feliz e se mostrou receptiva.

– Preciso lhe contar algumas coisas antes – disse Lucetta, na dificuldade de explicar-se satisfatoriamente para a pessoa ponderada que estava ao seu lado, tornando-se mais aparente a cada sílaba. – Você se lembra daquele caso difícil de consciência de que lhe falei há algum tempo... sobre o primeiro namorado e depois o segundo namorado? – Ela soltou em frases espasmódicas uma ou duas palavras sobre a história que havia contado.

– Oh, sim, eu me lembro da história da sua amiga – disse Elizabeth secamente, observando a íris dos olhos de Lucetta como se para captar sua tonalidade exata. – Os dois namorados... o antigo e o novo... como ela queria se casar com o segundo, mas sentiu que deveria se casar com o primeiro; de modo que o bem que ela teria feito, ela não fez, e o mal que ela não queria fazer, esse ela fez... exatamente como o apóstolo Paulo.

– Oh, não, ela não fez exatamente nenhum mal! – disse Lucetta apressadamente.

– Mas você não disse que ela... ou, como posso dizer, você... – respondeu Elizabeth, deixando cair a farsa – era obrigada pela honra e pela consciência a se casar com o primeiro?

O rubor de Lucetta ao ser descoberta veio e passou novamente antes de ela responder ansiosamente: – Você nunca vai contar isso a ninguém, vai, Elizabeth-Jane?

– Certamente não, se você não quiser.

– Então vou lhe dizer que o caso é mais complicado... pior, na verdade... do que parecia na minha história. Eu e o primeiro homem nos conhecemos de uma maneira estranha e sentimos que deveríamos ficar juntos, já que o mundo tinha falado de nós. Ele achava que estava viúvo, porque não tinha ouvido falar de sua primeira esposa por muitos anos. Mas a esposa voltou e nos separamos. Ela agora está morta, e o marido veio me procurar novamente, dizendo "Agora completaremos nossos propósitos". Mas, Elizabeth-Jane, tudo isso equivale a um novo namoro dele comigo, porque fui absolvida de todos os votos que eu havia feito pelo retorno da outra mulher.

– Você não renovou sua promessa ultimamente? – disse a mais jovem com uma suposição silenciosa. Ela havia adivinhado quem era o Homem Número Um.

– Fui liberada dessa promessa devido a uma ameaça.

– Sim, foi. Mas eu acho que, quando uma mulher se envolve com um homem no passado, de modo tão desafortunado, como aconteceu com você, ela deve se tornar sua esposa, se for possível, mesmo que ela não seja a parte pecadora.

O semblante de Lucetta perdeu o brilho. – Acontece que fiquei sabendo que ele é um homem com quem eu deveria ter medo de me casar – ela respondeu. – Realmente com medo! E foi só depois de renovar minha promessa que fiquei sabendo disso.

– Então só resta um caminho honesto a seguir. Você deve permanecer solteira.

– Pense bem, novamente! Considere...

– Tenho certeza – interrompeu sua amiga duramente. – Já sei muito bem quem é o homem. É meu pai, e eu digo que é ele ou ninguém para você.

Qualquer suspeita de indecência era para Elizabeth-Jane como um trapo vermelho para um touro. Seu desejo de correção de procedimento era, de fato, quase cruel. Devido aos seus primeiros problemas em relação à mãe, uma aparência de irregularidade causava-lhe terrores que aqueles cujos nomes são protegidos de suspeitas desconhecem. – Você deveria se casar com o sr. Henchard ou ficar sozinha... certamente não com outro homem! – ela continuou com um lábio trêmulo em cujo movimento duas paixões compartilhavam.

– Não admito isso! – disse Lucetta, apaixonadamente.

– Admita ou não, é a verdade!

Lucetta cobriu os olhos com a mão direita, como se não pudesse mais implorar, estendendo a esquerda para Elizabeth-Jane.

– Ora, você se casou com ele! – exclamou Elizabeth, pulando de satisfação depois de olhar para os dedos de Lucetta. – Quando você fez isso? Por que você não me disse, em vez de me provocar assim? Que dignidade da sua parte! Ele tratou mal minha mãe uma vez, ao que parece, em um momento de embriaguez. E é verdade que ele é severo, às vezes. Mas você vai dominá-lo inteiramente, tenho certeza, com sua beleza, riqueza e realizações. Você é a mulher que ele vai adorar, e nós três seremos felizes juntos agora!

– Oh, minha querida Elizabeth-Jane! – exclamou Lucetta, angustiada. – Eu me casei com outra pessoa! Eu estava tão desesperada... com tanto medo de ser forçada a qualquer outra coisa... com tanto medo de revelações que extinguissem seu amor por mim, que resolvi fazer isso imediatamente, seja o que for, e comprar uma semana de felicidade a qualquer custo!

– Você... casou-se com o sr. Farfrae! – gritou Elizabeth-Jane, usando o tom do Apóstolo Natanael.

Lucetta fez uma reverência. Ela já havia se recuperado.

– Os sinos estão tocando por esse motivo – disse ela. – Meu marido está lá embaixo. Ele vai morar aqui até que tenhamos uma casa mais adequada para nós; e eu disse a ele que quero que você fique comigo como antes.

– Deixe-me decidir isso sozinha – a jovem respondeu rapidamente, reprimindo o turbilhão de seus sentimentos com grande controle.

– Decida, então. Tenho certeza que seremos felizes juntos.

Lucetta saiu para se juntar a Donald lá embaixo, uma vaga inquietação pairando sobre sua alegria por vê-lo à vontade ali. Ela não sentia isso por causa de sua amiga Elizabeth, ela não tinha a menor suspeita quanto às emoções de Elizabeth-Jane, apenas quanto às de Henchard.

Muito bem, a decisão instantânea da filha de Susan Henchard foi não morar mais naquela casa. Além de sua avaliação da decência da conduta de Lucetta, Farfrae tinha sido quase seu namorado declarado, que ela sentiu que não poderia permanecer ali.

Ainda era início da noite, quando ela, rapidamente, se arrumou e saiu. Em poucos minutos, conhecendo o lugar, ela encontrou uma hospedaria adequada e combinou de entrar naquela noite. Ao voltar para casa, ela entrou, silenciosamente, tirou seu lindo vestido e colocou um bem simples, guardando o outro para uma ocasião melhor; pois ela teria de ser muito econômica agora. Ela escreveu um bilhete para Lucetta, que estava trancada na sala de estar com Farfrae; e então Elizabeth-Jane chamou um homem com um carrinho de mão; e vendo suas caixas colocadas lá, ela seguiu a pé pela rua até o local que tinha alugado o quarto. A hospedaria ficava na rua em que Henchard morava, quase em frente à casa dele.

Ali ela se sentou e considerou os meios de subsistência. A pequena soma anual que o padrasto lhe depositava manteria o corpo e a alma unidos. Uma habilidade maravilhosa em fabricar redes de todos os tipos... adquirida na infância, ao fazer redes na casa de Newson... poderia ser de grande utilidade para ela; e seus estudos, os quais ela continuava sem interrupção, poderiam ajudá-la ainda mais.

A essa altura, o casamento ocorrido já era conhecido em Casterbridge; havia sido discutido ruidosamente no meio-fio, confidencialmente atrás dos balcões e jovialmente no Três Marinheiros. Se Farfrae venderia seu negócio e se estabeleceria como cavalheiro com o dinheiro de sua esposa, ou se mostraria independência o suficiente para manter seu comércio apesar de seu brilhante casamento, era um grande ponto de interesse.

Capítulo 31

A réplica da mulher que vendia mingau perante os magistrados se espalhou. Em vinte e quatro horas não havia uma pessoa em Casterbridge que não soubesse da história da terrível aberração de Henchard na feira de Weydon-Priors, muitos anos antes. As reparações que ele fez na vida, conhecidas após a morte, ficaram perdidas diante do brilho dramático do ato original. Se o incidente tivesse sido conhecido desde o começo, poderia ter sido considerado leviano como mato selvagem, mas quase o único, de um jovem com quem o relacionamento estável e maduro (embora um tanto obstinado) burguês dificilmente tinha um ponto em comum. Mas tendo o ato permanecido como morto e enterrado desde então, o intervalo de anos nem foi percebido, e a mancha negra de sua juventude tinha o aspecto de um crime recente.

Por menor que tenha sido o incidente no tribunal, ele formou a borda ou a curva na inclinação da sorte de Henchard. Naquele dia... quase naquele minuto... ele ultrapassou o cume da prosperidade e da honra e começou a descer rapidamente para o lado oposto. Era estranho como logo ele caiu em estima. Socialmente, recebeu um empurrão surpreendente para baixo e, já tendo perdido o dinamismo comercial devido a transações precipitadas, a velocidade de sua descida em ambos os aspectos se tornou acelerada a cada hora.

Ele agora olhava mais para as calçadas e menos para as fachadas das casas quando caminhava; mais nos pés e perneiras dos homens, e menos nas pupilas de seus olhos com o olhar ardente que antes os fazia piscar.

Uma combinação de novos eventos ajudou a arruiná-lo. Tinha sido um ano ruim para outros além dele, e a pesada falência de um devedor em quem ele confiava generosamente completou a derrubada de seu crédito duvidoso. E agora, em seu desespero, ele falhou em preservar aquela estrita correspondência entre volume e amostra, que é a alma do comércio de grãos. Um de seus homens foi o principal culpado por isso, porque, em sua grande imprudência, colheu a amostra de uma enorme quantidade de milho de segunda categoria que Henchard tinha em mãos e removeu os grãos esmagados, queimados e sujos em grande número. A produção, se oferecida honestamente, não teria causado escândalo; mas o erro da declaração falsa, vindo em tal momento, arrastou o nome de Henchard para a lama.

Os detalhes de seu fracasso eram do tipo comum. Um dia, Elizabeth-Jane estava passando pelo King's Arms, quando viu pessoas entrando e saindo mais do que o normal onde não havia mercado. Um espectador a informou, com alguma surpresa por sua ignorância, que era uma reunião dos Comissários sobre a falência do sr. Henchard. Ela ficou muito triste e, quando soube que ele estava no hotel, quis entrar para vê-lo, mas foi aconselhada a não se intrometer naquele dia.

A sala em que o devedor e os credores se reuniram era a da frente, e Henchard, olhando pela janela, avistou Elizabeth-Jane através da persiana. Sua fiscalização havia terminado, e os credores estavam saindo. A aparição de Elizabeth lançou-o em um devaneio, até que, virando o rosto da janela e elevando-se acima de todos os outros, ele chamou a atenção deles por mais um momento. Seu semblante havia mudado um pouco de seu rubor de prosperidade;

o cabelo preto e os bigodes eram os mesmos de sempre, mas uma película de cinzas cobria o resto do rosto.

– Senhores – disse ele – além dos bens de que falamos, e que aparecem no balanço, há estes. Tudo pertence a vocês, tanto quanto tudo o mais que possuo, e não quero esconder isso de ninguém, não eu – Dizendo isso, tirou do bolso o relógio de ouro e colocou-o sobre a mesa; depois pegou sua bolsa... uma sacola de dinheiro de lona amarela, que era carregada por todos os fazendeiros e negociantes... abriu-a e sacudiu o dinheiro sobre a mesa ao lado do relógio. Por último, ele recuou rapidamente por um instante, para remover o protetor de cabelo feito e dado a ele por Lucetta. – Pronto, agora vocês têm tudo que eu possuo no mundo – disse ele – Eu gostaria que fosse mais, para o próprio bem de vocês.

Os credores, que eram quase todos fazendeiros, olharam para o relógio, para o dinheiro e para a rua e então o fazendeiro James Everdene de Weatherbury disse calorosamente:

– Não, não, Henchard. Não queremos isso. É muito digno de sua parte, mas pode guardar tudo isso. O que vocês dizem, vizinhos... vocês concordam?

– Sim, claro, não desejamos isso de forma alguma – disse Grower, outro credor.

– Deixe que ele fique com essas coisas, é claro – murmurou outro ao fundo... um jovem silencioso e reservado chamado Boldwood; e os outros responderam unanimemente.

– Bem – disse o comissário sênior, dirigindo-se a Henchard – embora o caso seja desesperador, devo admitir que nunca encontrei um devedor que se comportasse de maneira mais justa. Confirmei que o balanço foi feito da maneira mais honesta possível; não tivemos problemas; não houve evasões nem ocultações. A imprudência de negociar que levou a essa situação infeliz é bastante óbvia; mas, tanto quanto posso ver, todas as tentativas foram feitas para evitar prejudicar alguém.

Henchard tinha sido mais afetado pela situação do que gostaria de deixá-los perceber, e voltou-se para a janela novamente. Um murmúrio geral de concordância seguiu-se às palavras do comissário, e a reunião dispersou-se. Quando eles foram embora, Henchard olhou para o relógio que eles haviam devolvido para ele. – Não é meu por direito – disse a si mesmo – Por que diabos eles não o levaram? Não quero o que não me pertence! – Movido por uma lembrança, ele levou o relógio para o fabricante exatamente em frente, vendeu-o ali mesmo pelo que o comerciante ofereceu e levou o dinheiro para um de seus menores credores, um camponês de Durnover em circunstâncias difíceis.

Quando tudo o que Henchard possuía foi registrado, e os leilões estavam em andamento, houve uma reação bastante simpática na cidade, que até então, por algum tempo, não havia feito nada além de condená-lo. Agora que toda a carreira de Henchard havia sido retratada distintamente para seus vizinhos, e eles podiam ver o quão admiravelmente ele havia usado seu único talento de energia para criar uma posição de riqueza absolutamente do nada... o que era realmente tudo o que ele podia mostrar quando veio para a cidade como um comerciante de feno, com suas ferramentas e facas em sua cesta... eles se perguntavam e lamentavam sua queda.

Por mais que tentasse, Elizabeth não conseguia se encontrar com ele. Ela ainda acreditava nele, embora ninguém mais acreditasse, e ela queria poder perdoá-lo por sua aspereza com ela e ajudá-lo a resolver seus problemas.

Ela escreveu para ele; ele não respondeu. Então, ela foi até a casa dele... a grande casa em que ela vivera tão feliz por um tempo... com sua fachada de tijolos pardos, vitrificada aqui e ali e suas pesadas barras de caixilhos... mas Henchard não estava mais lá. O ex-prefeito havia deixado o lar de sua prosperidade e ido para a cabana de Jopp, em Priory Mill... o triste bairro onde ele ficou vagando na noite em que descobriu que ela não era sua filha. E lá se foi ela.

Elizabeth achou estranho que ele tivesse escolhido aquele local para se retirar, mas presumiu que a necessidade não tinha escolha. Árvores que pareciam mais antigas do que os frades que as haviam plantado ainda estavam lá, e a escotilha do moinho original ainda formava uma cascata que fazia um rugido terrível por séculos. A casa em si tinha sido construída com velhas pedras do Convento há muito desmantelado, restos de pedra e madeiras, batentes de janela e arcos moldados, misturados com os escombros das paredes.

Nessa cabana ele ocupava dois cômodos, sendo que Jopp, a quem Henchard havia empregado, abusado, bajulado e despedido alternadamente, era o senhorio. Mas mesmo ali seu padrasto não queria ser visto.

– Nem pela filha dele? – implorou Elizabeth.

– Por ninguém... no momento. Essa é a ordem dele – ela foi informada.

Depois ela passou pelos armazéns de milho e celeiros de feno que haviam sido a sede do negócio dele. Ela sabia que ele não governava mais lá, mas foi com espanto que contemplou o portal familiar. Uma mancha de tinta cor de chumbo havia sido aplicada para apagar o nome de Henchard, embora suas letras surgissem indistintamente como navios na névoa. Sobre elas, em branco fresco, espalhava-se o nome de Farfrae.

Abel Whittle estava colocando seu esqueleto no postigo, e ela disse: – O sr. Farfrae é o dono aqui?

– Sim, srta. Henchard – disse ele – o sr. Farfrae comprou a empresa e todos nós trabalhamos para ele, e estamos muito melhor do que antes... embora eu não devesse dizer isso a você sendo a enteada dele. Trabalhamos mais, mas não temos medo agora. Foi o medo que deixou meus poucos cabelos tão finos! Sem gritarias, sem portas batendo, sem perturbação de espírito e tudo mais; e embora eu ganhe um pouco menos por semana, sou o homem mais rico do mundo, pois o que é o mundo se sua mente está sempre em paz, srta. Henchard?

A inteligência era verdadeira em um sentido geral. As lojas de Henchard, que permaneceram paralisadas durante o acordo de sua falência, voltaram a funcionar quando o novo inquilino assumiu a posse. A partir daí, os sacos cheios, amarrados com correntes brilhantes, corriam para cima e para baixo sob a viga, homens entrando e saindo das diferentes portas, e os grãos sendo rebocados; feixes de feno eram jogados de novo para dentro e para fora dos celeiros, e as ferramentas estavam sendo usadas novamente; enquanto as balanças e os pátios de aço começaram a ficar ocupados, onde antes a adivinhação era a regra.

Capítulo 32

Duas pontes ficavam perto da parte baixa da cidade de Casterbridge. A primeira, de tijolos manchados pelo tempo, ficava bem no fim da High Street, onde um ramal divergente daquela via corria para as ruas baixas de Durnover. Os arredores da ponte formavam o ponto de fusão da respeitabilidade e da indigência. A segunda ponte, de pedra, ficava mais adiante na estrada... na verdade, bem nos prados, embora ainda dentro dos limites da cidade.

Essas pontes tinham aparências semelhantes. Cada projeção em cada uma delas estava completamente desgastada, em parte pelo clima, mais pelo atrito de gerações de vadios, cujos dedos dos pés e calcanhares faziam movimentos inquietos, ano após ano, contra esses parapeitos, enquanto eles ficavam ali meditando sobre o que fazer. No caso dos tijolos e pedras mais frágeis, mesmo as faces planas estavam desgastadas pelo mesmo motivo. A alvenaria da parte superior era fixada com ferro em cada junta, já que não era incomum que homens desesperados arrancassem a cobertura e a jogassem rio abaixo, em um desafio imprudente contra os magistrados.

Nessas duas pontes gravitavam todos os fracassos da cidade, aqueles que fracassaram nos negócios, no amor, na sobriedade, no crime. O que não ficava claro era o motivo pelo qual os infelizes daquela região geralmente escolhiam as pontes para suas meditações em vez de uma grade, um portão ou um degrau.

Havia uma diferença marcante de qualidade entre os personagens que frequentavam a ponte mais próxima de tijolo e os que frequentavam a distante de pedra. Aqueles de caráter mais baixo prefeririam a primeira, adjacente à cidade, pois eles não se importavam com o brilho dos olhos do público. Eles não foram comparativamente importantes durante seus sucessos e, embora pudessem se sentir desanimados, não tinham nenhum sentimento particular de vergonha por sua ruína. Geralmente, eles mantinham suas mãos nos bolsos e usavam uma tira de couro em volta dos quadris ou dos joelhos e botas que exigiam muitos laços, mas pareciam nunca ter nenhum. Em vez de suspirar por suas adversidades, eles cuspiram e, em vez de dizer que o ferro havia entrado em suas almas, diziam que estavam sem sorte. Jopp, em seu tempo de angústia, costumava ficar ali; assim como Mamãe Cuxsom, Christopher Coney e o pobre Abel Whittle.

Os miseráveis que paravam na ponte mais distante eram de cunho mais polido. Incluíam os falidos, os hipocondríacos, as pessoas que se chamavam "fora de situação" por culpa ou infelicidade, os ineficientes da classe profissional... homens mesquinhos e elegantes, que não sabiam como se livrar do período cansativo entre o café da manhã e o jantar e o tempo ainda mais cansativo entre o jantar e o anoitecer. Os olhos desse tipo de pessoas ficavam direcionados principalmente para o parapeito sobre a água corrente abaixo. Um homem visto ali olhando fixamente para o rio com certeza era alguém a quem o mundo não tratava bem por algum motivo ou outro. Enquanto alguém em apuros na ponte perto da cidade não se importava com quem o via assim, e ficava de costas para o parapeito para inspecionar os transeuntes, alguém em apuros nunca enfrentava a estrada, nunca virava a cabeça ao ouvir os passos que se aproximavam, mas, sensível à própria condição, observava a corrente sempre que um estranho se aproximava, como se algum peixe estranho o interessasse, embora todos os tipos de peixes tivessem sido retirados furtivamente do rio anos antes.

Lá eles ficavam meditando; se sua dor fosse a dor da opressão, eles desejariam ser reis; se sua dor fosse a pobreza, desejariam ser milionários; se pecassem, desejariam ser santos ou anjos; se tivessem o amor desprezado, desejariam ser cortejados por algum belo Adônis do condado. Alguns eram conhecidos por ficar e pensar por tanto tempo com esse olhar fixo para baixo, que acabavam caindo na água e suas pobres carcaças eram encontradas na manhã seguinte fora do alcance de seus problemas, aqui ou na lagoa profunda chamada Blackwater, um pouco mais acima no rio.

Para essa ponte veio Henchard, como outros infelizes vieram antes dele, seu caminho até lá foi pela beira do rio na extremidade fria da cidade. Ali estava ele, numa tarde com muito vento, quando o relógio da igreja de Durnover bateu cinco horas. Enquanto as rajadas traziam as notas aos seus ouvidos através do apartamento úmido intermediário, um homem passou por trás dele e o cumprimentou pelo nome. Henchard virou-se ligeiramente e viu que era Jopp, seu antigo capataz, agora empregado em outro lugar, com quem, embora o odiasse, ele procurara hospedagem porque Jopp era o único homem em Casterbridge cuja observação e opinião o decaído comerciante de milho desprezava ao ponto da indiferença.

Henchard respondeu com um aceno quase imperceptível, e Jopp parou.

– Ele e ela foram para a casa nova hoje – disse Jopp.
– Oh – disse Henchard distraidamente. – Que casa é essa?
– Sua antiga casa.
– Entraram na minha casa? – E Henchard acrescentou: – Com tantas casas, escolheram logo a minha casa na cidade!
– Bem, com certeza alguém tinha de morar lá, e você não poderia. Então não há mal nenhum em ser ele o homem a fazê-lo.

Era bem verdade, ele sentiu que não estava fazendo mal a ele. Farfrae, que já havia ocupado os pátios e armazéns, havia adquirido a posse da casa pela óbvia conveniência de sua contiguidade. E, no entanto, esse ato de fixar residência naqueles aposentos espaçosos enquanto ele, seu antigo inquilino, vivia em uma cabana, irritou Henchard indescritivelmente.

Jopp continuou: – E você ouviu falar daquele sujeito que comprou todos os seus melhores móveis na liquidação? Ele estava representando nada menos que Farfrae o tempo todo! A mobília nunca saiu da casa, pois ela já havia sido alugada.

– Minha mobília também! Com certeza ele comprará meu corpo e minha alma também!

– Não há como dizer que ele não vai, se você estiver disposto a vender – E tendo plantado essas feridas no coração de seu outrora imperioso mestre, Jopp seguiu seu caminho; enquanto Henchard olhava e olhava para o rio caudaloso até que a ponte parecia se mover para trás com ele.

A terra baixa tornou-se mais negra, e o céu um cinza mais profundo. Quando a paisagem parecia uma imagem borrada com tinta, outro viajante se aproximou da grande ponte de

pedra. Ele estava dirigindo uma pequena carroça, sua direção também era para a cidade. Na volta do meio do arco, a carroça parou.
– Sr. Henchard? – a voz do homem era a de Farfrae. Henchard virou o rosto.

Ao descobrir que havia adivinhado corretamente, Farfrae disse ao homem que o acompanhava para voltar para casa; enquanto ele descia e se aproximava de seu ex-amigo.

– Ouvi dizer que está pensando em sair daqui, sr. Henchard? – ele disse. – É verdade? Eu tenho um motivo real para perguntar.

Henchard reteve sua resposta por vários instantes e então disse: – Sim; é verdade. Estou indo para onde você estava indo alguns anos atrás, quando eu o impedi e fiz você ficar aqui. A vida dá voltas, não é! Você se lembra como ficamos assim no Chalk Walk quando eu o convenci a ficar? Você não tinha bens a não ser o seu nome, e eu era o dono da casa em Corn Street. Mas agora sou eu que não tem mais nada, e você é o dono daquela casa.

– Sim, sim. É isso mesmo! O mundo é assim – disse Farfrae.

– Ha, ha, verdade! – exclamou Henchard, lançando-se em um estado de espírito jocoso. – Para cima e para baixo! Estou acostumado. Essa é a probabilidade, afinal!

– Agora me escute, não quero tomar seu tempo – disse Farfrae – assim como eu ouvi você. Não vá embora. Fique aqui.

– Mas eu não tenho mais nada a fazer aqui, homem! – disse Henchard com desdém. – O pouco dinheiro que tenho apenas manterá corpo e alma juntos por algumas semanas, e nada mais. Ainda não me senti inclinado a voltar para o trabalho por jornada; mas não posso ficar sem fazer nada, e tenho uma chance melhor indo para outro lugar.

– Não. Escute o que vou lhe propor... se você quiser ouvir. Venha morar em sua antiga casa. Podemos muito bem reservar alguns quartos... tenho certeza de que minha esposa não se importaria... até que você consiga um lugar para ficar.

Henchard ficou pensando. Provavelmente, a imagem desenhada pelo desavisado Donald de si mesmo sob o mesmo teto com Lucetta era impressionante demais para ser recebida com serenidade.

– De jeito nenhum – disse ele rispidamente – nós vamos acabar brigando.

– Você vai ter uma parte só para você – disse Farfrae – e ninguém para interferir nas suas coisas. Será muito mais saudável do que lá perto do rio onde você mora agora.

Mesmo assim, Henchard recusou.

– Você não sabe o que está pedindo – disse ele – No entanto, tudo que posso fazer é lhe agradecer.

Eles entraram na cidade lado a lado, como haviam feito quando Henchard persuadiu o jovem escocês a ficar.

– Quer entrar e jantar? – disse Farfrae quando chegaram ao meio da cidade, onde seus caminhos divergiam para direita e para a esquerda.

– Não, não.

– A propósito, quase me esqueci de lhe contar. Comprei uma boa quantidade de seus móveis.

– Foi o que ouvi.

– Bem, não é que eu quisesse ficar com tudo para mim. Gostaria que você escolhesse tudo o que quiser, as coisas que você aprecia por associações ou que são particularmente adequadas para você. Pode pegar e levá-las para sua casa. Isso não irá me prejudicar em nada, porque posso viver muito bem com menos e terei muitas oportunidades de conseguir mais.

– O que você está dizendo? Vai me dar... de graça? – disse Henchard. – Mas você pagou aos credores por toda essa mobília!

– Ah, sim, mas talvez valha mais para você do que para mim.

Henchard ficou um pouco comovido.

— Eu... às vezes acho que não entendi você direito! — disse ele, usando um tom que mostrava a inquietação que as sombras da noite escondiam em seu rosto. Ele apertou a mão de Farfrae abruptamente e saiu apressado, como se não quisesse se trair ainda mais. Farfrae o viu virar pela via pública para Bull Stake e desaparecer em direção ao Priory Mill.

Enquanto isso, Elizabeth-Jane, em um aposento não maior que o quarto do Profeta, e com o traje de seda de seus dias prósperos guardado em uma caixa, trabalhava com grande diligência entre as horas que dedicava ao estudo dos livros que conseguia obter.

Como seus aposentos ficavam em frente à antiga residência de seu padrasto, agora pertencente à Farfrae, ela podia ver Donald e Lucetta entrando e saindo rapidamente de sua porta com todo o entusiasmo. Ela evitava olhar para aquele lado tanto quanto possível, mas, devido à natureza humana, era difícil manter os olhos desviados quando a porta batia.

Enquanto vivia em silêncio, ela ouviu a notícia de que Henchard havia pegado um resfriado forte e estava confinado em seu quarto... possivelmente por estar parado nos prados em um clima úmido. Ela foi imediatamente para a casa dele. Desta vez, ela estava determinada a não ter sua entrada negada e subiu as escadas. Ele estava sentado na cama com um sobretudo em volta dele e, a princípio, ressentiu-se da intromissão dela.

— Vá embora... vá embora — disse ele. — Não quero ver você!

— Mas, pai...

— Eu não quero ver você — ele repetiu.

No entanto, o gelo foi quebrado e ela permaneceu. Ela deixou o quarto mais confortável, deu instruções para as pessoas lá embaixo e, quando foi embora, já havia se reconciliado com o padrasto com sua visita.

O efeito, seja de seus cuidados ou de sua mera presença, foi uma rápida recuperação. Ele logo estava bem o suficiente para sair; e agora as coisas pareciam ter uma nova cor em seus olhos. Ele não pensava mais em sair dali e pensava mais em Elizabeth. O fato de não ter nada para fazer o tornava mais triste do que qualquer outra circunstância; e um dia, com uma visão melhor de Farfrae do que havia tido por algum tempo, e uma sensação de que o trabalho honesto não era algo para se envergonhar, ele estoicamente foi até o quintal de Farfrae e pediu para ser contratado como comerciante de feno. Ele foi contratado imediatamente. Essa contratação de Henchard foi feita por meio de um capataz, Farfrae, sentindo que era indesejável entrar pessoalmente em contato com o ex-negociante de milho mais do que o absolutamente necessário. Embora ansioso para ajudá-lo, ele estava bem ciente de seu temperamento incerto e achava melhor manter o relacionamento entre eles mais reservado. Pela mesma razão, suas ordens a Henchard para proceder a essa ou aquela fazenda rural da maneira usual sempre eram dadas por uma terceira pessoa.

Por um tempo, esses arranjos funcionaram bem, sendo costume amarrar o feno comprado nas diversas fazendas da vizinhança nos respectivos pátios, antes de trazê-lo; de modo que Henchard frequentemente se ausentava desses lugares durante toda a semana. Quando tudo isso foi feito, e Henchard estava de certa forma dominado, ele passou a trabalhar diariamente nas dependências da casa como os outros faziam. E assim o outrora próspero comerciante e prefeito agora era o diarista nos celeiros e armazéns que possuía anteriormente.

– Já trabalhei como diarista antes, não é? – ele dizia com seu jeito desafiador; – então por que não posso fazer isso de novo? – Mas ele parecia um diarista muito diferente daquele que fora em seus primeiros dias. Antes ele usava roupas limpas e adequadas, de cores claras e alegres; perneiras amarelas como calêndulas, veludo cotelê imaculado como linho novo e um lenço de pescoço como um jardim de flores. Agora ele vestia os restos de um velho terno de tecido azul de seus tempos de cavalheiro, um chapéu de seda velho e uma antiga calça de cetim preto, suja e surrada. Vestido assim, ele andava de um lado para o outro, ainda um homem relativamente ativo... pois não tinha muito mais de 40 anos... e via com os outros homens no pátio Donald Farfrae entrando e saindo pela porta verde, que dava para o jardim e para a casa grande, e Lucetta.

No início do inverno, houve rumores em Casterbridge de que o sr. Farfrae, já no Conselho Municipal, seria indicado para prefeito em um ou dois anos.

– Sim, ela foi esperta, ela foi esperta para sua idade! – disse Henchard para si mesmo quando soube disso um dia a caminho do celeiro de Farfrae. Ele refletiu sobre isso enquanto balançava suas amarras, e a notícia funcionou como um sopro revigorante para trazer de volta aquela velha visão que ele tinha... de Donald Farfrae como o rival triunfante que o derrotou. – Um sujeito da idade dele vai ser prefeito, sim! – ele murmurou com um sorriso de canto desenhado em sua boca. – Mas é o dinheiro dela que os coloca em uma boa posição social. Ha-ha... como é estranho! Aqui estou eu, seu antigo mestre, trabalhando para ele como homem, e ele o homem que é o mestre, com minha casa, meus móveis e minha ex-futura esposa, que agora é só dele.

Ele repetia essas coisas cem vezes por dia. Durante todo o período em que conheceu Lucetta, ele nunca desejou tomá-la como sua tão desesperadamente quanto lamentava sua perda agora. Não foi o desejo mercenário da fortuna dela que o despertou, embora essa fortuna tenha sido o meio de torná-la ainda mais desejada, dando-lhe o ar de independência e atrevimento que atrai homens como ele. A fortuna dera a ela criados, casa e roupas finas... um cenário que colocava Lucetta como uma surpreendente novidade aos olhos daquele que a conhecera em seus dias difíceis.

Ele, portanto, caiu no mau humor e, a cada alusão à possibilidade da próxima eleição de Farfrae para a cadeira municipal, seu antigo ódio pelo escocês voltava. Paralelamente a isso, ele passou por uma mudança moral. Isso resultou em ele dizer significativamente de vez em quando, em tom de imprudência: – Só mais quinze dias!... Só mais doze dias! – e assim por diante, diminuindo sua contagem dia a dia.

– Por que você está dizendo "apenas mais doze dias"? – perguntou Solomon Longways enquanto trabalhava ao lado de Henchard no celeiro, pesando aveia.

– Porque em doze dias estarei liberado de meu juramento.

– Que juramento?

– O juramento de não beber nenhum líquido alcoólico. Em doze dias fará vinte e um anos desde que fiz o juramento, e então pretendo me divertir, meu Deus, com certeza!

Elizabeth-Jane sentou-se à janela em um domingo e, enquanto estava lá, ouviu na rua abaixo uma conversa que mencionava o nome de Henchard. Ela estava se perguntando qual seria o problema, quando uma terceira pessoa que estava passando fez a pergunta que a estava incomodando.

– Michael Henchard começou a beber depois de não tomar nada por vinte e um anos!

Elizabeth-Jane deu um pulo, vestiu suas roupas e saiu.

Capítulo 33

Nessa época, prevalecia em Casterbridge um costume de convívio... pouco reconhecido como tal, mas ainda assim estabelecido. Na tarde de todos os domingos, um grande contingente de oficiais de Casterbridge, frequentadores constantes da igreja e personalidades calmas, que tinha comparecido ao serviço religioso, saía em fila das portas da igreja em direção à pousada dos Três Marinheiros. A retaguarda era geralmente trazida pelo coro, com seus contrabaixos, violinos e flautas sob os braços.

O grande ponto, o ponto de honra, nessas ocasiões sagradas, era que cada homem se limitasse estritamente a meio litro de bebida. Esse escrúpulo foi tão bem compreendido pelo senhorio que todo o grupo foi servido em copos naquela medida. Eles eram todos exatamente iguais... lados retos, com duas tílias sem folhas pintadas de marrom nas laterais... uma em direção aos lábios do bebedor, a outra confrontando seu camarada. Imaginar quantos desses copos o senhorio possuía ao todo era um exercício favorito das crianças. Quarenta pelo menos poderiam ter sido vistos nessas ocasiões na grande sala, formando um anel ao redor da margem da grande mesa de carvalho de dezesseis pernas, como o círculo de pedras de Stonehenge em seus dias primitivos. Do lado de fora e acima dos quarenta copos vinha um círculo de quarenta jatos de fumaça de quarenta cachimbos de barro; acima dos cachimbos, os rostos dos quarenta fiéis, com seus traseiros apoiados em quarenta cadeiras que formavam um círculo.

A conversa não era a conversa dos dias de semana, mas uma coisa bem mais sutil e de tom mais alto. Eles invariavelmente discutiam o sermão, dissecando-o, avaliando-o como acima ou abaixo da média... sendo a tendência geral considerá-lo um feito ou desempenho científico que não tinha relação com suas vidas, exceto entre os críticos e a coisa criticada. O contrabaixista e o clérigo geralmente falavam com mais autoridade do que os outros por causa de sua ligação oficial com o pregador.

Agora, Três Marinheiros era a pousada escolhida por Henchard como o local para encerrar seu longo período de anos sem bebida. Ele havia programado sua entrada para estar bem colocado na grande sala quando os quarenta fiéis entrassem para beber em seus copos habituais. O rubor em seu rosto esclareceu imediatamente que o voto de vinte e um anos havia expirado e a era da imprudência havia começado de novo. Ele estava sentado em uma pequena mesa, encostada ao lado da enorme mesa de carvalho reservada para os clérigos, alguns dos quais acenaram para ele enquanto tomavam seus lugares e diziam: – Como está, sr. Henchard? É estranho vê-lo aqui.

Henchard não se deu ao trabalho de responder por alguns instantes, e seus olhos pousaram nas pernas esticadas e nas botas.

– Sim – disse ele, por fim – isso é verdade. Estou deprimido há semanas e alguns de vocês sabem a causa. Estou melhor agora, mas não totalmente sereno. Quero que vocês, companheiros do coro, comecem a tocar; e com a música e esta bebida de Stannidge, estou na esperança de sair completamente do meu tom menor.

– Com todo o meu coração – disse o músico do primeiro violino. – Soltamos um pouco nossas cordas, é verdade, mas podemos tocar novamente. Toquem companheiros e deixem o homem escolher.

– Eu não me importo com o que vocês irão tocar – disse Henchard. – Hinos, valsas ou qualquer música deplorável; pode ser a marcha dos vampiros ou o gorjeio dos querubins... dá tudo no mesmo para mim, se for uma boa harmonia e bem apresentada.

– Bem... heh, heh... pode ser, podemos fazer isso, já que todos os músicos aqui têm experiência de mais de vinte anos – disse o líder da banda. – Já que é domingo, amigos, vamos tocar o Salmo Quatro, ao som de Samuel Wakely, com arranjos feitos por mim?

– Esqueça a melodia de Samuel Wakely, com arranjos feitos por você! – disse Henchard. – Escolha um de seus salmos... a antiga canção de Wiltshire é a única música que vale a pena cantar... o salmo que faria meu sangue fluir como o mar, quando eu era um sujeito estável. Vou encontrar algumas palavras para encaixar. – Ele pegou um dos saltérios e começou a virar as folhas.

Olhando pela janela naquele momento, ele viu um grupo de pessoas passando e percebeu que eram a congregação da outra igreja da cidade, que tinha acabado de sair do culto porque o sermão deles tinha sido mais longo do que o da paróquia na parte mais baixa da cidade. Entre os habitantes mais importantes caminhavam o sr. conselheiro Farfrae e Lucetta apoiada em seu braço, que era observada e imitada por todas as mulheres dos comerciantes menores. A boca de Henchard mudou um pouco e ele continuou a virar as folhas.

– Vamos lá, então – ele disse – Salmo Centésimo Nono, ao som de Wiltshire, versículos dez a quinze. Vou declamar para vocês:

Que os seus filhos fiquem sem lar e sejam mendigos!
Que sejam expulsos das casas em ruínas, onde moram!
Que tudo o que meu inimigo tem seja tomado como pagamento das suas dívidas!
E que estranhos fiquem com o que ele conseguiu com o seu esforço!
Que ninguém seja bom para ele,
e que não haja quem cuide dos seus filhos órfãos!
Que todos os seus descendentes morram logo,
e que o seu nome seja esquecido em pouco tempo!
Que o Senhor Deus nunca esqueça dos pecados da sua mãe
e sempre lembre da maldade dos seus antepassados!
Que o Senhor se lembre sempre dos pecados deles,
porém que eles mesmos sejam completamente esquecidos.

– Eu conheço o Salmo, eu conheço o Salmo! – disse o líder apressadamente – mas eu preferiria não cantar. Não foi feito para cantar. Escolhemos uma vez quando o cigano roubou a égua de nosso pai, pensando em agradá-lo, mas o papai ficou mais chateado ainda. Não consigo entender o que o servo David estava pensando quando escreveu um salmo que ninguém consegue cantar sem se envergonhar! Agora, então, vamos cantar o salmo quatro, ao som de Samuel Wakely, com meus arranjos.

– Todos parem de beber... estou dizendo que vocês devem cantar o Salmo Centésimo Nono de Wiltshire, e vocês vão cantar! – gritou Henchard. – Nenhum de vocês sai desta sala enquanto o salmo não for cantado! – Deslizou para fora da mesa, pegou o bastão de metal da lareira e, indo até a porta, apoiou as costas contra ela. – Agora vamos lá, podem cantar, se vocês não querem que seus copos sejam quebrados!

– Não faça isso, não faça isso! Como é sábado e são palavras do servo David e não nossas, talvez não nos importemos desta vez, ok? – disse alguém do coro, apavorado, olhando em volta para os outros. Então os instrumentos foram afinados e os versos cominatórios cantados.

– Obrigado, obrigado – disse Henchard com uma voz suave, os olhos cada vez mais baixos, e os modos de um homem muito comovido pelas tensões. – Não culpem David – ele continuou em voz baixa, balançando a cabeça sem levantar os olhos. – Ele sabia do que se tratava quando escreveu isso!... Se eu pudesse pagar, seria enforcado se não mantivesse um coro de igreja às minhas custas, para tocar e cantar para mim nesses tempos sombrios e deprimentes da minha vida. Mas a tristeza é que, quando eu era rico, não precisava do que podia ter, e agora que sou pobre, não posso ter o que preciso!

Enquanto faziam uma pausa, Lucetta e Farfrae passaram novamente, dessa vez de volta para casa, sendo seu costume fazer, como os outros, uma curta caminhada na estrada e voltar, entre a igreja e a hora do chá. – Aí está o homem sobre o qual estamos cantando – disse Henchard.

Os músicos e cantores viraram a cabeça e entenderam o que ele queria dizer.

– Deus me livre – disse o contrabaixista.

– Este é o homem – repetiu Henchard, obstinadamente.

– Veja bem, se eu soubesse – disse o intérprete do clarinete solenemente – que esse canto era para um homem vivo, nada teria dado nem um pouco do meu fôlego para entoar aquele salmo, Deus nos ajude!

– Nem eu – disse o primeiro cantor. – Mas pensei que, como era uma canção muito antiga, não faria mal fazer um favor a um amigo; pois não há nada a ser dito contra a melodia.

– Ah, meus meninos, vocês cantaram muito bem – disse Henchard, triunfantemente. – Quanto a ele, foi em parte por suas canções que ele me superou e tirou meu lugar... Eu poderia dobrá-lo ao meio... mas não fiz isso – Ele colocou o bastão de metal da lareira sobre o joelho, dobrou-o como se fosse um graveto, jogou-o no chão e afastou-se da porta.

Foi nessa hora que Elizabeth-Jane, tendo ouvido onde seu padrasto estava, entrou na sala com um semblante pálido e agonizante. O coro e o restante do grupo se afastaram, de acordo com o regulamento do meio litro. Elizabeth-Jane foi até Henchard e pediu-lhe que a acompanhasse até sua casa.

A essa hora, os fogos vulcânicos de sua natureza haviam se extinguido e, não tendo bebido muito ainda, ele estava inclinado a aquiescer. Ela pegou o braço dele, e juntos eles continuaram. Henchard caminhava sem expressão, como um cego, repetindo para si mesmo as últimas palavras dos cantores:

Que o Senhor se lembre sempre dos pecados deles,
porém que eles mesmos sejam completamente esquecidos

Por fim, ele disse a ela: – Eu sou um homem de palavra. Mantive meu juramento por vinte e um anos, e agora posso beber de consciência limpa... Se eu não fizer por ele... bem, sou um brincalhão medroso quando quero! Ele tirou tudo de mim e, pelos céus, se eu o encontrar, não responderei por meus atos!

Essas palavras semipronunciadas alarmaram Elizabeth... ainda mais por causa da ainda determinação do semblante de Henchard.

– O que você vai fazer? – ela perguntou cautelosamente, enquanto tremia de inquietação, e adivinhando muito bem a alusão de Henchard.

Henchard não respondeu, e eles continuaram até chegarem à casa dele. – Posso entrar? – ela disse.

– Não, não; hoje não – disse Henchard; e ela foi embora; sentindo que advertir Farfrae era quase seu dever, pois, com certeza, era um desejo bem forte.

Assim como no domingo, também nos dias de semana, Farfrae e Lucetta poderiam ser vistos voando pela cidade como duas borboletas... ou melhor, como uma abelha e uma borboleta unidas por toda a vida. Ela parecia não ter prazer em ir a qualquer lugar, exceto na companhia de seu marido; e, portanto, quando os negócios não permitiam que ele perdesse uma tarde, ela permanecia em casa, esperando que o tempo passasse até seu retorno e ficava na janela do alto de onde Elizabeth-Jane podia ver seu rosto. Esta, porém, não dizia a si mesma que Farfrae deveria agradecer por tamanha devoção, mas, repleta de sua leitura, citava a exclamação de Rosalinda: – Senhora, conheça a ti mesma, ajoelhe-se e agradeça aos céus em jejum pelo amor de um homem bom.

Elizabeth mantinha os olhos em Henchard também. Um dia, ele respondeu à pergunta dela sobre sua saúde, dizendo que não suportava os olhos compassivos de Abel Whittle sobre ele enquanto trabalhavam juntos no quintal. – Ele é tão tolo – disse Henchard – que nunca consegue tirar da cabeça a época em que eu era o mestre aqui.

– Eu virei aqui e lhe ajudarei em vez dele, se você me permitir – disse ela. Seu motivo para ir ao pátio era ter a oportunidade de observar a situação geral nas instalações de Farfrae, agora que seu padrasto era um trabalhador lá. As ameaças de Henchard a alarmaram tanto, que ela queria observar o comportamento dele quando os dois estivessem cara a cara.

Por dois ou três dias após sua chegada, Donald não apareceu. Então, uma tarde, a porta verde se abriu e Farfrae entrou primeiro, seguido logo atrás por Lucetta. Donald trouxe sua esposa à frente sem hesitar, sendo óbvio que ele não tinha nenhuma suspeita de quaisquer antecedentes em comum entre ela e o negociante de grãos que agora era um trabalhador diário ali.

Henchard não voltou os olhos para nenhum dos dois, mantendo-os fixos no trabalho que estava fazendo, como se só isso o absorvesse. Um sentimento de delicadeza, que sempre levou Farfrae a evitar qualquer coisa que pudesse parecer um triunfo sobre uma pessoa derrotada, levou-o a se manter afastado do celeiro onde Henchard e sua filha trabalhavam e a se dirigir ao departamento de milho. Enquanto isso, Lucetta, que não tinha sido informada de que Henchard havia começado a trabalhar para seu marido, foi direto para o celeiro, onde de repente se deparou com Henchard e soltou um pequeno "Oh!", que o feliz e ocupado Donald estava longe demais para ouvir. Henchard, com fulminante humildade de comportamento, tocou a aba de seu chapéu para ela como Whittle e os outros haviam feito, ao que ela sussurrou uma "boa tarde" sem vigor algum.

– Desculpe-me, senhora? – disse Henchard, como se não tivesse ouvido.

— Eu disse boa tarde – ela titubeou.

— Ah, sim, boa tarde, senhora – respondeu ele, tocando novamente o chapéu. – Estou feliz em vê-la, senhora – Lucetta pareceu envergonhada e Henchard continuou: – Pois nós, humildes trabalhadores aqui, sentimos uma grande honra que uma dama nos visite e se interesse por nós.

Ela olhou para ele, suplicante; o sarcasmo era muito amargo, quase insuportável.

— Você pode me dizer as horas, senhora? – ele perguntou.

— Sim – ela disse apressadamente – quatro e meia.

— Obrigado. Mais uma hora e meia antes de sermos liberados do trabalho. Ah, senhora, nós das classes baixas não conhecemos o lazer do qual os ricos desfrutam!

Assim que pôde, Lucetta o deixou, acenou com a cabeça e sorriu para Elizabeth-Jane, e juntou-se ao marido na outra extremidade do recinto, onde ela podia ser vista conduzindo-o pelos portões externos, para evitar passar por Henchard, de novo. Era óbvio que ela havia sido pega de surpresa. O resultado desse encontro casual foi que, na manhã seguinte, um bilhete foi colocado nas mãos de Henchard pelo carteiro.

— Por favor, – dizia o bilhete de Lucetta, com tanta amargura quanto ela poderia colocar em um pequeno pedaço de papel – você poderia gentilmente se comprometer a não falar comigo no tom mordaz que usou hoje, se eu passar pelo pátio a qualquer momento? Não lhe desejo nenhum mal e estou muito feliz por você ter um emprego nos negócios do meu querido marido; mas, com toda justiça, trate-me como esposa dele e não tente me fazer sentir miserável com zombarias dissimuladas, porque eu não cometi nenhum crime e não lhe causei nenhum dano.

— Pobre tola! – disse Henchard com selvageria afetuosa, segurando o papel. – Ela nem imagina que está se comprometendo ao escrever assim! Ora, se eu mostrasse isso ao seu querido marido... coitada! – Então, ele jogou a carta no fogo.

Lucetta tomou todos os cuidados para não voltar a circular entre o feno e o milho. Ela preferia ter morrido a correr o risco de encontrar Henchard tão próximo uma segunda vez. O abismo entre eles aumentava a cada dia. Farfrae sempre era atencioso com seu conhecido decaído; mas era impossível que ele não deixasse gradualmente de considerar o ex-comerciante de milho mais do que um de seus outros trabalhadores. Henchard percebeu isso e escondeu seus sentimentos sob uma capa de indiferença, fortalecendo seu coração ao beber livremente na pousada Três Marinheiros todas as noites.

Frequentemente, Elizabeth-Jane, em seus esforços para evitar que ele tomasse outras bebidas alcoólicas, levava chá para ele, em uma cestinha, às 5 horas. Chegando um dia para essa missão, ela encontrou seu padrasto medindo sementes de trevo e colza nas lojas de milho no último andar, e ela subiu até ele. Cada andar tinha uma porta aberta sob uma viga, da qual pendia uma corrente para içar os sacos.

Quando a cabeça de Elizabeth saiu do alçapão, ela percebeu que a porta superior estava aberta e que seu padrasto e Farfrae estavam conversando, Farfrae mais próximo da borda estonteante, e Henchard um pouco atrás. Para não interrompê-los, ela permaneceu nos degraus sem levantar a cabeça. Enquanto esperava, ela viu... ou imaginou ter visto, pois tinha medo de ter certeza... seu padrasto erguer lentamente a mão até a altura dos ombros de Farfrae, uma expressão curiosa tomando conta de seu rosto. O jovem estava totalmente inconsciente da ação, que era tão indireta que, se Farfrae a tivesse observado, poderia quase ter considerado como um estiramento ocioso do braço. Mas teria sido possível, com um toque comparativamente leve, desequilibrar Farfrae e jogá-lo de ponta-cabeça no ar.

Elizabeth sentiu-se muito mal ao pensar no que isso poderia significar. Assim que eles se viraram, ela mecanicamente levou o chá para Henchard, deixou-o e foi embora. Refletindo, ela se esforçou para assegurar-se de que o movimento era uma excentricidade ociosa e nada mais. No entanto, por outro lado, sua posição subordinada em um estabelecimento onde ele já fora o mestre poderia estar agindo sobre ele como um veneno irritante; e ela finalmente resolveu advertir Donald.

Capítulo 34

Então, na manhã seguinte, ela se levantou às 5 horas e saiu para a rua. Ainda não estava claro, pairava um denso nevoeiro, e a vila estava tão silenciosa quanto escura, exceto nas avenidas retangulares que formavam a estrutura do bairro de onde vinha um coro de pequenas batidas, provocadas pela queda de gotas de água condensadas nos ramos; ora vinha da calçada do lado oeste, ora da calçada do lado sul; e depois de ambos os lados ao mesmo tempo. Ela seguiu para o fim da Corn Street e, conhecendo bem o horário de Farfrae, esperou apenas alguns minutos até ouvir a batida familiar de sua porta e, em seguida, sua caminhada rápida naquela direção. Ela o encontrou no ponto onde a última árvore da avenida circunvizinha ficava, na lateral da última casa da rua.

Ele mal podia distingui-la até que, olhando inquisitivamente, ele disse – O que está acontecendo?... Srta. Henchard... o que está fazendo de pé tão cedo?

Ela pediu-lhe que a perdoasse por encontrá-lo em um momento tão impróprio. — Estou ansiosa para mencionar algo — disse ela. — E eu não queria alarmar a sra. Farfrae aparecendo na casa de vocês.

— Sim? — disse ele, com a alegria de um superior. — E o que seria? É muita gentileza sua, tenho certeza.

Ela agora sentia a dificuldade de transmitir a ele o aspecto exato das possibilidades dela. Mas, de alguma forma começou e introduziu o nome de Henchard. — Às vezes tenho muito medo — ela disse com esforço — de que ele possa ser levado a alguma tentativa de... prejudicá-lo, senhor.

— Mas nós somos bons amigos?

— Ou pode ser que ele faça alguma brincadeira de mal gosto com o senhor. Lembre-se de que ele quase não usa todo o talento que tem.

— Mas nós não somos amigos?

— Receio que ele possa fazer algo... para magoá-lo ou machucá-lo, feri-lo — Cada palavra doía o dobro a ela. E ela podia ver que Farfrae ainda estava incrédulo. Henchard, um homem pobre em seu emprego, não era na opinião de Farfrae o Henchard que o controlara. No entanto, ele não era apenas o mesmo homem, mas aquele homem com suas qualidades sinistras, anteriormente latentes, vivificado por suas bofetadas.

Farfrae, feliz e sem pensar no mal, persistiu em fazer pouco caso de seus medos. Assim eles se separaram, e ela voltou para casa, os diaristas agora na rua, os carroceiros indo para os fabricantes de arreios buscar artigos deixados para serem consertados, os cavalos de fazenda indo para os ferreiros, e os filhos do trabalho movimentando-se nas ruas. Elizabeth entrou infeliz em seus aposentos, pensando que não havia feito nada de bom, e apenas se fez de boba com seu fraco tom de advertência.

Mas Donald Farfrae era um daqueles homens sobre os quais um incidente nunca é totalmente perdido. Ele avaliava as impressões de um ponto de vista posterior, e o julgamento impulsivo do momento nem sempre era permanente. A visão do rosto sério de Elizabeth na madrugada chuvosa voltou à sua mente várias vezes durante o dia. Conhecendo a solidez de seu caráter, ele não tratou suas insinuações como tons ociosos.

Mas ele não desistiu de continuar com o esquema de gentileza com Henchard, que havia acabado de contratar; e quando ele encontrou o advogado Joyce, o escrivão da cidade, mais tarde naquele dia, falou sobre isso como se nada tivesse ocorrido para abafá-lo.

– Sobre aquela pequena loja de sementes – disse ele – a loja com vista para o cemitério, que está para alugar. Não é para mim que a quero, mas para nosso infeliz conterrâneo Henchard. Seria um novo começo para ele, embora pequeno; e eu disse ao Conselho que faria um acordo em particular com eles para estabelecê-lo ali... que eu pagaria 50 libras, se eles pagassem as outras 50 entre eles.

– Sim, sim, eu ouvi isso e não tenho nada a dizer em contrário – respondeu o escrivão da cidade, em seu jeito simples e franco – Mas, Farfrae, outros veem o que você não vê. Henchard odeia o senhor... sim, ele lhe odeia; e você deve saber isso. Pelo que sei, ele estava no Três Marinheiros ontem à noite, falando sobre você em público, dizendo o que um homem não deve dizer sobre o outro.

– Verdade... ah, é mesmo? – disse Farfrae, olhando para baixo. – Por que ele faria isso? – acrescentou o jovem amargamente – que mal eu fiz a ele para que ele tentasse me prejudicar?

– Só Deus sabe – disse Joyce, erguendo as sobrancelhas. – Isso mostra quanta paciência você tem para tolerá-lo e mantê-lo em seu emprego.

– Mas não posso dispensar um homem que já foi um bom amigo para mim. Como posso esquecer que, quando cheguei aqui, foi ele que me permitiu construir tudo do zero? Não, não. Enquanto eu tiver um dia de trabalho para oferecer, ele o terá, se assim o desejar. Não sou eu quem vai negar a ele um pouco disso. Mas não vou mais continuar com essa ideia de estabelecê-lo em uma loja até que eu possa pensar melhor sobre tudo isso.

Farfrae se entristeceu muito, porque teve de desistir do esquema que havia planejado. Mas, considerando que várias dúvidas foram lançadas no ar, ele revogou suas ordens. O então ocupante da loja estava lá quando Farfrae falou com ele e sentiu a necessidade de dar algumas explicações sobre sua desistência na negociação. Donald mencionou o nome de Henchard e afirmou que as intenções do Conselho haviam mudado.

O ocupante ficou muito desapontado e imediatamente informou a Henchard, assim que o viu, que o esquema do Conselho para instalá-lo em uma loja havia sido derrubado por Farfrae. E assim, devido ao erro, a inimizade cresceu.

Quando Farfrae entrou em casa naquela noite, a chaleira estava cantando no fogão alto da grelha em forma semioval. Lucetta, leve como uma fada, correu em direção a ele e agarrou suas mãos, ao que Farfrae a beijou devidamente.

– Oh! – ela gritou brincando, virando-se para a janela. – Veja... as persianas não estão fechadas, e as pessoas podem nos ver... que escândalo!

Quando as velas foram acesas, as cortinas fechadas e os dois se sentaram para o chá, ela notou que ele parecia sério. Sem perguntar diretamente por que ela deixou os olhos dele se demorarem solícitos em seu rosto.

– Quem veio aqui hoje? – ele perguntou distraidamente. – Alguém me procurando?

– Não – disse Lucetta. – Qual é o problema, Donald?

– Nada que valha a pena falar – ele respondeu com tristeza.

– Então, deixa pra lá. Você vai superar isso, os escoceses sempre têm sorte.

– Não, nem sempre! – ele disse, balançando a cabeça tristemente enquanto contemplava uma migalha na mesa. – Eu conheço muitos que não foram assim! Houve um homem chamado Sandy Macfarlane, que partiu para a América para tentar sua fortuna e se afogou; outro chamado Archibald Leith, que foi assassinado! E os pobres Willie Dunbleeze e Maitland Macfreeze... que seguiram pelo mau caminho e entraram em apuros!

– Ora, seu velho tolo, eu estava falando apenas em um sentido geral, é claro! Você é sempre tão literal. Agora, quando terminarmos o chá, cante para mim aquela canção engraçada sobre a mulher que usava salto alto e etiquetas famosas e tinha quarenta pretendentes.

– Não, não. Esta noite não consigo cantar nada! O problema é Henchard... ele me odeia; então eu não posso ser amigo dele nem que eu queira. Eu posso até entender que ele sinta um pouco de inveja; mas não consigo ver uma razão para toda a intensidade do que ele sente. Você consegue, Lucetta? Parece mais como uma antiga rivalidade no amor do que apenas um pouco de rivalidade no comércio.

Lucetta estava um pouco pálida. – Não – ela respondeu.

– Eu lhe dou emprego... não posso recusar. Mas também não posso me cegar para o fato de que, com um homem de paixões como as dele, não há como defender sua conduta!

– O que você ouviu, Donald, querido? – perguntou Lucetta alarmada. As palavras em seus lábios queriam dizer "algo sobre mim?", mas ela não as pronunciou. Ela não conseguiu, no entanto, conter sua agitação, e seus olhos se encheram de lágrimas.

– Não, não se preocupe, não é tão sério quanto você imagina – declarou Farfrae calmamente; embora ele não conhecesse sua gravidade tão bem quanto ela.

– Gostaria que você fizesse o que combinamos – comentou Lucetta com tristeza. – Deixe os negócios e vamos embora daqui. Temos muito dinheiro, e por que precisamos ficar?

Farfrae parecia seriamente disposto a discutir essa mudança, e eles conversaram sobre isso até que um visitante foi anunciado. O vizinho deles, vereador Vatt, entrou.

– Suponho que vocês ouviram falar da morte do pobre dr. Chalkfield? Sim, morreu esta tarde, às 5h – disse o sr. Vatt. Chalkfield era o conselheiro que assumiu a prefeitura no mês de novembro do ano anterior.

Farfrae lamentou a informação e o sr. Vatt continuou: – Bem, sabemos que ele já estava ausente por alguns dias e, como sua família está bem sustentada, vamos deixar tudo como está. Agora, passei aqui para perguntar... de forma bastante particular, se eu o nomear para sucedê-lo, e não houver nenhuma oposição, você aceitaria a presidência?

– Mas há pessoas que deveriam ser convocadas antes de mim; e eu sou muito jovem, e isso pode parecer forçado! – disse Farfrae depois de uma pausa.

– De jeito nenhum. Eu não falo por mim só, vários já o citaram. Você não vai recusar, vai?

– Estamos pensando em ir embora – interrompeu Lucetta, olhando ansiosamente para Farfrae.

– Foi apenas uma ideia – Farfrae murmurou. – Eu não recusaria se fosse o desejo de uma maioria respeitável no Conselho.

– Muito bem, então, considere-se eleito. Já tivemos homens mais velhos por muito tempo.

Quando ele se foi, Farfrae disse, pensativo: – Veja como somos nós mesmos que somos governados pelos poderes acima de nós! Planejamos algo, mas fazemos outro. Se eles quiserem me tornar prefeito, ficarei, e Henchard pode reclamar quanto quiser.

A partir dessa noite, Lucetta ficou muito inquieta. Se ela não fosse a imprudência encarnada, não teria agido como agiu quando encontrou Henchard por acidente, um ou dois dias depois. Foi no alvoroço do mercado, quando ninguém podia perceber de imediato a conversa deles.

– Michael – disse ela – devo perguntar novamente o que lhe pedi meses atrás... você pode me devolver minhas cartas que estão com você... a não ser que já as tenha destruído? Você precisa perceber como é importante que o período em Jersey seja apagado, para o bem de todas as partes.

– Ora, bendita mulher! Empacotei todas as suas cartas para lhe entregar na carruagem, mas você nunca apareceu.

Ela explicou como a morte de sua tia a impedira de fazer a viagem naquele dia. – E o que aconteceu com o pacote, então? – ela perguntou.

Ele não conseguia dizer, precisava pensar. Quando ela se foi, ele lembrou que havia deixado uma pilha de papéis inúteis em seu antigo cofre da sala de jantar... construído na parede de sua antiga casa... agora ocupada por Farfrae. As cartas poderiam estar na casa deles.

Um sorriso grotesco formou-se no rosto de Henchard. Será que eles abriram esse cofre?

Na mesma noite que se seguiu, houve um grande toque de sinos em Casterbridge, e as bandas combinadas de metais, madeira, fio catgut e couro tocaram pela cidade com mais prodigalidade de notas de percussão do que nunca. Farfrae era prefeito... o ducentésimo ímpar de uma série que formava uma dinastia eletiva que remontava aos dias de Carlos I... e a bela Lucetta era a cortejada da cidade... Mas, ah!, e o verme... Henchard, o que ele diria!

Ele, nesse ínterim, indignado com alguma informação errônea da oposição de Farfrae ao esquema para instalá-lo na pequena loja de sementes, foi contemplado com a notícia da eleição municipal (que, em razão da relativa juventude de Farfrae e de sua origem escocesa... coisa inédita... tinha um interesse muito além do comum). O toque dos sinos e a banda tocando, alto como uma trombeta, incitaram o deprimido Henchard indescritivelmente: a expulsão agora parecia para ele completa.

Na manhã seguinte, ele foi para o milharal como de costume, e por volta das 11 horas Donald entrou pela porta verde, sem nenhum traço de adoração ao seu redor. A mudança ainda mais enfática de lugares entre ele e Henchard que aquela eleição havia estabelecido renovou um leve embaraço nas maneiras do modesto jovem; mas Henchard mostrou ser alguém que havia ignorado tudo isso, e Farfrae encontrou suas amenidades no meio do caminho imediatamente.

– Eu gostaria de perguntar a você – disse Henchard – sobre um pacote que talvez eu tenha deixado em meu velho cofre na sala de jantar – ele acrescentou alguns detalhes.

– Se você colocou lá, ainda está lá agora – disse Farfrae. – Nunca abri o cofre, pois guardo meus papéis no banco, para dormir tranquilamente.

– Não tinha muita importância... para mim – disse Henchard. – Mas vou passar na sua casa hoje à noite, se você não se importa?

Já era tarde quando ele cumpriu sua promessa. Ele havia se embriagado um pouco, como fazia com muita frequência agora, e uma onda de humor sardônico pairava em seus lábios enquanto ele se aproximava da casa, como se estivesse contemplando alguma forma terrível de diversão. Fosse o que fosse, o incidente de sua entrada não diminuiu sua força, sendo essa sua primeira visita à casa desde que ali residia como proprietário. O toque do sino falou com ele como a voz de um escravo familiar que havia sido subornado para abandoná-lo; o movimento das portas trazia memórias de dias mortos.

Farfrae convidou-o para a sala de jantar, onde imediatamente destrancou o cofre de ferro embutido na parede, o cofre dele, de Henchard, feito por um serralheiro engenhoso sob sua direção. Farfrae retirou dali o pacote e outros papéis, desculpando-se por não os ter devolvido.

– Não importa – disse Henchard, secamente. – O fato é que são cartas... é verdade – ele continuou, sentando-se e desdobrando o embrulho apaixonado de Lucetta – aqui estão elas. Quem diria que as veria novamente! Espero que a sra. Farfrae esteja bem depois de seus esforços de ontem?

Henchard voltou às cartas, examinando-as com interesse, Farfrae sentado na outra ponta da mesa de jantar. – Você não esqueceu, é claro – ele continuou – aquele curioso capítulo da história do meu passado que eu lhe contei e no qual você me ajudou? Na realidade, essas cartas estão relacionadas com aquele assunto. Embora, graças a Deus, esteja tudo acabado agora.

– O que aconteceu com a pobre mulher? – perguntou Farfrae.

– Felizmente ela se casou e se casou bem – disse Henchard – Portanto, essas reprovações que ela escreveu sobre mim não me causam mais nenhum mal, como já fizeram um dia... Apenas ouça o que uma mulher cheia de raiva diz!

Farfrae, disposto a agradar Henchard, embora bastante desinteressado e explodindo em bocejos, deu atenção educada.

–"Para mim", Henchard leu, "praticamente não há futuro. Uma criatura pouco convencional e devotada a você... que sente ser impossível ser a esposa de qualquer outro homem; e que ainda não é mais para você do que a primeira mulher que você encontra na rua... essa sou eu. Eu o absolvo de qualquer intenção de me prejudicar, mas você é a porta pela qual o mal veio até mim. No caso da morte de sua atual esposa e do fato de você me colocar na posição dela é um consolo que vai até onde? Assim, eu me sento aqui, abandonada por meus poucos conhecidos, e abandonado por você!"

– Era isso que ela escrevia para mim – disse Henchard – toneladas de palavras como essa, quando o que aconteceu foi algo que eu não podia curar.

– Sim, – disse Farfrae distraidamente – é assim que acontece com as mulheres – Mas o fato é que ele sabia muito pouco sobre o sexo feminino; no entanto, detectando uma espécie de semelhança de estilo entre as efusões da mulher que ele adorava e as da suposta estranha, ele concluiu que Afrodite sempre falava assim, qualquer que fosse a personalidade que ela assumisse.

Henchard abriu outra carta e leu da mesma forma, parando na assinatura como antes. – O nome dela eu não digo – disse ele brandamente. – Como eu não me casei com ela, e outro homem o fez, não posso fazer isso para ser justo com ela.

– Ver-da-de, verda-de – disse Farfrae – mas por que você não se casou com ela quando sua esposa, Susan, morreu? – Farfrae fez esta e outras perguntas no tom confortavelmente indiferente de alguém a quem o assunto não dizia respeito.

– Ah, que bom que você me perguntou isso! – disse Henchard, o sorriso em forma de lua nova se insinuando novamente em sua boca. – Apesar de todos os protestos dela, quando me apresentei para casar com ela, obrigado pela generosidade, ela não era mais a mulher para mim.

– Ela já havia se casado com outro... talvez?

Henchard parecia pensar que estava navegando muito perto do vento para descer mais em detalhes e respondeu: – Sim.

– A jovem devia ter um coração que suportava facilmente o transplante!

– Ela realmente tinha, tinha mesmo – disse Henchard enfaticamente.

Abriu uma terceira e depois uma quarta carta e leu. Dessa vez, ele chegou à conclusão de que leria a assinatura quando chegasse ao fim da carta. Mas novamente ele parou. A verdade é que, como se pode adivinhar, ele tinha a intenção de causar uma grande catástrofe no fim desse drama, lendo o nome, porque ele tinha entrado na casa com esse pensamento. Mas, sentado ali, a sangue frio, ele não conseguia fazer isso.

Tal destruição de corações deixava até ele mesmo chocado. Ele poderia ter aniquilado os dois no calor da ação, mas fazer isso por meio de veneno oral estava além de sua inimizade.

Capítulo 35

Como Donald havia dito, Lucetta tinha se retirado cedo para o quarto por causa do cansaço. Ela, no entanto, não foi descansar, mas sentou-se na cadeira de cabeceira lendo e pensando sobre os acontecimentos do dia. Quando Henchard tocou a campainha, ela se perguntou quem estaria fazendo uma visita àquela hora da noite. A sala de jantar ficava quase embaixo do quarto dela; ela podia ouvir que alguém estava lá dentro e logo percebeu o murmúrio indistinto de outra pessoa.

A hora usual de Donald subir já havia passado, mas ainda assim a leitura e a conversa continuaram. Isso foi muito singular. Ela não conseguia pensar em nada além de algum crime extraordinário que poderia ter sido cometido e que o visitante, quem quer que fosse, estava lendo um relato de uma edição especial do *Jornal de Casterbridge*. Por fim, ela saiu do quarto e desceu as escadas. A porta da sala de jantar estava entreaberta e, no silêncio da casa em repouso, a voz e as palavras puderam ser reconhecidas antes que ela alcançasse o andar inferior. Ela ficou paralisada. Ela ouviu as próprias palavras na voz de Henchard, como espíritos saídos do túmulo.

Lucetta apoiou-se no corrimão, encostando sua bochecha nele, como se quisesse fazer amizade com ele em sua miséria. Rígida nessa posição, mais e mais palavras entravam sucessivamente em seus ouvidos. Mas o que mais a impressionava era o tom do marido. Ele falava apenas com o sotaque de um homem que estava ouvindo uma história.

– Uma palavra – disse Farfrae, enquanto o crepitar do papel indicava que Henchard estava desdobrando outra folha. – É justo para a memória dessa jovem ler tanto para um estranho o que era destinado apenas aos seus olhos?

– Bem, sim – disse Henchard. – Ao não mencionar o nome dela, faço dela um exemplo para todas as mulheres, e não um escândalo para ninguém.

– Se eu fosse você, eu as destruiria – disse Farfrae, pensando mais nas cartas do que até então. – Como esposa de outro homem, isso prejudicaria a mulher se chegasse ao conhecimento do marido.

– Não, não vou destruí-las – murmurou Henchard, guardando as cartas. Então ele se levantou e Lucetta não ouviu mais nada.

Ela voltou para seu quarto em um estado quase paralisado. Por muito medo ela não conseguiu se despir e sentou-se na beira da cama, esperando. Henchard revelaria o segredo em suas palavras de despedida? Seu suspense era terrível. Se ela tivesse confessado tudo a Donald no início de seu relacionamento, ele poderia ter superado isso e se casado com ela do mesmo jeito... improvável como antes parecia; mas para ela ou qualquer outra pessoa contar a ele agora seria fatal.

A porta bateu e ela ouviu o marido trancando-a. Depois de olhar em volta como de costume, ele subiu as escadas vagarosamente.

A faísca nos olhos dela quase se apagou quando ele apareceu na porta do quarto. Seu olhar pairou duvidoso por um momento, então, para seu feliz espanto, ela viu que ele olhou para ela com o sorriso animador de alguém que acabava de sair de uma cena que era cansativa. Ela não aguentou mais e caiu em choro histérico.

Quando ele conseguiu fazer com que ela parasse de chorar, Farfrae naturalmente falou de Henchard. – Entre todos os homens, ele era o menos desejável para se ter como visitante, mas acredito que ele está um pouco descontrolado. Ele leu um monte de cartas relacionadas à sua vida passada, e eu não podia fazer nada a não ser ouvi-lo.

Isso foi suficiente. Henchard, então, não havia contado. As últimas palavras de Henchard para Farfrae, em resumo, enquanto ele estava parado na soleira da porta, foram as seguintes: – "Bem, sou grato a você por ouvir. Talvez eu fale mais sobre ela algum dia."

Ao descobrir isso, ela ficou muito perplexa quanto aos motivos de Henchard para contar sobre o assunto, pois, nesses casos, atribuímos a um inimigo um poder de ação consistente que nunca encontramos em nós mesmos ou em nossos amigos; e esquecemos que esforços abortivos por falta de coração são tão possíveis para vingança quanto para generosidade.

Na manhã seguinte, Lucetta permaneceu na cama, pensando em como evitar esse ataque incipiente. O golpe ousado de contar a Donald a verdade, vagamente concebido, ainda era ousado demais, pois ela temia que, ao fazê-lo, ele, como o resto do mundo, acreditasse que o episódio era mais culpa dela do que um infortúnio. Ela decidiu empregar a persuasão... não com Donald, mas com o próprio inimigo. Parecia ser a única arma viável, já que ela era uma mulher. Depois de traçar seu plano, ela se levantou e escreveu para aquele que a mantinha sob tensão:

"Ouvi sua conversa com meu marido ontem à noite e percebi o rumo de sua vingança. Só de pensar nisso, já me sinto destruída!

Tenha pena de uma mulher aflita! Se você pudesse me ver, entenderia. Você não sabe como a ansiedade me afetou recentemente. Estarei na praça na hora que você sair do trabalho... pouco antes de o sol se pôr. Por favor, esteja lá. Não consigo ficar em paz até me encontrar com você, cara a cara, e ouvir de sua boca que você não vai mais levar essa brincadeira de mal gosto a sério.

Para si mesma, ela disse, ao encerrar seu apelo: – Se alguma vez lágrimas e súplicas serviram aos fracos para lutar contra os fortes, que o façam agora!

Com essa visão, ela fez uma maquiagem diferente de tudo o que já havia tentado antes. Aumentar sua atração natural tinha sido até então o esforço invariável de sua vida adulta, e algo no qual ela não era novata. Mas naquele momento ela negligenciou tudo isso e começou a deixar sua apresentação natural mais prejudicada. Além de uma razão natural para sua aparência ligeiramente abatida, ela não havia dormido toda a noite anterior, e isso havia produzido em suas feições bonitas, embora ligeiramente desgastadas, o aspecto de um semblante envelhecido prematuramente por extrema tristeza. Ela escolheu, tanto por falta de espírito quanto por design, seu traje mais pobre, simples e descartado há muito tempo.

Para evitar a eventualidade de ser reconhecida, ela se cobriu e saiu de casa rapidamente. O sol pousava na colina como uma gota de sangue em uma pálpebra quando ela subiu a estrada em frente ao anfiteatro, onde entrou rapidamente. O interior era sombrio e enfatizava a ausência de todos os seres vivos.

Ela não se desapontou com a terrível esperança com que o esperava. Henchard chegou pelo lado de cima, desceu, e Lucetta o estava esperando sem fôlego. Mas, chegando à praça, ela notou uma mudança em sua atitude: ele ficou parado a uma pequena distância dela; ela não conseguia entender por quê.

Nem ninguém mais conseguiria. A verdade é que, ao designar esse local e essa hora para o encontro, Lucetta involuntariamente apoiou sua súplica com um argumento muito mais forte do que palavras que ela poderia ter dito, com esse homem de temperamento forte, melancólico e cheio de superstições. A figura dela no meio do enorme recinto, a simplicidade incomum de seu vestido, sua atitude de esperança e apelo, trouxeram fortemente à mente dele a lembrança de outra mulher maltratada que havia estado ali da mesma forma em tempos passados, e que tinha falecido recentemente para descansar. Ele ficou totalmente desarmado, e seu coração doeu por ter tentado represálias em alguém de um sexo tão frágil. Quando ele se aproximou dela, e antes que ela dissesse uma palavra, a opinião dela já tinha muito mais valor.

A maneira dele de aproximar-se foi de descuido cínico, mas, ao chegar perto dela, ele retirou do rosto seu meio-sorriso sombrio e disse, em um tom gentilmente contido: – Boa noite, querida. Claro que eu viria, se você assim quisesse.

– Ah, obrigada – disse ela, apreensiva.

– Lamento vê-la tão doente – ele gaguejou com indisfarçável remorso.

Ela balançou a cabeça. – Como você pode se arrepender, – ela perguntou – quando está causando isso deliberadamente?

– Como assim? – disse Henchard, inquieto. – Foi algo que eu fiz que a deixou tão mal assim?

– É tudo obra sua – disse ela. – Não tenho outro sofrimento. Minha felicidade estaria totalmente garantida se não fossem suas ameaças. Oh Michael, não me destrua desse modo! Você não acha que já fez o suficiente? Estou envelhecendo rapidamente. Nem meu marido nem qualquer outro homem me olhará com interesse por muito tempo.

Henchard ficou sem atitude. Seu antigo sentimento de piedade arrogante pelas mulheres em geral foi intensificado por essa mulher suplicante, aparecendo aqui como uma réplica da primeira esposa. Além disso, aquela impensada falta de previsão que havia causado todos os seus problemas ainda permanecia com a pobre Lucetta; ela veio ao seu encontro aqui dessa forma comprometedora sem perceber o risco. Tal mulher era um cervo muito pequeno para caçar; ele se sentiu envergonhado, perdeu todo o entusiasmo e o desejo de humilhar Lucetta naquele momento e não invejou mais Farfrae por sua barganha. Ele se casou com dinheiro, mas nada mais. Henchard estava ansioso para lavar as mãos do jogo.

– Bem, o que você quer que eu faça? – ele disse gentilmente. – Estou disposto a fazer o que você me pedir. Minha leitura dessas cartas foi apenas uma espécie de brincadeira e não revelei nada.

– Quero que me devolva as cartas e todos os papéis que você tenha que possam sugerir matrimônio ou coisa pior.

– Assim seja. Cada migalha será sua... Mas, cá entre nós, Lucetta, ele, com certeza, descobrirá algo sobre o assunto, mais cedo ou mais tarde.

– Ah! – ela disse com medo e ansiedade – mas não até que eu tenha provado ser uma esposa fiel e merecedora dele, e então ele poderá me perdoar por tudo!

Henchard silenciosamente olhou para ela. Ele quase invejava Farfrae com aquele amor, mesmo agora. – Hum... espero que sim – disse ele. – Mas você receberá as cartas sem falta. E seu segredo será guardado. Eu juro.

– Você é muito bom!... Como vou pegar as cartas?

Ele pensou um pouco e disse que as enviaria na manhã seguinte e acrescentou: – Agora não duvide de mim, posso manter minha palavra.

Capítulo 36

Ao voltar de seu compromisso, Lucetta viu um homem esperando perto da lâmpada mais próxima de sua porta. Quando ela parou para entrar, ele veio para falar com ela. Era Jopp.

Ele pediu perdão por se dirigir a ela. Mas ele tinha ouvido falar que o sr. Farfrae havia sido procurado por um comerciante de milho vizinho para recomendar um parceiro de trabalho; se assim fosse, ele desejava se oferecer. Ele poderia dar uma boa garantia e havia declarado isso ao sr. Farfrae em uma carta; mas ele se sentiria muito grato se Lucetta dissesse uma palavra a seu favor ao marido.

— É uma coisa da qual não sei nada – disse Lucetta, friamente.

— Mas você pode testemunhar minha confiabilidade melhor do que ninguém, senhora – disse Jopp. – Eu estive em Jersey por vários anos, e conhecia a senhora de lá, de vista.

— De fato – ela respondeu. – Mas eu não sabia nada sobre você.

— Senhora, eu acho que uma ou duas palavras suas garantiriam para mim o que tanto desejo – ele insistiu.

Ela firmemente se recusou a ter qualquer coisa a ver com o caso, e interrompendo-o, por causa de sua ansiedade para entrar antes que seu marido sentisse sua falta, deixou-o falando sozinho na calçada.

Ele a observou até que ela desapareceu e depois foi para casa. Quando chegou lá, sentou-se no canto da chaminé sem fogo, olhando para os cães de ferro e a madeira colocada sobre eles para aquecer a chaleira matinal. Um movimento no andar de cima o perturbou, e Henchard desceu de seu quarto, onde parecia estar revirando caixas.

Em seguida, Henchard disse: – Gostaria que você me fizesse um favor, Jopp, agora... esta noite, quero dizer, se puder. Entregue isso para a sra. Farfrae na casa dela. Eu deveria levá-lo pessoalmente, é claro, mas não quero ser visto lá.

Ele entregou um pacote em papel pardo, lacrado. Henchard cumpriu sua palavra. Imediatamente, ao entrar em casa, ele revistou seus poucos pertences, e todos os fragmentos de cartas de Lucetta que ele possuía estavam aqui. Jopp expressou indiferentemente sua disposição.

– Bem, como você passou hoje? – o inquilino perguntou. – Alguma perspectiva de abertura?

– Receio que não – disse Jopp, que não havia contado ao outro sobre seu pedido a Farfrae.

– Nunca haverá, em Casterbridge – declarou Henchard decisivamente. – Você deve partir para mais longe – Despediu-se de Jopp e voltou para sua parte da casa.

Jopp ficou sentado até que seus olhos fossem atraídos pela sombra do rapé na parede e, olhando para o original, descobriu que havia formado uma cabeça como uma couve-flor em brasa. Em seguida, seu olhar encontrou o pacote de Henchard. Ele sabia que havia algo entre Henchard e a atual sra. Farfrae; e suas vagas ideias sobre o assunto se resumiam a estas: Henchard tinha um pacote pertencente à sra. Farfrae e tinha motivos para não o devolver pessoalmente. O que poderia estar dentro dele? Então ele continuou e continuou até que, animado pelo ressentimento devido à arrogância de Lucetta, como ele pensava, e pela curiosidade de saber se havia algum ponto fraco nessa transação com Henchard, ele examinou o pacote. Considerando que a caneta e todas as ferramentas a ela relacionadas eram desajeitadas nas mãos de Henchard, ele afixou os selos sem fazer marcações e sem saber que a eficácia de tal fixação dependia disso. Jopp não era um principiante e levantou um dos lacres com o canivete, espreitou pela ponta assim aberta, viu que o maço era de cartas; e, ficando satisfeito com o resultado, selou a extremidade novamente simplesmente amolecendo a cera com a vela e saiu com o pacote conforme solicitado.

Seu caminho era à beira do rio, ao pé da cidade. Entrando na luz da ponte que ficava no fim da High Street, ele viu Mãe Cuxsom e Nance Mockridge descansando ali.

– Estamos indo para Mixen Lane, para dar uma olhada em Peter's Finger antes de irmos para a cama – disse a sra. Cuxsom. – Eles têm um violino e um pandeiro tocando lá. Meu Deus, é muito bom... venha também, Jopp... levaremos cinco minutos.

Jopp havia se mantido afastado desse grupo, mas as circunstâncias atuais o tornaram um pouco mais imprudente do que o normal e, sem muitas palavras, ele decidiu ir até seu destino dessa maneira.

Embora a parte superior de Durnover fosse composta principalmente de um curioso aglomerado de celeiros e fazendas, havia um lado menos pitoresco da paróquia. Esse lado era Mixen Lane, agora em grande parte demolida.

Mixen Lane era como a cidade de Adulão[9] para todos os vilarejos vizinhos. Era o esconderijo daqueles que estavam angustiados, endividados e com problemas de todo tipo. Trabalhadores rurais e outros camponeses, que combinavam um pouco de caça furtiva com a agricultura, e um pouco de brigas e bebedeiras além da caça furtiva, mais cedo ou mais tarde se encontravam em Mixen Lane. Mecânicos rurais ociosos demais para trabalhar em motores, servos rurais rebeldes demais para servir, se desviavam ou eram forçados a entrar em Mixen Lane.

---

9   Adulão: é uma ruína antiga de uma cidade construída no topo de uma colina com vista para o vale de Elah, em Israel.

A alameda e o emaranhado circundante de casas de palha estendiam-se como um espeto na planície úmida e enevoada. Era um lugar triste, muito deprimente, e algumas coisas nefastas podiam ser vistas em Mixen Lane. O vício entrava e saía livremente por algumas das portas da vizinhança; a imprudência habitava sob o telhado com a chaminé torta; a vergonha ficava em algumas janelas em arco; o furto (em tempos de privação) nas casas de palha junto dos salgueiros. Nem mesmo a matança era totalmente desconhecida aqui. Em um bloco de casas em um beco, poderia ter sido erguido um altar para a doença nos anos que se passavam. Assim era Mixen Lane nos tempos em que Henchard e Farfrae eram prefeitos.

No entanto, essa folha mofada na robusta e florescente planta de Casterbridge ficava perto do campo aberto. A menos de cem metros de uma fileira de nobres olmos, e com vista através do pântano de arejados planaltos, campos de milho e mansões das grandes. Um riacho separava o pântano dos cortiços e, para a visão externa, não havia como atravessá-lo. Nenhum caminho para as casas, a não ser ao redor da estrada. Mas sob as escadas de cada chefe de família havia uma tábua misteriosa de 9 polegadas de largura que funcionava como uma ponte secreta.

Se você fosse um desses chefes de família refugiados e chegasse do trabalho depois do anoitecer, e esse era o horário de negócios aqui, você cruzava furtivamente o pântano, aproximava-se da margem do referido riacho e assobiava em frente à sua casa. Uma figura então aparecia do outro lado e descia a ponte até a outra margem para que você atravessasse, e uma mão lhe ajudava a passar para o outro lado, junto dos faisões e lebres recolhidos nas casas vizinhas. Você os vendia às escondidas na manhã seguinte, e no dia seguinte ficava diante dos magistrados com os olhos de todos os seus vizinhos simpatizantes concentrados em suas costas.

Você desaparecia por um tempo e então era encontrado novamente vivendo com tranquilidade em Mixen Lane.

Caminhando ao longo da estrada, ao entardecer, um desconhecido ficava impressionado com duas ou três características peculiares. Uma delas era um estrondo intermitente vindo dos fundos da estalagem, no meio do caminho; isso significava uma pista de boliche. Outra era a ampla prevalência de assobios nos vários domicílios... algum tipo de nota de flauta saindo de quase todas as portas abertas. Outra era a frequência de aventais brancos sobre vestidos sujos das mulheres nas portas. Um avental branco é uma vestimenta suspeita, em situações em que a limpeza é difícil; além disso, a diligência e a limpeza que o avental branco expressava eram desmentidas pela postura e pelo modo de andar das mulheres que o usavam... suas mãos ficavam geralmente colocadas nos quadris (uma atitude que lhes dava o aspecto de canecas de duas alças), e seus ombros encostados nos batentes das portas; havia também uma curiosa vivacidade na virada de cabeça e também no giro dos olhos de cada mulher honesta mediante qualquer ruído que lembrasse uma pisada masculina ao longo da estrada.

No entanto, em meio a tanta coisa ruim, a respeitabilidade carente também encontrava um lar. Sob alguns dos telhados residiam almas puras e virtuosas, cuja presença ali se devia à mão de ferro da necessidade, e somente a ela. Famílias de vilarejos decadentes... famílias daquela outrora volumosa, mas agora quase extinta, seção da sociedade dos vilarejos chamada "arrendadores" ou proprietários de terras... donos de terras e outros, cujos telhados caíram por um motivo ou outro, obrigando-os a deixar a vida rural local que tinha sido seu lar por gerações... vinham para cá, a menos que escolhessem ficar sob uma cerca viva à beira do caminho.

A pousada Peter's Finger era a igreja de Mixen Lane.

Tinha uma localização central, como deveriam ser esses lugares, e mantinha com a pousada Três Marinheiros aproximadamente a mesma relação social que estes mantinham com o King's Arms. À primeira vista, a estalagem era tão respeitável que chegava a ser intrigante. A porta da frente era mantida fechada, e o degrau estava tão limpo, que evidentemente poucas pessoas entravam por ela. Mas, na esquina da taberna, havia um beco, uma mera fenda, separando-a do prédio ao lado. No meio do beco havia uma porta estreita, brilhante e sem pintura, devido ao atrito de infinitas mãos e ombros. Essa era a entrada real da pousada.

Um pedestre seria visto passando distraidamente por Mixen Lane; e então, ele desapareceria em um piscar de olhos. Aquele pedestre abstraído havia entrado na fenda pelo movimento hábil de virar-se de lado, e da fenda ele entrava na taverna por um exercício de habilidade semelhante.

O grupo que frequentava o Três Marinheiros era formado por pessoas de qualidade, se comparado ao grupo que aqui se reunia; embora deva-se admitir que o lado inferior do grupo que frequentava o Marinheiros encostava na parte superior do grupo que vinha a Peter's Finger em alguns pontos. Desamparados e vadios de todos os tipos perambulavam por aqui. A senhoria era uma mulher virtuosa, que, anos atrás, havia sido injustamente enviada para a prisão como cúmplice de algo mal contado. Ela suportou seus doze meses de prisão e, desde então, exibia um semblante de mártir, exceto nas ocasiões em que se encontrava com o policial que a prendeu, quando ela piscava o olho.

A este local chegaram Jopp e seus conhecidos. Seus assentos eram finos e altos, e a parte superior ficava amarrada por pedaços de barbante em ganchos no teto; pois, quando os convidados ficavam barulhentos, os assentos balançavam e tombavam sem segurança. O estrondo das tigelas ecoava no quintal; havia lâminas penduradas atrás do ventilador da chaminé; ex-caçadores furtivos e ex-protetores de propriedades, a quem os escudeiros haviam perseguido sem motivo, sentavam-se acotovelando-se... homens que em tempos passados haviam se encontrado em lutas sob a lua, até que um dos lados fosse extinto, homens que perderam seus favores e foram expulsos do serviço por outros, todos eles vinham aqui e ficavam em um nível comum, onde sentavam-se calmamente discutindo os velhos tempos.

– Você se lembra como conseguia puxar uma truta para a margem com um galho de espinheiro e não agitar o riacho, Charl? – Um guarda deposto estava dizendo. – Foi aí que eu peguei você uma vez, consegue se lembrar?

– Lembro-me, sim. Mas, para mim, o pior foi aquele negócio do faisão em Yalbury Wood. Sua esposa jurou falso naquela vez, Joe... oh, por Deus, ela fez isso... não tem como negar.

– Como foi isso? – perguntou Jopp.

– Ora, Joe se aproximou de mim e brigamos, rolando juntos perto de sua cerca viva de jardim. Ouvindo o barulho, a esposa dele saiu correndo com um pedaço de madeira do forno a lenha e, como estava escuro sob as árvores, ela não conseguia ver quem era o mais alto. – Onde está você, Joe, embaixo ou em cima? – ela gritava. – Embaixo, por Deus do céu! – ele dizia. Ela então começou a bater na minha cabeça, nas costas e nas costelas com o pedaço de madeira, até rolarmos de novo. – Onde está agora, querido Joe, embaixo ou em cima? – ela gritaria de novo. E então, quando chegamos ao corredor, ela jurou que o faisão era uma de suas criações, quando eu sabia que a ave pertencia a Squire Brown, porque o tínhamos capturado quando passamos por seu quintal, uma hora antes. Fiquei muito magoado por ser tão injustiçado!... Ainda bem que tudo já passou.

– Eu poderia ter capturado você dias antes disso – disse o ex-guarda – Eu fiquei a poucos metros de você dezenas de vezes, com uma visão muito melhor do que a daquela pobre coitada.

– Sim, não gostamos muito que o mundo todo fique sabendo – disse a vendedora de mingau que, recentemente, estava instalada nos arredores e sentou-se entre os demais. Tendo viajado muito em seu tempo, ela falava com amplitude cosmopolita de ideias. Foi ela quem perguntou a Jopp o que era o pacote que ele mantinha tão confortavelmente debaixo do braço.

– Ah, aqui temos um grande segredo – disse Jopp. – É a história da paixão de uma mulher que ama demais um homem e odeia outro impiedosamente.

– Quem é o objeto de sua história, senhor?

– Alguém que se destaca nesta cidade. Eu gostaria de envergonhá-la! Ler as suas cartas de amor seria tão bom quanto assistir a uma peça de teatro, um orgulhoso pedaço de seda e cera! São todas cartas de amor as que tenho aqui.

– Cartas de amor? Então vamos ouvi-las, boa alma – disse Mãe Cuxsom. – Meu Deus, você lembra, Richard, como costumávamos ser tolos quando éramos mais jovens? Pagar para que um aluno escrevesse nossas cartas de amor para nós; você lembra que pedíamos para ele não contar a outras pessoas o que tinha escrito nelas, lembra?

A essa altura, Jopp já havia enfiado o dedo sob os selos e aberto as cartas, virando-as e pegando uma aqui e outra ali, ao acaso, para ler em voz alta. Os trechos das cartas logo começaram a revelar o segredo que Lucetta esperava tão sinceramente manter enterrado, embora as cartas fossem apenas alusivas e não deixassem o nome totalmente claro.

— A sra. Farfrae escreveu isso! — disse Nance Mockridge. — É uma coisa humilhante para nós, como mulheres respeitáveis, que alguém do mesmo sexo possa fazer isso. E agora ela se declarou para outro homem!

— Tanto melhor para ela — disse a vendedora de mingau. — Ah, eu a salvei de um casamento muito ruim, e ela nunca me agradeceu.

— Eu digo que isso é motivo para um passeio da vergonha[10] — disse Nance.

— Verdade — disse a sra. Cuxsom, refletindo. — É o melhor assunto para o "passeio da vergonha" que eu já conheci; e não deve ser desperdiçado. O último visto em Casterbridge deve ter sido há pelo menos dez anos.

Nesse momento houve um assobio estridente, e a senhoria disse ao homem que se chamava Charl: — É Jim chegando. Quer descer a ponte para mim?

Sem responder, Charl e seu camarada Joe se levantaram e, recebendo uma lanterna, saíram pela porta dos fundos e desceram o caminho do jardim, que terminava abruptamente na beira do riacho já mencionado. Além do riacho, ficava o pântano aberto, de onde uma brisa úmida batia em seus rostos enquanto avançavam. Pegando a prancha que estava pronta, um deles a baixou sobre a água e, no instante em que sua outra extremidade tocou o solo, passos surgiram nela e apareceu da sombra um homem robusto com tiras em volta dos joelhos, uma arma de cano duplo debaixo do braço e alguns pássaros pendurados atrás dele. Perguntaram-lhe se tinha tido muita sorte.

— Não muito — disse ele com indiferença. — Tudo seguro lá dentro?

---

10 Passeio da vergonha: desaprovação pública de um casal adúltero nos séculos XVIII e XIX.

Recebendo uma resposta afirmativa, ele foi para dentro, e os outros começaram a retirar a ponte e a recuar em sua retaguarda. Antes, porém, de entrarem na casa, um grito de "Olá" vindo do pântano os fez parar.

O grito se repetiu. Eles colocaram a lanterna dentro de uma casinha e voltaram para a beira do riacho.

– Olá... este é o caminho para Casterbridge? – perguntou alguém do outro lado.

– Não em particular – disse Charl. – Há um rio lá na frente.

– Eu não me importo... este riacho serve! – disse o homem no pântano. – Já viajei o suficiente por hoje.

– Espere um minuto, então – disse Charl, descobrindo que o homem não era nenhum inimigo. – Joe, traga a prancha e a lanterna; deve ser alguém que se perdeu. Você deveria ter continuado ao longo da rodovia, amigo, e não ter virado por aqui.

– Eu deveria mesmo... estou vendo agora. Mas vi uma luz aqui e disse a mim mesmo, deve ter alguém ali, naquela casa.

A prancha agora estava abaixada, e o estranho foi tomando forma na escuridão. Era um homem de meia-idade, com cabelos e bigodes prematuramente grisalhos, rosto largo e jovial. Ele tinha atravessado na prancha sem hesitar e parecia não haver nada de estranho com ele. Ele agradeceu e caminhou entre eles até o jardim.

– Que lugar é este? – ele perguntou, quando chegaram à porta.

– Uma taberna.

– Ah, talvez seja adequado para eu descansar um pouco. Agora, então, podem entrar e beber por minha conta, pela ajuda que vocês me deram.

Eles o seguiram até a estalagem onde havia mais claridade, e ele pareceu mais alto do que eles esperavam quando ouviram sua voz. Ele estava vestido com certa riqueza desajeitada. Seu casaco era de pele e sua cabeça estava coberta por um gorro de pele de foca que, embora as noites fossem frias, devia ficar quente durante o dia, já que a primavera estava um pouco avançada. Em sua mão ele carregava uma pequena caixa de mogno, amarrada e fixada com bronze.

Aparentemente surpreso com o tipo de companhia que o confrontava pela porta da cozinha, ele imediatamente abandonou a ideia de hospedar-se ali; mas levando a situação levianamente, ele pediu os melhores copos, pagou por eles enquanto estava parado no corredor e se virou para continuar seu caminho pela porta da frente. Sua passagem foi interrompida e, enquanto a senhoria estava trabalhando, a conversa sobre o passeio da vergonha continuou na sala de estar e chegou aos ouvidos dele.

– O que eles querem dizer com um "passeio da vergonha"? – ele perguntou.

– Ora, senhor! – disse a senhoria, balançando seus longos brincos com modéstia depreciativa; – É uma antiga tolice que eles fazem por aqui quando a esposa de um homem é... bem, não muito particularmente sua. Mas como chefe de família respeitável eu não encorajo isso.

– Mesmo assim, eles vão fazer isso em breve, não é? Deve ser algo bom de se ver, eu suponho?

– Bem, senhor! – ela disse sorrindo. E, então, explodindo em naturalidade e olhando com o canto do olho:– É a coisa mais engraçada do mundo! E custa dinheiro.

– Ah! Lembro-me de ter ouvido falar de tal coisa. Vou ficar em Casterbridge por duas ou três semanas, e não me importaria de ver a apresentação. Espere um momento – Ele se virou, entrou na sala de estar e disse: – Prestem atenção aqui todos, eu gostaria de ver o antigo costume sobre o qual vocês estão falando, e não me importo de ajudar um pouco... fiquem com isso – Ele jogou uma moeda de ouro sobre a mesa e voltou à porta onde estava a senhoria a quem perguntou como chegar à cidade e depois despediu-se.

— Tem muito mais de onde veio esse? – disse Charl quando a moeda foi levada e entregue à senhoria para guardá-la em segurança. – Meu Deus! Devíamos ter tomado mais alguns drinques enquanto ele estava aqui.

— Não, não – respondeu a proprietária – Esta é uma casa respeitável, graças a Deus! E não farei nada além do que for honroso.

— Bem, – disse Jopp – vamos considerar que o plano já foi iniciado e logo o colocaremos em andamento.

— Isso mesmo! – disse Nanci. – Uma boa risada aquece meu coração mais do que um licor, essa é a verdade.

Jopp recolheu as cartas e, como já era um pouco tarde, não tentou entregá-las na casa de Farfrae naquela noite. Ele chegou em casa, selou-as como antes e entregou o pacote em seu endereço na manhã seguinte. Em uma hora seu conteúdo foi reduzido a cinzas por Lucetta... pobre alma! Ela estava inclinada a cair de joelhos em agradecimento por finalmente não ter restado nenhuma evidência do infeliz episódio com Henchard em seu passado. Pois, embora da parte dela tivesse sido mais frouxidão por inadvertência do que por intenção, esse episódio, se conhecido, provavelmente causaria uma reação desastrosa entre ela e o marido.

Capítulo 37

As coisas estavam correndo normalmente quando os assuntos diários de Casterbridge foram interrompidos por um evento de tamanha magnitude, que sua influência alcançou o estrato social mais baixo dali, agitando as profundezas de sua sociedade simultaneamente com os preparativos para o passeio da vergonha. Era uma daquelas agitações que, quando acontecem em uma cidade do interior, deixam uma marca permanente em suas crônicas, como um verão quente marca permanentemente o anel no tronco da árvore correspondente à sua data.

Um personagem real estava para passar pela cidade antes de seguir seu caminho para o Oeste, para inaugurar uma imensa obra de engenharia por ali. Ele havia consentido em parar por cerca de meia hora na cidade e receber uma homenagem da corporação de Casterbridge, que, como um centro representativo da pecuária, desejava assim expressar seu sentimento pelos grandes serviços que ele prestara à ciência agrícola e à economia, por sua zelosa promoção de projetos para colocar a arte da agricultura em uma base mais científica.

A realeza não era vista em Casterbridge desde os dias do terceiro rei George, e apenas à luz de velas por alguns minutos, quando aquele monarca, em uma viagem noturna, parou para trocar de cavalo no King's Arms. Os habitantes, portanto, decidiram fazer uma comemoração completa naquela ocasião incomum. A pausa de meia hora não era longa, isso era verdade; mas muito poderia ser feito por um grupo criterioso de incidentes, acima de tudo, se o tempo estivesse bom.

O endereço foi preparado em pergaminho por um artista que era hábil em letras ornamentais, e foi colocado com a melhor folha de ouro e cores que o pintor de letreiros tinha em sua loja. O Conselho havia se reunido na terça-feira antes do dia marcado, para acertar os detalhes do procedimento. Enquanto estavam sentados, com a porta da Câmara do Conselho aberta, eles ouviram passos pesados subindo as escadas. Os passos avançaram ao longo do corredor e Henchard entrou na sala, com roupas puídas e surradas, as mesmas roupas que costumava usar nos primeiros dias em que se sentava entre eles.

– Eu tenho um sentimento – disse ele, avançando para a mesa e colocando a mão sobre o pano verde – de que gostaria de me juntar a vocês nessa recepção ao nosso ilustre visitante. Suponho que eu poderia caminhar com os outros?

Olhares constrangidos foram trocados pelo Conselho, e Grower quase comeu a ponta de sua caneta de pena pelo modo como a roeu durante o silêncio. Farfrae, o jovem prefeito, que em virtude de seu cargo sentava-se na grande cadeira, captou intuitivamente o sentido da reunião e, como porta-voz, foi obrigado a pronunciá-lo, embora teria ficado feliz se o dever tivesse recaído sobre outra pessoa.

– Eu acho que não seria apropriado, sr. Henchard – disse ele. – O Conselho é o Conselho, e como você não faz mais parte dele, haveria uma irregularidade no processo. Se você foi incluído, por que os outros também não poderiam ser?

– Tenho uma razão particular para querer participar da cerimônia.

Farfrae olhou em volta e disse: – Acho que expressei o sentimento do Conselho – disse ele.

– Sim, sim – do dr. Bath, do advogado Long, do vereador Tubber e de vários outros.

– Então oficialmente não posso participar do evento?

– Receio que não, na realidade, está fora de questão. Mas é claro que você pode assistir tudo com os outros espectadores.

Henchard não respondeu àquela sugestão tão óbvia e, dando meia-volta, foi embora.

Tinha sido apenas uma fantasia passageira dele, mas a oposição cristalizou-a em uma determinação. – Darei as boas-vindas a Sua Alteza Real, ou ninguém o fará! – ele continuou dizendo. – Não vou ser controlado por Farfrae, nem por qualquer um desse grupo insignificante! Vocês verão!

A manhã movimentada estava brilhante, um sol de rosto inteiro confrontando os primeiros observadores da janela a leste, e todos perceberam (pois eles eram experientes no conhecimento do tempo) que havia permanência no brilho. Os visitantes logo começaram a chegar de casas do condado, vilarejos, de bosques remotos e de planaltos solitários, estes últimos com botas engraxadas e gorros, desejosos de acompanhar a recepção, ou se não pudessem vê-la, pelo menos para estar perto dela. Dificilmente havia um trabalhador na cidade que não vestisse uma camisa limpa. Solomon Longways, Christopher Coney, Buzzford e o resto daquela fraternidade mostraram seu senso de ocasião adiantando sua cerveja habitual das 11 horas para as 10h30, a partir da qual eles encontraram dificuldade em voltar à hora certa por vários dias.

Henchard havia decidido não trabalhar naquele dia. Ele se preparou pela manhã com um copo de rum e, descendo a rua, encontrou Elizabeth-Jane, a quem não via há uma semana. – Foi uma sorte – ele disse a ela – que meu prazo de vinte e um anos terminou antes desse acontecimento ou eu nunca teria coragem de realizá-lo.

– Realizar o quê? – disse ela, alarmada.

– As boas-vindas que vou dar ao nosso visitante real.

Ela ficou perplexa. – Vamos juntos? – ela disse.

– Veja bem! Tenho outros peixes para fritar. Você verá. Vai valer a pena ver!

Ela não pôde fazer nada para elucidar isso e se vestiu com o coração pesado. À medida que a hora marcada se aproximava, ela avistou novamente seu padrasto. Ela pensou que ele estava indo para a pousada Três Marinheiros; mas não, ele abriu caminho através da alegre multidão até a loja de Woolfrey, o vendedor de tecidos. Ela ficou esperando na multidão lá fora.

Em poucos minutos ele surgiu, usando, para sua surpresa, uma roseta brilhante, e mais surpreendente ainda, ele carregava na mão uma bandeira de construção um tanto caseira, formada por pequenas bandeiras do Reino Unido, que estavam em abundância na cidade naquele dia, presa na ponta de uma varinha... provavelmente um rolo feito de um pedaço de chita. Henchard enrolou sua bandeira quando estava na soleira da porta, colocou-a debaixo do braço e desceu a rua.

De repente, os membros mais importantes da multidão viravam a cabeça, e os mais inferiores ficavam na ponta dos pés. Todos estavam dizendo que o cortejo real se aproximava. A ferrovia havia estendido um braço em direção a Casterbridge até aquele momento, mas ainda não havia chegado até lá por vários quilômetros; de modo que a distância intermediária, assim como o restante da jornada, deveria ser percorrida por estrada à moda antiga. As pessoas estavam então aguardando... as famílias do condado em suas carruagens, as massas a pé... e observavam a longa estrada de Londres ao som de sinos e conversas entre todos.

Do fundo, Elizabeth-Jane observava a cena. Alguns assentos haviam sido arranjados de onde as senhoras podiam testemunhar o espetáculo, e o assento da frente estava ocupado por Lucetta, a esposa do prefeito, naquele momento. Na estrada sob seus olhos estava Henchard. Ela parecia tão brilhante e bonita que, ao que parecia, ele estava experimentando a fraqueza momentânea de desejar que ela o notasse. Mas ele estava longe de ser atraente aos olhos de uma mulher, governada em grande parte pela superficialidade das coisas. Ele não era apenas um trabalhador diarista, incapaz de se vestir como antes, mas também ousava aparecer tão bem quanto podia. Todos os outros, do prefeito à lavadeira, brilhavam em novas vestes de acordo com suas posses; mas Henchard reteve obstinadamente as roupas desgastadas pelo tempo dos anos passados.

Daí, infelizmente, aconteceu o seguinte: os olhos de Lucetta deslizaram sobre ele para um lado e para o outro, sem se fixar em suas feições... como costumam fazer os olhos de mulheres alegremente vestidas em tais ocasiões. Suas maneiras indicavam claramente que ela não pretendia mais reconhecê-lo em público.

Mas ela nunca se cansava de observar Donald, enquanto ele conversava animadamente com seus amigos a alguns metros de distância, usando em volta do pescoço a corrente oficial de ouro com grandes elos quadrados, como aquela em volta do unicórnio real. Cada emoção insignificante que seu marido mostrava enquanto falava tinha seu reflexo no rosto e nos lábios dela, que se moviam em cópia dos dele. Ela estava vivendo a parte dele, e não a dela, e não se importava com a situação de ninguém além da de Farfrae naquele dia.

Por fim, um homem parado na curva mais distante da estrada principal, ou seja, na segunda ponte mencionada, deu um sinal, e a Corporação em seus mantos procedeu da frente da prefeitura para o arco erguido na entrada da cidade. As carruagens que levavam o visitante real e sua comitiva chegaram ao local em meio a uma nuvem de poeira, formou-se uma procissão, e todos seguiram para a Câmara Municipal a passos largos.

Esse local era o centro de interesse. Havia alguns metros livres na frente da carruagem real, polida; e nesse espaço um homem pisou antes que alguém pudesse impedi-lo. Era Henchard. Ele havia desenrolado sua bandeira particular e, tirando o chapéu, cambaleou para o lado do veículo que desacelerava, acenando com a bandeira do Reino Unido para frente e para trás com a mão esquerda, enquanto estendia suavemente a direita para o ilustre personagem.

Todas as senhoras disseram com a respiração suspensa: – Nossa, olhe lá! – e Lucetta estava prestes a desmaiar. Elizabeth-Jane espiou por entre os ombros dos que estavam à frente, viu o que era e ficou apavorada; e então seu interesse pelo espetáculo como um fenômeno estranho venceu seu medo.

Farfrae, com autoridade de prefeito, imediatamente se levantou para a ocasião. Ele agarrou Henchard pelo ombro, arrastou-o para trás e disse-lhe rudemente para ir embora. Os olhos de Henchard encontraram os dele, e Farfrae observou a luz feroz neles, apesar de sua excitação e irritação. Por um momento, Henchard manteve sua posição rigidamente; então, por um impulso inexplicável, cedeu e se retirou. Farfrae olhou para a galeria das senhoras e viu que o rosto de sua rainha estava pálido.

– Ora, é o antigo patrão de seu marido! – disse a sra. Blowbody, uma senhora da vizinhança que estava sentada ao lado de Lucetta.

– Patrão! – disse a esposa de Donald com rápida indignação.

– Você está dizendo que o homem é um conhecido do sr. Farfrae? – observou a sra. Bath, a esposa do médico, uma recém-chegada à cidade por causa de seu recente casamento com o médico.

– Ele trabalha para o meu marido – disse Lucetta.

– Ora, é isso mesmo? As pessoas dizem que foi por meio dele que seu marido se estabeleceu quando chegou a Casterbridge. As pessoas inventam cada história!

– Inventam mesmo. Não foi nada disso. A genialidade de Donald teria permitido que ele se estabelecesse em qualquer lugar, sem a ajuda de ninguém! Ele teria sido exatamente o mesmo se não houvesse Henchard no mundo!

Foi em parte a ignorância de Lucetta sobre as circunstâncias da chegada de Donald que a levou a falar assim, em parte a sensação de que todos pareciam inclinados a esnobá-la nesse momento triunfante. O incidente durou apenas alguns momentos, mas foi necessariamente testemunhado pelo personagem real, que, no entanto, com tato treinado fingiu não ter notado nada incomum. Ele desceu, o prefeito avançou, a homenagem foi lida, e o ilustre personagem disse algumas palavras a Farfrae e apertou a mão de Lucetta como a esposa do prefeito. A cerimônia durou apenas alguns minutos, e as carruagens começaram a se mover como as carruagens do faraó pela Corn Street e pela estrada de Budmouth, continuando a viagem para o litoral.

No meio da multidão estavam Coney, Buzzford e Longways.
– Alguma diferença entre ele agora e quando ele ficava tagarelando no Três Marinheiros – disse o primeiro. – É interessante como ele conseguiu conquistar uma dama como ela em tão pouco tempo.

– É verdade. Porém, as pessoas adoram roupas finas! Mas há uma mulher mais bonita do que ela que ninguém nota, porque ela é parecida com aquele sujeito honrado do Henchard.

– Eu poderia idolatrar você, Buzz, por dizer isso – comentou Nance Mockridge. – Gosto muito de ver o enfeite sendo retirado das velas de Natal. Eu me vejo muito bem no papel de vilã e daria toda a minha pequena prata para ver aquela dama ser derrubada... E talvez eu o faça em breve – acrescentou significativamente.

– Essa não é uma paixão nobre para uma mulher – disse Longways.

Nance não respondeu, mas todos sabiam o que ela queria dizer. As ideias difundidas pela leitura das cartas de Lucetta no Peter's Finger haviam se condensado em um escândalo, que se espalhava como uma névoa miasmática por Mixen Lane e daí pelas ruas secundárias de Casterbridge.

O conjunto misto de ociosos conhecidos um do outro se dividiu em dois grupos através de um processo de seleção natural, os frequentadores de Peter's Finger saindo de Mixen Lanewards, onde a maioria deles morava, enquanto Coney, Buzzford, Longways e aqueles ligados a eles permaneceram na rua.

– Você sabe o que está acontecendo lá, eu suponho? – disse Buzzford misteriosamente para os outros.

Coney olhou para ele e disse: – Não é o passeio da vergonha? Buzzford assentiu.

— Tenho minhas dúvidas se isso será realizado — disse Longways. — Se eles estão combinando alguma coisa, estão mantendo em segredo.

— Ouvi dizer que eles estavam pensando nisso quinze dias atrás, em todo caso.

— Se eu tivesse certeza disso, daria meu depoimento — disse Longways enfaticamente. — É uma brincadeira muito grosseira e capaz de despertar tumultos na cidade. Sabemos que o escocês é um homem bastante correto, e que sua esposa tem sido uma mulher bastante honesta desde que chegou aqui, e se ela fez algo de errado antes, isso é problema deles, não nosso.

Coney refletiu. Farfrae ainda era querido na comunidade, mas deve-se admitir que, como prefeito e homem de dinheiro, absorto em negócios e ambições, ele havia perdido, aos olhos dos habitantes mais pobres, algo daquele encanto maravilhoso que tinha por eles como um jovem despreocupado e sem um tostão, que cantava cantigas tão prontamente quanto os pássaros nas árvores. Portanto, a ansiedade de mantê-lo longe do aborrecimento não era exatamente igual ao grande entusiasmo que o teria animado em tempos passados.

— Suponha que façamos uma investigação sobre isso, Christopher — continuou Longways; — e se descobrirmos que há realmente alguma coisa nele, podemos enviar uma carta para os mais preocupados e os aconselhar a ficar fora do caminho, o que acham?

Eles decidiram tomar esse rumo, e o grupo se separou, Buzzford dizendo a Coney: — Venha, meu velho amigo, vamos seguir em frente. Não há mais nada para ver aqui.

Esse grupo bem-intencionado teria ficado surpreso se soubesse como o plano já estava avançado. — Sim, esta noite — disse Jopp ao grupo do Peter's Finger na esquina de Mixen Lane.

– Como encerramento para a visita real, o choque será ainda mais leve, em razão de sua grande elevação de hoje.

Para ele, pelo menos, não era uma brincadeira, mas uma retaliação.

Capítulo 38

As homenagens tinham sido breves... muito breves... para Lucetta, que era dominada por um desejo inebriante; mas elas lhe trouxeram um grande triunfo, no entanto. O aperto de mão real ainda persistia em seus dedos, e o bate-papo que ela ouviu, que seu marido poderia receber a honra de cavaleiro, embora ocioso até certo ponto, não parecia a visão mais louca; coisas estranhas haviam acontecido com homens tão bons e cativantes quanto seu escocês.

Após a colisão com o prefeito, Henchard se retirou para trás do quiosque feminino; e lá ficou ele, observando com um olhar de abstração o ponto na lapela de seu casaco onde a mão de Farfrae o havia agarrado. Ele colocou sua mão lá, como se dificilmente pudesse perceber tal ultraje de alguém a quem costumava tratar com ardente generosidade. Enquanto parava nesse estado, meio estupefato, a conversa de Lucetta com as outras senhoras chegou aos seus ouvidos; e ele a ouviu distintamente negar... negar que ele havia ajudado Donald, que ele era algo mais do que um trabalhador comum.

Ele voltou para casa e encontrou Jopp no arco da Estaca dos Búfalos. – Então você foi desprezado – disse Jopp.

– E se eu tiver sido? – respondeu Henchard severamente.

– Ora, eu também fui, então nós dois estamos na mesma condição – Ele relatou brevemente sua tentativa de obter a intercessão de Lucetta.

Henchard apenas ouviu sua história, sem absorvê-la profundamente. Sua relação com Farfrae e Lucetta ofuscava todas as outras pessoas relacionadas a eles. Ele continuou dizendo a si mesmo: – Ela suplicou que eu ficasse com ela quando precisou de mim, e agora sua língua não me possuirá nem seus olhos me verão! E ele... como ele parecia zangado. Ele me levou de volta como se eu fosse um touro quebrando uma cerca... aceitei tudo como um cordeirinho, pois percebi que o assunto não poderia ser resolvido ali. Ele pode dificultar as coisas!... Mas pagará por isso, e ela se arrependerá. Nós vamos lutar... cara a cara; e então veremos como um presunçoso enfrenta um homem de verdade!

Sem mais reflexão, o comerciante arrasado, empenhado em algum propósito selvagem, jantou apressadamente e saiu para encontrar Farfrae. Depois de ser ferido por ele como um rival e desprezado por ele como trabalhador, a degradação culminante foi reservada para esse dia... que ele deveria ser sacudido pelo colarinho como um vagabundo na frente de toda a cidade.

A multidão havia se dispersado. Mas para os arcos verdes que ainda continuavam ali desde que foram erguidos, a vida de Casterbridge havia retomado sua forma normal. Henchard desceu a Corn Street até chegar à casa de Farfrae, onde bateu à porta e deixou um recado dizendo que ficaria feliz em ver seu patrão nos celeiros assim que pudesse ir. Tendo feito isso, ele deu a volta para os fundos e entrou no pátio.

Ninguém estava presente, pois, como ele sabia, os trabalhadores e carroceiros estavam aproveitando um meio feriado por causa dos acontecimentos da manhã... embora os carroceiros tivessem de voltar por um curto período de tempo mais tarde, para alimentar e limpar os cavalos. Ele havia alcançado os degraus do celeiro e estava prestes a subir, quando disse a si mesmo em voz alta: – Sou mais forte do que ele.

Henchard voltou a um galpão, onde escolheu um pequeno pedaço de corda entre os vários pedaços que estavam espalhados; prendendo uma ponta a um prego, ele pegou a outra com a mão direita e virou o corpo, mantendo o braço contra o corpo; com esse artifício, ele prendeu o braço com eficácia. Ele agora subia as escadas até o último andar dos depósitos de milho.

Estava vazio, exceto por alguns sacos, e no outro extremo estava a porta frequentemente mencionada, abrindo-se sob a viga e a corrente que içava os sacos. Ele abriu a porta e olhou por cima do parapeito. Havia uma profundidade de dez ou doze metros no chão; ali estava o local onde ele estava com Farfrae quando Elizabeth-Jane o viu levantar o braço, com muitas dúvidas sobre o que o movimento pressagiava.

Ele recuou alguns passos no sótão e esperou. Desse elevado poleiro, seus olhos podiam varrer os telhados ao redor, as partes superiores das luxuosas castanheiras, agora delicadas em folhas com uma semana de idade, e os galhos caídos das linhas. O jardim de Farfrae e a porta verde que sai dele. Com o passar do tempo... ele não sabia dizer quanto tempo... aquela porta verde se abriu e Farfrae entrou. Ele estava vestido como se fosse viajar. A luz fraca da noite que se aproximava atingiu sua cabeça e seu rosto quando ele emergiu da sombra da parede, aquecendo-os com uma tez cor de fogo. Henchard observou-o com a boca firmemente cerrada, o quadrado de sua mandíbula e a verticalidade de seu perfil sendo indevidamente marcados.

Farfrae aproximou-se com uma das mãos no bolso e cantarolava uma melodia de uma maneira que dizia que as palavras estavam mais em sua mente. Eram as da canção que ele havia cantado quando chegara anos antes ao Três Marinheiros, um jovem pobre, aventurando-se pela vida e pela fortuna, e mal sabendo ser hostil:

Quando as flores se abrem e as folhas ficam verdes,
A cotovia em seu canto me fala do meu querido país

Nada comovia Henchard como uma antiga melodia. Ele recuou e pensou: – Não, eu não posso fazer isso! Por que esse tolo infernal começou fazer isso agora?

Por fim, Farfrae ficou em silêncio, e Henchard olhou para fora da porta do sótão. – Quer subir aqui? – ele disse.

– Sim, eu vou – disse Farfrae. – Não consigo ver você. O que há de errado?

Um minuto depois, Henchard ouviu seus passos na escada mais baixa. Ele o ouviu chegar ao primeiro andar, subir e chegar ao segundo, começar a subir para o terceiro. E então sua cabeça saiu pelo alçapão.

– O que você está fazendo aqui a esta hora? – ele perguntou, vindo para a frente. – Por que você não tirou uma folga como o resto dos homens? – Ele falou em um tom que continha severidade suficiente para mostrar que ele se lembrava do acontecimento desagradável na parte da manhã e de sua convicção de que Henchard havia bebido.

Henchard não disse nada; mas, voltando, fechou a escotilha da escada e pisou nela para que ficasse bem presa em sua moldura; em seguida, ele se virou para o jovem curioso, que a essa altura observava que um dos braços de Henchard estava amarrado ao seu lado.

– Agora – disse Henchard calmamente – estamos frente a frente... de homem para homem. Seu dinheiro e sua bela esposa não o colocam mais acima de mim como faziam antes, e minha pobreza não me oprime.

– O que significa tudo isso? – perguntou Farfrae com simplicidade.

– Espere um pouco, meu rapaz. Você deveria ter pensado duas vezes antes de afrontar ao extremo um homem que não tinha nada a perder. Eu suportei sua rivalidade, que me arruinou, e seu desprezo, que me humilhou; mas o modo como me tratou hoje de manhã, me deixou desacreditado perante todos, e eu não vou suportar isso!

Farfrae se agitou um pouco com isso. – Você não tinha nada a ver com a cerimônia – disse ele.

– Tanto quanto qualquer um de vocês! Você é um jovem atrevido para dizer a um homem da minha idade que ele não tem nada a ver com o assunto! – A veia de raiva inchou em sua testa enquanto ele falava.

– Você insultou a realeza, Henchard; e era meu dever, como magistrado-chefe, detê-lo.

– Que se dane a realeza – disse Henchard. – Eu sou tão leal quanto você, vamos lá!

– Não estou aqui para discutir. Espere até sua cabeça esfriar, acalme-se e você verá as coisas da mesma maneira que eu.

– Você pode ser o homem que vai se acalmar primeiro – disse Henchard severamente. – O caso é o seguinte: aqui estamos nós, neste espaço de quatro quadrados, para terminar aquela pequena luta que você começou nesta manhã. Ali está a porta, doze metros acima do solo. Um de nós dois coloca o outro para fora por aquela porta... o patrão fica lá dentro. Se ele quiser, pode descer depois e dar o alarme de que o outro caiu acidentalmente... ou pode dizer a verdade... isso é problema dele. Como sou o homem mais forte, amarrei um braço para não ter vantagem sobre você. Entendeu? Então vamos começar!

Não havia tempo para Farfrae fazer nada além de uma coisa, concordar com Henchard, pois este havia aparecido de repente. Era uma luta livre, o objetivo de cada era derrubar seu oponente; e da parte de Henchard, inquestionavelmente, seria derrubar o oponente passando pela porta.

No início, o aperto de Henchard com sua única mão livre, a direita, estava no lado esquerdo da gola de Farfrae, que ele segurou com firmeza, este último, segurando Henchard pela gola com a mão contrária. Com a direita, tentou agarrar o braço esquerdo de seu adversário, o que, no entanto, não conseguiu, porque Henchard habilmente o manteve na retaguarda enquanto fitava os olhos baixos de seu belo e esguio adversário.

Henchard plantou o primeiro dedo do pé para a frente, Farfrae cruzou-o com o dele e até agora a luta tinha muito a aparência de uma luta comum daquele lugar. Vários minutos se passaram por eles nessa atitude, o par balançando e se contorcendo como árvores em um vendaval, ambos preservando um silêncio absoluto. A essa altura, a respiração deles podia ser ouvida. Então Farfrae tentou agarrar o outro lado da gola de Henchard, o que foi impedido pelo homem maior, exercendo toda a sua força em um movimento de torção, e essa parte da luta terminou forçando Farfrae a cair de joelhos pela pressão absoluta de um de seus braços musculosos. Por mais atrapalhado que estivesse, no entanto, ele não conseguiu mantê-lo lá, e Farfrae, encontrando-se de pé novamente, prosseguiu na luta como antes.

Por um redemoinho, Henchard trouxe Donald perigosamente perto do precipício; vendo sua posição, o escocês pela primeira vez se prendeu a seu adversário, e todos os esforços daquele enfurecido Príncipe das Trevas... como ele poderia ter sido chamado por sua aparência agora... foram insuficientes para erguer ou soltar Farfrae por um tempo. Por um esforço extraordinário, ele finalmente conseguiu, embora não até que eles tivessem se afastado novamente da porta fatal. Ao fazer isso, Henchard conseguiu virar Farfrae numa cambalhota completa. Se o outro braço de Henchard estivesse livre, Farfrae estaria acabado. Mas novamente ele se levantou, torcendo consideravelmente o braço de Henchard e causando-lhe uma dor aguda, como podia ser visto pela contração de seu rosto.

Ele instantaneamente desferiu no jovem uma virada aniquiladora com o quadril esquerdo, como costumava fazer e, seguindo sua vantagem, empurrou-o em direção à porta, sem afrouxar seu aperto até que a cabeça loura de Farfrae estivesse pendurada no parapeito da janela, e seu braço pendurado fora da parede

– Agora, – disse Henchard entre seus suspiros – este é o fim do que você começou nesta manhã. Sua vida está em minhas mãos.

– Então me mate, mate! – disse Farfrae. – Você quer isso há muito tempo!

Henchard olhou para ele em silêncio, e seus olhares se encontraram. – Oh, Farfrae! Isso não é verdade! – ele disse amargamente. – Deus é minha testemunha de que nenhum homem jamais teve uma amizade tão sincera como a que tive por você quando nos conhecemos... e agora... embora eu tenha vindo aqui para matá-lo, não posso feri-lo! Sou o responsável por tudo isso... faça o que quiser... não me importo mais com o que acontecer comigo!

Retirou-se para os fundos do sótão, soltando o braço e atirou-se a um canto sobre uns sacos, no abandono do remorso. Farfrae olhou para ele em silêncio; então foi até a escotilha e desceu por ela. Henchard gostaria de tê-lo chamado de volta, mas sua língua falhou em sua tarefa e os passos do jovem morreram em seus ouvidos.

Henchard sentiu-se totalmente envergonhado e começou a se autocensurar. As cenas de seu primeiro contato com Farfrae voltaram à sua mente... aquela época em que a curiosa mistura de romance e economia na composição do jovem comandava tanto seu coração, que Farfrae podia tocá-lo como se fosse um instrumento. Ele estava tão completamente subjugado, que permaneceu nos sacos em uma atitude agachada, incomum para um homem. Sua feminilidade assentava tragicamente na figura de uma virilidade tão austera. Ele ouviu uma conversa lá embaixo, a porta da cocheira se abrindo e um cavalo entrando, mas não deu atenção.

Ali ele ficou até que as sombras finas se espessassem até a obscuridade opaca, e a porta do sótão se tornasse um retângulo de luz cinza... a única forma visível ao redor. Por fim, ele se levantou, sacudiu a poeira de suas roupas com cansaço, tateou o caminho até a escotilha e desceu tateando os degraus até chegar ao pátio.

– Ele já me teve em alta consideração uma vez – ele murmurou. – Agora ele vai me odiar e desprezar para sempre!

Ele foi possuído por um desejo avassalador de ver Farfrae novamente naquela noite, e por alguns apelos desesperados para tentar a tarefa quase impossível de obter perdão por seu último ataque louco. Mas, enquanto caminhava em direção à porta de Farfrae, lembrou-se das ações ignoradas no pátio enquanto estava deitado em uma espécie de estupor. Farfrae, ele se lembrava, tinha ido ao estábulo e colocado o cavalo na carruagem; enquanto fazia isso, Whittle trouxe uma carta para ele; Farfrae disse então que não iria para Budmouth como pretendia... que foi inesperadamente chamado a Weatherbury e pretendia parar em Mellstock a caminho de lá, aquele lugar situado a apenas uma ou duas milhas de seu caminho.

Ele devia ter vindo preparado para uma viagem quando chegou ao pátio, sem suspeitar de inimizade; e ele deve ter ido embora (embora em uma direção diferente) sem dizer uma palavra a ninguém sobre o que havia ocorrido entre eles.

Portanto, seria inútil visitar a casa de Farfrae naquela hora.

Não havia outra solução a não ser esperar até seu retorno, embora esperar fosse quase uma tortura para sua alma inquieta e auto acusadora. Ele caminhou pelas ruas e arredores da cidade, demorando-se aqui e ali até chegar à ponte de pedra mencionada anteriormente, um ponto de parada habitual para ele agora. Aqui ele passou um longo tempo, o murmúrio das águas através dos açudes atingindo seus ouvidos, e as luzes de Casterbridge brilhando não muito longe.

Enquanto se apoiava assim no parapeito, sua atenção apática foi despertada por sons de um tipo incomum do bairro da cidade. Eram uma confusão de ruídos ritmados, à qual as ruas acrescentavam ainda mais confusão, sobrecarregando-as de ecos. Seu primeiro pensamento despreocupado de que o barulho vinha da banda da cidade, tentando encerrar um dia memorável com uma explosão de harmonia noturna, foi contrariado por certas peculiaridades da reverberação. Mas o fato de não conseguir explicar o que estava acontecendo não o levou a mais do que uma atenção superficial; seu senso de degradação era forte demais para a admissão de ideias diferentes, e ele encostou-se ao parapeito como antes.

Capítulo 39

Quando Farfrae desceu do sótão sem fôlego, após o encontro com Henchard, ele parou no fundo para se recuperar. Ele chegou ao pátio com a intenção de colocar o cavalo na carruagem (todos os homens estavam de folga) e dirigir até uma vila na estrada de Budmouth. Apesar da luta terrível, ele decidiu ainda perseverar em sua jornada, para se recuperar antes de entrar e encontrar os olhos de Lucetta. Ele queria pensar no que faria em um caso tão sério.

Quando ele estava prestes a partir, Whittle chegou com um recado mal escrito e trazendo a palavra "urgente" do lado de fora. Ao abri-lo, ficou surpreso ao ver que não estava assinado. Continha um breve pedido de que ele fosse a Weatherbury naquela noite para tratar de alguns negócios que estava desenvolvendo lá. Farfrae não sabia de nada que pudesse ser tão urgente, mas, como estava decidido a sair, cedeu ao pedido anônimo, principalmente porque tinha uma visita a fazer em Mellstock, que poderia ser incluída na mesma viagem. Em seguida, ele contou a Whittle sobre sua mudança de direção e partiu, porém Henchard ouviu suas palavras. Farfrae não instruiu seu homem a levar a mensagem para dentro de casa e avisar Lucetta, e Whittle não o fez por sua responsabilidade.

Bem, o recado anônimo era um artifício bem-intencionado, mas desajeitado, de Longways e outros homens de Farfrae para tirá-lo do caminho durante a noite, a fim de que a farsa satírica caísse por terra, se os outros tentassem alguma coisa. Se revelassem o caso abertamente, eles teriam trazido sobre suas cabeças a vingança daqueles entre seus camaradas que gostavam dessas velhas brincadeiras barulhentas; e, portanto, o plano de enviar um recado era recomendado por ser uma atitude indireta.

Quanto à pobre Lucetta, eles não tomaram nenhuma medida de proteção, acreditando, como a maioria, que havia alguma verdade no escândalo, que ela teria de suportar da melhor maneira possível.

Eram cerca de 8 horas, e Lucetta estava sentada sozinha na sala de estar. A noite caíra por mais de meia hora, mas ela não acendera as velas, pois, quando Farfrae estava fora, ela preferia esperar por ele à luz da lareira e, se não estivesse muito frio, manter um dos caixilhos da janela aberto, para que o som das rodas dele chegasse aos seus ouvidos rapidamente. Ela estava recostada na cadeira, sentindo-se mais esperançosa do que antes de seu casamento. O dia tinha sido um sucesso, e a inquietação temporária que a demonstração de descaramento de Henchard causara nela desapareceu com o próprio Henchard, sob a repreensão de seu marido. As evidências flutuantes de sua paixão absurda por ele, e suas consequências, haviam sido destruídas, e ela realmente parecia não ter motivos para temer.

O devaneio em que esses e outros assuntos se misturavam era perturbado por um burburinho ao longe, que aumentava a cada momento. Isso não a surpreendeu muito, já que a tarde havia sido dedicada à recreação pela maioria da população, desde a passagem das carruagens reais. Mas sua atenção foi imediatamente atraída para o assunto pela voz de uma criada da porta ao lado, que falava de uma janela superior do outro lado da rua com outra criada que estava um andar acima.

– Para que lado eles estão indo agora? – perguntou a primeira com interesse.

– Não posso ter certeza por um momento – disse a segunda – por causa da chaminé da casa do prefeito. Oh, sim, posso vê-los. Bem, estou vendo, estou vendo!

– O que é, o que é? – desde o início, com mais entusiasmo.

– Eles estão vindo pela Corn Street, afinal! Eles estão sentados de costas viradas um para outro!

– O quê... dois deles... são duas pessoas?

– Sim. Duas imagens em um burro, de costas, com os cotovelos amarrados um ao outro! Ela está voltada para a cabeça e ele está voltado para o rabo.

– É para alguém em particular?

– Bem, pode ser. O homem está com um casaco azul e perneiras de caxemira; ele tem bigodes pretos e um rosto avermelhado. É uma figura empalhada, com um rosto falso.

O barulho estava aumentando agora... depois diminuiu um pouco.

– Ali... não consigo ver, que pena! – exclamou a primeira criada, desapontada.

– Eles foram para uma rua secundária... acabou – disse aquela que ocupava a invejável posição no sótão. – Pronto... agora consigo ver todos eles!

– Como é a mulher? Basta dizer, e eu posso dizer em um momento se é para alguém que eu tenho em mente.

— Nossa... ora... está vestida exatamente como ela se vestia quando estava no assento da frente na hora em que os atores chegaram à prefeitura!

Lucetta levantou-se, e quase no mesmo instante a porta da sala foi aberta rápida e suavemente. Elizabeth-Jane avançou para a luz da lareira.

— Eu vim ver você — ela disse, sem fôlego — Não parei para bater... perdoe-me! Vejo que você não fechou as persianas e a janela está aberta.

Sem esperar pela resposta de Lucetta, ela foi rapidamente até a janela e abriu uma das venezianas. Lucetta deslizou para o lado dela. — Deixe estar... fique em silêncio! — ela disse peremptoriamente, com a voz seca, enquanto pegava Elizabeth-Jane pela mão e segurava os dedos dela. A conversa delas foi tão baixa e apressada, que nenhuma palavra foi perdida da conversa externa, que continuava lá fora:

— Seu pescoço está descoberto, seu cabelo dividido em faixas, e seu pente colocado no lugar certo; ela está usando uma seda marrom-arroxeada, meias brancas e sapatos coloridos.

Novamente, Elizabeth-Jane tentou fechar a janela, mas Lucetta a segurou com força.

— Sou eu! — ela disse, com o rosto pálido como a morte. — Uma procissão... um escândalo... uma efígie minha e dele!

O olhar de Elizabeth a traiu, mostrando que ela já sabia de tudo.

— Vamos esquecer isso — persuadiu Elizabeth-Jane, notando que a selvageria rígida das feições de Lucetta estava ficando ainda mais rígida e selvagem com o significado do barulho e das risadas. — Vamos parar de ouvir!

— É inútil! — ela gritou. — Ele vai ver, não vai? Donald vai ver! Ele está voltando para casa... e isso vai partir seu coração... ele nunca mais vai me amar... meu Deus, isso vai me matar... me matar!

Elizabeth-Jane ficou nervosa nesse momento – Oh, não é possível fazer alguma coisa para parar com isso? – ela gritou. – Não tem ninguém para fazer isso... ninguém?

Ela largou as mãos de Lucetta e correu para a porta. A própria Lucetta, dizendo imprudentemente "Eu vou ver!", virou-se para a janela, abriu o caixilho e saiu para a sacada. Elizabeth imediatamente a seguiu e colocou o braço em volta dela para puxá-la para dentro. Os olhos de Lucetta estavam fixos no espetáculo daquela festa estranha, que agora passava dançando rapidamente. As numerosas luzes ao redor das duas efígies as projetavam em uma lúgubre distinção; era impossível confundir o par com outras vítimas além das pretendidas.

– Entre, entre – implorou Elizabeth – e deixe-me fechar a janela!

– Ela sou eu... ela sou eu... até a sombrinha... minha sombrinha verde! – gritou Lucetta com uma gargalhada selvagem ao entrar. Ela ficou imóvel por um segundo... então caiu pesadamente no chão.

Quase no mesmo instante de sua queda, a música rude do "passeio da vergonha" cessou. Os rugidos das risadas sarcásticas se espalharam em ondulações, e os passos apressados morreram como o farfalhar de um vento passado. Elizabeth estava apenas indiretamente consciente disso; ela havia tocado a campainha e estava curvada sobre Lucetta, que permanecia em convulsão no tapete nos paroxismos de um ataque epilético. Ela tocou várias vezes, em vão; a probabilidade é que todos os criados tinham saído correndo da casa para ver mais do Sabá Demoníaco do que podiam ver lá dentro.

Por fim, o homem de Farfrae, que estava boquiaberto na soleira da porta, apareceu; e depois, o cozinheiro. As persianas foram bem fechadas por Elizabeth, com toda pressa, mas uma luz foi acesa, Lucetta foi levada para seu quarto, e o homem mandou chamar um médico. Enquanto Elizabeth a despia, ela recuperou a consciência; mas assim que ela se lembrou do que havia acontecido, o ataque voltou.

O médico chegou com uma prontidão inesperada; ele estava parado em sua porta, como os outros, imaginando o que significava o barulho. Assim que viu a infeliz sofredora, disse, em resposta ao apelo mudo de Elizabeth: – Isso é sério.

– É um espasmo – disse Elizabeth.

– Sim. Mas um espasmo no estado atual de saúde dela significa uma lesão. Você deve chamar o sr. Farfrae imediatamente. Onde ele está?

– Ele foi para o interior, senhor – disse a criada – para algum lugar na estrada de Budmouth. Ele provavelmente estará de volta em breve.

– Não importa, ele precisa ser chamado, para que volte depressa – O médico voltou para a cabeceira da cama. O homem foi despachado, e eles logo o ouviram sair do pátio nos fundos.

Enquanto isso, o sr. Benjamin Grower, aquele burguês proeminente de quem já foi mencionado, ouvindo o barulho de cutelos, ferros, pandeiros, ferramentas, chifres de carneiro e outros tipos históricos de aparelhos musicais enquanto ele se sentava dentro de casa na High Street, colocou o chapéu e saiu para saber a causa. Ele chegou à esquina antes da casa de Farfrae e logo adivinhou a natureza dos acontecimentos; por ser natural da cidade, já havia testemunhado tais brincadeiras grosseiras antes. Seu primeiro movimento foi procurar aqui e ali pelos policiais, havia dois na cidade, homens insignificantes, que ele finalmente encontrou escondidos em um beco ainda mais escondido do que o normal, tendo alguns temores não infundados de que poderiam ser maltratados se fossem vistos.

– O que nós dois, pobres inválidos, podemos fazer contra essa multidão! – disse Stubberd, em resposta à repreensão do sr. Grower.

— Eles podem matar um de nós, e não queremos causar a morte de um semelhante de forma alguma, não nós!

— Chamem ajuda, então! Eu irei com vocês. Veremos o que algumas palavras de autoridade podem fazer. Vamos rápido, vocês estão com seus cassetetes?

— Não queremos que o povo saiba que somos oficiais da lei, com tão poucos funcionários, senhor; então enfiamos nossos cassetetes nesse cano d'água.

— Deixem-nos aí, e venham, pelo amor de Deus! Ah, aqui está o sr. Blowbody, que sorte — (Blowbody era o terceiro dos três magistrados do distrito.)

— Bem, qual é a briga? — disse Blowbody — Vocês têm os nomes deles... hein?

— Não. Muito bem... — disse Grower a um dos policiais — você vai com o sr. Blowbody pela Old Walk e sobe a rua; e eu irei com Stubberd em linha reta. Seguindo esse plano, os colocaremos entre nós. Peguem apenas seus nomes, sem ataque nem interrupção.

Assim eles começaram. Mas, quando Stubberd e o sr. Grower avançaram para a Corn Street, de onde os sons tinham vindo, eles ficaram surpresos porque não viram nenhuma procissão. Passaram pela casa de Farfrae e olharam para o fim da rua. As chamas das lamparinas ondulavam, as árvores do passeio sussurravam, alguns vagabundos permaneciam com as mãos nos bolsos. Tudo estava como de costume.

— Você já viu um grupo heterogêneo fazendo confusão? — Grower disse magistralmente para um deles em uma jaqueta de fustão, que fumava um cachimbo e usava tiras em volta dos joelhos.

— Desculpe-me, senhor? — disse brandamente a pessoa abordada, que não era outro senão Charl, de Peter's Finger. O sr. Grower repetiu as palavras.

Charl balançou a cabeça demonstrando que não havia visto ninguém. – Não, nós não vimos nada; não é, Joe? E você estava aqui antes de mim.

Joseph foi tão inexpressivo quanto o outro em sua resposta.

– Humm... muito estranho isso – disse o sr. Grower. – Ah, aqui está um homem respeitável, que eu conheço de vista. Você... – ele perguntou, dirigindo-se à pessoa que se aproximava e que era Jopp, – você viu alguma gangue de sujeitos fazendo um barulho dos diabos... como se fosse um "passeio da vergonha" ou algo do tipo?

– Oh, não, não vi nada, senhor – respondeu Jopp, como se recebesse a notícia mais singular. – Mas eu não fui muito longe esta noite, então talvez...

– Ora, foi aqui... bem aqui – disse o magistrado.

– Agora, pensando bem, eu notei um barulho peculiar do vento nas árvores de Walk como um murmúrio poético peculiar esta noite, senhor; mais do que comum; será que não foi isso? – Jopp sugeriu, enquanto reorganizava a mão no bolso do sobretudo (onde habilmente sustentava um par de pinças de cozinha e um chifre de vaca, enfiado sob o colete).

– Não, não, não... você acha que sou um tolo, policial, venha para cá! Eles devem ter ido para a rua de trás.

No entanto, os perturbadores não foram encontrados nem na rua de trás nem na rua da frente, e Blowbody e o segundo policial, que apareceram nesse momento, trouxeram informações semelhantes. Efígies, burros, lanternas, o bando, todos desapareceram como a tripulação de um navio afundado.

– Muito bem – disse o sr. Grower – só há mais uma coisa que podemos fazer. Arranje meia dúzia de ajudantes e vá em grupo para Mixen Lane e para Peter's Finger. Tenho certeza de que vamos encontrar uma pista desses baderneiros por lá.

Os executores da lei de juntas enferrujadas reuniram ajuda assim que puderam, e todo o grupo marchou para a pista da notoriedade. Não era rápido chegar lá à noite, nem uma lâmpada ou brilho de qualquer tipo se oferecia para iluminar o caminho, exceto um brilho pálido ocasional através de alguma cortina de janela ou através da fresta de alguma porta que não podia ser fechada por causa da fumaça da chaminé lá dentro. Por fim, eles entraram na estalagem corajosamente, pela porta da frente, até então trancada, depois de uma batida prolongada de volume proporcional à importância de sua posição.

Nos assentos da grande sala, presos ao teto por cordas como de costume para estabilidade, um grupo comum sentava-se bebendo e fumando com uma quietude escultural de comportamento. A senhoria olhou com brandura para os invasores, dizendo com sotaque natural: – Boa noite, senhores; temos lugares disponíveis. Espero que não haja nada de errado?

Eles olharam ao redor da sala. – Certamente, – disse Stubberd a um dos homens – eu o vi agora na Corn Street... o sr. Grower falou com você?

O homem, que era Charl, balançou a cabeça distraidamente. – Eu estava aqui esta última hora, não estava, Nance? – ele disse para a mulher que bebia cerveja pensativamente perto dele.

– Com certeza, estava. Eu vim para tomar meu aperitivo da hora do jantar tranquilamente, e você já estava aqui, assim como todo o resto.

O outro policial estava de frente para a caixa do relógio, onde viu refletido no vidro um movimento rápido da senhoria. Virando-se bruscamente, ele a pegou fechando a porta do forno.

– Algo curioso com esse forno, senhora! – ele observou, avançando, abrindo-o e tirando um pandeiro.

– Ah – ela disse, se desculpando – é o que guardamos aqui para usar quando há tocamos um pouco de música. O senhor sabe que o tempo úmido estraga tudo, então eu coloquei lá dentro para mantê-lo seco.

O policial assentiu conscientemente, mas o que ele sabia não era nada. De modo algum se poderia extrair alguma coisa dessa assembleia muda e inofensiva. Em poucos minutos, os investigadores saíram e, juntando-se de seus auxiliares que haviam sido deixados na porta, seguiram seu caminho para outro lugar.

Capítulo 40

Muito antes desse momento, Henchard, cansado de suas considerações na ponte, dirigiu-se para a cidade. Quando ele estava no fim da rua, uma procissão apareceu na sua frente, no ato de sair de um beco logo acima dele. As lanternas, buzinas e a multidão o assustaram; ele viu as imagens montadas e sabia o que tudo aquilo significava.

Atravessaram o caminho, entraram em outra rua e desapareceram. Ele deu alguns passos para trás e se perdeu em sérias reflexões, finalmente voltando para casa pelo caminho obscuro à beira do rio. Incapaz de descansar lá, ele foi até a pousada onde sua enteada estava alojada e foi informado de que Elizabeth-Jane havia ido para a casa do sr. Farfrae. Como quem age obedecendo a um encanto, e com uma apreensão indescritível, ele seguiu na mesma direção, na esperança de encontrá-la, considerando que os baderneiros já haviam desaparecido. Desapontado com a situação, ele tocou delicadamente a campainha, e então soube os detalhes do que havia ocorrido, e também das ordens imperativas do médico, de que Farfrae deveria voltar imediatamente para casa e como eles partiram para encontrá-lo na estrada de Budmouth.

– Mas ele foi para Mellstock e Weatherbury! – exclamou Henchard, agora indescritivelmente triste. – Não é para o lado de Budmouth.

Mas, infelizmente para Henchard, ele havia perdido seu bom nome. Eles não acreditaram nele e acharam que suas declarações eram falsas. Embora a vida de Lucetta parecesse naquele momento depender do retorno de seu marido (ela estava em grande agonia mental, temendo que ele soubesse a verdade de suas relações anteriores com Henchard), nenhum mensageiro foi enviado a Weatherbury. Henchard, em um estado de amarga ansiedade e contrição, decidiu procurar Farfrae sozinho.

Para esse fim, ele saiu correndo pela cidade até a estrada leste sobre Durnover Moor, subindo a colina além, e assim, adiante na escuridão moderada da noite de primavera até alcançar uma segunda e quase uma terceira colina a cerca de cinco quilômetros de distância. Em Yalbury Bottom, no sopé da colina, ele avistou Farfrae. A princípio, nada se ouvia, além de suas palpitações, a não ser o vento lento gemendo entre as massas de abetos e lariços de Yalbury Wood, que cobriam as colinas de ambos os lados; mas logo ouviu-se o som de rodas leves nas pedras recém-colocadas na estrada, acompanhado pelo brilho distante das luzes.

Ele sabia que era a carroça de Farfrae descendo a colina, devido ao seu ruído peculiar, pois o veículo era seu até ser comprado pelo escocês na venda de seus pertences. Henchard, então, refez seus passos ao longo de planície de Yalbury e ficou ao lado da carroça quando seu condutor diminuiu a velocidade entre duas plantações.

Era um ponto na estrada perto da estrada para Mellstock que se bifurcava na direção de sua casa. Ao desviar para aquele vilarejo, como pretendia fazer, Farfrae provavelmente poderia atrasar seu retorno por algumas horas. Logo pareceu que sua intenção ainda era de fazê-lo, porque a luz estava se desviando em direção a

Cuckoo Lane, a estrada secundária mencionada. A lamparina de Farfrae brilhou no rosto de Henchard. Ao mesmo tempo, Farfrae percebeu que era o homem com quem havia acabado de lutar.

— Farfrae... Sr. Farfrae! — gritou o ofegante Henchard, erguendo a mão.

Farfrae permitiu que o cavalo avançasse vários passos na pista secundária antes de parar. Ele então puxou as rédeas e disse — Sim? — olhando por cima do ombro, como alguém faria em direção a um inimigo declarado.

— Volte para Casterbridge imediatamente! — disse Henchard. — Há algo errado em sua casa, que exige seu retorno. Eu corri até aqui com o propósito de lhe contar.

Farfrae ficou em silêncio e, com seu silêncio, a alma de Henchard contraiu-se dentro dele. Por que ele não havia, antes disso, pensado no que era óbvio demais? Aquele que, quatro horas antes, havia atraído Farfrae para uma luta mortal, estava agora na escuridão da madrugada em uma estrada solitária, convidando-o a seguir um caminho específico, onde um agressor poderia estar reunido com seu bando, em vez de seguir o caminho pretendido, onde poderia haver uma melhor oportunidade de se proteger do ataque. Henchard quase podia sentir essa visão das coisas passando pela mente de Farfrae.

— Eu tenho de ir para Mellstock — disse Farfrae friamente, enquanto soltava as rédeas para seguir em frente.

— Mas... — implorou Henchard — o assunto é mais sério do que o seu negócio em Mellstock. É... sua esposa! Ela está doente. Posso lhe contar os detalhes à medida que avançamos.

A própria agitação e indelicadeza de Henchard aumentaram a suspeita de Farfrae de que isso era um estratagema para atraí-lo para a próxima floresta, onde poderia ser efetivamente cercado; o que, por política ou falta de coragem, Henchard não havia conseguido fazer no início do dia. Ele continuou a seguir sua jornada em seu cavalo.

– Eu sei o que você está pensando – gritava Henchard correndo atrás, quase curvado de desespero ao perceber a imagem de vilão sem escrúpulos que aparecia nos olhos do ex-amigo. – Mas eu não sou o que você pensa! – ele gritou com voz rouca. – Acredite em mim, Farfrae; vim inteiramente por sua causa e de sua esposa. Ela está em perigo. Não sei mais nada; e eles querem que você venha. Seu homem foi para o outro lado por engano. Ei Farfrae! Não desconfie de mim... sou um homem miserável; mas meu coração ainda é fiel a você!

Farfrae, no entanto, desconfiava dele totalmente. Ele sabia que sua esposa estava grávida, mas ele a deixara não muito tempo atrás em perfeita saúde; e a traição de Henchard era mais crível do que sua história. Em seu tempo, ele ouvira amargas ironias dos lábios de Henchard, e talvez tudo fosse ironia agora. Ele apressou o passo do cavalo e logo subiu para a região montanhosa que seguia para Mellstock, a corrida espasmódica de Henchard atrás dele emprestava ainda mais substância aos seus pensamentos sobre os propósitos malignos do ex-amigo.

A carruagem e seu condutor foram diminuindo, aos olhos de Henchard; seus esforços pelo bem de Farfrae foram em vão. Por causa desse pecador arrependido, pelo menos, não haveria alegria no céu. Ele amaldiçoou a si mesmo como um Jó menos escrupuloso, como um homem veemente faz quando perde o respeito próprio, o último suporte mental da pobreza. Ele chegou a isso depois de um período de escuridão emocional do qual a sombra da floresta adjacente fornecia uma ilustração inadequada. Logo ele começou a caminhar de volta, pelo caminho pelo qual havia chegado. Farfrae não deveria, em todo caso, ter motivos para se demorar na estrada, ao vê-lo lá, quando ele fizesse sua viagem de volta para casa mais tarde.

Chegando em Casterbridge, Henchard foi novamente à casa de Farfrae para fazer perguntas. Assim que a porta se abriu, rostos ansiosos o encararam da escada, do corredor e do patamar; e todos disseram com grande desapontamento: – Oh, não é ele! – O criado, percebendo seu erro, havia retornado há muito tempo, e todas as esperanças se concentravam em Henchard.

– Mas você não o encontrou? – disse o médico.

– Sim... nem sei o que dizer! – Henchard respondeu enquanto se sentava em uma cadeira na entrada – Ele deve chegar dentro de duas horas.

– Ok – disse o cirurgião, voltando para cima.

– Como ela está? – perguntou Henchard a Elizabeth, que fazia parte do grupo.

– Correndo grande perigo, pai. Sua ansiedade para ver o marido a deixa terrivelmente inquieta. Pobre mulher... temo que ela esteja morrendo!

Henchard observou a simpática oradora por alguns instantes, como se ela o tivesse atingido sob uma nova luz, então, sem mais comentários, saiu pela porta e seguiu para sua cabana solitária. Quanta coisa por causa da rivalidade do homem, ele pensou. A morte ficaria com a ostra, e Farfrae e ele próprio com as conchas. Mas quanto à Elizabeth-Jane... no meio de sua escuridão, ela parecia a ele como um ponto de luz. Ele gostou do olhar em seu rosto quando ela respondeu da escada. Havia afeição e, acima de tudo, o que ele desejava agora era a afeição de tudo que fosse bom e puro. Ela não era filha dele, mas, pela primeira vez, ele teve um vago sonho de que poderia gostar dela como se fosse sua filha, se ela apenas continuasse a amá-lo.

Jopp estava indo para a cama quando Henchard chegou em casa. Quando este último entrou pela porta, Jopp disse: – A doença da sra. Farfrae é muito grave?

– Sim – respondeu Henchard brevemente, embora não tivesse nem ideia da cumplicidade de Jopp na armação daquela noite, e levantou os olhos apenas o suficiente para observar que o rosto de Jopp estava marcado pela ansiedade.

– Alguém veio aqui procurando você – continuou Jopp, quando Henchard estava se fechando em seu aposento. – Um viajante ou um capitão de um navio.

– Ora... quem poderia ser?

– Parecia ser um homem próspero... tinha cabelos grisalhos e rosto largo, mas não disse o nome nem deixou recado.

– Não importa quem era – E, dizendo isso, Henchard fechou a porta.

O assunto em Mellstock atrasou o retorno de Farfrae durante quase as duas horas da estimativa de Henchard. Entre as outras razões urgentes para sua presença estava a necessidade de sua autoridade em mandar buscar um segundo médico em Budmouth; e quando finalmente Farfrae voltou, ele ficou em um estado tão perplexo para entender sua concepção errônea dos motivos de Henchard.

Um mensageiro foi despachado para Budmouth, por mais tarde que fosse; a noite avançava, e o outro médico chegou de madrugada. Lucetta ficou muito aliviada com a chegada de Donald; ele raramente ou nunca saía do lado dela; e quando, imediatamente após sua entrada, ela tentou contar-lhe o segredo que tanto a oprimia, ele reprimiu suas palavras fracas, temendo que falar fosse perigoso, assegurando-lhe que havia tempo de sobra para lhe contar tudo.

Até esse momento, ele não sabia nada sobre o passeio da vergonha. A notícia da doença perigosa e do aborto espontâneo da sra. Farfrae logo se espalharam pela cidade, e uma suposição apreensiva sobre sua causa foi dada pelos líderes da façanha, remorso e medo lançaram um silêncio mortal sobre todos os detalhes do que havia acontecido; enquanto os que estavam próximos de Lucetta não ousariam aumentar a aflição de seu marido comentando sobre o assunto.

O que e quanto a esposa de Farfrae finalmente explicou a ele sobre seu envolvimento anterior com Henchard, quando eles estavam sozinhos na solidão daquela noite triste, não se sabe. Que ela o informou dos fatos simples de sua intimidade peculiar com o comerciante de milho ficou claro pelas próprias declarações de Farfrae. Mas a respeito de sua conduta subsequente... seu motivo para vir a Casterbridge para se unir a Henchard... sua suposta justificativa para abandoná-lo quando descobriu razões para temê-lo (embora, na verdade, sua paixão inconsequente por outro homem à primeira vista tivesse mais a ver com esse abandono)... seu método de reconciliar com sua consciência um casamento com o segundo quando ela estava de certa forma comprometida com o primeiro: até que ponto ela falou dessas coisas permaneceu um segredo apenas de Farfrae.

Além do vigia que informava as horas e a previsão do tempo em Casterbridge naquela noite, uma figura subia e descia a Corn Street quase com menos frequência. Era de Henchard, cuja retirada para descansar provou ser uma futilidade assim que tentou; e ele desistiu de dormir para ficar andando de um lado para o outro, fazendo perguntas sobre a paciente de vez em quando. Ele perguntava para Farfrae sobre Lucetta, e mais ainda perguntava a Elizabeth-Jane. Despojado de qualquer outro interesse, sua vida parecia centrada na personalidade da enteada, cuja presença, até recentemente, ele não conseguia suportar. Vê-la em cada ocasião de sua visita na casa de Lucetta era um conforto para ele.

A última de suas visitas foi feita por volta das 4 horas da manhã, na luz férrea do amanhecer. Lúcifer estava desaparecendo em Durnover Moor, os pardais acabavam de pousar na rua, e as galinhas começaram a cacarejar fora de suas casas. Quando, a poucos metros da casa de Farfrae, ele viu a porta se abrir suavemente e uma criada levar a mão à aldrava para desamarrar o pedaço de pano que a segurava. Ele atravessou a rua, os pardais em seu caminho mal levantando voo para sair da estrada, pois eles não acreditavam na agressão humana naquela hora do amanhecer.

– Por que você está soltando a aldrava? – perguntou Henchard.

Ela se virou surpresa com a presença dele e não respondeu por um ou dois instantes. Ao reconhecê-lo, ela disse: – Agora podem bater o mais alto que quiserem porque ela nunca mais ouvirá nada.

Capítulo 41

Henchard foi para casa. A manhã já tinha raiado completamente, ele acendeu o fogo e sentou-se distraidamente ao lado dele. Ele não estava sentado ali por muito tempo quando passos suaves se aproximaram da casa e entraram no corredor, um dedo batendo levemente na porta. O rosto de Henchard se iluminou, pois ele sabia que os movimentos eram de Elizabeth. Ela entrou em seu quarto, parecendo pálida e triste.

– Você já soube? – ela perguntou. – Sobre a sra. Farfrae! Ela está... morta! Sim, é verdade... há cerca de uma hora!

– Eu sei – disse Henchard. – Eu cheguei de lá quase agora. É muito gentil de sua parte, Elizabeth, vir e me contar. Você deve estar muito cansada também, de tanto ficar sentada. Agora, fique aqui comigo. Você pode ir descansar no outro quarto; eu chamo você quando o café da manhã estiver pronto.

Para agradar a ele e a si mesma, pois a gentileza recente dele estava conquistando uma gratidão surpresa da jovem solitária, ela fez o que ele pediu e deitou-se em uma espécie de sofá que

Henchard havia improvisado a partir de um assento na sala ao lado. Ela podia ouvi-lo se movendo em seus preparativos, mas sua mente voltou-se mais fortemente para Lucetta, cuja morte em tal plenitude de vida e em meio a tão alegres esperanças de maternidade foi terrivelmente inesperada. Logo ela adormeceu.

Enquanto isso, seu padrasto, na sala externa, preparou o café da manhã, mas, ao descobrir que ela cochilava, ele não a chamou; ficou esperando, olhando para o fogo e mantendo a chaleira fervendo com cuidado de dona de casa, como se fosse uma honra tê-la em sua casa. Na verdade, uma grande mudança havia ocorrido nele em relação a ela, e ele desenvolvia o sonho de um futuro iluminado por sua presença filial, como se só ali pudesse residir a felicidade.

Ele foi perturbado por outra batida na porta e levantou-se para abri-la, mas na realidade não queria receber a visita de ninguém naquele momento. Um homem robusto estava parado na soleira da porta, com um ar estranho e desconhecido em sua figura e postura... um ar que poderia ser chamado de colonial por pessoas de experiência cosmopolita. Era o homem que perguntou o caminho para Peter's Finger. Henchard assentiu com a cabeça e olhou para ele com curiosidade.

– Bom dia, bom dia – disse o estranho com profusa cordialidade. – É com o sr. Henchard que estou falando?

– Sim, sou Henchard.

– Finalmente consegui encontrá-lo em casa... que bom. A parte da manhã é a hora certa para fazer negócios, eu sempre digo isso. Posso trocar algumas palavras com você?

– Com certeza – respondeu Henchard, mostrando o caminho.

– Você se lembrar de mim? – disse o visitante, sentando-se.

Henchard observou-o com indiferença e balançou a cabeça.

– Bem, talvez não. Meu nome é Newson.

O rosto e os olhos de Henchard perderam a cor. O outro não percebeu.

– Conheço bem o nome – disse Henchard finalmente, olhando para o chão.

– Não tenho dúvidas disso. Bem, o fato é que estive procurando por você na quinzena passada. Desembarquei em Havenpool e passei por Casterbridge a caminho de Falmouth, e, quando cheguei lá, eles me disseram que você alguns anos antes morava em Casterbridge. Voltei novamente, e cheguei aqui de carruagem, dez minutos atrás. – Ele mora perto do moinho – eles me disseram. Então aqui estou eu. Muito bem... vim até aqui por causa da transação entre nós há cerca de vinte anos. Foi um negócio curioso. Eu era mais jovem do que sou agora, e talvez quanto menos se fale sobre isso, em certo sentido, melhor.

– Coisa curiosa! Foi pior que curiosidade. Não posso nem admitir que sou o homem que você conheceu no passado. Eu não estava em meus sentidos, e os sentidos de um homem são ele mesmo.

– Éramos jovens e imprudentes – disse Newson. – No entanto, vim para consertar as coisas e não para discutirmos. Pobre Susan, a experiência dela foi estranha.

– Ela era uma mulher de bom coração e caseira. Ela não era o que eles chamam de astuta ou perspicaz... talvez seria melhor para ela que fosse.

– Ela não era.

– Como você provavelmente sabe, ela era simplória o suficiente para pensar que a venda era de certa forma vinculativa. Ela era tão inocente, que não faria nada de errado, na realidade, ela era uma santa.

– Eu sei, eu sei. Descobri diretamente – disse Henchard, ainda com os olhos desviados. – Aí está minha culpa. Se ela tivesse entendido a situação como devia, nunca teria me deixado. Nunca!

Mas como ela poderia saber? Que vantagens ela tinha? Nenhuma. Ela só sabia escrever o próprio nome e nada mais.

— Bem, não estava em meu coração dizer a ela que estava enganada quando a ação foi realizada — disse o marinheiro de antigamente. — Eu achei, e não havia muita vaidade em achar nisso, que ela seria mais feliz comigo. Ela foi bastante feliz, e eu nunca teria dito nada a ela até o dia de sua morte. Sua filha morreu e ela teve outra, e tudo correu bem. Mas chegou uma hora... lembre-se que uma hora sempre chega. Chegou uma hora... foi algum tempo depois que ela, eu e a criança voltamos da América... quando alguém a quem ela confidenciou sua história, contou-lhe meus direitos sobre ela eram uma farsa, e transformou em piada a crença que ela tinha quanto aos meus direitos. Depois disso, ela nunca mais foi feliz comigo. Ela foi definhando, ficando triste e suspirando por todos os cantos. Ela disse que deveria me deixar, e então veio a questão da nossa criança. Então um homem me aconselhou como agir, e eu o fiz, pois achei que era o melhor. Deixei-a em Falmouth e parti para o mar. Quando cheguei ao outro lado do Atlântico, houve uma tempestade, e supunha-se que muitos de nós, inclusive eu, tínhamos sido arrastados para o mar. Desembarquei em Newfoundland e me perguntei o que deveria fazer. Então pensei comigo mesmo: — Já que estou aqui, vou esperar, vai ser bom para ela, agora que está contra mim, vou deixá-la acreditar que estou perdido; se ela pensar que nós dois estamos vivos, vai se sentir miserável, mas se ela pensar que estou morto, vai voltar para ele e a criança terá um lar. Eu nunca voltei a este país até um mês atrás, e descobri que, como eu supunha, ela foi até você, e minha filha com ela. Eles me disseram em Falmouth que Susan estava morta. Mas minha Elizabeth-Jane, onde está ela?

— Morta também — disse Henchard obstinadamente. — Certamente você soube disso também?

O marinheiro se levantou e deu um ou dois passos nervosos pela sala. – Morta! – ele disse, em voz baixa. – Então qual é a utilidade do meu dinheiro para mim?

Henchard, sem responder, balançou a cabeça como se isso fosse mais uma pergunta para o próprio Newson do que para ele.

– Onde ela está enterrada? – perguntou o viajante.

– Ao lado da mãe dela – disse Henchard, no mesmo tom impassível.

– Quando ela morreu?

– Há um ano ou mais – respondeu o outro sem hesitar.

O marinheiro continuou de pé. Henchard não tirava os olhos do chão. Por fim, Newson disse: – Minha jornada até aqui foi em vão! Posso ir como vim! Foi bem feito para mim. Não vou mais incomodá-lo.

Henchard ouviu os passos de Newson se afastando no chão de areia, o movimento mecânico do trinco, o lento abrir e fechar da porta que era natural para um homem hesitante ou abatido, mas ele não virou a cabeça. A sombra de Newson passou pela janela. Ele se foi.

Então Henchard, mal acreditando na evidência de seus sentidos, levantou-se de seu assento espantado com o que havia feito. Fora o impulso de um momento. A consideração que ele adquirira ultimamente por Elizabeth, a esperança recém-nascida de sua solidão de que ela seria para ele uma filha da qual ele poderia se sentir tão orgulhoso quanto da filha real que ela ainda acreditava ser, foi estimulado pela inesperada chegada de Newson a uma exclusividade gananciosa em relação a ela; de modo que a perspectiva repentina de sua perda o levou a falar mentiras loucas como uma criança, com puro desrespeito pelas consequências. Ele esperava que as perguntas o cercassem e desmascarassem sua invenção em cinco minutos; no entanto, tal questionamento não veio. Mas certamente eles viriam. A partida de Newson podia ser apenas momentânea; ele saberia de tudo por meio de investigações na cidade e voltaria para amaldiçoá-lo e levar embora seu último tesouro!

Ele rapidamente colocou o chapéu e saiu na direção que Newson havia tomado. As costas de Newson logo ficaram visíveis na estrada, cruzando a estaca dos Búfalos. Henchard o seguiu e viu seu visitante parar no King's Arms, onde a carruagem matinal que o trouxera esperava meia hora por outra carruagem que passava por ali. A carruagem na qual Newson tinha vindo agora estava prestes a se mover novamente. Newson montou, sua bagagem foi colocada, e em poucos minutos o veículo desapareceu com ele.

Ele não tinha sequer virado a cabeça. Foi um ato de fé simples nas palavras de Henchard... fé tão simples que chega a ser quase sublime. O jovem marinheiro que havia levado Susan Henchard no calor do momento e na fé de um olhar em seu rosto, mais de vinte anos antes, ainda vivia e agia sob a forma do viajante grisalho que havia acreditado nas palavras de Henchard, tão absoluto, que o envergonhou enquanto ele se levantava.

Será que Elizabeth-Jane continuaria sendo dele em razão dessa invenção ousada de um momento? – Talvez não por muito tempo – disse ele. Newson podia conversar com seus companheiros de viagem, alguns dos quais podiam ser pessoas de Casterbridge, e o truque seria descoberto.

Essa probabilidade lançou Henchard em uma atitude defensiva e, em vez de considerar a melhor forma de corrigir o erro e informar o pai de Elizabeth da verdade imediatamente, ele pensou em maneiras de manter a posição que havia conquistado acidentalmente. Sua afeição pela jovem tornava-se mais forte e ciumenta a cada novo perigo ao qual ele se expunha por causa dela.

Ele observou a estrada distante, esperando ver Newson voltar a pé, esclarecido e indignado, para reivindicar sua filha. Mas nenhuma figura apareceu. Possivelmente ele não havia falado com ninguém na carruagem, e enterrou sua dor em seu coração.

Sua dor!... o que era a dor dele, afinal, o que ele, Henchard, sentiria com a perda dela? A afeição de Newson esfriada pelos anos não se igualava à dele, que estivera constantemente na presença da jovem. E assim sua alma ciumenta argumentou capciosamente para desculpar a separação de pai e filha.

Ele voltou para casa meio que esperando que ela tivesse desaparecido. Não; lá estava ela... acabando de sair do quarto, as marcas do sono em suas pálpebras, exibindo um ar totalmente revigorado.

– Oh, pai! – ela disse sorrindo. – Tão logo me deitei já peguei no sono, embora não fosse minha intenção. Não sei como não sonhei com a pobre sra. Farfrae, depois de pensar tanto nela, mas não sonhei. Como é estranho que muitas vezes não sonhemos com os últimos acontecimentos, por mais que eles nos absorvam.

– Estou feliz que você tenha conseguido dormir – disse ele, pegando a mão dela com ansiedade de propriedade... um ato que causou a ela uma agradável surpresa.

Sentaram-se para o café da manhã, e os pensamentos de Elizabeth-Jane voltaram-se para Lucetta. A tristeza deles acrescentava charme a um semblante cuja beleza sempre residira em sua sobriedade meditativa.

– Pai, – disse ela, assim que se lembrou da refeição servida – foi tão gentil da sua parte preparar este belo café da manhã com as próprias mãos, e eu dormindo preguiçosamente enquanto isso.

– Eu faço isso todos os dias – respondeu ele. – Você me deixou; todo mundo me deixou; como devo viver senão pelas minhas mãos?

– O senhor é muito solitário, não é?

— Sim, minha filha... em um grau que você não conhece! A culpa é minha. Você é a única que esteve perto de mim por semanas. E você não virá mais.

— Por que o senhor está dizendo isso? Na verdade, eu virei, se o senhor quiser me ver.

Henchard ficou em dúvida. Embora recentemente esperasse que Elizabeth-Jane pudesse voltar a morar em sua casa como filha, ele não pediria a ela que o fizesse agora. Newson poderia voltar a qualquer momento, e o que Elizabeth pensaria dele por sua decepção, seria melhor manter-se longe dela.

Depois do café da manhã, sua enteada ainda se demorou, até que chegou o momento em que Henchard costumava ir para seu trabalho diário. Então ela se levantou e, com a certeza de voltar, logo subiu a colina ao sol da manhã.

— Nesse momento, o coração dela está tão amoroso comigo quanto o meu está com o dela, ela viveria comigo aqui nesta humilde cabana se eu pedisse! No entanto, antes da noite provavelmente ele voltará, e então ela me desprezará!

Essa reflexão, constantemente repetida por Henchard para si mesmo, acompanhou-o em todos os lugares durante o dia. Seu humor não era mais o desgraçado rebelde, irônico e imprudente; mas a melancolia pesada de quem perdeu tudo isso podia tornar a vida interessante ou até tolerável. Não sobraria ninguém de quem se orgulhar, ninguém para fortalecê-lo, pois Elizabeth-Jane logo seria apenas uma estranha, e pior. Susan, Farfrae, Lucetta, Elizabeth... todos o haviam deixado, um após um, por sua culpa ou por seu infortúnio.

No lugar deles, ele não tinha interesse, hobby ou desejo. Se ele pudesse invocar a música em seu auxílio, sua existência poderia até agora ter sido suportada, pois a música para Henchard tinha um poder real. O mais simples tom de trompete ou órgão era suficiente para comovê-lo, e altas harmonias o transubstanciavam. Mas o destino difícil ordenou que ele fosse incapaz de invocar esse espírito divino em sua necessidade.

Toda a terra à sua frente era como a própria escuridão, não havia nada para vir, nada para esperar. No entanto, no curso natural da vida, ele pode ter de permanecer na terra por mais trinta ou quarenta anos... ridicularizado; na melhor das hipóteses, desafortunado.

A ideia era insuportável.

A leste de Casterbridge havia pântanos e prados, através dos quais corria muita água. O andarilho nessa direção podia ficar parado por alguns momentos em uma noite tranquila, ouvindo as sinfonias singulares dessas águas, como as de uma orquestra sem lâmpada, tocando em seus tons diversos de partes próximas e distantes do pântano. Em um buraco de um açude podre, elas executavam um recital; onde um riacho afluente caía sobre um parapeito de pedra, elas trinavam alegremente; sob um arco, as águas executavam um címbalo metálico, e em Durnover Hole elas assobiavam. O ponto em que sua instrumentação soava mais alto era um lugar chamado Ten Hatches, de onde, nas altas nascentes, vinha uma fuga musical.

O rio aqui era profundo e forte o tempo todo, e as eclusas nessa parte eram levantadas e abaixadas por engrenagens e um guincho. Um trecho conduzia da segunda ponte sobre a rodovia (tão frequentemente mencionada) até essas eclusas, cruzando o riacho em sua cabeceira com uma estreita ponte de tábuas. Mas, após o cair da noite, raramente se encontravam seres humanos indo por ali, o caminho levava apenas a um trecho profundo do riacho chamado Blackwater, cuja passagem era perigosa.

Henchard, no entanto, deixando a cidade pela estrada leste, prosseguiu para a segunda ponte, ou ponte de pedra, e daí atingiu esse caminho de solidão, seguindo seu curso ao lado do riacho, até que as formas escuras de Ten Hatches trocassem o brilho lançado sobre o rio pelo brilho fraco que ainda persistia no Oeste. Em um ou dois segundos ele estava ao lado do buraco onde a água era mais funda. Ele olhou para trás e para frente, e nenhuma criatura apareceu à vista. Ele então tirou o casaco e o chapéu e ficou à beira do riacho com as mãos cruzadas à sua frente.

Enquanto seus olhos estavam voltados para a água abaixo, lentamente se tornou visível algo flutuando na piscina circular formada por séculos; a piscina que ele pretendia fazer de seu leito de morte. A princípio era indistinto por causa da sombra da margem; mas emergiu dali e tomou forma, que era a de um corpo humano, rígido sobre a superfície do riacho.

Na corrente circular transmitida pelo fluxo central, a forma foi trazida para frente, até que passou sob seus olhos; e então ele percebeu com uma sensação de horror que era ele mesmo. Não um homem que se parecesse um pouco com ele, mas um igual em todos os aspectos, sua contraparte, seu gêmeo real, estava flutuando como se estivesse morto no buraco de Ten Hatches.

O senso do sobrenatural era forte nesse homem infeliz, e ele se afastou como alguém poderia ter feito na presença real de um milagre terrível. Ele cobriu os olhos e abaixou a cabeça. Sem olhar novamente para o riacho, ele pegou o casaco e o chapéu e se afastou lentamente.

Logo ele se encontrou na porta de sua residência. Para sua surpresa, Elizabeth-Jane estava ali. Ela se adiantou, falou, chamou-o de "pai" como antes. Newson, então, ainda nem havia retornado.

– Achei que você parecia muito triste esta manhã – disse ela – então vim novamente para vê-lo. Não que eu mesma esteja triste. Mas todos e tudo parecem tão contra você, e sei que você deve estar sofrendo.

Como essa mulher adivinhava as coisas! No entanto, ela não havia adivinhado tudo.

Ele perguntou a ela: – Você acha que ainda acontecem milagres, Elizabeth? Não sou um homem culto. Não sei tanto quanto eu gostaria de saber. Tentei ler e aprender toda a minha vida, mas, quanto mais eu tento saber quanto, mais ignorante eu pareço.

– Acho que não existem mais milagres hoje em dia – disse ela.

– Nenhuma interferência no caso de intenções desesperadas, por exemplo? Bem, talvez não de uma forma direta. Talvez não. Mas venha e caminhe comigo, e eu lhe mostrarei o que quero dizer.

Ela concordou de bom grado, e ele a levou pela estrada, pelo caminho solitário até Ten Hatches. Ele caminhava inquieto, como se uma sombra assombrada, invisível dela, pairasse ao seu redor e perturbasse seu olhar. Ela teria falado alegremente sobre Lucetta, mas temia perturbá-lo. Quando chegaram perto do açude, ele parou e pediu a ela que fosse em frente e olhasse para dentro da lagoa e contasse o que tinha visto.

Ela foi e logo voltou até ele e disse: – Nada.

– Vá de novo – disse Henchard – e olhe atentamente.

Ela seguiu até a beira do rio uma segunda vez. Em seu retorno, depois de algum atraso, ela disse a ele que viu algo flutuando ali; mas o que era ela não conseguia discernir. Parecia uma trouxa de roupas velhas.

– Elas são como as minhas? – perguntou Henchard.

– Bem, elas são. Meu Deus, eu me pergunto se... Pai, vamos embora!

– Vá e olhe mais uma vez; e depois voltaremos para casa.

Ela voltou, e ele pôde vê-la inclinar-se até que sua cabeça estivesse perto da margem da lagoa. Ela se levantou e correu de volta para o lado dele.

– Muito bem – disse Henchard – o que você diz agora?

– Vamos para casa.

– Mas diga-me... diga-me... o que está flutuando lá?

— A efígie — ela respondeu apressadamente. — Eles devem tê-la jogado no rio mais lá em cima entre os salgueiros em Blackwater, para se livrar dela em seu alarme ao serem descobertos pelos magistrados, e ela deve ter flutuado até aqui.

— Ah... com certeza... minha imagem! Mas onde está a outra? Por que apenas essa?... esse passeio da vergonha que eles fizeram a matou, mas me manteve vivo!

Elizabeth-Jane refletiu sobre as palavras dele, "me manteve vivo", enquanto eles vagarosamente refaziam seu caminho para a cidade e, por fim, adivinhou seu significado. — Pai! Não vou deixar você sozinho assim! — ela disse, chorando. — Posso morar com você e cuidar de você como costumava fazer? Não me importo que você seja pobre. Eu teria concordado em vir esta manhã, mas você não me pediu.

— Você conseguiria morar comigo? — ele disse amargamente. — Elizabeth, não brinque comigo! Eu adoraria que você viesse morar comigo!

— Eu venho — disse ela.

— Como você vai perdoar toda a minha estupidez nos dias anteriores? Você não vai conseguir!

— Eu já esqueci tudo. Não fale mais nisso.

Assim, ela garantiu a ele que viria e organizou seus planos para o reencontro; e finalmente cada um foi para casa. Então Henchard barbeou-se pela primeira vez em muitos dias, vestiu roupas de cama limpas e penteou o cabelo; e parecia um homem ressuscitado desde então.

Na manhã seguinte, o fato acabou sendo como Elizabeth-Jane havia declarado; a efígie foi descoberta por um vaqueiro, e a de Lucetta um pouco mais acima no mesmo riacho. Mas o mínimo possível foi dito sobre o assunto, e as figuras foram destruídas às escondidas.

Apesar dessa solução natural do mistério, Henchard continuava considerando uma intervenção providencial a figura estar flutuando ali. Elizabeth-Jane o ouviu dizer: – Quem pode ser tão infame quanto eu! E ainda assim parece estou nas mãos de Alguém!

Capítulo 42

Mas a convicção emocional de que ele estava nas mãos de Alguém começou a morrer no peito de Henchard à medida que o tempo lentamente afastava para longe o evento que dera origem a esse sentimento. A aparição de Newson o assombrava. Ele certamente voltaria.

No entanto, Newson não voltou. Lucetta foi carregada ao longo do caminho do cemitério; Casterbridge voltou sua atenção para ela pela última vez, antes de prosseguir com seu trabalho como se ela nunca tivesse vivido. Mas Elizabeth permaneceu imperturbável na crença de seu relacionamento com Henchard e agora compartilhava sua casa. Talvez, afinal de contas, Newson tenha partido para sempre.

No devido tempo, o enlutado Farfrae soube, pelo menos, a causa próxima da doença e morte de Lucetta, e seu primeiro impulso foi naturalmente suficiente para se vingar em nome da lei de todos os perpetradores do mal. Ele resolveu esperar até que o funeral terminasse antes de entrar no assunto. Chegou a hora, ele refletiu. Por mais desastroso que tenha sido o resultado, obviamente não foi previsto nem pretendido pelo grupo que organizou a procissão de forma imprudente. A perspectiva tentadora de envergonhar as pessoas que estão à frente dos negócios... aquele prazer supremo e picante daqueles que se contorcem sob o calcanhar de seus superiores... era a única coisa que os incitava, até onde ele podia ver; pois ele não sabia nada sobre o que levou Jopp a fazer aquilo. Outras considerações também estavam envolvidas. Lucetta havia confessado tudo a ele antes de sua morte, e não era de todo desejável fazer muito barulho sobre sua história, tanto por ela, por Henchard e por ele mesmo. Considerar o evento como um acidente desagradável parecia, para Farfrae, a mais verdadeira consideração pela memória da falecida, bem como a melhor filosofia.

Henchard e ele próprio evitavam mutuamente o encontro. Pelo bem de Elizabeth, o primeiro refreou seu orgulho o suficiente para aceitar o pequeno negócio de sementes e raízes que alguns membros do Conselho da Cidade, chefiados por Farfrae, compraram para lhe proporcionar um novo começo. Se ele estivesse apenas pessoalmente preocupado, Henchard, sem dúvida, teria recusado a ajuda, mesmo remotamente, trazida pelo homem a quem ele havia atacado tão ferozmente. Mas a simpatia da jovem parecia necessária para a própria existência; e, por causa dela, o orgulho dele usava as vestes da humildade.

Aqui eles se estabeleceram; e em cada dia de suas vidas, Henchard antecipava cada desejo dela com uma vigilância em que a consideração paterna era intensificada por um medo ardente e ciumento de rivalidade. No entanto, havia poucos motivos para supor que Newson voltaria a Casterbridge para reivindicá-la como filha. Ele era um andarilho e um estranho, quase um estrangeiro; ele não via sua filha havia vários anos e sua afeição por ela não poderia ser intensa; outros interesses provavelmente logo obscureceriam suas lembranças dela e impediriam qualquer renovação da investigação do passado que levasse à descoberta de que ela ainda estava viva. Para satisfazer um pouco sua consciência, Henchard repetia para si mesmo que a mentira que havia mantido para ele o cobiçado tesouro não havia sido contada deliberadamente para esse fim, mas veio dele como a última palavra desafiadora de um desespero que não pensava nas consequências. Além disso, ele defendia consigo mesmo que nenhum Newson no mundo poderia amá-la como ele a amava, nem cuidar dela mais que da própria vida, como ele estava preparado para fazer alegremente.

Assim viveram na loja que dava para o pátio da igreja, e nada aconteceu para marcar seus dias durante o resto do ano. Como Donald Farfrae saia raramente, e nunca em dia de feira, eles o viam apenas em intervalos muito raros, e principalmente como um objeto transitório a distância da rua. No entanto, ele estava seguindo com suas ocupações comuns, sorrindo mecanicamente para colegas comerciantes e discutindo com negociantes... como homens enlutados fazem depois de um tempo.

O tempo, "em seu estilo cinza", ensinou Farfrae a avaliar sua experiência com Lucetta... tudo o que era e tudo o que não era. Existem homens cujos corações insistem em uma fidelidade obstinada a alguma imagem ou causa lançada por acaso para que eles a mantenham, muito depois de seu julgamento declarar que não é raridade... e, na realidade, até mesmo o contrário, e sem elas o bando dos dignos fica incompleto. Mas Farfrae não era desses. Era inevitável que a perspicácia, vivacidade e rapidez de sua natureza o tirassem do vazio morto que sua perda lançou sobre ele. Ele não podia deixar de perceber que, com a morte de Lucetta, havia trocado uma miséria iminente por uma simples tristeza. Depois daquela revelação de sua história, que aconteceria mais cedo ou mais tarde, em qualquer circunstância, era difícil acreditar que a vida com ela pudesse produzir mais felicidade.

Mas, como uma memória, apesar de tais condições, a imagem de Lucetta ainda vivia com ele, suas fraquezas provocando apenas a crítica mais gentil, e os sofrimentos dela atenuando a ira em razão de suas ocultações para uma centelha momentânea que aparecia de vez em quando.

No fim de um ano, a pequena loja de sementes e grãos de Henchard, que não muito maior do que um armário, havia desenvolvido seu comércio consideravelmente, e o padrasto e a filha desfrutavam de muita serenidade no canto agradável e ensolarado em que ficava. Elizabeth-Jane apresentava o porte tranquilo de alguém que transbordava de atividade interior nesse período. Ela fazia longas caminhadas pelo campo duas ou três vezes por semana, principalmente na direção de Budmouth. Às vezes, ele achava que, quando ela se sentava com ele, à noite, depois daquelas caminhadas revigorantes, ela era mais cortês do que afetuosa; e ele ficava perturbado; mais um amargo arrependimento somado aos que ele já havia experimentado por ter, por sua severa censura, congelado o precioso afeto quando originalmente oferecido por ela.

Ela tinha seu jeito em tudo agora. No ir e vir, na compra e venda, sua palavra era lei.

– Você comprou um regalo novo, Elizabeth – ele disse a ela um dia muito humildemente.

– Sim, comprei – disse ela.

Ele olhou para ela novamente enquanto estava em uma mesa ao lado. A pelagem do regalo era de um marrom brilhante e, embora ele não fosse muito bom em julgar tais artigos, achou que parecia excepcionalmente bom para ela.

– Um pouco caro, eu suponho, minha querida, não é? – ele arriscou.

– Foi um pouco acima do que costumo gastar – disse ela calmamente. – Mas não é chamativo.

– Oh, não – disse o leão preso, ansioso para não provocá-la nem um pouco.

Algum tempo depois, quando o ano havia avançado para outra primavera, ele parou em frente ao quarto vazio dela ao passar por ele. Ele pensou na época em que ela saiu de sua então grande e bonita casa na Corn Street, por causa de sua antipatia e aspereza, e ele olhou para o quarto dela da mesma maneira. O quarto atual era muito mais humilde, mas o que o impressionava era a abundância de livros espalhados por toda parte. Seu número e qualidade faziam com que os escassos móveis que os sustentavam parecessem absurdamente desproporcionais. Alguns, na verdade muitos, devem ter sido comprados recentemente; e embora ele a encorajasse a comprar com razão, ele não tinha noção de que ela entregava sua paixão inata tão extensivamente em proporção à limitação de sua renda. Pela primeira vez, ele se sentiu um pouco incomodado com o que considerava extravagância da parte dela e resolveu conversar com ela. Mas, antes que ele tivesse coragem de falar, aconteceu um evento que fez seus pensamentos voarem em outra direção.

O período movimentado do comércio de sementes havia terminado, e as semanas tranquilas que precederam a estação do feno haviam chegado, estabelecendo sua marca especial em Casterbridge, lotando o mercado com ancinhos de madeira, novas carroças em amarelo, verde e vermelho, foices formidáveis e forcados com pontas afiadas o suficiente para espetar uma pequena família. Henchard, ao contrário de seu costume, saiu em uma tarde de sábado em direção ao mercado, com uma curiosa sensação de que gostaria de passar alguns minutos no local de seus antigos triunfos. Farfrae, para quem ainda era relativamente estranho, estava alguns passos abaixo da porta do Corn Exchange... uma posição usual para ele nessa hora... e parecia perdido em pensamentos sobre algo que estava olhando um pouco distante.

Os olhos de Henchard seguiram os de Farfrae, e ele viu que o objeto de seu olhar não era um fazendeiro expositor, mas sua enteada, que acabara de sair de uma loja no caminho. Ela, por sua vez, estava bastante inconsciente de sua atenção, e nisso foi menos afortunada do que aquelas jovens cujas próprias plumas, como as do pássaro de Juno, são adornadas com os olhos de Argus sempre que possíveis admiradores estão ao alcance da vista.

Henchard foi embora, pensando que talvez não houvesse nada significativo, afinal, no olhar de Farfrae para Elizabeth-Jane naquele momento. No entanto, ele não podia esquecer que o escocês já havia demonstrado um interesse terno por ela, um tanto fugaz. Logo em seguida veio à tona aquela idiossincrasia de Henchard que governava seus caminhos desde o início e o fez, principalmente, o que ele era. Em vez de pensar que uma união entre sua querida enteada e o enérgico Donald seria algo a ser desejado para o bem dela e para o dele, ele odiava tal possibilidade.

Já houve tempo em que tal oposição instintiva tomaria forma em ação. Mas ele não era mais o Henchard de antigamente. Ele se educou para aceitar a vontade dela, nesse e também em outros assuntos, como absoluta e inquestionável. Ele temia que, com uma palavra antagônica, pudesse perder o respeito que ele havia recuperado dela por sua devoção, sentindo que manter as coisas separadas era melhor do que incorrer em sua antipatia, e assim poderia mantê-la por perto.

Mas o mero pensamento de tal separação deixou seu espírito inquieto, e à noite ele disse, com a tranquilidade do suspense: – Você viu o sr. Farfrae hoje, Elizabeth?

Elizabeth-Jane se assustou com a pergunta e foi com algum constrangimento que ela respondeu "Não".

– Ah... tudo bem... tudo bem... É que eu o vi na rua quando nós dois estávamos lá – Ele se perguntava se o embaraço dela o justificava em uma nova suspeita... que as longas caminhadas que ela vinha fazendo ultimamente, os novos livros que tanto o surpreendiam, tinham algo a ver com o jovem. Ela não esclareceu, e temendo que o silêncio lhe permitisse moldar pensamentos desfavoráveis às suas atuais relações amistosas, ele desviou o discurso para outro lado.

Henchard era, originalmente, o último homem a agir furtivamente, para o bem ou para o mal. Mas o *solicitus timor*[11] de seu amor... a dependência do respeito de Elizabeth que ele havia rejeitado (ou, em outro sentido, para a qual havia avançado)... o corrompia. Frequentemente, ele pesava e considerava por horas a fio o significado de um ato ou frase dela, quando uma pergunta direta e conclusiva teria sido seu primeiro instinto. E agora, inquieto com o pensamento de uma paixão por Farfrae que poderia mudar inteiramente sua suave simpatia de filha para com ele, ele a observava indo e vindo mais de perto.

Não havia nada de secreto nos movimentos de Elizabeth-Jane, além do que a reserva habitual induzia, e é possível reconhecer imediatamente que ela era culpada de conversas ocasionais com Donald, quando eles se encontravam por acaso. Qualquer que fosse a origem de suas caminhadas na estrada de Budmouth, seu retorno dessas caminhadas muitas vezes coincidia com a saída de Farfrae da Corn Street para um golpe de vinte minutos naquela estrada com bastante vento... apenas para peneirar as sementes e a palha antes de se sentar para o chá, como ele dizia. Henchard percebeu isso indo até a praça e, protegido por seu recinto, manteria os olhos na estrada até que os visse se encontrar. Seu rosto assumia uma expressão de extrema angústia.

– Ele também pretende roubá-la de mim! – ele sussurrava. – Mas ele tem o direito. Não quero interferir.

O encontro, na verdade, era muito inocente, e as coisas não estavam tão avançadas entre os jovens quanto inferia a dor ciumenta de Henchard. Se ele pudesse ter ouvido tal conversa, ele teria esclarecido tudo:

---

11 Medo ansioso, em latim.

Ele – Você gosta muito de andar, srta. Henchard, não é mesmo? – (proferido em seu sotaque ondulante, e com um olhar avaliador e ponderado para ela).

Ela – Ah, sim. Sempre venho por este caminho ultimamente. Não tenho grandes razões para isso.

Ele – Mas isso pode haver uma razão para os outros.

Ela (enrubescendo) – Não sei. Minha única razão, porém, é que desejo ver o mar todos os dias.

Ele – O motivo é segredo?

Ela (com relutância) – Sim.

Ele (com a paixão de uma de suas baladas nativas) – Ah, duvido que haja algum valor em segredos! Um segredo lançou uma sombra profunda sobre minha vida. E você sabe bem o que era.

Elizabeth admitiu que sim, mas se absteve de confessar porque o mar a atraía. Ela mesma não conseguia explicar isso completamente, não sabendo o segredo que possivelmente, além das primeiras associações marítimas, seu sangue era de marinheiro.

– Obrigado por esses novos livros, sr. Farfrae – acrescentou timidamente. – Eu me pergunto se devo aceitar tantos!

– Sim! Por que não? Dá-me mais prazer comprá-los para você do que você em tê-los!

– Não pode ser!

Eles prosseguiram ao longo da estrada juntos até chegarem à cidade, e seus caminhos divergiram.

Henchard jurou que os deixaria por conta própria, não faria nada para impedir o caminho deles, o que quer que eles decidissem. Se ele estava condenado a ficar sem ela, assim deveria ser. Na situação que o casamento deles criaria, ele não conseguia ver nenhum *locus standi*[12] para si mesmo. Farfrae sempre o reconheceria de forma arrogante; sua pobreza garantia isso, mas não menos que sua conduta anterior. E assim, Elizabeth se tornaria uma estranha para ele, e o fim de sua vida seria na solidão sem amigos.

Com tal possibilidade iminente, ele não pôde evitar a vigilância. De fato, dentro de certas linhas, ele tinha o direito de vigiá-la como sua responsabilidade. Os encontros pareciam se tornar normais para eles em dias especiais da semana.

Por fim, ele teve uma prova completa. Ele estava parado atrás de uma parede perto do local onde Farfrae a encontrava. Ele ouviu o jovem se dirigir a ela como "Querida Elizabeth-Jane" e depois beijá-la. A jovem olhou rapidamente em volta para se certificar de que não havia ninguém por perto.

Quando eles partiram, Henchard saiu da parede e os seguiu tristemente até Casterbridge. O principal problema iminente nesse noivado não havia diminuído. Tanto Farfrae quanto Elizabeth-Jane, ao contrário do restante das pessoas, deviam supor que Elizabeth fosse sua filha de verdade, por sua afirmação, enquanto ele mesmo tinha essa crença; e embora Farfrae devesse tê-lo perdoado, a ponto de não ter nenhuma objeção em tê-lo como sogro, eles nunca poderiam ser íntimos. Assim, a moça, que era sua amiga, afastar-se-ia gradualmente dele por influência do marido e aprenderia a desprezá-lo.

Se ela tivesse se apaixonado por qualquer outro homem no mundo, além daquele que era seu rival, que ele havia amaldiçoado, com que havia lutado dias antes de seu espírito ser quebrado, Henchard teria dito "Estou feliz". Mas era difícil ficar feliz com a perspectiva que ele tinha agora.

---

12 Direito do indivíduo, em latim.

Há uma câmara externa do cérebro na qual os pensamentos não reconhecidos, não solicitados e de tipo nocivo, às vezes são permitidos vagar por um momento antes de serem enviados de volta de onde vieram. Um desses pensamentos surgiu na mente de Henchard naquele momento.

Suponha que ele comunicasse a Farfrae o fato de que sua noiva não era filha de Michael Henchard... legalmente, filha de ninguém; como aquele cidadão correto e importante receberia a informação? Ele possivelmente abandonaria Elizabeth-Jane, e então ela seria novamente filha de seu padrasto.

Henchard estremeceu e exclamou: – Deus me livre de tal coisa! Por que eu ainda estou sujeito a essas visitas do diabo, quando tento tanto mantê-lo longe?

Capítulo 43

O que Henchard logo percebeu foi, naturalmente, visto um pouco mais tarde por outras pessoas. O fato do sr. Farfrae "perambular com a enteada do falido Henchard, escolhidas entre todas as mulheres", tornou-se um assunto comum na cidade, considerando que o simples termo "perambular" era usado aqui para significar um cortejo; e as dezenove jovens da classe superior de Casterbridge, que se consideravam cada uma como a única mulher capaz de fazer o Conselheiro e comerciante feliz, ficaram indignadas e deixaram de ir à igreja que Farfrae frequentava, deixaram de maneirismos conscientes, deixaram de colocá-lo em suas orações noturnas entre seus parentes de sangue; em resumo, voltaram aos seus cursos normais.

Talvez os únicos habitantes da cidade a quem essa escolha iminente do escocês tenha proporcionado uma satisfação completa foram os membros do partido filosófico, que incluía Longways, Christopher Coney, Billy Wills, o sr. Buzzford e alguns outros. A pousada Três Marinheiros tendo sido, anos antes, a casa onde eles haviam testemunhado a primeira e humilde aparição do jovem e da jovem no palco de Casterbridge, se interessou gentilmente por sua união talvez com visões de tratamento festivo em suas mãos daqui em diante. A sra. Stannidge, entrando no grande salão uma noite, disse que era de se admirar um homem como o sr. Farfrae, "uma pérola da cidade", que poderia ter escolhido uma das filhas dos profissionais ou residentes privados, descer a um nível tão baixo, e Coney se aventurou a discordar dela.

– Não, senhora, não é de admirar. É ela que está se curvando perante ele... essa é a minha opinião. Um homem viúvo... cuja primeira esposa não lhe deu crédito algum... o que pode esperar uma jovem que é estudiosa, tão meiga e querida? Mas vejo muito bem nessa união como um remendo perfeito das coisas. Quando um homem ergueu um túmulo da melhor pedra de mármore para a esposa, como ele fez, chorou até se fartar por sua morte, pensou em tudo isso e disse para si mesmo "A outra me acolheu, mas eu conheci esta primeiro; ela é uma parceira muito sensata e não há nenhuma mulher fiel na alta sociedade agora..." bem, o melhor que ele pode fazer é casar-se com ela, se ela assim o quiser.

Assim eles conversaram na pousada Três Marinheiros. Mas devemos evitar um uso muito liberal da declaração convencional de que uma grande sensação foi causada pelo evento prospectivo, que as línguas de todos os fofoqueiros ficaram agitadas com o assunto e assim por diante, mesmo que tal declaração possa emprestar algum brilho à carreira da nossa pobre e única heroína. Quando tudo já foi dito sobre fofoqueiros ocupados, devemos dizer também que uma coisa superficial e temporária é o interesse de alguém em assuntos que não lhe dizem respeito diretamente. Seria uma representação mais verdadeira dizer que Casterbridge (sempre com exceção das dezenove jovens) olhou por um momento para as notícias e, retirando sua atenção, continuou trabalhando e alimentando-se, criando seus filhos e enterrando seus mortos, sem se importar com os planos domésticos de Farfrae.

Nem um indício do assunto foi comentado com seu padrasto pela própria Elizabeth ou por Farfrae. Raciocinando sobre a causa de sua reticência, ele concluiu que, avaliando-o por seu passado, o par palpitante estava com medo de abordar o assunto e o considerava um obstáculo enfadonho, que eles ficariam sinceramente felizes em tirar do caminho. Amargurado como era contra a sociedade, essa visão melancólica de si mesmo tomou conta cada vez mais profunda de Henchard, até que a necessidade diária de enfrentar a humanidade, e particularmente Elizabeth-Jane, tornou-se quase mais pesada do que ele podia suportar. Sua saúde piorou, ele se tornou morbidamente sensível. Ele queria escapar daqueles que não o queriam e esconder-se para sempre.

Mas e se ele estivesse enganado em seus pontos de vista, e não houvesse necessidade de separar-se dela totalmente por causa do casamento deles?

Ele começou a desenhar uma imagem alternativa... ele mesmo vivendo como um leão sem presas no quarto dos fundos de uma casa em que sua enteada era a esposa, um velho inofensivo, carinhosamente ganhando os sorrisos de Elizabeth e tolerado com bom humor pelo marido dela. Era terrível para seu orgulho pensar em descer tão baixo; e ainda assim, pelo bem da jovem, ele poderia tolerar qualquer coisa; até mesmo de Farfrae; até mesmo o menosprezo e açoites de línguas magistrais. O privilégio de estar na casa que ela ocupava quase superava a humilhação pessoal.

Fosse essa uma vaga possibilidade ou o contrário, o namoro... que evidentemente agora era... tinha um interesse absorvente para ele.

Elizabeth, como já foi dito, costumava passear pela estrada Budmouth, e Farfrae frequentemente achava conveniente criar um encontro acidental com ela lá. A dois quilômetros de distância, e a quatrocentos metros da estrada, ficava o forte pré-histórico chamado Mai Dun, de enormes dimensões e muitas muralhas, dentro ou sobre cujos limites um ser humano, visto da estrada, era apenas um pontinho insignificante. Até então, Henchard observava frequentemente, de copo na mão, a estrada sem sebes... pois era a trilha original traçada pelas legiões do Império... a uma distância de dois ou três quilômetros, seu objetivo era entender o andamento dos negócios entre Farfrae e sua encantadora amiga.

Um dia, Henchard estava nesse local quando uma figura masculina veio pela estrada de Budmouth e se demorou. Levando o olho ao telescópio, Henchard esperava que as feições de Farfrae fossem reveladas como de costume. Mas as lentes revelaram que hoje o homem não era o namorado de Elizabeth-Jane.

Era um homem vestido de capitão mercante e, ao se virar no escrutínio da estrada, revelou seu rosto. Henchard reviveu uma vida inteira no momento em que o viu. O rosto era de Newson.

Henchard largou o copo e por alguns segundos não fez nenhum outro movimento. Newson esperou, e Henchard também ficou esperando... se é que aquilo poderia ser chamado de espera, pois era paralisante. Mas Elizabeth-Jane não veio. Alguma coisa a fez negligenciar sua caminhada habitual naquele dia. Talvez Farfrae e ela tivessem escolhido outro caminho para variar. Mas o que isso significava? Ela poderia estar aqui amanhã e, de qualquer forma, Newson, se estivesse disposto a um encontro privado e uma revelação da verdade para ela, logo teria sua oportunidade.

Então ele contaria a ela não apenas sobre sua paternidade, mas também sobre o estratagema pelo qual ele havia sido mandado embora. A natureza estrita de Elizabeth a faria pela primeira vez desprezar seu padrasto, erradicaria sua imagem como a de um arquivilão, e Newson reinaria no coração dela em seu lugar.

Mas Newson não a encontrou naquela manhã. Depois de ficar parado por algum tempo, ele finalmente refez seus passos, e Henchard se sentiu como um homem condenado que tem algumas horas de descanso. Quando ele chegou a sua casa, ele a encontrou lá.

– Oi pai! – ela disse inocentemente. – Recebi uma carta... estranha... sem assinatura. Alguém me pediu para encontrá-lo, na estrada para Budmouth hoje ao meio-dia ou à noite na casa do sr. Farfrae. Ele diz que veio me ver há algum tempo, mas pregaram-lhe uma peça para que ele não me encontrasse. Não estou entendendo, mas cá entre nós, acho que Donald está por trás desse mistério, e que é um parente dele que quer emitir uma opinião sobre sua escolha. Mas eu não gostaria de ir sem ter falado com o senhor antes. Acha que devo ir?

Henchard respondeu com seriedade: – Sim, vá até lá.

A questão de sua permanência em Casterbridge foi resolvida para sempre com o aparecimento de Newson na cena. Henchard não era homem de suportar a certeza da condenação em um assunto tão importante para ele. E, sendo um veterano em suportar a angústia em silêncio, e altivo também, ele resolveu seguir a mais leve possível de suas intenções, enquanto imediatamente tomava suas medidas.

Ele surpreendeu a jovem, a quem considerava ser tudo para ele neste mundo, dizendo-lhe, como se não se importasse mais com ela: – Vou deixar Casterbridge, Elizabeth-Jane.

– Deixar Casterbridge! – ela gritou – e me deixar também?

— Sim, esta lojinha pode ser administrada por você sozinha, assim como por nós dois; não me importo com lojas, ruas e pessoas... prefiro ficar no campo, sozinho, fora de vista, e seguir meus caminhos, e deixar você com suas coisas.

Ela olhou para baixo e suas lágrimas caíram silenciosamente. Parecia-lhe que essa determinação dele havia surgido devido ao apego dela e seu provável resultado. Ela mostrou sua devoção a Farfrae, no entanto, dominando sua emoção e falando.

— Lamento que o senhor tenha decidido isso — disse ela com firmeza controlada. — Pois eu pensei que era provável... possível... que eu pudesse me casar com o sr. Farfrae daqui a algum tempo, e eu não sabia que o senhor desaprovava essa atitude!

— Eu aprovo qualquer coisa que você deseje fazer, Liz — disse Henchard com a voz rouca. — Se eu não aprovasse, também não tem importância! Quero ir embora. Minha presença pode tornar as coisas estranhas no futuro e, em resumo, é melhor que eu vá.

Nada que o afeto dela pudesse incitar o induziria a reconsiderar sua determinação; pois ela não podia insistir no que não sabia... que quando descobrisse que ele não era parente dela a não ser como padrasto, ela se absteria de desprezá-lo e que, quando soubesse o que ele havia feito para mantê-la na ignorância, ela se absteria de odiá-lo. Era sua convicção que ela não se absteria; e ainda não existia nem palavra nem evento que pudesse contestá-lo.

— Então, — ela disse finalmente — o senhor não poderá vir ao meu casamento; e não é assim que deveria ser.

— Não quero ver... não quero ver! — ele exclamou e acrescentou mais suavemente — mas pense em mim às vezes em sua vida futura... você fará isso, Liz?... Pense em mim quando você estiver vivendo como a esposa do homem mais rico e mais importante da cidade, e não deixe que meus pecados, e você conhece todos eles, façam com que você esqueça completamente que, embora eu a tenha amado tarde, eu a amei com todo meu coração.

– É por causa de Donald! – ela soluçou.

– Eu não proíbo você de se casar com ele – disse Henchard. – Prometa não me esquecer completamente quando... – Ele quis dizer quando Newson chegar.

Ela prometeu mecanicamente, em sua agitação; e no mesmo dia, ao anoitecer, Henchard deixou a cidade, para cujo desenvolvimento ele havia sido um dos principais incentivadores por muitos anos. Durante o dia, ele comprou uma nova cesta de ferramentas, limpou sua velha faca de feno e sua foice, vestiu-se com perneiras, joelheiras e calças de veludo e voltou para as roupas de trabalho de sua juventude, descartando para sempre o terno de tecido surrado e elegante e o chapéu de seda envelhecido que desde seu declínio o caracterizaram nas ruas de Casterbridge como um homem que já vira dias melhores.

Ele saiu em segredo e sozinho, nenhuma alma dos muitos que o conheceram sabiam de sua partida. Elizabeth-Jane acompanhou-o até a segunda ponte da estrada, pois ainda não havia chegado a hora de seu encontro com o visitante desconhecido na casa de Farfrae... e separou-se dele com admiração e tristeza verdadeiras, fazendo-o recuar um ou dois minutos antes de finalmente deixá-lo ir. Ela observou a forma dele diminuir no pântano, a cesta de junco amarela em suas costas subindo e descendo a cada passo, e as dobras atrás de seus joelhos indo e vindo alternadamente até que ela não pudesse mais vê-las. Embora ela não soubesse, Henchard formava nesse momento a mesma imagem que havia apresentado ao entrar em Casterbridge pela primeira vez, quase um quarto de século antes; exceto, com certeza, que o sério acréscimo de seus anos havia diminuído consideravelmente a agilidade de seus passos, que seu estado de desesperança o havia enfraquecido e conferido a seus ombros, pesados pela cesta, uma curvatura perceptível.

Ele continuou até chegar ao primeiro marco, que ficava na margem, no meio de uma colina íngreme. Ele apoiou a cesta no topo da pedra, apoiou os cotovelos nela e deu lugar a uma contração convulsiva, pior do que um soluço, porque era tão dura e tão seca.

– Se eu ao menos a tivesse comigo... se ao menos eu a tivesse! – ele disse. – Trabalho duro não seria nada para mim, então! Mas isso não era para ser. Eu... Caim... vou sozinho como mereço... um pária e um vagabundo. Mas meu castigo não é maior do que posso suportar!

Ele severamente subjugou sua angústia, colocou sua cesta no ombro e continuou.

Elizabeth, nesse ínterim, deu um suspiro para ele, recuperou a tranquilidade de espírito e virou o rosto para Casterbridge. Antes de chegar à primeira casa, ela foi recebida em sua caminhada por Donald Farfrae. Evidentemente, este não foi o primeiro encontro deles naquele dia; eles se deram as mãos sem cerimônia, e Farfrae perguntou ansiosamente: – E ele se foi... e você contou a ele?... quero dizer sobre o outro assunto... não sobre nós.

– Ele se foi, e eu contei a ele tudo o que sabia sobre seu amigo. Donald, quem é ele?

– Bem, querida, você logo saberá sobre tudo. E o sr. Henchard saberá se não for para muito longe.

– Ele irá longe... ele não quer ser visto nem ouvido!

Ela caminhou ao lado de seu namorado e, quando chegaram a Crossways, ou Bow, virou com ele para Corn Street, em vez de ir direto para sua porta. Na casa de Farfrae, eles pararam e entraram.

Farfrae abriu a porta da sala de estar do andar térreo, dizendo: – Lá está ele, esperando por você – e Elizabeth entrou. Na poltrona estava sentado o homem genial de rosto largo que visitou Henchard em uma manhã memorável entre um e dois anos antes dessa época, e que este último viu subir na carruagem e partir meia hora após sua chegada. Era Richard Newson. O encontro com o pai despreocupado de quem ela estava separada havia meia dúzia de anos, como se fosse pela morte, dificilmente precisa ser detalhado. Era uma questão comovente, além da questão da paternidade. A partida de Henchard foi explicada em um momento. Quando os fatos verdadeiros passaram a ser retratados, a dificuldade de restaurá-la à sua antiga crença em Newson não foi tão grande quanto parecia provável, pois a própria conduta de Henchard era uma prova de que esses fatos eram verdadeiros. Além disso, ela cresceu sob os cuidados paternos de Newson; e mesmo que Henchard fosse seu pai por natureza, esse primeiro pai que a tinha criado poderia ter levado a questão contra ele, quando os incidentes de sua separação com Henchard tivessem se dissipado um pouco.

O orgulho de Newson pelo que ela havia se tornado era mais do que ele poderia expressar. Ele a beijou várias vezes.

– Eu salvei você do trabalho de me procurar... ha-ha! – disse Newson. – O fato é que o sr. Farfrae disse "Venha e fique comigo por um dia ou dois, capitão Newson, e eu a trarei de volta". Então eu respondi "Vamos lá, assim eu o farei", e aqui estou.

– Bem, Henchard se foi – disse Farfrae, fechando a porta. – Ele fez tudo voluntariamente e, pelo que percebi de Elizabeth, ele foi muito gentil com ela. Fiquei bastante preocupado, mas tudo está como deveria ser, e não teremos mais problemas.

– Bem, isso é exatamente o que eu pensei – disse Newson, olhando para o rosto de cada um por vez. – Eu dizia a mim mesmo, sim, uma centena de vezes, quando pensava em dar uma espiada nela sem que ela soubesse... espere, é melhor ficar em silêncio por alguns dias até que algo aconteça para melhor. Agora sei que você está bem, e o que mais posso desejar?

— Bem, capitão Newson, ficarei feliz em vê-lo aqui todos os dias, já que está tudo bem — disse Farfrae. — E estava pensando que o casamento pode muito bem ser realizado sob meu teto, a casa é grande, e o senhor tem o próprio aposento, assim muitos problemas e despesas serão poupados, não acha? É muito conveniente quando um casal que se case não tem de ir muito longe para chegar em casa!

— Com todo o meu coração, — disse o capitão Newson — já que, como você diz, está tudo bem, agora que o pobre Henchard se foi; embora eu não teria feito isso de outra forma, nem me colocado no caminho dele; pois nesta minha vida já fui um intruso na família dele com toda a polidez possível. Mas o que a jovem diz sobre isso? Elizabeth, minha filha, venha e ouça nossa conversa, e não fique olhando pela janela como se você não estivesse ouvindo.

— Donald e o senhor devem resolver isso — murmurou Elizabeth, ainda mantendo um olhar minucioso em algum pequeno objeto na rua.

— Bem, então — continuou Newson, virando-se novamente para Farfrae com um rosto que expressava entrada completa no assunto — então faremos assim. E, sr. Farfrae, já que o senhor está fornecendo tudo, hospedagem e tudo mais, farei minha parte nas bebidas, e cuidarei do rum e do uísque... talvez uma dúzia de garrafas seja suficiente? A maioria das pessoas será de senhoras, e talvez não bebam o suficiente para uma quantidade grande de bebidas? Mas o senhor sabe melhor. Já providenciei bebida para homens e companheiros de bordo muitas vezes, mas sou tão ignorante quanto uma criança quanto à quantidade de copos que uma mulher deve consumir nessas cerimônias.

— Oh, nenhum... não vamos querer muita bebida... com certeza não! — disse Farfrae, balançando a cabeça com uma gravidade consternada. — Pode deixar tudo por minha conta.

Quando eles avançaram um pouco mais nesses detalhes, Newson, recostando-se na cadeira e sorrindo pensativamente olhou para o teto e disse: – Nunca lhe contei, ou já contei, sr. Farfrae, como Henchard me despistou daquela vez?

Ele expressou não ter conhecimento do que o capitão estava falando.

– Ah, eu achei que não tinha lhe contado mesmo. Resolvi que não iria, eu me lembro, para não ferir o nome do homem. Mas agora que ele se foi, posso lhe contar. Ora, vim para Casterbridge nove ou dez meses antes daquele dia na semana passada quando conheci você. Estive aqui duas vezes antes disso. Na primeira vez, passei pela cidade a caminho do Oeste, sem saber que Elizabeth morava aqui. Então ouvi em algum lugar... não me lembro onde... que um homem com esse nome Henchard tinha sido prefeito aqui, voltei e visitei sua casa numa manhã. O velho patife... ele disse que Elizabeth-Jane havia morrido anos atrás.

Nesse momento, Elizabeth deu atenção à sua história.

– Bem, nunca me passou pela cabeça que o homem estava mentindo – continuou Newson. – E, acredite você, eu fiquei tão chateado que voltei para a carruagem que me trouxera e continuei viagem sem ficar na cidade por meia hora. Ha-ha! Boa piada, bem executada, e dou crédito ao homem por isso!

Elizabeth-Jane ficou impressionada com a inteligência. – Uma piada? – Oh, não! – ela exclamou. – Então ele escondeu você de mim, pai, todos esses meses, quando você poderia estar aqui?

O pai admitiu que era isso mesmo.

– Ele não deveria ter feito isso! – disse Farfrae.

Elizabeth suspirou: – Eu disse que nunca iria esquecê-lo. Mas acho que devo esquecê-lo agora!

Newson, como muitos vagabundos e peregrinos entre homens estranhos e moralidades estranhas, não conseguiu perceber a enormidade do crime de Henchard, apesar de ele próprio ter sido o principal sofredor. De fato, quando o ataque ao culpado ausente ficou mais sério, ele começou a tomar o partido de Henchard.

– Bem, ele só disse algumas palavras, afinal – Newson respondeu como pretexto. – E como ele poderia saber que eu seria tão simplório a ponto de acreditar nele? A culpa foi tanto minha quanto dele, pobre coitado!

– Não – disse Elizabeth-Jane com firmeza, em sua repulsa de sentimento. – Ele conhecia a sua disposição... você sempre foi tão confiante, pai; eu ouvia minha mãe dizer isso centenas de vezes... e ele fez isso para prejudicá-lo. Depois de me afastar de você nesses cinco anos, dizendo que ele era meu pai, ele não deveria ter feito isso.

Assim eles continuaram a conversar e não havia ninguém para apresentar a Elizabeth qualquer atenuante do engano quanto ao ausente. Mesmo se ele estivesse presente, Henchard dificilmente teria alegado, tão pouco ele valorizava a si mesmo ou seu bom nome.

– Muito bem, muito bem... não importa... está tudo acabado e já é passado – disse Newson de bom humor. – Agora, vamos falar sobre esse casamento de novo.

Capítulo 44

Enquanto isso, o homem de quem estavam falando na conversa seguiu seu caminho solitário para o Leste, até que o cansaço o dominou e ele procurou um lugar para descansar. Seu coração estava tão exacerbado com a separação da jovem, que ele não poderia enfrentar uma hospedaria, ou mesmo uma casa mais humilde; então, ele se deitou em um campo sob o trigo, sentindo falta de comida. O próprio peso de sua alma o fez dormir profundamente.

O sol do outono apareceu e brilhou em seus olhos através da barba por fazer e o acordou bem cedo na manhã seguinte. Ele abriu sua cesta e comeu no café da manhã o que havia preparado para o jantar; e ao fazer isso revisou o restante de seu kit. Embora tudo o que ele havia trazido tinha de ser transportado em suas costas, ele havia escondido entre suas ferramentas alguns dos pertences descartados de Elizabeth-Jane, na forma de luvas, sapatos, um papel com sua caligrafia e coisas do gênero, e em seu bolso ele carregava um cacho do cabelo dela. Tendo olhado para essas coisas, ele as fechou novamente e seguiu em frente.

Durante cinco dias consecutivos, a cesta de junco de Henchard passou sobre seu ombro entre as sebes da estrada, o novo amarelo dos juncos chamando a atenção de um trabalhador do campo ocasional, enquanto ele olhava através do conjunto rapidamente, com o chapéu e a cabeça do viajante, e rosto virado, sobre o qual as sombras dos galhos se moviam em procissão sem fim. Agora ficou claro que a direção de sua jornada era Weydon Priors, que ele alcançou na tarde do sexto dia.

A famosa colina onde a feira anual acontecia há tantas gerações estava agora vazia de seres humanos, e não havia quase nada. Algumas ovelhas pastavam por ali, mas fugiram quando Henchard parou no cume. Ele depositou sua cesta na grama e olhou em volta com triste curiosidade; até que ele descobriu a estrada pela qual sua esposa e ele entraram no planalto tão memorável para ambos, vinte e cinco anos antes.

— Sim, viemos por ali — disse ele, depois de se orientar. — Ela estava carregando o bebê e eu estava lendo uma folha de jornal. Então nós cruzamos por aqui... ela tão triste e cansada, e eu quase não falava com ela, por causa do meu maldito orgulho e mortificação por ser pobre. Então vimos a tenda... deve ter ficado mais para esse lado – Ele caminhou para outro local, não era realmente onde a tenda estava, mas parecia que sim. – Aqui entramos e nos sentamos. Fiquei de frente para cá. Então bebi e cometi meu crime. Deve ter sido exatamente naquela praça encantada que ela estava quando disse suas últimas palavras para mim, antes de ir embora com ele; posso ouvir o som delas agora, e o som de seus soluços: – Oh Mike! Eu vivi com você todo esse tempo, e não tinha nada além de mau humor. Agora não estarei mais aqui... vou tentar minha sorte em outro lugar.

Ele experimentou não apenas a amargura de um homem que descobre, ao olhar para trás em um curso ambicioso, que o que ele sacrificou em sentimento valia tanto quanto o que ganhou em substância, mas também a amargura acrescida de ver sua retratação anulada. Ele se arrependeu de tudo isso há muito tempo, mas suas tentativas de substituir a ambição pelo amor foram tão frustradas quanto a própria ambição. Sua esposa injustiçada havia frustrado as tentativas dele com uma fraude tão simples que chegava a ser quase uma virtude. Foi uma sequência estranha que de toda essa adulteração da lei social surgiu aquela flor da natureza, Elizabeth. Parte do desejo dele de lavar as mãos pelos erros da sua vida surgiu de sua percepção das inconsistências contrárias da vida... da prontidão alegre da natureza em apoiar princípios sociais não ortodoxos.

Ele pretendia partir desse lugar... visitado como um ato de penitência... para outra parte do país. Mas ele não podia deixar de pensar em Elizabeth e no quadrante do horizonte em que ela vivia. Disso aconteceu que a tendência centrífuga transmitida pelo cansaço do mundo foi contrabalançada pela influência centrípeta de seu amor pela enteada. Como consequência, em vez de seguir um curso reto ainda mais longe de Casterbridge, Henchard pouco a pouco, quase inconscientemente, desviou-se dessa linha certa de sua primeira intenção; até que, gradualmente, sua peregrinação, como a do lenhador canadense, tornou-se parte de um círculo do qual Casterbridge era o centro. Ao subir qualquer colina em particular, ele verificava os rumos o mais próximo que podia por meio do sol, da lua ou das estrelas, e fixava em sua mente a direção exata em que Casterbridge e Elizabeth-Jane estavam. Zombando de si mesmo por sua fraqueza, ele ainda, a cada hora... ou melhor, a cada poucos minutos... conjeturava as ações dela naquela hora do dia... seu sentar e levantar, suas idas e vindas, até que o pensamento da contrainfluência de Newson e Farfrae passasse como uma explosão fria sobre uma piscina e apagava a imagem dela. E então ele dizia para si mesmo: – Ora seu tolo! Tudo isso sobre uma filha que não é nem sua filha!

Por fim, ele conseguiu emprego em sua ocupação de carregador de fardos de feno, trabalho que era procurado no outono. O cenário de seu aluguel era uma fazenda pastoral perto da velha rodovia do lado oeste, cujo curso era o canal de todas as comunicações que passavam entre os movimentados centros de novidades e os remotos bairros de Wessex. Ele havia escolhido essa vizinhança para ter a sensação de que, situado aqui, embora a uma distância de oitenta quilômetros, ele estava virtualmente mais perto dela, cujo bem-estar era muito mais importante do que estar em um local sem estrada com apenas metade da distância.

E assim Henchard encontrou-se novamente na posição exata que ocupava um quarto de século antes. Externamente, não havia nada que o impedisse de fazer outro começo na ladeira ascendente e, por meio de suas novas luzes, alcançar coisas mais elevadas do que sua alma em seu estado semiformado havia sido capaz de realizar. Mas o engenhoso maquinário inventado pelos deuses para reduzir ao mínimo as possibilidades humanas de melhoria... que faz com que a sabedoria para fazer venha *pari passu*[13] com o abandono do gosto por fazer... impediu tudo isso. Ele não desejava transformar em arena uma segunda vez um mundo que se tornara uma mera cena pintada para ele.

Muitas vezes, enquanto sua faca de feno esmagava os caules da grama com cheiro adocicado, ele observava a humanidade e dizia para si mesmo: – Aqui e em toda parte há pessoas morrendo antes do tempo como folhas congeladas, embora desejadas por suas famílias, pelo país e pelo mundo; enquanto eu, um pária, um estorvo da terra, querido por ninguém e desprezado por todos, estou vivo contra a minha vontade!

Frequentemente, ele mantinha um ouvido atento à conversa daqueles que passavam pela estrada... não por curiosidade geral, de forma alguma... mas na esperança de que, entre esses viajantes entre Casterbridge e Londres, alguns, mais cedo ou mais tarde, falassem do antigo lugar. A distância, porém, era grande demais para acreditar muito na probabilidade de seu desejo; e o maior resultado de sua atenção às palavras à beira do caminho foi que ele realmente ouviu o nome "Casterbridge" pronunciado um dia pelo motorista de uma carroça. Henchard correu até o portão do campo em que trabalhava e cumprimentou o orador, que era um estranho.

– Sim, eu vim de lá, senhor – disse ele, em resposta à pergunta de Henchard. – Eu faço negócios aqui e lá, o senhor sabe; embora, com essa viagem sem cavalos que está se tornando tão comum, meu trabalho logo estará feito.

– Gostaria de perguntar se o senhor sabe se há algo de novo acontecendo na antiga Casterbridge?

– Tudo igual, como sempre.

---

13 No mesmo passo, em latim.

– Ouvi dizer que o sr. Farfrae, o último prefeito, está pensando em se casar. Isso é verdade ou não?

– Eu não saberia lhe dizer de jeito nenhum. Mas eu acho que não.

– Lógico que sim, John... você esqueceu – disse uma mulher dentro da carroça. – O que eram aqueles pacotes que carregamos lá no início da semana? Eles disseram que haveria um casamento em breve... no dia de São Martinho, não é?

O homem afirmou que não se lembrava de nada, e a carroça continuou balançando sobre a colina.

Henchard estava convencido de que a memória da mulher estava muito boa. A data era extremamente provável, não havendo motivo para atraso de nenhum dos lados. Ele poderia, aliás, escrever e perguntar a Elizabeth, mas seu instinto de sequestro tornou o curso difícil. No entanto, antes de ele deixá-la, ela disse que a ausência dele em seu casamento não era o que ela desejava.

A lembrança reviveria continuamente nele agora que não foram Elizabeth e Farfrae que o afastaram delas, mas a própria sensação altiva de que sua presença não era mais desejada. Ele assumiu o retorno de Newson sem provas absolutas de que o capitão pretendia retornar; menos ainda que Elizabeth-Jane o recebesse; e sem nenhuma prova de que, se voltasse, ficaria. E se ele tivesse se enganado em seus pontos de vista; se não houvesse necessidade de que essa separação absoluta dela, a quem ele tanto amava, estivesse envolvida nesses incidentes desagradáveis? Para fazer mais uma tentativa de estar perto dela: voltar, vê-la, defender sua causa diante dela, pedir perdão por sua trapaça, esforçar-se arduamente para se manter amado por ela; valia a pena o risco da repulsa, sim, da própria vida.

Mas como iniciar essa reversão de todas as suas antigas resoluções sem fazer com que marido e mulher o desprezassem por sua inconsistência era uma questão que o fazia tremer e meditar.

Ele cortou e cortou suas treliças mais dois dias, e então colocou um fim em suas hesitações com uma determinação repentina e imprudente de ir à festa do casamento. Ele não mandaria nenhum recado nem mensagem. Ela lamentou a decisão dele de estar ausente... então sua presença inesperada preencheria o pequeno canto insatisfeito que provavelmente teria lugar no coração dela que sentia a falta dele.

Para se intrometer o menos possível em um evento alegre com o qual sua personalidade não estava de acordo, ele decidiu não fazer sua aparição até a noite... quando a rigidez teria passado e um desejo gentil de abandonar o passado exerceria seu domínio em todos os corações.

Ele saiu para a viagem a pé, duas manhãs antes da maré de São Martinho, calculando que caminharia 25 quilômetros a cada um dos três dias de jornada, contando o dia do casamento. Havia apenas duas cidades, Melchester e Shottsford, de alguma importância ao longo de seu curso, e na última ele iria parar na segunda noite, não apenas para descansar, mas para se preparar para a noite seguinte.

Como não tinha nenhuma roupa além do terno de trabalho que usava... agora manchado e distorcido por seus dois meses de uso intenso, ele entrou em uma loja para fazer algumas compras que deveriam colocá-lo, externamente pelo menos, um pouco em harmonia com o tom predominante do dia do casamento. Um casaco e um chapéu simples, mas respeitáveis, uma camisa nova e um lenço no pescoço eram os principais; e tendo se convencido de que pelo menos aparentemente não iria ofendê-la, ele procedeu ao detalhe mais interessante de comprar-lhe algum presente.

Que presente ele deveria comprar? Ele andava de um lado para o outro na rua, olhando duvidosamente nas vitrines, com uma sensação sombria de que o que ele mais gostaria de dar a ela estaria além do poder aquisitivo de seu bolso miserável. Por fim, ele avistou um pintassilgo na gaiola. A gaiola era simples e pequena, a loja modesta e, ao indagar, ele concluiu que poderia pagar a modesta quantia solicitada. Uma folha de jornal foi amarrada em volta da prisão de arame da pequena criatura e, com a gaiola embrulhada na mão, Henchard procurou um alojamento para passar a noite.

No dia seguinte, ele partiu para o último estágio, e logo estava dentro do distrito que havia sido seu local de negociação em anos passados. Parte da distância ele percorreu de carruagem, sentando-se no canto mais escuro na parte de trás da carroça de um comerciante; e enquanto os outros passageiros, principalmente mulheres em viagens curtas, subiam e desciam na frente de Henchard, eles conversavam sobre muitas notícias locais, sendo a menor parte disso o casamento em comemoração na cidade de que estavam se aproximando. Pelos seus relatos, parecia que a banda da cidade havia sido contratada para a festa noturna e, para que os instintos de convívio desse grupo não levassem a melhor sobre sua habilidade, o passo seguinte foi dado ao contratar a banda de cordas de Budmouth, para que houvesse uma reserva de harmonia à qual recorrer em caso de necessidade.

Ele ouviu, no entanto, poucos detalhes além daqueles que já conhecia, sendo o incidente de maior interesse na viagem o repicar suave dos sinos de Casterbridge, que chegavam aos ouvidos dos viajantes enquanto a carroça parava no topo de

Yalbury Hill para ter o arrasto abaixado. A hora era pouco depois do meio-dia.

Essas notas eram um sinal de que tudo correra bem; que não houve nenhum problema até o momento; que Elizabeth-Jane e Donald Farfrae eram marido e mulher.

Henchard não se importou mais em cavalgar com seus companheiros tagarelas depois de ouvir esse som. Na verdade, isso o desarmou; e seguindo seu plano de não aparecer na rua de Casterbridge até a noite, para não mortificar Farfrae e sua noiva, ele desceu aqui, com sua trouxa e a gaiola, e logo foi deixado como uma figura solitária na larga estrada branca.

Era a colina perto da qual ele esperara para encontrar Farfrae, quase dois anos antes, para lhe contar sobre a grave doença de sua esposa Lucetta. O lugar estava inalterado, os mesmos arbustos suspiravam as mesmas notas; mas Farfrae tinha outra esposa... e, como Henchard sabia, uma melhor. Ele só esperava que Elizabeth-Jane tivesse obtido uma casa melhor do que a dela na época anterior.

Ele passou o restante da tarde em uma condição curiosamente tensa, incapaz de fazer muito além de pensar no próximo encontro com ela e tristemente satirizar a si mesmo por suas emoções, como um Sansão tosquiado. A inovação nos costumes de Casterbridge, como a fuga do noivo e da noiva da cidade imediatamente após a cerimônia, não era provável, mas, caso acontecesse, ele esperaria até o retorno deles. Para se certificar disso, perguntou a um vendedor próximo ao bairro se o casal recém-casado havia partido, e foi prontamente informado de que não; eles estavam naquela hora, de acordo com todos os relatos, recebendo uma casa cheia de convidados em sua casa na Corn Street.

Henchard afrouxou um pouco as botas, lavou as mãos à beira do rio e subiu a cidade sob as lâmpadas fracas. Ele não precisava ter feito perguntas de antemão, pois ao se aproximar da residência de Farfrae, ficava claro para o menor observador que a festividade prevalecia lá dentro e que o próprio Donald a compartilhava, sua voz sendo distintamente audível na rua, dando forte expressão a uma canção de sua querida pátria que ele tanto amava a ponto de nunca mais tê-la visitado. Os ociosos estavam parados na calçada em frente. Desejando escapar da atenção deles, Henchard passou rapidamente para a porta.

Estava escancarada, o corredor iluminado de forma extravagante, e as pessoas subindo e descendo as escadas. Sua coragem falhou com ele, entrar com os pés doloridos, carregado e mal vestido no meio de tal esplendor era trazer uma humilhação desnecessária para aquela que ele amava, se não para provocar a repulsa de seu marido. Consequentemente, ele deu a volta pela rua dos fundos que conhecia tão bem, entrou no jardim e foi silenciosamente até a cozinha, depositando temporariamente o pássaro e a gaiola sob um arbusto do lado de fora, para diminuir o constrangimento de sua chegada.

A solidão e a tristeza haviam amolecido tanto Henchard que agora ele temia circunstâncias que antes teria desprezado, e começava a desejar não ter decidido vir até aquele lugar. No entanto, seu progresso foi inesperadamente facilitado ao descobrir sozinha na cozinha uma senhora idosa que parecia estar trabalhando como governanta provisória durante as agitações que o estabelecimento de Farfrae estava sofrendo. Ela era uma daquelas pessoas que não se surpreende com nada e, embora fosse totalmente desconhecida, e o pedido dele fosse muito esquisito, ela se ofereceu para subir e informar ao dono e à dona da casa que "um humilde velho amigo" havia chegado.

Pensando bem, ela disse que era melhor ele não esperar na cozinha, mas ir até a pequena sala dos fundos, que estava vazia. Ele então a seguiu até lá, e ela o deixou. Assim que ela cruzou o patamar para a porta do melhor salão, uma dança começou, e ela voltou para dizer que esperaria até que isso acabasse antes de anunciá-lo, pois o sr. e a sra. Farfrae tinham acabado de se juntar aos convidados.

As dobradiças da porta da sala da frente haviam sido retiradas para dar mais espaço e, através da porta entreaberta de onde Henchard estava, ele podia ver partes fracionadas dos dançarinos sempre que seus giros os aproximavam da porta, principalmente o formato das saias e dos vestidos e os cachos esvoaçantes dos cabelos; com cerca de três quintos do perfil da banda, incluindo a sombra inquieta do cotovelo de um violinista e a ponta do arco do contrabaixo.

A alegria agitou o espírito de Henchard e ele não conseguia entender por que Farfrae, um homem tão sóbrio e viúvo, que havia passado por provações, se importaria com tudo isso, sem considerar o fato de que ele ainda era um homem bastante jovem e que se entusiasmava muito com a dança e as canções. O fato de que a tranquila Elizabeth, que há muito tempo avaliava a vida com um valor moderado e que sabia, apesar de ser solteira, que o casamento não era uma questão de dança, estava entusiasmada por essa folia o surpreendia ainda mais. No entanto, os jovens não podiam ser velhos, concluiu ele, e o costume era onipotente.

Com o desenrolar da dança, os dançarinos se espalharam um pouco e então, pela primeira vez, ele teve um vislumbre da filha, outrora desprezada, que o dominou e fez seu coração doer. Ela estava com um vestido de seda ou cetim branco, ele não estava perto o suficiente para dizer qual... branco como a neve, sem um toque de leite ou creme; e a expressão de seu rosto era mais de um prazer nervoso do que de alegria. Nesse momento, Farfrae voltou a si, seu exuberante movimento escocês tornando-o visível em um momento. Os dois não estavam dançando juntos, mas Henchard podia perceber que sempre que as chances da dança os tornavam parceiros de um momento, suas emoções respiravam uma essência muito mais sutil do que em outros momentos.

Aos poucos, Henchard percebeu que a medida foi trilhada por alguém que superou o próprio Farfrae em intensidade impulsiva. Isso era estranho, e era mais estranho descobrir que o personagem eclipsante era o parceiro de Elizabeth-Jane. A primeira vez que Henchard o viu, ele estava girando grandiosamente, a cabeça tremendo e baixa, as pernas em forma de X, e as costas voltadas para a porta. Na próxima vez, ele deu a volta na outra direção, o colete branco precedendo o rosto, e os dedos dos pés precedendo o colete branco. Aquele rosto feliz... a completa derrota de Henchard residia nele. Era de Newson, que de fato veio e o suplantou.

Henchard fechou a porta e por alguns segundos não fez nenhum outro movimento. Ele se levantou e ficou como uma ruína escura, obscurecida pela "sombra da própria alma lançada para fora do corpo".

Mas ele não era mais o homem que suportava esses reveses impassíveis. Sua agitação era grande, e ele gostaria de ter ido embora, mas antes que pudesse sair, a dança terminou, a governanta informou Elizabeth-Jane sobre o estranho que a esperava, e ela entrou na sala imediatamente.

– Ah... é o sr. Henchard! – ela disse, começando a sair da sala.

– O que foi, Elizabeth? – ele gritou, ao agarrar a mão dela – O que você está dizendo? Senhor Henchard? Não, não me trate tão mal assim! Pode me chamar velho e inútil Henchard... qualquer coisa... mas não seja tão fria assim! Oh, minha filha, vejo que você tem um substituto para mim, um verdadeiro pai em meu lugar.

Então você já sabe tudo, mas não pense muito nele! Guarde um pouco de espaço para mim!

Ela corou e gentilmente afastou a mão. – Eu poderia ter amado você para sempre... eu teria, com prazer – disse ela. – Mas como posso, quando sei que você me enganou tanto... me enganou tão amargamente! Você me convenceu de que meu pai não era meu pai... permitiu que eu vivesse na ignorância da verdade por anos; e então quando ele, meu amigo, um verdadeiro pai de coração, veio me encontrar, cruelmente o mandou embora com uma invenção perversa da minha morte, que partiu seu coração. Oh, como posso amar como outrora amei um homem que teve essa atitude!

Os lábios de Henchard se abriram para começar uma explicação. Mas ele os fechou como um torno e não emitiu um som. Como ele poderia, naquele momento, apresentar a ela com algum efeito os paliativos de suas grandes falhas... que ele próprio havia sido enganado em sua identidade a princípio, até ser informado pela carta de sua mãe de que sua filha havia morrido; que, na segunda acusação, sua mentira havia sido o último lance desesperado de um jogador que amava mais o afeto dela do que a própria honra? Entre os muitos obstáculos a tal súplica, o menos importante era que ele não se valorizava o suficiente para diminuir seus sofrimentos por meio de apelos extenuantes ou argumentos elaborados.

Renunciando, portanto, ao seu privilégio de autodefesa, ele considerou apenas sua descompostura. – Não fique nervosa por minha causa – disse ele, com uma superioridade orgulhosa. – Eu não desejo isso em um momento como este. Agi errado em vir até você... reconheço meu erro. Mas é apenas uma vez, então perdoe-me. Nunca mais vou incomodá-la de novo, Elizabeth-Jane... não, não até o dia da minha morte! Boa noite. Adeus!

Então, antes que ela pudesse organizar seus pensamentos, Henchard saiu de seus aposentos e deixou a casa pelo caminho dos fundos, como havia vindo; e ela não o viu mais.

Capítulo 45

Isso aconteceu aproximadamente um mês depois do dia considerado como o último capítulo. Elizabeth-Jane havia se acostumado com a novidade de sua situação, e a única diferença entre os movimentos de Donald agora e antigamente era que ele vinha mais rápido para casa depois do horário comercial do que costumava fazer há algum tempo.

Newson ficou em Casterbridge três dias depois da festa de casamento (cuja alegria, como se poderia supor, foi obra dele, e não do casal), e foi encarado e homenageado como o Crusoé do momento. Mas, fosse ou não porque Casterbridge era difícil de se agitar por retornos e desaparecimentos dramáticos, por ter sido durante séculos uma cidade enorme, na qual saídas sensacionais do mundo, ausências antípodas e coisas assim eram ocorrências semestrais, os habitantes não perderam a equanimidade por causa dele. Na quarta manhã, foi descoberto subindo desconsoladamente uma colina, na ânsia de ver o mar de algum lugar. A proximidade da água salgada provou ser uma necessidade tão grande de sua existência que ele preferiu Budmouth como local de residência, apesar da companhia de sua filha na outra cidade. Para lá ele foi, e se acomodou em uma casa de persianas verdes que tinha uma janela em arco, projetando-se o suficiente para permitir vislumbres de uma faixa vertical de mar azul a qualquer um que abrisse a janela, e inclinando-se para a frente o suficiente para olhar, através de uma janela, a faixa estreita das altas casas intermediárias.

Elizabeth-Jane estava de pé no meio de sua sala de estar no andar de cima, examinando criticamente alguma reorganização de artigos com a cabeça inclinada para o lado, quando a empregada entrou com o anúncio: – Oh, por favor, senhora, agora sabemos como essa gaiola de passarinho chegou lá.

Ao explorar seu novo domínio durante a primeira semana de residência, contemplando com satisfação crítica esse quarto alegre e aquele, penetrando cautelosamente em porões escuros, saindo com passos cautelosos para o jardim, agora coberto de folhas pelos ventos do outono e, assim, como uma sábia marechal de campo, avaliando as capacidades do local onde ela estava prestes a abrir sua campanha de limpeza, a sra. Donald Farfrae havia descoberto em um canto cercado uma nova gaiola de pássaros, envolta em jornal, e no fundo da gaiola uma pequena bola de penas... o cadáver de um pintassilgo. Ninguém poderia dizer a ela como o pássaro e a gaiola haviam chegado ali, embora fosse evidente que o pobre passarinho havia morrido de fome. A tristeza do incidente a impressionara. Ela não conseguia esquecê-lo por dias, apesar das brincadeiras ternas de Farfrae; e agora, quando o assunto havia sido quase esquecido, foi novamente revivido.

– Oh, por favor, senhora, agora sabemos como a gaiola chegou lá. Aquele fazendeiro que a visitou na noite do casamento... ele foi visto com ela na mão quando subiu a rua; achamos que ele largou a gaiola enquanto entregava a sua mensagem e depois foi embora esquecendo onde a havia deixado.

Isso foi o suficiente para fazer Elizabeth pensar e, ao pensar, ela se apegou à ideia, em um salto feminino, de que o pássaro engaiolado havia sido trazido por Henchard para ela como presente de casamento e sinal de arrependimento. Ele não havia expressado a ela nenhum arrependimento ou desculpa pelo que havia feito no passado, mas fazia parte de sua natureza não atenuar nada e viver como um de seus piores acusadores. Ela saiu, olhou para a gaiola, enterrou o pequeno passarinho faminto e, a partir dessa hora, seu coração se suavizou em relação ao homem alienado.

Quando seu marido entrou, ela lhe contou sua solução para o mistério da gaiola; e implorou a Donald que a ajudasse a descobrir, o mais rápido possível, para onde Henchard havia fugido, para que ela pudesse fazer as pazes com ele; tentar fazer algo para tornar a vida dele menos parecida com a de um pária e mais tolerável para ele. Embora Farfrae nunca tivesse gostado tão apaixonadamente de Henchard quanto Henchard gostara dele, ele, por outro lado, nunca o havia odiado na mesma direção quanto seu ex-amigo e, portanto, estava disposto a ajudar Elizabeth-Jane em seu plano louvável.

Mas não foi nada fácil descobrir onde Henchard estava. Ele aparentemente havia afundado na terra ao sair da porta do sr. e da sra. Farfrae. Elizabeth-Jane lembrou-se do que ele havia tentado uma vez e tremeu.

Porém, embora ela não soubesse disso, Henchard se tornara um homem mudado desde então. Na mesma medida que uma mudança de base emocional pode justificar uma frase tão radical, e ela não precisava temer. Em poucos dias, as investigações de Farfrae revelaram que Henchard havia sido visto por alguém que o conhecia caminhando firmemente ao longo da estrada de Melchester para o Leste, à meia-noite... em outras palavras, refazendo seus passos na estrada de onde havia vindo.

Isso foi o suficiente; e na manhã seguinte, Farfrae podia ser visto dirigindo sua carruagem para fora de Casterbridge naquela direção, Elizabeth-Jane sentada ao lado dele, envolta em uma espessa pele lisa... a escolha da época... sua tez um pouco mais rica do que antes, e uma incipiente e matronal dignidade que podia ser observada em seus serenos olhos de Minerva. Tendo ela mesma chegado a um refúgio promissor pelo menos dos problemas mais grosseiros de sua vida, seu objetivo era colocar Henchard em alguma quietude semelhante antes que ele se afundasse naquele estágio inferior de existência que era muito provável para ele agora.

Depois de dirigir pela estrada por alguns quilômetros, eles fizeram mais perguntas e souberam de um reparador de estradas, que trabalhava ali há semanas, que havia observado um homem parecido na época mencionada; ele havia deixado a estrada de ônibus de Melchester em Weatherbury por uma bifurcação que contornava o norte de Egdon Heath. Para essa estrada eles dirigiram a cabeça do cavalo, e logo estavam circulando através daquele antigo país cuja superfície nunca havia sido mexida na profundidade de um dedo, exceto pelos arranhões de coelhos, desde então roçados pelos pés das primeiras tribos. Os túmulos que eles deixaram para trás, pardos e desgrenhados com urze, projetavam-se redondamente para o céu das terras altas, como se fossem os seios fartos da deusa Diana estendidos ali.

Eles revistaram Egdon, mas não encontraram Henchard. Farfrae seguiu em frente e, à tarde, alcançou a vizinhança de alguma extensão do pântano ao norte de Anglebury, uma característica proeminente da qual, na forma de um grupo de abetos destruídos no cume de uma colina, eles logo passaram por baixo. Eles tinham certeza de que a estrada que seguiam havia sido, até aquele momento, a trilha de Henchard a pé; mas as ramificações que agora começaram a se revelar na rota tornaram o progresso na direção certa uma questão de pura adivinhação, e Donald aconselhou fortemente sua esposa a desistir da busca e confiar em outros meios para obter notícias de seu padrasto. Eles estavam agora a pelo menos vinte quilômetros de casa, mas, descansando o cavalo por algumas horas em um vilarejo que acabaram de atravessar, seria possível voltar a Casterbridge no mesmo dia, enquanto ir muito mais longe os levaria à necessidade de acampar durante a noite, e isso "deixaria um rei em frangalhos", disse Farfrae. Ela ponderou a situação e concordou com ele.

Ele puxou as rédeas, mas antes de inverter a direção parou por um momento e olhou vagamente em volta para o vasto lugar que a posição elevada revelava. Enquanto eles olhavam, uma forma humana solitária saiu de debaixo do grupo de árvores e cruzou à frente deles. A pessoa era um trabalhador; ele andava cambaleando, seu olhar fixo à sua frente tão absolutamente como se ele estivesse usando vendas nos olhos; e em sua mão ele carregava alguns gravetos. Tendo cruzado a estrada, ele desceu uma ravina, onde havia um chalé, no qual ele entrou.

— Se não fosse tão longe de Casterbridge, eu diria que deve ser o pobre Whittle. É exatamente como ele — observou Elizabeth-Jane.

— E pode ser Whittle, pois ele não apareceu mais no estaleiro nas últimas três semanas e foi embora sem dizer uma palavra; e eu lhe devo dois dias de trabalho, e não sei como pagar.

A possibilidade os levou a descer e pelo menos fazer uma indagação no chalé. Farfrae engatou as rédeas no poste do portão, e eles se aproximaram do que era, entre as habitações humildes, certamente a mais humilde. As paredes, construídas de argila amassada originalmente revestidas com uma espátula, haviam sido desgastadas por anos de lavagens de chuva até ficarem uma superfície irregular e esfarelada, canalizada e afundada em seu plano, suas rachaduras cinzentas unidas aqui e ali por uma tira frondosa de hera que dificilmente poderia encontrar substância suficiente para o propósito. As vigas estavam afundadas, e a palha do telhado tinha buracos irregulares. As folhas da cerca foram jogadas nos cantos da porta e permaneceram intactas. A porta estava entreaberta; Farfrae bateu; e aquele que estava diante deles era Whittle, como eles haviam pensado.

Seu rosto mostrava marcas de profunda tristeza, seus olhos brilhavam sobre eles com um olhar desfocado; e ainda segurava na mão os poucos gravetos que tinha saído para colher. Assim que ele os reconheceu, ele se levantou.

— Oi, Abel Whittle; é você que está aqui? — disse Farfrae.

– Sim, sim, senhor! Veja bem, ele era gentil com minha mãe quando ela estava aqui embaixo, embora ele fosse estúpido comigo.
– De quem você está falando?
– Ora, senhor, estou falando do senhor Henchard! Não sabia? Ele se foi, faz uma meia hora atrás, no pôr do sol, não sei dizer muito bem porque não tenho relógio.
– Não... morto? – titubeou Elizabeth-Jane.
– Sim, senhora, ele se foi! Ele era gentil com mamãe quando ela estava aqui embaixo, enviando-lhe o melhor carvão do navio, com quase nenhuma cinza; e ele trazia batatas, e coisas assim, que eram muito necessárias para ela. Eu desci a rua na noite de seu venerável casamento com a senhora ao seu lado, e achei que ele parecia cabisbaixo e vacilante. E eu o segui até a Ponte Grey, e ele se virou e zombou de mim, e disse "Pode voltar!" Mas eu continuei seguindo-o, e ele se virou novamente e disse "Está ouvindo, senhor? Volte!" Mas eu vi que ele estava estranho e continuei a segui-lo. Então ele disse "'Whittle, por que você me segue quando eu lhe disse para voltar todas essas vezes?" E eu respondi "Porque estou vendo que o senhor não está muito bem, e o senhor era gentil com minha mãe mesmo que fosse rude comigo, e eu gostaria de ser gentil com o senhor". Então ele continuou caminhando e eu o segui; e ele não reclamou mais comigo. Caminhamos assim a noite toda; e no azul da manhã, quando o sol ainda não tinha saído, olhei à minha frente e vi que ele cambaleava e mal conseguia se arrastar. Já havíamos passado por aqui, mas vi que esta casa estava vazia quando passei e fiz com que ele voltasse, tirei as tábuas das janelas e ajudei-o a entrar. "Meu Deus, Whittle" ele disse "você só pode realmente ser um pobre tolo a ponto de cuidar de um miserável como eu!" Então eu continuei, e alguns lenhadores da vizinhança me emprestaram uma cama, uma cadeira e algumas outras armadilhas, e nós o trouxemos aqui, e o deixamos o mais confortável

possível. Mas ele não ganhava forças, pois, senhora, ele não conseguia comer, não tinha apetite nenhum, e foi ficando cada mais fraco e hoje ele morreu. Um dos vizinhos foi buscar um homem para enterrá-lo.

— Meu Deus, é mesmo! — disse Farfrae.

Quanto a Elizabeth, ela não disse nada.

— Na cabeceira de sua cama, ele prendeu um pedaço de papel, com algumas coisas escritas — continuou Abel Whittle. — Mas, como nunca estudei, não consigo ler; então não sei o que é. Posso pegar e mostrar a vocês.

Eles ficaram em silêncio enquanto ele corria para dentro da cabana; voltando em um instante com um pedaço de papel amassado. Nele estava escrito a lápis o seguinte:

"TESTAMENTO DE MICHAEL HENCHARD

Que Elizabeth-Jane Farfrae não seja informada de minha morte, e que

não permitam que ela sofra por minha causa.

Que eu não seja enterrado em solo consagrado.

Que não solicitem a nenhum sacristão que toque o sino.

Que a ninguém se mostre o meu cadáver.

Que nenhum cortejo fúnebre siga meu funeral.

Que nenhuma flor seja plantada em meu túmulo.

Que ninguém se lembre de mim.

Aqui assino meu nome
MICHAEL HENCHARD"

— O que devemos fazer? — disse Donald, quando entregou o papel a ela.

Ela não conseguiu responder com clareza. — Ó Donald! — ela finalmente disse em meio às lágrimas — que amargura estou sentindo! Eu não me importaria tanto se não fosse por minha grosseria naquela última despedida!... Mas não há como mudar as coisas... tinha de ser assim.

O que Henchard havia escrito na angústia de sua morte foi respeitado tanto quanto possível por Elizabeth-Jane, embora menos por um senso de santidade das últimas palavras do que por seu conhecimento independente de que o homem que as escreveu quis dizer o que ele queria dizer e disse. Ela sabia que as instruções eram um pedaço do mesmo material de que toda a vida dele era feita e, portanto, não deviam ser adulteradas para dar a si mesma um prazer triste, ou o crédito de seu marido pela generosidade.

Tudo finalmente acabara, até mesmo seus arrependimentos por tê-lo interpretado mal em sua última visita, por não tê-lo procurado antes, embora estes tenham sido profundos e agudos por um bom tempo. A partir desse momento, Elizabeth-Jane encontrou-se em uma latitude de clima calmo, gentil e grato por si só, e duplamente depois da Cafarnaum em que alguns de seus anos anteriores haviam passado. À medida que as emoções vivas e brilhantes de sua vida de casada se fundiam em uma serenidade uniforme, os movimentos mais sutis de sua natureza encontravam espaço para revelar o segredo (como ela havia aprendido uma vez) às pessoas ao seu redor que tinham uma vida mais restrita de tornar as oportunidades limitadas suportáveis; oportunidades que ela julgava consistirem em alargamento astuto, por uma espécie de tratamento microscópico, daquelas formas diminutas de satisfação que se oferecem a todos sem dor positiva; e que, se assim tratadas, têm muito do mesmo efeito inspirador sobre a vida que os interesses mais amplos abraçados superficialmente.

Seu ensino teve uma ação reflexa sobre ela, de modo que ela achava que não percebia nenhuma grande diferença pessoal entre ser respeitada nas partes inferiores de Casterbridge e glorificada na extremidade superior do mundo social. Sua posição era, de fato, em um grau acentuado, uma que, na frase comum, oferecia muito pela gratidão. O fato de ela não estar aparentemente agradecida não era culpa dela. Sua experiência foi capaz de ensiná-la, com ou sem razão, que a honra duvidosa de uma breve transmissão através de um mundo lamentável dificilmente exigia efusão, mesmo quando o caminho era repentinamente irradiado em algum ponto intermediário por raios de sol ricos como os dela. Mas seu forte senso de que nem ela nem nenhum ser humano merecia menos do que foi dado, não a cegava para o fato de que havia outros recebendo menos e que mereciam muito mais. E, ao ser obrigada a classificar-se entre os afortunados, não deixou de se maravilhar com a persistência do imprevisto, quando aquele a quem tal tranquilidade ininterrupta havia sido concedida na fase adulta era aquela cuja juventude parecia ensinar que a felicidade era apenas o episódio ocasional em um drama geral de dor.

Impressão e Acabamento
Gráfica Oceano